GU

CW01471659

In copertina: illustrazione di Giancarlo Caligaris
Grafica: Giovanna Ferraris/*the*World*of*DOT
Progetto grafico: *the*World*of*DOT

ISBN 978-88-235-2915-1

© 2022 Ugo Guanda Editore S.r.l., Via Gherardini 10, Milano
Seconda edizione luglio 2022
Gruppo editoriale Mauri Spagnol
www.guanda.it

# MARCO VICHI

# NON TUTTO È PERDUTO

Un'avventura
del commissario Bordelli

UGO GUANDA EDITORE

*A Vera Verita*

*Beati ricordi irrompono*
*Tristemente invadendo*
*Antica memoria omerica*

Credere che il romanziere abbia qualcosa da dire,
e che cerchi poi come dirlo,
rappresenta il più grave dei controsensi.
Proprio questo « come » costituisce infatti
il suo oscuro progetto di scrittore,
che sarà più tardi il vago contenuto del suo libro.

ALAIN ROBBE-GRILLET

*Più profonda malinconia ha versato, averti ucciso,*
*nelle mie parole*

*Firenze, sabato 11 aprile 1970*

L'ex commissario Franco Bordelli avanzava sul viale che percorreva ogni giorno, seduto sul Maggiolino che guidava da anni. Stava andando all'Impruneta, nella casa dove viveva dal '67. Era uscito da poco dal palazzo della questura dove aveva lavorato per ventitré anni... Ma non essere più un commissario capo in servizio, bensì un questore vicario in pensione, cambiava la sua visione del mondo. Il viale gli sembrava una strada che conduceva verso l'ignoto, il Maggiolino somigliava al Nautilus di Verne, la casa dove era diretto era un castello sconosciuto, e il suo ufficio con l'affresco dell'Annunciazione un ricordo lontanissimo. A momenti sentiva un brivido di piacere corrergli lungo le braccia, e magari poco dopo una lama di angoscia gli attraversava il petto. Imboccò l'Imprunetana di Pozzolatico, pensando che sul sedile posteriore aveva una scatola di cartone con dentro un quarto di secolo del suo passato di sbirro... e adesso?

Be', una cosa per volta. Sopra al suo Nautilus Volkswagen avrebbe navigato fino alla sua bella casa di campagna. Avrebbe salutato il suo amico Blisk, l'orso bianco che fingeva di essere un cane. Avrebbe pranzato guardando il telegiornale, con il piatto sulle ginocchia. Nel pomeriggio avrebbe acceso un bel fuoco, anche se non faceva più così freddo... Anzi era una bella giornata di primavera, e sulla pelle il sole si faceva sentire. Dopo pranzo, contravvenendo alle regole, avrebbe telefonato a Eleonora... *Stasera ceniamo insieme? Non dirmi di no...* Davanti al caminetto acceso avrebbe finalmente cominciato l'ultimo libro di Alba de Céspedes che gli restava da leggere, *Dalla parte di lei*. Alle otto sarebbe uscito... Una bella cena con Eleonora, poi sarebbe tornato insieme a lei nella casa di Impruneta, e dopo un ultimo bicchiere si sarebbe perduto tra le sue braccia... La mattina dopo era domenica. Avrebbe lasciato la sua principessina a letto e sarebbe andato insieme a Blisk a fare una lunga camminata sulle colline della Panca... Doveva stare tranquillo, non aveva senso mettere il broncio, porca miseria. Non si rendeva conto del tempo che aveva a disposizione? E di quante cose piacevoli poteva fare?

No, non sarebbe andato a seguire i processi degli ultimi due casi che aveva risolto, come inizialmente aveva deciso. Capitolo chiuso. Magari un giorno avrebbe letto il risultato delle sentenze sulla *Nazione*, e poi con quelle pagine ci avrebbe acceso il fuoco.

Quando passò da Mezzomonte, sbirciando la casa del suo amico Dante Pedretti Strassen pensò che doveva organizzare presto un'altra cena. Avrebbe invitato il questore Di Nunzio, e anche Mugnai, strappandolo dalla sua guardiola. Questo pensiero lo fece sentire più leggero... Ma sì, era andato in pensione, mica stava salendo sul patibolo. Aveva una fidanzata bellissima, una casa dove si sentiva come un ragno nel buco, molti romanzi da leggere, un sacco di musica da ascoltare e da scoprire... Non poteva permettersi di lamentarsi. Avrebbe provato un po' di malinconia? E va bene, se la sarebbe inghiottita e avrebbe guardato avanti, come aveva sempre fatto. E se capitavano momenti davvero tristi, ne avrebbe discusso con Geremia, il teschio più simpatico che ci sia.

Guardò nello specchietto, e sul sedile posteriore vide un viso gentile che gli sorrideva. Sua mamma era sempre seduta dietro le sue spalle, lo sapeva bene. Anche lui le sorrise, senza dire niente. In quel momento non c'era nessun bisogno di parlare, era il silenzio a parlare per loro. Il silenzio che aveva per sottofondo il rombo compatto del Maggiolino, da dieci anni il suo cavallo di ferro. Quel carro armato tedesco era sopravvissuto addirittura all'Alluvione, alla marea di fango che aveva mandato migliaia di automobili allo sfasciacarrozze.

Arrivò all'Impruneta, parcheggiò in via Mazzini con le ruote sul marciapiede e scese per comprare qualcosa all'alimentari della Marinella. Da ora in poi poteva andare in piazza a piedi a fare la spesa ogni volta che gli pareva, il tempo non gli sarebbe mancato... Lo pensava con amarezza o con piacere? Ancora non riusciva a capirlo. Si sentiva come sospeso, attaccato a una corda che in attesa di lasciarlo cadere lo faceva oscillare sopra due scenari diversi... un grande braciere fumante, dove sarebbe stato arrostito, o un mare limpido dove avrebbe nuotato liberamente.

«Vorrei per favore due etti di prosciutto, un salamino cacciatore, un etto di Bologna e un chilo di pane.»

«Il prosciutto glielo taglio a mano?»

«Sì, grazie.»

«Due carciofi li vuole? Me li ha portati Cesare stamattina.»

«Me ne dia quattro, sembrano belli.» Gli piaceva fare la spesa nella bottega della Marinella, dove tutti quelli che entravano si conoscevano, si scambiavano saluti e notizie, e dove la vita sembrava semplice... Anche se ormai aveva capito che a volte la campagna nascondeva brutture difficili da immaginare. Pagò accompagnando il saluto con un sorriso involontariamente malinconico, e se ne andò.

Meno male che aveva una gran fame, non vedeva l'ora di mettersi a tavola. Mentre mangiava, la tristezza non si sedeva accanto a lui, stava alla larga... Magari arrivava dopo, al momento del caffè.

Scendendo giù per la stradina sterrata che portava a casa sua pensò che doveva smetterla di considerare il proprio destino da pensionato come chissà quale problema. Era la sua nuova condizione, doveva accettarla e farci l'abitudine. Parcheggiò nell'aia e scese portandosi dietro la scatola della memoria, dove aveva messo anche la spesa. Sentì nel naso il profumo della primavera, e fu attraversato da un brivido di euforia che aveva qualcosa di animale, una sorta di richiamo della foresta.

Entrò in cucina e appoggiò la scatola sul tavolo. Quell'orso bianco di Blisk stava bevendo a tutto spiano, doveva essere appena tornato da una delle sue escursioni misteriose.

«Che hai fatto, Blisk? Hai mangiato le acciughe sotto sale?» disse Bordelli. Riempì una zuppiera con l'acqua del rubinetto e ci mise dentro i carciofi, come fossero fiori. Il cane venne a salutarlo solo dopo aver finito l'acqua e gli strofinò il muso sui pantaloni, scodinzolando. Bordelli riempì una bottiglia e la svuotò dentro la sua ciotola. Era l'una passata. Con una certa apprensione provò a cercare Eleonora a casa, ma non rispondeva, doveva essere per strada. Si preparò un piatto con prosciutto e salame, pulì due carciofi, tagliò due fette di pane, aprì una bottiglia di rosso dei Balzini e portò tutto nella stanza del televisore.

«Blisk, vieni a fare compagnia a un povero pens...?» Che palle, basta con quella tiritera. Doveva cancellare la parola «pensionato» dalla sua mente. Blisk arrivò ciondolando, e si lasciò andare per terra.

«Non è che lavori troppo?» Accese il Majestic e si sedette comodo. Già che c'era voleva vedere il telegiornale, di giorno non ci riusciva quasi mai. Guardò gli ultimi minuti delle comiche di Charlot, poi cominciarono le notizie. Oltre alle solite noiose faccende sulla crisi di governo e sul voto di fiducia, che non riuscì a seguire più di tanto, parlarono del lancio dell'Apollo 13, annunciato per quella sera verso le otto ora italiana. Terza missione americana verso la Luna. Ormai quel tragitto sembrava la via dell'orto. Gli uscì un sospiro, e mandò giù un sorso di vino. Ogni volta che pensava a quei viaggi nello spazio avvertiva un certo smarrimento. La Terra e il sistema solare galleggiavano dentro un «contenitore» smisurato ma delimitato, o esisteva davvero lo spazio infinito? Cioè, se si viaggiava alla velocità della luce in una sola direzione, non si arrivava mai a un confine? Era impossibile da concepire, e il solo pensiero lo metteva in difficoltà e gli faceva girare il capo. In quella immensità il mondo era più piccolo di un bruscolo, di un granello di polvere, della cispa di una formica... Doveva smettere di pensarci. Finì di mangiare, spense il televisore e portò i piatti in cucina. Provò di nuovo a chiamare Eleonora, e quando sentì alzare il telefono provò sollievo e agitazione insieme.

«Pronto?» Che bella voce, aveva.

«Non dirmi di no.»

«Finalmente sei stato tu a cercarmi, cosa aspettavi?»

«Be', hai sempre detto che io non... che dovevo aspettare...»

«E tu dai retta a quello che dicono le donne?»

«Faccio male, vero?»

«Sei un disastro» disse Eleonora, ridendo.

«Ecco...»

«Cosa volevi dirmi?»

«Stasera a cena?»

«Fammici pensare...»

«Non devi pensare.»

«Be', perché no.»

«Alle otto a San Miniato?»

«Più o meno quando parte il razzo.»

«Brinderemo anche a lui...»

«Però ti avverto, stasera ho voglia di travestirmi.»

«Cioè?»

«Vedrai...»

«Accetto il rischio» disse lui sorridendo, ma a dire il vero era un po' preoccupato.

«Cerca di essere puntuale, altrimenti non posso farmi aspettare» disse lei, più o meno come a volte diceva Rosa.

«Adoro aspettarti» confessò lui.

«Sarai ricompensato.»

«A stasera.»

«Ciao pensionato» disse lei ridendo, e riattaccò. Bordelli si mordeva le labbra, cercando di immaginare come si sarebbe vestita Eleonora. Insieme a lei si sentiva bene, si sentiva «a casa», ma a volte, quando erano in mezzo alla gente, poteva capitargli di provare un po' d'imbarazzo, per via della notevole differenza di età. Se al ristorante coglieva l'occhiata di una signora anziana, gli sembrava sempre di severa disapprovazione e arrossiva, immaginando commenti carichi di disprezzo... *il vecchio e la puttanella che si fa mantenere*, come ai tempi di Svevo. Ma poi pensava a sua mamma, e la vedeva sorridere intenerita... come in quel momento.

«Franchino, che t'importa di quello che pensa la gente.»

«Hai ragione, mamma.»

«Hai ben altri pesi sulla coscienza.»

«Mamma, ti prego...»

«Hai ucciso dei ragazzini, assai più giovani della tua fidanzata...»

«C'era la guerra... Lasciami dimenticare, mamma.»

«Hai ragione, tesoro... Sono cattiva... Sono sempre qui a ricordarti le cose più brutte.»

«No mamma, non sei cattiva... Vorrei solo dimenticare... Anche se so che è impossibile... Vorrei strapparmi via dalla memoria quei cinque anni... Mamma... Mamma... Dove sei?» Sua madre era già svanita, e per qualche istante lui rimase a fissare il muro. Si riscosse, sorrise, e prese il barattolo del caffè dalla credenza. Mentre preparava la Moka sentì uno sbadiglio di Blisk, e un attimo dopo lo vide allontanarsi verso il retro della casa, dove uno sportello magnetico, regalo del suo amico Dante e installato dal Botta, gli permetteva di uscire e rientrare a piacimento a ogni ora del giorno e della notte. Era un po' come aver dato le chiavi di casa a un adolescente.

«Non salutare, eh...» disse, ma l'orso bianco non si voltò nemmeno. Aspettando che il caffè uscisse, visto che non aveva fretta si mise a lavare i piatti. Chissà, magari adesso sarebbe diventato una brava massaia con la mania della casa pulita... Dalla polizia alla pulizia, pensò, sorridendo di quella stupida battuta.

Riempì la tazzina e mandò giù il caffè. Aveva davanti un lungo pomeriggio. Lanciò un'occhiata al teschio, che come al solito dall'alto della credenza osservava il mondo dei vivi con commiserazione.

«Da oggi in poi ci vedremo più spesso, sei contento?»

«Chissà se è vero, i viventi sono dei gran bugiardi.»

«Non vorrai farmi credere che i morti non possono mentire...»

«Non te l'ha mai detto la mamma che sei simpatico?»

«Vado a fare due passi. Ciao caro, non ti affaticare» disse l'ex commissario. S'infilò la giacca e uscì di casa. Era da un sacco di tempo che voleva fare una cosa, e adesso aveva il tempo di farla. S'incamminò verso il paese, senza fretta. C'era un bel sole, ma un venticello freddo s'infilava sotto i vestiti. La primavera era indecisa, andava e veniva come Blisk. Solo in quel momento si rese conto che da quando era uscito dal suo ufficio per l'ultima volta, quella mattina, sentiva come una farfallina svolazzare dentro la pancia, una minuscola ma ostinata farfallina, un'emozione che non lo lasciava in pace. Cosa poteva essere? Prima o poi lo avrebbe scoperto? La farfallina si sarebbe manifestata?

Quando arrivò a qualche centinaio di metri dalla piazza di Impruneta, attraversò la strada e si avvicinò al monumento ai caduti, che vedeva sempre passando con la macchina. Era piuttosto originale. Nessuna statua, solo un piccolo obelisco con una scritta in lettere di bronzo... *Nel decennale della Resistenza il popolo di Impruneta eresse...* Un alto muro di pietra con due lapidi commemorative, una del '46... *Alla sacra memoria dei caduti nella Prima e Seconda guerra mondiale...* L'altra del '61... *Il popolo di Impruneta memore delle innocenti vittime dell'ultimo conflitto...* Ma il vero monumento era un altro: due larghe rampe di scale un po' curve salivano

15

fino in cima all'alto muro di pietra, e confluivano in una lunga scalinata che si arrampicava su per la collina delle Sante Marie, dove si trovava un piccolo ma a suo modo monumentale cimitero di cui aveva soltanto sentito parlare. Abitava in quel paesino da più di tre anni, ma la sua vita era sempre rimasta a Firenze, e a parte i percorsi consueti conosceva ancora poco Impruneta. Era arrivato il momento di andare in perlustrazione. Accompagnato dalla farfallina che gli volava dentro la pancia imboccò una delle due rampe laterali, e cominciò a contare i gradoni... uno, due, tre, quattro... fino a trenta... poi una rampa centrale molto ripida... uno, due, tre... altri quattordici scalini... dopo cominciava la lunga scalinata di bassi gradoni che si perdeva in alto... uno, due, tre, quattro... dodici, tredici, quattordici... ventisette, ventotto... trentanove... quarantaquattro... si fermò qualche secondo a riprendere fiato, poi proseguì... cinquantasette, cinquantotto... sessantatré... settantadue... settantotto... ottantasei... ottantanove... novantacinque... novantanove... centocinque, centosei... altre due rampe laterali un po' più ripide... uno, due, tre... contò fino a ventuno, era arrivato in cima, fine del monumento. Dunque in tutto erano... se non aveva sbagliato il conto erano centosettantuno gradini. Guardò in basso. La lunga scalinata che scendeva in mezzo agli alberi faceva un bell'effetto. Un monumento davvero originale, addirittura commovente. S'incamminò verso il cimitero, e quando arrivò al cancello decise di entrare. Si mise a passeggiare tra le tombe, leggendo le lapidi, i nomi, le date di nascita e di morte, calcolando gli anni di vita... *Farfallina, farfallina, che voli dentro la mia pancia...* Cosa diavolo poteva essere? Sembrava un brivido di attesa, come quando da bambino stava per passare davanti alla finestra dove abitava una bimba che gli piaceva. Ma adesso aveva sessant'anni, aveva finito la sua carriera e in quel momento stava camminando in mezzo alle croci di un cimitero... Cosa c'entrava la farfallina con tutto questo?

16

Continuava a leggere le frasi poetiche dedicate a chi se n'era andato, alcune belle, altre un po' retoriche, altre ancora semplici e commoventi... e poi le date... *Quintilio Marronci 1901-1963*, sessantadue anni... *Ermando Poveromo 1888-1932*, quarantaquattro anni... *Lisinda Assenza 1875-1946*, settantuno anni... Tristissime le piccole tombe dei bambini... *Senza di te Assuero fanciulletto leggiadro fiore della nostra vita babbo e mamma siamo un tronco che soffre e pena...* Assuero non era arrivato a due anni... *Spargete fiori e lacrime sulla tomba ove dorme Torello che per soli tredici mesi fu delizia e gioia dei genitori...* Sembrava di sentirli ancora piangere, i due sconsolati genitori... *Qui lasciasti il tuo piccolo corpo volando tra gli angeli o Genesio rapito a solo cinque mesi il 25 ottobre 1924 all'amore del padre angosciato alle carezze della mamma inconsolabile Q.M.P...* Cinque mesi, solo cinque mesi... *Giacinta fiorellino gentile che gli angeli vollero piantare nel loro giardino...* Giacinta se n'era andata dopo tre mesi... *Il dì 12 gennaio 1924 saliva al cielo fra gli angioli Alaide dopo 12 giorni di vita terrena i genitori desolatissimi Q.M.P...* Non erano tombe abbandonate, erano ancora piene di fiori, forse portati dai genitori ancora in vita, forse dai fratelli o dai nipoti... Continuava a camminare tra i marmi leggendo le antiche date e i nomi, alcuni che nessuno usava più... *Baldassarre, Brigida, Armido, Azelio, Amos, Ersilia, Gaspero, Ausonia, Tonina, Sestilio, Venisia...* Sbirciò dentro una cappella senza nome, protetta da un frastagliato cancello in ferro battuto... Un bel pavimento di cotto, preziosi rivestimenti di ceramica, un altare di marmo, un affresco di Gesù sulla Croce circondato dagli angeli *In lumine vitae...* Al culmine della cupoletta, al centro di un'originale decorazione che faceva pensare a un vortice divino capace di accompagnare le anime verso il cielo, lo Spirito Santo in volo, alle cui zampe era appeso un turibolo... In alto a destra vide una scritta, *Poeta toscano...* E quando guardò a sinistra scoprì che si trattava della tomba di un pittore e scrittore che conosceva, *Ferdinando Paolieri, 1878-1928*, cinquant'anni... Non aveva mai letto nulla di suo, ma a casa aveva un quadretto che gli era sempre piaciuto... Una scena paesana, semplicissima... Un prete discorreva con una giovane contadina che aveva un bambino in braccio e un fazzoletto rosso legato sotto il mento, poco distante un'altra contadinella a capo chino, poi una signora ben vestita con un cappello elegante, sullo sfondo una chiesetta e un muro di cinta che poteva essere quello di un cimitero... Eppure quella scenetta di vita quotidiana aveva qualcosa di commovente, che andava assai oltre alla scena rappresentata, un po' come nei quadri di Cézanne, dove un paesaggio, dei giocatori di carte, un vaso senza fiori, qualche mela, suscitavano in modo del tutto in-comprensibile e misterioso sentimenti universali e assoluti... Salutò Paolieri con un cenno, sussurrandogli di non montarsi il capo per quel paragone, e proseguì il suo viaggio nell'Ade... *Diomira Ciambellotti 1879-1967*, ottantotto anni... Passeggiare tra i morti del cimitero gli faceva sentire più familiare il paese dove abitava da pochi anni, era un po' come bussare alla porta dei vicini di casa per presentarsi... *Maria Celestini 1932-1939*, sette anni... *Gregorio Ottanelli 1875-1947*, settantadue anni... Aveva appena letto il nome e le date di quella ultima tomba, che dopo pochi passi la farfallina uscì dalla pancia e gli svolazzò davanti agli occhi. Gli venne da sorridere... Adesso aveva capito, la farfallina era un pensiero sepolto nella memoria, che fino a quel momento non era riuscito a trovare la strada giusta per approdare alla coscienza... Adesso invece lo sapeva: avrebbe cercato di risolvere il caso del 1947, un omicidio rimasto insoluto. Un ragazzo trovato accoltellato a Molino del Piano, si chiamava Gregorio... Gregorio... non ricordava il cognome, ma prima o poi gli sarebbe tornato in mente. Il ragazzo era il figlio di un industriale che a quanto si diceva aveva una certa simpatia per il fascismo, e così all'epoca si era pensato a una vendetta partigiana. Alla fine il questore o chi per lui aveva deciso di lasciar perdere, non era il momento giusto per andare a frugare nel recente passato con il rischio di accendere un fiammifero in mezzo a una polveriera. Adesso quel periodo era lontano. Erano passati ventitré anni, da quel delitto, e soprattutto era l'unico caso che lui non aveva risolto. Ma non era detta l'ultima parola. Ora che aveva tempo, avrebbe cercato di dare un volto all'assassino o agli assassini di quel ragazzo, così sulla sua tomba avrebbero potuto scrivere... *Qui giace uno sbirro che non ha sulla coscienza nessun caso insoluto*... Anche se ufficialmente non era vero: in un caso aveva lasciato libero l'assassino, essendo d'accordo con quello che aveva fatto, in un altro era stato lui a uccidere dei mostri che non era riuscito a trascinare in tribunale. Comunque sia, la passeggiata e la lunga scalinata gli avevano fatto bene. Adesso sapeva come occupare il tempo nei primi giorni della pensione, e dopo chissà... di certo non sarebbe rimasto con le mani in mano.

La farfallina svolazzò ancora un po' davanti ai suoi occhi, poi se ne andò libera per la campagna in cerca di altre pance da solleticare.

Sulla via del ritorno continuò a pensare... Per un quarto di secolo aveva fatto un lavoro che gli piaceva, forse l'unico che potesse fare, e adesso quel capitolo era chiuso, almeno ufficialmente. Ma non tutto è perduto, pensò. Aveva finito un capitolo, ma non il libro. Poteva continuare a fare lo stesso lavoro, in un modo o nell'altro. Come in quel momento, ad esempio. Non era di nuovo un commissario che indagava, che cercava un assassino? Anzi, adesso era addirittura questore vicario. Certo, lo era stato solo per qualche istante, subito prima di andare in pensione... *Questore Franco Bordelli*. Suonava bene. Ma non rimpiangeva nulla. Non gli piaceva il lavoro di ufficio, voleva stare nella strada, a contatto con la gente, a fiutare la preda come un cane da caccia. Piras avrebbe fatto carriera, e il vecchio commissario capo in pensione, questore quasi emerito, poteva affiancarlo nelle sue indagini, anche solo per guidare la macchina, per accompagnarlo a interrogare dei possibili testimoni, per discutere con lui dei vari indizi. Ecco fatto, aveva sistemato ogni cosa. Si sentiva più leggero, almeno per il momento...

Appena arrivò a casa andò a guardare il quadretto di Paolieri, che teneva appeso sopra il tavolino del telefono. Era davvero piacevole, e ormai faceva parte delle cose familiari che il suo sguardo incontrava di continuo, spesso senza nemmeno vederle.

«Te invece ti vedo sempre» disse, lanciando un'occhiata a Geremia.

«Com'è che sei così allegro?» gli chiese il teschio.

«Non sono cose che ti riguardano...» Era giunto il momento di affrontare l'ultimo romanzo della sua amica Alba che gli restava da leggere. Accese il fuoco e si accomodò sulla poltrona. Si mise gli occhiali, aprì il libro e cominciò...

Dopo un minuto era già stato risucchiato dentro la storia. Dopo cinque pagine andò a vedere il numero in fondo al libro: alla fine del romanzo mancavano solo cinquecentoquarantaquattro pagine, si sentiva già un po' triste. Dopo averlo letto, doveva solo sperare che Alba ne scrivesse altri. C'era qualcosa nella sua scrittura che... non era facile trovare le parole. Un po' come quando vedeva una donna bellissima, cos'altro poteva dire oltre a... *bellissima?*

A pagina ventinove finì il capitolo... *Poco dopo entrava Sista: mi scoteva nel dormiveglia: «Sei stata da 'quelle'. Di' l'atto di contrizione, l'Ave Maria».*

Chiuse il libro e andò a sedersi al tavolo di cucina con un foglio e una penna. Doveva scrivere a quella grande donna, doveva farlo. Dopo vari tentativi e fogli gettati nel fuoco, riuscì a mettere in piedi una breve lettera che si sentiva di inviare.

*Gentile Alba de Céspedes,*
*sono un funzionario di Pubblica Sicurezza da pochi giorni in pensione. Qualche tempo fa ho avuto il piacere di «incontrare» i suoi libri, grazie al suggerimento di un giovane libraio che sembra abbia letto tutti i romanzi del mondo. Leg-*

gere le sue parole è una magnifica esperienza, le sue pagine mi fanno scoprire nuove profondità umane, mi accompagnano a esplorare le zone più oscure e nascoste del mio animo, una specie di viaggio alla conoscenza di me stesso, e tutto questo attraverso una limpida leggerezza. Ho appena iniziato Dalla parte di lei, l'ultimo suo romanzo che mi è rimasto da leggere, e ho sentito il bisogno di scriverle. È la prima volta che invio una lettera del genere.

Avrei un desiderio: mi piacerebbe davvero conoscerla. Se volesse rendere possibile questa mia sconsiderata richiesta verrò volentieri a trovarla, ovunque lei viva.

Un saluto da Firenze
Franco Bordelli

Seduto nel Maggiolino davanti alla basilica di San Miniato, aspettava di vedere apparire la 500 bianca di Eleonora. Teneva il finestrino aperto, non faceva troppo freddo. Pensò che fino a un paio di anni prima avrebbe fumato una sigaretta, adesso invece non ne sentiva alcun bisogno. Anzi, la sola idea gli faceva addirittura un po' schifo. Aveva acceso la radio, e senza troppa emozione ascoltò la cronaca del lancio dell'Apollo 13. Un altro razzo stava per essere lanciato nello spazio, per soddisfare la curiosità umana e dare gloria agli Stati Uniti. Chissà se prima o poi avrebbero scoperto una qualche forma di vita su un lontano pianeta, omini verdi con un occhio solo e quattro orecchi...

Dopo un po' spense la radio, anche perché quella sera doveva confrontarsi con quesiti assai più importanti... Come si era vestita Eleonora? Immaginò di vederla arrivare con una minigonna vertiginosa, la camicetta trasparente, stivali di pelle, calze con la riga dietro... Oddio, chissà se lui avrebbe avuto il coraggio di entrare in un ristorante con una bella ragazza vestita in quel modo. Però Eleonora aveva parlato di travestimento. Si era vestita da suora? Alla marinara? Da Pulcinella? Non restava che aspettare...

Intanto continuava a vagare nei suoi pensieri. Fissava il cielo che stava perdendo la luce e rovistava nella mente... Pensieri e ricordi si muovevano come sbuffi di fumo, mescolandosi, cambiando forma, svanendo e ricomparendo, ma sullo sfondo, come un grande affresco del Quattrocento che s'intravede nella penombra di una chiesa, campeggiava... l'omicidio del '47. Per prima cosa doveva andare all'archivio della questura, da Porcinai, e chiedergli il favore di ritrovare il fascicolo del ragazzo accoltellato. Un passo per volta, senza fretta. Bene, adesso poteva smettere di pensarci. Non voleva certo stare tutta la sera a rimuginare su quel caso insolito, invece di godersi la compagnia di Eleonora... Non poteva dimenticare quando il questore di allora, il dottor Rossano, lo aveva personalmente incaricato di indagare su quell'omicidio... *Dottor Bordelli, hanno trovato un ragazzo accoltellato a Molino del Piano, se ne occupi lei, si muova con discrezione... Dio non voglia, ma c'è chi parla di una vendetta partigiana... Speriamo di no, visti i tempi... Mi auguro invece che sia una faccenda di tutto riposo, da sbrigare in giornata... Mi tenga informato...* Lui era andato subito sul posto, aveva passato varie giornate a interrogare un po' di persone, ma non era servito a nulla. Nessuno aveva voglia di parlare, nessuno diceva una sola sillaba in più dell'indispensabile, e lui non riusciva a cavare un ragno dal buco. Ricordava vagamente di aver incontrato anche i genitori del ragazzo, ma era stato un altro buco nell'acqua. Dopo qualche giorno di buio assoluto, il questore gli aveva detto di lasciar perdere, esistevano questioni più importanti di cui occuparsi, il periodo era difficile, c'era un paese distrutto da ricostruire, smuovendo il fango sul fondo del torrente s'intorbidava l'acqua, i pesci non vedevano più nulla e magari si mangiavano tra di loro, non conveniva a nessuno... Lui aveva obbedito, e quel fiasco all'inizio della sua carriera di sbirro gli era rimasto di traverso nella gola. Ma adesso che non doveva più lavorare, aveva tutto il tempo per dedicarsi ai fantasmi del passato.

In quel momento apparve una 500 bianca, che si fermò a una decina di metri e lampeggiò due o tre volte. Il riflesso del parabrezza gli impediva di vedere dentro l'auto. Una mano femminile sbucò dal finestrino e gli fece cenno di avvicinarsi. Bordelli scese e si avviò verso quella scatolina di latta, curioso di scoprire come si era combinata Eleonora. Aprì la portiera del passeggero, e si trovò davanti una bellissima indiana con un puntino rosso sulla fronte, vestita di veli azzurri ricamati in oro che la coprivano fino alle sopracciglia, e nella penombra si vedevano luccicare i suoi denti bianchi.

«Allora, come sto?» chiese Eleonora, sorridendo.

«Non farmelo dire.»

«Vieni, sali.»

«Andiamo con la tua?»

«Sì, dai...»

«Chiudo il carro armato» disse lui, divertito. Eleonora lo seguì con la 500. Bordelli chiuse il Maggiolino e un po' a fatica si sedette accanto a lei.

«Dove andiamo?»

«Alla ventura, ma vorrei un bel posto» disse lei, partendo di scatto. Guidava bene, con una certa grinta. Sapeva fare la doppietta meglio di tanti uomini.

«Vestita così sei bellissima.»

«Non sapevi che sono una principessa indiana?»

«Stai scherzando? So tutto di te, sono uno sbirro.»

«Non più...»

«Sbirri si è per sempre» disse Bordelli, e ci credeva davvero. Pronunciare quelle parole gli fece bene, era come se avesse spinto da una parte il pensionato Franco.

«Accipicchia che nostalgia...» disse lei.

«Comunque non me l'aspettavo.»

«Cosa?»

«Che ti vestissi così» disse Bordelli.

«Cosa avevi immaginato?»

«Non so... minigonna, tacchi a spillo...»

«Insomma da puttana?»

«Più o meno...» disse lui.

«A proposito, la tua amica come sta?»

«Quale amica?»

«La prostituta...»

«Ex... Si chiama Rosa...»

«Dev'essere simpatica.»

«Mi stai dicendo che vorresti conoscerla?»

«No no, quel mondo è solo tuo, preferisco immaginarlo» disse Eleonora, tranquilla.

«Parole sagge» disse Bordelli, con un tono scherzoso, ma intanto pensava che non aveva mai conosciuto una donna come Eleonora. Era una continua sorpresa, sempre in senso positivo. Era anche ammirato da come era riuscita a liberarsi della brutta avventura che aveva vissuto qualche anno prima, poco dopo l'Alluvione. Subire uno stupro da due energumeni doveva essere stata un'esperienza terribile, difficile da immaginare, soprattutto per un uomo. Eleonora aveva accusato il colpo, come era normale che fosse. Si era chiusa in se stessa, era scomparsa, era piombata in un baratro. Ma lentamente era riemersa, aveva ritrovato la voglia di vivere, di amare, di godersi il piacere tra le lenzuola. Da tempo ormai nessuna ombra sembrava oscurare la sua limpidezza, o forse era capace di tenere quel ricordo da una parte, di non farlo aleggiare in mezzo a loro. Lui non si azzardava a evocare quella faccenda. Doveva essere lei, nel caso, a parlarne. E se non voleva farlo, andava bene così. Cosa c'era da dire, in fin dei conti? A che sarebbero servite le parole? Solo fino all'anno prima, ogni tanto, guardandola negli occhi aveva colto un lampo nero, un bagliore di dolorosa complicità, come se tutti e due avessero pensato nello stesso momento a quella notte tremenda, dicendosi con lo sguardo che non parlarne era più giusto, che era inutile sforzarsi di capire il senso di una brutalità che non si poteva capire. Più o meno, era un po' come cercare di comprendere i campi di sterminio. La ferocia umana, in ogni sua declinazione, aveva origine dallo stesso batterio, al di là di ogni sua possibile conseguenza. Le crudeltà, piccole o grandi che fossero, erano soltanto variazioni della stessa malattia... I suoi pensieri furono interrotti da Eleonora, che gli posò una mano sul ginocchio.

«Amore...» sussurrò lei, con una voce così tenera che lui si voltò a guardarla, un po' stupito. Rimasero in silenzio, un bellissimo silenzio. Avevano già cominciato a fare l'amore, anche se dovevano ancora cenare.

Scesero in centro, e parcheggiarono in piazza della Repubblica. Si avviarono a braccetto nei vicoli, alla ricerca di un ristorante adatto a una serata come quella. Lei sopra i veli indiani aveva un mantello dello stesso azzurro, e due graziose babbucce bianche. I passanti osservavano con curiosità quella coppia non proprio consueta, e Bordelli si divertiva come non avrebbe mai immaginato. Era merito di quella bella ragazza, che lo trascinava in giochi inaspettati.

«La bella e la bestia» mormorò.

«Ah, ricordati che io non parlo una parola d'italiano, anche se un po' lo capisco.»

«Allora non devono sentirci parlare tra noi.»

«Le principesse indiane non parlano, sussurrano.»

«Ti ha mai detto nessuno che la tua bellezza ha davvero qualcosa di indiano?» disse lui.

«Tutti, a partire dalla levatrice... Vieni, andiamo qua» disse lei in piazza Antinori, e s'infilarono in via del Trebbio. Scesero le scale di Buca Lapi. Quando fecero il loro ingresso sotto le volte della sala, per qualche secondo calò il silenzio, e tutti gli occhi furono per loro. Il cameriere li accolse con una certa sorpresa.

«Buonasera, signori» disse, osservando quella bellissima ragazza avvolta di veli azzurri intessuti con fili d'oro. Non si trattava solo di bellezza, ma di esotismo, di terre lontane, di mistero. Eleonora, seria e silenziosa, esplorava il luogo con occhi lampeggianti, attaccata al braccio di quell'uomo che aveva il doppio dei suoi anni.

«Avete un tavolo per due?» chiese Bordelli.

«Prego, seguitemi.» Attraversarono la sala infilzati dagli sguardi dei clienti e arrivarono all'ultimo tavolo in fondo, piazzato in un angolo. Bordelli scambiò un'occhiata con la sua dama, e quando lei annuì si rivolse di nuovo al cameriere.

«Va benissimo» approvò.

«Vuole darmi il mantello, signora?»

«La principessa non parla italiano.»

«Ah, mi scusi...» disse il cameriere, sempre più affascinato. Bordelli si avvicinò alla principessa, la aiutò con devozione a sfilarsi il mantello e lo passò al cameriere, al quale diede anche la sua giacca. Poi le scostò la sedia per farla accomodare, e soltanto dopo si sedette anche lui. Eleonora si tolse il velo dalla fronte, scoprendo una magnifica treccia nera che le arrivava quasi fino alle scapole.

«Perché sei così bella?» sussurrò Bordelli.

«Perché sei innamorato...» Lei sorrise, ma solo con lo sguardo. La recita andava avanti senza intoppi. Eleonora era una principessa assai riservata, che non guardava nessuno, beveva a piccoli sorsi, parlava sussurrando, sorrideva con parsimonia.

«Si sono sciolti i Beatles...»

«Come?» Bordelli si sporse un po' in avanti.

«I Beatles... si sono sciolti...»

«Ah, e quando?»

«Ieri...»

«Ti dispiace?»

«Certo, anche se ho sempre preferito i Rolling Stones.»

«Ah, sai che Rosa mi ha regalato un disco di quelli lì?»

«Gli Stones?»

«Loro, sì.»

«Allora mi sa che sono gelosa» disse Eleonora, con un sorriso quasi invisibile, da principessa indiana. Si divertivano un sacco.

«Ti ricordi il giorno dopo l'Alluvione, quando ci siamo conosciuti?» sussurrò Bordelli.

«Non ricordo proprio nulla» bisbigliò lei, per finta.

«Eri con tuo fratello, e io credevo che fosse il tuo fidanzato.»

«Facevi un sacco di giri di parole per scoprire se stavo con qualcuno.»

«Ero rimasto folgorato dalla tua bellezza, ma non speravo di poterti avvicinare.»

«E invece, guarda come ti sei ridotto» disse lei, sorridendo.

«Tuo fratello come sta?»

«Antonio vive a Milano, lavora in un'agenzia di pubblicità.» Anche quelle frasi normali le pronunciava con uno sguardo da principessa indiana. La recita andò avanti per tutta la cena, parlando del più e del meno come se si trattasse di discorsi misteriosi.

Appena uscirono dalla trattoria, si guardarono e si baciarono. Si erano divertiti come ragazzini, avevano mangiato bene e avevano fatto fuori un'ultima bottiglia di vino rosso.

«Se vieni a dormire da me dobbiamo andare con due macchine» disse lui, stringendola per la vita.

«Domattina vai a camminare nei boschi?»

«Indovinato...»

« Sbucciami come una cipolla » mormorò Eleonora, legger-mente brilla, lasciandosi andare sul letto.

« Che luce vuoi? »

« Penombra... »

« Così va bene? » disse Franco, mettendo la lampada da notte in terra. Solo per un attimo vide passare davanti agli occhi l'immagine del ragazzo accoltellato a Molino del Piano nel '47, che ormai si era conficcata nella sua mente come un chiodo nel legno... Anche se in realtà lui non lo aveva mai visto, né da vivo né da morto, ma solo in fotografia.

« Vieni... » disse Eleonora.

« Sì, scusa... » Fu emozionante togliere un velo azzurro dopo l'altro fino a trovare Eleonora come mamma la facette. Si spogliò in fretta anche lui e s'infilarono sotto le lenzuola.

« Sei caldissima... » sussurrò Franco, stringendola.

« Non si dice che le donne hanno i piedi freddi? » Anche lei sussurrando.

« Infatti non sei mica una donna. »

« E cosa sono? »

« Una iena... »

« Può darsi » bisbigliò lei, mordendogli una guancia.

« Che bocca grande che hai... »

« Non dirò la volgarità che ti aspetti. »

« Eh, non ci sono più i cappuccetti rossi di una volta... » Giochi semplici, anche un po' scemi, ma che alimentati dalla passione diventavano magia, così come un bicchiere di vino può trasformarsi in un momento di paradiso se viene bevuto davanti a un tramonto.

«Tutto qui quello che sai fare?» disse lei, dolcissima.

«Non ti scordare che sono un pensionato.»

«Mi cercherò un fidanzatino di vent'anni.»

«Lo sfiderò a duello...»

«Prima che ti infilzi ricordati di fare testamento, devi lasciarmi questa casa.»

«Anche il Maggiolino...» Piaceva a tutti e due fare gli stupidi in quei momenti. A Bordelli non era successo troppo spesso, con le sue ex fidanzate, e di certo mai come con Eleonora. Stare nel letto insieme a lei era sempre stato un incanto. Fin dalla prima volta si erano sentiti liberi, disinvolti, pieni di fiducia. Eleonora era una ragazza pudica, ma quando erano insieme sotto le coperte aveva molta immaginazione, era audace, dolce, sfrontata, ma poteva esserlo perché si sentiva amata, rispettata, e sapeva che non rischiava di essere fraintesa. Dentro il bastione che racchiudeva la loro intimità poteva accadere qualunque cosa... e di cose ne accadevano molte.

«Facciamo l'amore in francese?» chiese lei.

«Sì... sì... Abat-jour...» disse lui.

«Boutique... papillon...» continuò lei, salendogli sopra.

«Parquet... parquet...»

«Oh, moquette...»

«Bidet... bidet...» continuò lui, riprendendo il comando.

«Oui... oui... cabriolet...» A volte tra una frasetta e l'altra passava quasi un minuto.

«Camion... camion...»

«Aaah, carillooon...» disse lei con un lamento.

«Camion... cabriolet... coupé...»

«Oh, mon dieu...»

«Crème caramel...»

«Osé... gaffe...»

«Souvenir... silhouette...»

«Brioche... buffet... desseeeeeert...»

«Garage... garage... garage...»

«Défaillance...» sussurrò Eleonora.

«No... non... nonchalance...» Poi ci fu solo silenzio, e sospiri, e respiri trattenuti, lamenti, sussurri indefinibili... Non scherzavano più, facevano sul serio... Dolcezza e violenza diventavano la stessa cosa, la situazione si capovolgeva, il movimento si fermava, poi riprendeva...

Alla fine Eleonora si lasciò andare sopra di lui, e poco dopo scivolò al suo fianco, sfinita. Franco sentiva un senso di piacere in tutto il corpo, e non solo nel corpo... Era quello, il paradiso. Aveva gli occhi chiusi, il respiro accelerato, e ascoltava il respiro di lei, meno affannato del suo. Rimasero in silenzio, abbracciati, e forse per un po' si addormentarono.

Tirarono su la coperta. Non faceva troppo freddo, ma dopo il caldo che avevano generato sentivano qualche brivido. Le travi del soffitto emergevano appena nella penombra.

«Sai che sei proprio scemo» disse lei, e si capiva che stava sorridendo.

«Me lo diceva anche la mamma.»

«Nessuno è più scemo di te.» A Bordelli sembravano parole più belle di una romantica frase d'amore.

«Per essere scemi bisogna essere intelligenti» disse, a sua discolpa.

«Senti un po', intelligentone... Mi piacerebbe sapere una cosa...»

«Sono a tua disposizione.» Anche se nella sua mente stava riemergendo il caso insolito del '47.

«Però devi essere sincero.»

«Non ho mai mentito in vita mia» disse, e si beccò un pizzicotto in un fianco... *Ahia.*

«Dico sul serio, devi essere sincero come se tu parlassi... con un maschio» disse Eleonora.

«Non sono mai stato sincero con i maschi.»

«Dai, prendimi sul serio.»

«Va bene, ti ascolto. Ma più o meno dicevo sul serio» disse lui.

«Giura che sarai sincero.»

« Devi accettare il rischio... »

« Hai ragione » ammise lei.

« Comunque sono sicuro che se mentissi te ne accorgeresti. »

« Dici? »

« Certo, soprattutto adesso che mi hai spolpato.... Non ho più difese. »

« Ma forse non è una questione di essere o no sinceri. »

« Cioè? »

« Vorrei che ti sentissi libero di dirmi fino in fondo una certa cosa... »

« Cosa? »

« Aspetta... Voglio dire che... insomma, non devi nascondermi la verità pensando che possa darmi fastidio... Sono davvero curiosa di sapere una certa cosa... Anzi curiosissima... Il resto non conta. »

« A questo punto sono più curioso di te. »

« Sono ancora una mocciosa, ma una cosa l'ho capita: la libertà di essere come si è fa bene all'amore. »

« Sono ammirato dalla tua saggezza » sussurrò lui, esplorandola con una mano.

« Dai, prendimi sul serio... Voglio dire... Chi non si sente libero deve mentire, è giusto che lo faccia, ma prima o poi fuggirà lontano... A me piace pensare che con me tu non debba mai mentire... Cioè, non per colpa mia... Ovviamente se vuoi mentire per altri motivi, per me va più che bene... La cosa importante è... Sì, voglio che tu sia libero, se ti va, di dirmi qualunque cosa, anche se credi che per me sia spiacevole... E per il fatto che me la dici, già per me è meno spiacevole... Capisci cosa voglio dire? »

« Mi pare di sì. »

« Insomma... Voglio che tu sia come sei, libero anche di nascondermi tutto quello che vuoi... Lo sai che mi piace scherzare, ma adesso sono molto seria... Questa storia con te sta diventando importante, più di quanto avevo immaginato, e mi sembra giusto dirti come vedo le cose... Sono stata chiara, vecchio sbirro?»

«Lo sai che sono limitato, parli in modo troppo complicato.» Si baciarono. Un lungo e delicato bacio. Lui amava l'odore dell'alito di Eleonora, che sapeva di grano al sole.

«A proposito di quello che ti ho detto...» continuò lei.

«Solo cose semplici, mi raccomando.»

«Semplicissime... Mi piacerebbe sapere... Cos'è che succede ai maschi quando vedono per la strada una bella ragazza? Cosa sentono di preciso?» chiese Eleonora, con una serietà da studentessa al cospetto di un illustre professore. Nella mente di Bordelli si formò un gomitolo di pensieri. Da dove poteva cominciare? Non si trattava solo di rispondere alla domanda, ma di fare alcune indispensabili premesse. Certo, poteva essere sbrigativo, evitando di infognarsi nel labirinto della sincerità, ma Eleonora non si meritava un trattamento del genere. Prese fiato, consapevole che la faccenda sarebbe andata per le lunghe.

«Innanzitutto... Ti interessa sapere cosa succede ai maschi, o cosa succede a me?»

«Be', ovviamente a te.»

«Perfetto, questo lo abbiamo chiarito. Andiamo avanti. Vorresti sapere cosa sento di preciso quando mi appare davanti una bella ragazza...»

«Esatto.»

«È bene precisare che la precisione non sarà possibile.»

«In che senso?» chiese lei, sempre più incuriosita.

«Mi sforzerò di trovare le parole più adatte, ma sarà come cercare di spiegare dove nasce il vento, o come si muove il pensiero lungo le strade intricate della memoria.»

«E io cercherò di colmare i vuoti immedesimandomi in te...»

«Allora possiamo cominciare.»

«Sono pronta...»

«Proverò a dirti cosa avviene nella mia parte più animale, ma io non sono un animale... Capisci cosa voglio dire?»

«Riesci a spiegarmelo meglio?»

«Vediamo... Se per un'offesa insopportabile sento il desiderio di uccidere, quell'impulso innegabile ha la stessa verità di tutto ciò che riesce a impedirmi di uccidere...»

«Ci dovrei riflettere, ma non adesso... Dimmi cosa prova Franco Bordelli quando incrocia per la strada una bellissima ragazza.»

«Mi dispiace, ma devo fare altre premesse.»

«Te le concedo.»

«Una donna che per gli altri è solo carina, per me può essere bellissima, affascinante, incantevole...»

«Questo lo avevo capito» disse Eleonora, stringendosi a lui.

«Altra cosa: non ho mai parlato di queste cose con i maschi, le considero faccende estremamente intime. Dunque stasera sarà la prima volta che tenterò di mettere in parole qualcosa che ho sempre vissuto solo nelle emozioni e nel pensiero.»

«Onorata...»

«E ovviamente, anche se non so cosa sto per dire, ti chiedo di non raccontarlo a nessuno... Mai.»

«Giuro.»

«Un'ultima cosa.»

«Sì...»

«Quello che cercherò di raccontarti, avviene su un pianeta assai distante dal mondo in cui vivo insieme a te.»

«Capitissimo...»

«Bene, vediamo se riesco a dire due parole sensate.»

«Tutta orecchi» disse lei, emozionata.

«Chiudo gli occhi, cerco di immaginare...»

«Non c'è fretta» sussurrò lei. Bordelli cercò di concentrarsi, e dopo un minuto di profondo silenzio cominciò a parlare, senza aprire gli occhi.

«Quando mi trovo davanti una bella ragazza... sento... sento... una specie di onda calda... si sprigiona da una zona imprecisata, che sta tra il cuore e lo stomaco... e si propaga ovunque... investe anche la mente... vorrei dire lo spirito... e scatena dei sogni... la parte animale sente il desiderio di avvicinarla, di scoprire che odore ha... la parte umana vorrebbe conoscere il suo mondo, sentirla parlare, ridere, respirare... vorrebbe essere desiderato da lei... e a scatenare tutto questo è... non so... tante cose insieme... gli occhi, lo sguardo... l'espressione del viso... la composizione dei lineamenti... il profilo... la fronte... un orecchio di porcellana... le labbra... i capelli... la forma delle gambe... delle mani... le proporzioni... il modo di camminare... Per pochi secondi, il tempo di vederla passare, di seguirla con gli occhi, sento un desiderio infinito di vivere per sempre con lei, di amarla per sempre, di essere amato per sempre... di sentire il suo calore e il suo odore e i suoi sussurri per sempre... E affondare in quella visione, abbandonarmi, trasformare quell'apparizione in un mito doloroso e irraggiungibile, alimenta una parte di me con un cibo che è impossibile trovare altrove... Al tempo stesso so che è solo un gioco, un gioco del quale ho bisogno, un gioco sano e naturale, ma solo e soltanto un gioco... un gioco che mi coinvolge in profondità, ma non lascia traccia, va semplicemente ad aggiungersi ai mille altri giochi già vissuti... Ed è bene permettere che questo gioco venga giocato, senza inibirlo, senza reprimerlo, senza fingere che non esista, altrimenti potrebbe trasformarsi in qualcosa di malsano... Ecco, ho cercato di dirti qualcosa, ma non sono per niente soddisfatto, queste parole raccontano solo in minima parte quello che succede in quei momenti... ma è normale che sia così, sono faccende misteriose, impossibili da spiegare e anche da raccontare... si accendono nella parte più animale, e non si possono trascinare nel salotto della ragione...» Bordelli smise di parlare, e Eleonora rimase in silenzio. Dal suo respiro si capiva che stava pensando. Poi lui la sentì sorridere.

«Perché ridi?» le chiese.

«Nulla... La tua spiegazione era più chiara di quello che immagini.»

«Sai, mi capita non poche volte di vedere una donna che mi fa quell'effetto.»

«Lo so bene, ti succede anche quando sei con me.»

«Quando sono da solo mi giro a guardarla fino a che non scompare.»

«Questa cosa mi piace...»

«Ah sì?» chiese lui, leggermente stupito.

«Mi piace che tu sia attirato dalle donne, affascinato dalla bellezza femminile, e che alla fine tu abbia scelto me.»

«Qui sbagli...»

«Cioè?»

«Sei te che tra innumerevoli proci hai scelto me.»

«Scemo...» disse lei. Poi sotto le lenzuola ricominciò un certo movimento.

Prima delle nove Bordelli era già nei boschi della Panca, insieme a Blisk. Aveva gli scarponi e lo zaino che gli aveva regalato Eleonora per il suo compleanno. Camminava nei sentieri che si snodavano tra i castagni denudati dall'inverno, ma come al solito si muoveva anche nei viottoli della memoria. Il cane se ne andava per conto suo chissà dove, agile come un cucciolo. Ogni tanto appariva all'improvviso, poi scompariva di nuovo, come certe malinconie. Una nebbiolina quasi azzurra serpeggiava in mezzo ai tronchi neri e ai cespugli.

Quando alle sette e mezzo si era alzato dal letto, Eleonora dormiva ancora. Prima di uscire dalla camera in punta di piedi, era rimasto per un po' nella penombra della stanza a guardarla. La bellezza di quella creatura quasi lo commuoveva... Le labbra socchiuse, la fronte pensierosa come se stesse facendo un sogno faticoso. Chissà come mai una bella bimba come lei voleva stare con un vecchio sbirro, sembrava quasi uno dei misteri della fede. Eleonora quella domenica sarebbe andata a pranzo dai suoi, nel pomeriggio al cinema con un'amica e la sera al compleanno di un cugino. E lui era contento di non sapere quando l'avrebbe rivista, era contento di sentire la sua mancanza, di desiderarla, di aspettarla. Le aveva lasciato un biglietto accanto alla Moka: *Vado nel bosco a guardare le belle ragazze.* La immaginava sorridere. Chissà se anche lei avrebbe lasciato scritto qualcosa...

Arrivò alla cappella dei Boschi, e quella volta invece di andare a destra verso Pian d'Albero prese il largo sentiero a sinistra, che portava verso Poggio alla Croce. Voleva bere un po' d'acqua fresca alla sorgente dei Trogoli.

«Blisk, da questa parte» gridò. Ma di certo il cane non avrebbe fatto fatica a ritrovarlo, annusando le sue tracce. Fluttuando nella memoria si ricordò del primo Blisk, il grosso cane lupo del Terzo Reich che durante la guerra aveva trovato ferito e aveva salvato. Nel giugno del '45 se lo era portato a casa, e i suoi genitori non potevano avvicinarlo senza sentirlo ringhiare. Ci erano volute diverse settimane prima che anche loro potessero accarezzarlo, ma poi era diventato un agnellino. Le sere in cui sua mamma rimaneva a casa da sola, Blisk si accucciava ai suoi piedi e non si muoveva. Quando lei sentiva uno scricchiolio che non la faceva stare tranquilla, sussurrava al cane... *Blisk, hai sentito?...* Allora lui si alzava piano piano, senza fare il minimo rumore ispezionava ogni angolo della casa, e se per sbaglio qualcuno aveva lasciato una porta chiusa, Blisk grattava leggermente con la zampa sul legno, fino a che la mamma non la apriva...

Mentre continuava a ricordare, assistette a una scena che non si sarebbe mai aspettato di vedere. Un cucciolo di volpe che stava attraversando il sentiero, una ventina di metri davanti a lui, si fermò con le orecchie tese, e in quel momento apparve Blisk... Lui gridò di lasciarla stare, ma Blisk non aveva nessuna intenzione di fare del male a quella bestiola. Si fermò accanto alla volpe e si mise a leccarle il capo come una mamma. La volpina barcollava sotto i colpi di quelle poderose linguate, contenta di farsi coccolare. A un tratto si sentì in lontananza uno strano verso, un guaito acuto, quasi metallico, allora la volpina lanciò uno sguardo a quella montagna bianca e pelosa e se ne andò trotterellando, mentre Blisk la guardava allontanarsi. Era stato bello vedere come due razze considerate nemiche potessero scambiarsi dei gesti di affetto. Sarebbe stato come vedere dopo l'8 settembre un nazista e un «traditore italiano» bere tranquillamente insieme un bicchiere di vino e darsi pacche sulle spalle. Forse da qualche parte era anche successo, ma una scena del genere lui purtroppo non l'aveva mai vista.

Continuò a camminare lungo i due sentieri, quello del bosco e quello che si snodava nel pensiero. Adesso che era in pensione poteva salire più spesso su quelle colline. Le avrebbe esplorate palmo a palmo, come quando da comandante del San Marco usciva in pattuglia con i suoi uomini nelle campagne infestate di tedeschi. Si trovò in cima a un crinale, davanti a un panorama bellissimo, e riconobbe il Pratomagno, Vallombrosa, Saltino... Il cielo era una cupola di vetro blu dove passavano lentamente grandi mandrie di nuvole bianchissime, e lui si mise a mugolare una canzone di Modugno che gli era entrata nel sangue... *Tutto il mio folle amore, lo soffia il cielo, lo soffia il cielo, coo-sììì...* Quelle lunghe camminate in solitudine servivano a molte cose, anche a cantare... Anche a convincersi di voler risolvere a tutti i costi l'omicidio del '47, che per via degli anni passati rischiava di diventare il caso più difficile della sua carriera, una carriera che in realtà era finita. Ma ormai era come avere un ciottolo in una scarpa, altro che sassolino. Nemmeno camminare tra i boschi riusciva a fargli dimenticare quella faccenda, anche se nulla poteva sciupargli il piacere di muoversi in mezzo agli alberi... *ai tuoi amici alberi*, come diceva Eleonora. All'una mangiò il panino seduto sopra una roccia, dalle parti di Poggio alla Croce, poi tornò indietro.

Dopo pranzo si mise a leggere davanti al fuoco e andò avanti per un paio d'ore, fermandosi spesso per rallentare la lettura, ma quando chiuse il libro era già arrivato a pagina cinquantotto, appagato da quella scrittura fluida che raccontava una storia dolorosa e così profondamente vera, almeno nei sentimenti che l'avevano animata.

Si tolse gli occhiali e rimase a sonnecchiare, ma quell'ozio da pensionato nullafacente non era così piacevole come quando era incalzato dagli impegni. Riaprì gli occhi alle sette. Blisk non c'era, doveva essere uscito dallo sportello magnetico. Si alzò, bevve un bicchiere di acqua fresca, e si ritrovò di nuovo a pensare all'omicidio del '47. Non vedeva l'ora che arrivasse la mattina dopo, per andare in questura a cercare di recuperare quel fascicolo. Sapeva bene che il rischio era di fare un bel buco nell'acqua. Erano passati ventitré anni. Il ragazzo era stato ucciso subito dopo la guerra, in un'Italia sofferente e misera che avanzava tra le macerie, in un clima di tensione, quando ancora nelle questure regnava una certa confusione. L'incartamento sull'omicidio doveva essere sicuramente incompleto e approssimativo, o forse non esisteva nemmeno. Ma ormai si era incaponito, e innanzitutto voleva capire se era possibile riportare alla luce informazioni che potevano essere utili. Doveva provarci, ma era bene prepararsi a una grande delusione.

Per distrarsi poteva andare a Firenze a mangiare un boccone da Cesare. Anche quella era una novità. Di solito si fermava alla trattoria prima di rientrare a casa, adesso invece sarebbe sceso apposta. Sì, l'idea gli piaceva, anche per cercare di pensare il meno possibile al '47. Si sciacquò il viso, s'infilò la giacca e montò sul Maggiolino. Si era portato dietro la lettera per Alba de Céspedes, indirizzata a Mondadori.

Arrivò in fondo al viale dei Colli, e in piazza Ferrucci, invece di passare il ponte e proseguire sui viali, come sarebbe stato logico, prese il Lungarno, attraversò il ponte alle Grazie e imboccò via de' Benci. Si ricordava che poco più avanti, accanto alla farmacia, c'era una cassetta postale. Parcheggiò davanti alla chiesa evangelica e scese. Rimase un po' davanti a quella bocca di metallo con la lettera in mano, immaginando lo sguardo della scrittrice quando l'avrebbe letta, e quasi arrossiva. Non solo perché magari gli era sfuggita una virgola sbagliata, ma per quello che aveva scritto. Mandare una lettera a una sconosciuta chiedendole di incontrarla... Non era sconveniente, o forse anche soltanto stupido? Stava per lasciar perdere, ma quando pensò di non inviarla sentì che se ne sarebbe pentito. Che male poteva fare, una lettera di ammirazione? Si fece coraggio, infilò la busta nella fessura, la tenne ancora per qualche secondo tra le dita, chiuse gli occhi, e finalmente la lasciò andare dentro lo stomaco della cassetta... Per un attimo si sentì perduto, pensò addirittura di aspettare la levata per recuperarla, poi fece un bel respiro e scuotendo il capo rimontò sul Maggiolino. Aveva fatto la guerra contro i nazisti, e adesso si agitava per una lettera. In macchina, attraverso il centro, passò accanto alla questura con uno strizzone allo stomaco, e sbucò in quella che come molti altri si ostinava a chiamare piazza San Gallo. In realtà si chiamava così solo anticamente, e dopo aver cambiato diversi nomi adesso si chiamava piazza della Libertà... questa parola che troppo spesso era stata masticata da bocche indegne di pronunciarla. Lasciava che questi pensieri gli scorressero nella mente come ruscelli di montagna, al posto del fiume di ipotesi e di congetture sugli omicidi che fino a qualche giorno prima allagava le vallate dei suoi pensieri. Parcheggiò davanti alla trattoria *Da Cesare*, per la prima volta da ex commissario. Dio mio, l'ultima volta da sbirro in servizio era stata appena due giorni prima, e il mondo non era più lo stesso. Da fuori vide che la trattoria era piena come un uovo, ma non era certo una novità. Appena entrò i camerieri e Cesare lo accolsero con lo stesso saluto di sempre... *Buonasera commissario...* *Salve commissario...*

«Non sono più commissario» diceva lui, sforzandosi di apparire tranquillo, senza sapere come interpretare i sorrisi che si trovava davanti... *Oh, mi dispiace?* Oppure... *Sono contento per lei?* Preferì non indagare, e come al solito s'infilò nella cucina, il regno di Totò, dove aveva da sempre il suo personale sgabello.

«Che piacere, commissario!» disse il cuoco pugliese dall'altezza del suo metro e cinquanta, senza smettere di sfornellare.

«Non sono più commissario, Totò. Sono in pensione.»

«E allora? Come dovrei chiamarvi?»

«Non lo so... Magari Franco.»

«State scherzando? Niente serpeggiamenti... Commissario vi chiamavo e commissario seguiterò a chiamarvi» disse Totò perentorio, tagliando l'aria con una mano.

«Mi rassegno» disse Bordelli.

«Veniamo alle faccende serie... Aringa affumicata con le cipolle, pasta con le sarde, e per dopo ho l'ultimo osso buco... Affare fatto?»

«Faresti prima a spararmi, Totò.»

«Che volete dire?»

«Non ho più l'età... Non potrei avere una pasta all'olio e due patate lesse?»

«Solo se mi fate vedere un certificato medico...»

«Ti prego Totò, sento il bisogno di qualcosa di leggero.»

«Ossantaveneranda, e secondo voi un'aringuccia con le cipolle vi mette pesante?»

«Accontentami Totò, almeno per stasera.»

«La pasta ve la posso almeno abbellire appena appena?»

«Preferirei di no...» disse il commissario.

« Qualche oliva? »

« Non mi piacciono, lo sai. »

« Una salsiccia sfrigolata? »

« Dai, no... »

« Nemmeno una melanzana saltata? »

« Olio peperoncino e parmigiano va più che bene. »

« Almeno un po' d'aglio... »

« No, sono diventato allergico all'aglio. »

« Come volete voi, frate Bordelli » borbottò il cuoco con un sospiro, riempiendogli il bicchiere di vino rosso.

« Totò sia lodato » disse il commissario, unendo le mani in preghiera.

« Santa Padella mi manderà all'inferno » borbottò il cuoco, scuotendo il capo.

« Così potrai cucinare alla brace per l'eternità » disse il commissario, e bevve un sorso.

« Se io all'inferno avrei una bella cucina tutta mia, per me fosse meglio del paradiso... »

« Dopo una frase così, anche Santa Crusca ti manderà all'inferno. »

« Come dite? »

« Nulla nulla » disse Bordelli, che in realtà amava la grammatica fantasiosa e le coniugazioni libere del cuoco. Totò continuava a spentolare e a spadellare, a porgere i piatti ai camerieri dal passavivande, e intanto metteva in piedi quelle disgraziate penne « ospedaliere ». Bordelli lo guardava ammirando la sua energia, che negli anni non era mai venuta meno.

« Commissario, vi ho mai raccontato di quel cristiano, giù al paese, quando lo trovarono in un campo con due chiodi piantati dritti negli orecchi e una patata spinta in bocca? »

« Morto? » chiese distrattamente Bordelli, che stava di nuovo pensando al '47.

« No no, stava fischiettando una canzoncina. »

« Scusa... Comunque non me l'hai raccontato, almeno mi sembra. »

«Ah, questa è divertente... Sentite qua... Quello era un tipo che aveva un figlio che faceva il filo a una ragazzina che aveva il padre che aveva delle masserie vicino a...»

Quella sera tornò a casa abbastanza presto, con lo stomaco leggero e la mente un po' appesantita dalle storie sanguinolente di Totò, che raccontava quelle faccende con lo stesso tono di quando parlava dei piatti tradizionali del suo paese. Appena entrò in cucina, Blisk si alzò per salutarlo, ma subito dopo si avvicinò al frigorifero scodinzolando.

«Hai ragione, ma quando sono uscito eri a zonzo.» Gli scaldò la zuppa sul fornello e la versò nella sua grande ciotola. Blisk ci tuffò dentro il muso, come se non mangiasse da giorni.

«Perché non te la gusti con un po' di calma?» disse Bordelli, sorridendo. Come aveva fatto altre volte, per saggiare il livello della loro confidenza provò a mettergli una mano dentro la zuppa, e Blisk continuò a mangiare senza alcuna reazione. Chissà come avrebbe reagito se quel gesto lo avesse fatto un estraneo.

Dopo aver visto l'ultimo telegiornale prese dalla poltrona il libro di Alba. Fece una carezza a Blisk, che si era disteso sul pavimento sopra la sua coperta.

«Buonanotte, bello.» Si voltò a salutare Geremia, che se ne stava sempre lassù in alto a guardare. Ormai era una presenza rassicurante, uno di famiglia.

«Sai Geremia? Ti vedo bene, mi sembri un po' ingrassato» disse a voce alta, e per quella stupidissima battuta gli venne addirittura da ridere.

«Ride bene chi ride ultimo» disse Geremia, impassibile.

«Chissà chi eri, da vivo... Un giudice? Un fornaio? Un contrabbandiere?»

«Non me lo ricordo, e sinceramente non me ne importa nulla. Sono frivolezze che solo i vivi reputano interessanti. Vi occupate di così tante faccende senza alcun valore, che a volte mi chiedo come fate a dare un senso alla vita... Ma non voglio una risposta, nemmeno quella m'interessa. Ti auguro una buona notte, e anche, quando sarà, una buona morte.»

«Molto gentile» sussurrò Bordelli, con un lieve inchino. Era davvero un ospite prezioso, il sarcastico Geremia. Salì al piano di sopra e si mise a letto. Dedicò un pensiero veloce alla mattina che lo aspettava... Un salto in questura, Porcinai, l'archivio, il fascicolo del '47... E se non si fosse trovato nulla? No no, basta. Doveva solo scavalcare la notte, e la mattina, con calma, sarebbe sceso a Firenze e... Dio mio, era ora di finirla, non aveva alcun senso stare a rimuginare sul nulla. Si sentiva impaziente come se si stesse occupando di un omicidio avvenuto quel pomeriggio. Doveva calmarsi, distrarsi, era inutile cercare di prevedere il futuro. Se il fascicolo non si trovava avrebbe cercato altre strade. Solo di una cosa era sicuro: non avrebbe rinunciato a risolvere quel vecchio caso. Bene, adesso però doveva smettere di pensarci. Aprì il libro, ma prima di cominciare a leggere immaginò il cammino che avrebbe fatto la sua lettera... La mattina dopo il postino incaricato di vuotare la cassetta di via de' Benci l'avrebbe portata al deposito centrale, poi sopra un treno sarebbe arrivata al deposito di Milano, e da lì alla sede di Mondadori, e chissà quando, qualcuno l'avrebbe infilata in un'altra busta e l'avrebbe inviata alla scrittrice, che a quanto diceva il commesso della Seeber abitava tra Roma e Parigi... Forse sarebbe stata letta velocemente da Alba, e magari subito dopo sarebbe stata accartocciata e lanciata nel cestino insieme a molte altre lettere... Oppure invece di arrivare sarebbe andata persa, caduta in una fogna, volata giù dal treno, smarrita in mezzo alla strada... Amen.

Aveva alle spalle la piacevole notte con Eleonora e la lunga camminata nei boschi, si sentiva stanco, ma aveva voglia di leggere. Andò avanti per una trentina di pagine, ipnotizzato da quella storia sempre più emozionante... *Ogni volta, quando mi salutava così, credevo di non più rivederla l'indomani...*

Poi il sonno lo vinse, chiuse il libro, ci mise sopra gli occhiali e spense la luce. Nel buio una frase gli attraversò la mente, e forse addirittura la sussurrò... *Un piccolo libro con le poesie della mamma...* Non fece in tempo a coccolare quel pensiero, che il sarcofago del sonno si chiuse sopra di lui.

Dopo una bella dormita si alzò senza fretta, riposato e tranquillo. Cercò Blisk, ma era già uscito. Ancora prima di preparare la Moka telefonò in questura e chiese di Porcinai, l'archivista. Ma ebbe una delusione.

«Stamattina Porcinai non c'è, dottore. Ha chiesto un permesso» disse una giovane guardia, che dalla voce sembrava addirittura sugli attenti.

«Non c'è nessun altro che possa trovarmi il fascicolo di un vecchio omicidio?»

«Be', non so... Di quale anno?»

«Del '47...»

«Eh no, mi dispiace. Per una faccenda così antica ci vuole Porcinai, dottore» disse la guardia.

«Ho capito. Quando lo trovo all'archivio?»

«Oggi pomeriggio dovrebbe esserci.»

«Va bene.»

«Devo anticipargli qualcosa?»

«No no, ci parlo io, grazie.»

«Di niente, dottore. Arrivederci.»

«Ciao...» disse Bordelli, e appena riattaccò gli venne da sorridere. Il ragazzo al telefono aveva detto che si trattava di una «faccenda antica», forse perché era nato addirittura dopo il '47.

Si fece la barba con calma, e dopo un bel bagno bevve un caffè, pensando al libro di poesie di sua madre. Il suo amico Dante lo aveva incoraggiato a portarle da un importante editore di Firenze, e a quel punto voleva provarci davvero. Bastava solo trovare il momento giusto. Prima doveva sgombrare la mente dall'omicidio del '47, o almeno avviare l'indagine, poi si sarebbe dedicato anche alle poesie.

Era già uscito per andare a fare due passi, quando sentì squillare il telefono. Le nove e mezzo. Riaprì la porta e s'infilò in casa. Fino a qualche giorno prima a quell'ora era quasi sempre già in ufficio, e se era ancora a casa, tre volte su quattro era una telefonata della questura che lo informava di un omicidio appena avvenuto. Adesso chi poteva essere? Eleonora? Rosa? Ennio? O magari Porcinai che era appena rientrato...

« Pronto? »

« Commissario, posso parlarle? Ho un problema... » Era il colonnello Arcieri.

« Sta di nuovo fuggendo da una banda di sicari, colonnello? » scherzò Bordelli.

« Per ora quelli mi danno tregua... Ma è ugualmente un problema serio. Non le ruberò molto tempo, una decina di minuti al massimo... »

« Ho tutto il tempo che vuole. Aspettavo di risolvere l'ultimo garbuglio prima di andare in pensione, e per l'appunto due giorni fa sono diventato ufficialmente un ex questurino. »

« E come si sente? »

« Come un torsolo di mela nel piatto, in attesa di finire nella pattumiera » disse Bordelli, però sorridendo. Il colonnello gli raccontò una vicenda spinosa che riguardava una ragazza a cui era molto affezionato, e che lui cercava di proteggere. Gli chiese se poteva dargli una mano a scoprire chi era davvero il tizio di cui si era invaghita la ragazza, a suo avviso un mascalzone che poteva metterla nei guai. Bordelli si offrì di pedinare quel tipo.

« Dice davvero? »

« Perché no? Sono in pensione, e poi, come si dice, il lupo perde il pelo... »

« Mi farebbe davvero un grande favore » disse Arcieri. Subito dopo, però, gli propose di pedinarlo insieme. Alternarsi era più sicuro, e poi se il tizio si fosse incontrato con qualcuno potevano dividersi per seguirli tutti e due. Fissarono per il giorno dopo verso mezzogiorno a San Niccolò, non distante dalla casa dove abitava la ragazza con il mascalzone.

«Ci vediamo domani» disse il commissario.

«A domani, grazie ancora.»

«Si figuri, è un piacere...» Bordelli finì il caffè che era rimasto nella Moka e uscì a piedi. Arrivò fino a piazza Buondelmonti e si mise a esplorare le viuzze e i vicoli di Impruneta. Erano già tre anni che abitava in quel Comune di campagna, e ancora non conosceva bene il paese. Trovò una via intitolata a Paolieri, che aveva già salutato al cimitero delle Sante Marie. Scendendo una scalinata sbucò davanti alla scuolina degli anni Trenta che vedeva sempre dalla macchina tornando a casa. Le quattro grandi sculture di terracotta, figure umane emblematiche che trasudavano retorica fascista, si potevano quasi scambiare per simboli di propaganda sovietica. Continuò a fare l'esploratore. Entrò nella chiesa, dove c'era addirittura un altare di Luca della Robbia, e visitò il bellissimo chiostro. Scoprì anche un altro cimitero, strade piene di ville, scorci affascinanti. Si affacciò nei cortili delle varie fornaci, famose per la terracotta molto resistente, carica di ferro. Proprio a Impruneta, a quanto aveva letto da qualche parte, erano state fabbricate le tegole della cupola del Brunelleschi, per sua espressa volontà.

Gli venne fame, ma gli bastava solo un contentino per fermarsi lo stomaco. Mentre era in coda all'alimentari della Marinella per farsi un panino, scoprì che il gelato più buono di Firenze era all'Impruneta, proprio in piazza, al bar Italia: il gelato del Piro. Dopo quella notizia sentì di essersi finalmente ambientato, e alla prima occasione non avrebbe mancato di assaggiarlo. Tornando verso casa salì di nuovo su per la scalinata del monumento ai caduti. Era un piacere divorare i gradini senza affanno, dopo aver passato la mattina a camminare. Aveva sessant'anni, ma il fiato non gli mancava.

Quando arrivò in vista del suo casale erano quasi le due. Blisk non c'era. Si preparò qualcosa, apparecchiò la tavola con cura e mangiò senza fretta, in compagnia di un buon bicchiere di Balzini. Adesso i pensieri che come arazzi stavano appesi alle pareti del suo castello mentale erano diventati due, assai diversi uno dall'altro: il caso del '47 e le poesie di sua mamma. Eleonora invece non era un arazzo, ma la luce magica che rischiarava ogni altra cosa, e senza la quale il castello sarebbe rimasto al buio.

Un bel caffè, poi montò sul suo cavallo VW e scese verso Firenze, direzione questura. Era un po' preoccupato. Come lo avrebbero accolto, da pensionato? Chi sarebbe stato, varcando la soglia della questura? La piacevole apparizione di un vecchio amico o un molesto intralcio a chi aveva da lavorare?

Alla radio parlarono ancora a lungo dello scioglimento dei Beatles di tre giorni prima, che aveva gettato nella disperazione migliaia di ragazzine. Poi dissero che la missione dell'Apollo 13 stava procedendo nel migliore dei modi. Durante un collegamento con gli astronauti, uno di loro aveva confessato di non aver presentato la dichiarazione dei redditi federale, che scadeva il 15 aprile, e aveva chiesto se poteva avere una proroga, facendo ridere i tecnici della NASA e il resto del mondo. Dietro a quelle battute si nascondeva anche la dimostrazione della grande potenza degli Stati Uniti. Sembrava che per loro andare sulla Luna fosse diventata una passeggiata, un po' come per lui andare ad annaffiare l'orto dietro casa.

Da via San Gallo voltò in via Duca d'Aosta, come aveva fatto per quasi un quarto di secolo, e passando davanti alla guardiola salutò Mugnai con un cenno. Parcheggiò il Maggiolino nel cortile e tornò indietro a piedi. Mugnai lo aspettava sulla soglia.

«Che piacere, dottore.»

«Non ti preoccupare, non verrò qua tutti i giorni a piagnucolare.»

«Questa è casa sua, lo sa bene.»

«Troppo gentile... Hai qualche cruciverba ingrippato?»

«Come no! Ho un Bartezzaghi che mi fa vedere i sorci verdi...»

«Diamoci un'occhiata...» Entrarono insieme nel regno di Mugnai.

«Ecco qua, c'è anche una parola lunghissima» disse la guardia, mettendogli davanti *La Settimana Enigmistica* con uno schema incompleto. Il commissario prese una penna.

«Vediamo... otto verticale, nove lettere... *L'ultima Pietà di Michelangelo*... R-o-n-d-a-n-i-n-i» mormorò, scrivendolo.

«Mica lo sapevo...»

«Dai, non era difficile... Vediamo questa... cinque orizzontale, quindici lettere... *Ha dipinto la Deposizione di Volterra*... R-o-s-s-o-F-i-o-r-e-n-t-i-n-o.»

«Questo qua l'avevo sentito nominare» disse Mugnai, allargando le braccia.

«Vediamo... sette orizzontale, dodici lettere... Ecco, vedi, questa non la so... Andiamo avanti...» Bordelli finì comunque il cruciverba in una decina di minuti, suscitando l'ammirazione un po' lagnosa di Mugnai.

«Così non vale, dottore, lei sa tutto.»

«Macché tutto...» Bordelli guardò l'orologio, sperando che Porcinai fosse già tornato.

«Ora che lei non viene più, come faccio a finire i Bartezzaghi?»

«Come vedi sono qua, e comunque puoi telefonarmi a casa.»

«Si figuri se la disturbo per queste cose...»

«A proposito, tra qualche giorno farò una cena da me, ti va di essere dei nostri?»

«Volentieri, dottore.»

«Siamo solo uomini.»

«Nessun problema.»

«E chi viene deve rispettare una regola inderogabile.»

«Oddio, quale?» chiese Mugnai, preoccupato.

«Alla fine della cena ognuno deve raccontare una storia, vissuta da lui o da qualcuno che ha conosciuto.»

«E io chissà che credevo... Quello va bene, mi piace.»

«Bene, nei prossimi giorni ti farò sapere la data.»

«Di storie ne ho quante ne vuole» disse Mugnai, contento.

«Buoni cruciverba» disse il commissario uscendo dalla guardiola. Attraversò il cortile pensando che non sarebbe stato male fare dei cruciverba che insegnassero un po' di storia recente... *La città dove fu firmato l'Armistizio... Fu liberata dal battaglione San Marco il 25 agosto del 1944... Fuggì insieme al re l'8 settembre... Il comandante del campo di Auschwitz...* Entrò nell'edificio diretto all'Archivio, sperando che Porcinai fosse tornato. Lo aveva visto appena due giorni prima nella sala delle riunioni, quando aveva salutato i colleghi, al momento di andare ufficialmente in pensione, ed era contento di averlo trovato asciutto e in forma. Per anni Porcinai era stato molto grasso, anzi obeso, e faticava a muoversi. Adesso sembrava rinato.

Uscì in un altro cortile e nel fabbricato di fronte adocchiò la porta dell'Archivio. Pregava che il fascicolo su quell'omicidio non fosse andato perduto... Come diavolo si chiamava il ragazzo che era stato accoltellato? Gregorio, e poi? In che mese era avvenuto l'omicidio? Porca miseria, come faceva a ricordarselo? Doveva essere estate, o magari una calda primavera, perché quando era andato a Molino del Piano con l'auto della questura era in maniche di camicia e teneva il finestrino abbassato. Però una cosa se la ricordava bene: il cadavere del ragazzo non lo aveva mai visto, e questo era piuttosto assurdo. In un'indagine moderna non sarebbe potuto succedere. Per saperne di più confidava nel referto del medico legale... Sempre che quel documento fosse nel fascicolo, un fascicolo che ancora non si sapeva se sarebbe saltato fuori. Non rimaneva che affidarsi a Sant'Antonio da Padova e recitare il Sequeri...

Quando aprì la porta dell'Archivio, tirò un sospiro di sollievo vedendo Porcinai seduto alla sua scrivania ingombra di faldoni e cartelle.

«Ciao, vengo a disturbarti» disse.

«Ciao commissario, nessun disturbo... Come te la passi in pensione?» disse l'archivista, porgendogli la mano senza alzarsi. Si davano del tu, avevano quasi la stessa età e avevano preso servizio nello stesso anno.

«Per adesso non me ne sono accorto. Ma sbaglio o a te manca poco?» chiese Bordelli, sedendosi dall'altra parte della scrivania.

«Ancora un paio d'anni» disse l'archivista.

«E poi che farai?»

«Diversi anni fa mia moglie ha ereditato una villetta da una vecchia zia di sua madre, all'isola d'Elba. Aspettiamo che anche lei vada in pensione, poi vedrai che ci trasferiamo in quella casa.»

«Ah, bello.»

«Tanto i figli sono grandi.»

«Fate bene.»

«Vado a pescare, leggo il giornale, una partita a briscola, una a bocce, cene con gli amici...»

«Prima però devi insegnare a qualcuno a muoversi in questo labirinto di carte, sennò ti vengono a prendere e ti riportano qua» disse Bordelli, guardandosi intorno.

«Certo, ho già cominciato, tre mattine alla settimana viene un ragazzo volenteroso che sta imparando in fretta... Ma se non mi sbaglio, tu vuoi chiedermi qualcosa.»

«Eh già, devo chiederti un favore, anche se non sono più in servizio.»

«Per me tu sarai sempre in servizio, chiedi e ti sarà dato.»

«Grazie, sei un amico... Vorrei ritrovare il fascicolo di un vecchio omicidio non risolto.»

«Di quale anno?»

«Del '47.»

« Accipicchia, è l'anno in cui sono entrato in servizio. »

« Anche io... »

« Non sai la data precisa? »

« Eh no, ma mi ricordo che faceva caldo. »

« Meglio di nulla. Hai altre informazioni? Il nome e l'età del morto, come è stato ammazzato... »

« Un ragazzo sui venticinque anni, si chiamava Gregorio, il cognome non riesco a ricordarlo. Accoltellato a Molino del Piano. Era il figlio di un industriale che aveva simpatia per il duce, infatti si era pensato a una vendetta dei partigiani... Non so dirti altro. »

« Be', non sarà una passeggiata... Hai fretta? »

« Potrei dirti di sì, ma non è una richiesta ufficiale. Prenditi il tempo che vuoi. »

« Perché ti interessa tanto? »

« È stato il mio primo caso importante, appena entrato in servizio, e non ne sono venuto a capo. »

« Non dirmi che vuoi metterti a indagare su quell'omicidio... » disse Porcinai, con un sorriso stupito.

« Figurati, sto solo prendendo appunti per scrivere le mie memorie » disse il commissario, scherzando.

« Nel caso, in bocca al lupo » disse Porcinai, allusivo.

« Viva il lupo. »

« Se il fascicolo non è andato perso dovrei riuscire a trovarlo. »

« *Si quaeris miracula...* » disse Bordelli.

« Eh già, in questo caso ci vuole. »

« Spero che tu sia in buoni rapporti con Sant'Antonio. »

« Certo, giochiamo spesso a chi ritrova prima qualcosa in questo mare di cartacce » disse l'archivista, allargando le braccia.

« Voglio essere ottimista, una volta tanto. »

« Appena ho un attimo mi ci metto, prova a telefonarmi domani sera. »

« Mille grazie » disse Bordelli, alzandosi.

« Di niente. » Dopo una bella stretta di mano il commissario se ne andò. Invece di tornare al Maggiolino, imboccò le scale. Aveva lasciato il suo ufficio da appena due giorni, ma gli sembrava di essere in pellegrinaggio nei luoghi di un lontano passato. Arrivò al secondo piano, passò davanti alla porta del suo ultimo ufficio, che per fortuna era chiusa. Percorse il lungo corridoio, bussò alla porta del questore e si affacciò dentro.

« Si può? »

« Bordelli, venga... Quanto tempo... » disse Di Nunzio, alzandosi.

« Eh già, sono passati addirittura due giorni » disse il commissario. Si salutarono con affetto e si accomodarono sulle poltroncine.

« Caro questore vicario Bordelli, qual buon vento? »

« Volevo annusare l'aria familiare della questura, rivedere le antiche scale, immergermi nella malinconia, rimembrare il tempo passato... Oltre a farle un saluto e avvertirla che presto la inviterò a cena a casa mia, insieme ad altri amici. »

« E dopo aver mangiato e bevuto dovrò raccontare una storia... »

« Ha buona memoria. »

« Superlativa... Deve avermelo annunciato addirittura tre giorni fa » dichiarò il questore.

« A me sembra un secolo, perché ero ancora in servizio » disse Bordelli, sorridendo.

« Lei si ricorda che vorrei non dire chi sono e cosa faccio nella vita? »

« Sì, però non credo di averle chiesto come mai. »

« Preferisco evitare etichette che possano creare scomodi atteggiamenti riguardosi. »

« Capito... »

« Se poi mi inviterà un'altra volta, magari potremo svelare il mistero. A quel punto la confidenza avrà fatto il suo corso e l'etichetta non sarà più un ostacolo. »

«Un ammirevole espediente psicologico.»

«Un piccolo accorgimento. L'ho fatto altre volte, dà ottimi risultati.»

«Se non mi sbaglio lei sarà un professore delle scuole medie...»

«Non si sbaglia, però ho cambiato idea. Diremo che sono un maestro elementare.»

«Va bene...»

«È l'unica epoca dell'educazione scolastica che ricordo con piacere, tutto il resto è stato un pantano che sono riuscito ad attraversare tappandomi il naso e guardando dritto davanti a me, solo perché mi piaceva studiare, e mi riferisco anche all'università.»

«Potrei dire più o meno la stessa cosa, a parte il mio professore di filosofia al liceo, un uomo mite e coltissimo.»

«Purtroppo non ho avuto questa fortuna...»

«Mi ha insegnato che da ogni esperienza, anche la più insignificante, si può imparare qualcosa, dipende solo da noi, dalla nostra voglia di conoscere. Mi ha insegnato anche il valore del dubbio e quanto la vera conoscenza ci faccia sentire ignoranti.»

«Nipotino di Socrate.»

«Se non ci fosse stato lui...» disse Bordelli, ricordando con piacere quel magnifico professore, l'unico degno di chiamarsi tale. Continuarono per qualche minuto a rievocare gli anni della scuola, poi passarono oltre. A un certo punto il questore gli fece una domanda.

«Vuole conoscere il commissario capo che ha preso il suo posto e di conseguenza siede nel suo ex ufficio?»

«No, grazie» disse Bordelli, alzando le mani.

«Ha paura di prenderlo a pugni?»

«Mi ha letto nel pensiero» scherzò il commissario.

«È un bravo ragazzo, comunque...»

«Sono contento per lui. Ma entrerò nel mio vecchio ufficio solo quando dietro la scrivania ci sarà Pietrino Piras» disse Bordelli. Il questore annuì.

«Non credo che passerà molto tempo, Piras ha le carte in regola per bruciare le tappe» disse Di Nunzio.

«Mi fa piacere che se ne sia accorto.» Per adesso il sardo stava dietro anche a furti e rapine, nonostante avesse fatto la sua gavetta con gli omicidi accanto al commissario.

«Al momento giusto farò una segnalazione al Ministero» aggiunse Di Nunzio.

«Se la merita.»

«Certamente... Senta un po', ma la nostra partita a bocce?»

«Mi lascia ancora un po' di tempo per allenarmi?» disse Bordelli, che aveva dimenticato la sfida.

«Tutto il tempo che vuole. Con gli avversari destinati alla sconfitta sono magnanimo.»

«Vedremo...» Andarono avanti a chiacchierare per un'altra mezz'ora, poi il questore si ricordò che aveva una riunione con il prefetto e dovettero stringersi la mano.

Bordelli andò a cercare Piras, ma gli dissero che era andato a Prato per un'indagine su un tentativo di rapina a un ufficio postale. Nel cortile alzò la mano un paio di volte per salutare ex colleghi, e montò sul Maggiolino. Passando davanti alla guardiola di Mugnai dette un breve colpo di clacson, e la guardia ricambiò con un gesto che voleva dire: *torni presto a farci visita...* Un gesto che fino a quel giorno non avrebbe avuto senso, pensò il commissario. Quella mattina aveva trovato il modo di passare un bel po' di tempo in questura, ma non poteva certo farlo tutti i giorni. Adesso non restava che aspettare, sperando che Porcinai riuscisse a disseppellire quel vecchio fascicolo.

Dopo aver pranzato nella cucina di Totò, senza cedere agli intingoli di quel santo demonio pugliese, fece un salto a San Frediano. Ci aveva vissuto quasi vent'anni, e ogni volta che ci andava era come tornare a casa. Quel quartiere aveva qualcosa di speciale, difficile da definire. L'Alluvione aveva trasformato un po' la sua fisionomia, distruggendo antiche botteghe che non avevano più riaperto. Ma non tutte erano scomparse per mancanza di denaro. Alcune erano state abbandonate da vecchi artigiani che non erano riusciti a trasmettere la propria passione ai figli, i quali sognavano una vita diversa, nel bene o nel male. Nonostante tutto, quelle strade erano avvolte da un'atmosfera particolare, unica a Firenze. Era una sorta di villaggio governato da regole non scritte che ognuno rispettava, regole impossibili da definire e da mettere in parola, e se per caso qualcuno si azzardava a infrangerle doveva fare i conti con il quartiere.

Bordelli era stato accolto a San Frediano come un amico. Non era mai stato uno sbirro prepotente, un rompiscatole che voleva a tutti i costi far rispettare la legge. Capiva che dietro quella piccola e in fondo innocua delinquenza c'era la fame, l'abitudine a destreggiarsi e a cavarsela, e assai spesso un'onestà d'animo che certi borghesucci incravattati non si sognavano nemmeno. Gli stessi arrangioni che camminavano sempre sul filo del reato erano capaci di togliersi il pane di bocca per un amico. Un uomo leale e generoso come Ennio Bottarini era difficile da trovare al Palazzo di Giustizia, in una banca o dietro una cattedra universitaria. Eppure per il codice penale era un delinquente, anzi lo era stato. Adesso, dopo un bel colpo messo a segno, aveva appeso al chiodo i ferri del mestiere e si poteva finalmente considerare un cittadino onesto.

Bordelli parcheggiò in via del Campuccio, davanti al portone della palazzina dove il delinquente Ennio aveva vissuto per anni in un seminterrato, e dove il cittadino onesto Ennio aveva comprato un appartamento al secondo piano. Anche Bordelli, vinto dalla nostalgia del quartiere, aveva comprato tre stanze in quel fabbricato, proprio sopra il Botta, ma fino a quel momento non aveva mai avuto il tempo di sistemarle. Entrò nel portone, salì al secondo piano, bussò alla porta di Ennio e mise un dito sullo spioncino, per fargli uno scherzo. Intuì dei passi dietro la porta, poi silenzio, ma era ovvio che qualcuno stava cercando di guardare. Passò quasi un minuto.

« Chi ha bussato? » disse alla fine una donna, allarmata.

« Anita, sei tu? »

« Chi è? »

« Sono io, Bordelli... » Aveva tolto il dito dallo spioncino, per farsi vedere. La porta si aprì e apparve Anita, la fidanzata di Ennio, bella e spettinata.

« Commissario... »

« Non più, sono in pensione. »

« Mi sono un po' spaventata. »

« Scusa, era uno scherzo per il tuo principe azzurro. »

« Entri... Ennio è fuori, torna tra poco. »

« Solo un minuto. » Entrò e si guardò intorno.

« Un caffè? »

« Ma sì, grazie... L'avete sistemato bene, è davvero accogliente » disse Bordelli.

« Faccia pure un giro, vado a fare il caffè... Non guardi il disordine » disse Anita, e s'infilò in cucina. Il commissario entrò in una stanza arredata con semplicità e gusto, dove c'erano due grandi divani e molti scaffali pieni di libri. Sopra uno dei divani stava dormendo un gatto enorme, doveva essere

Intruglio, la belva che un anno prima aveva deciso di vivere in quella casa. Lo lasciò in pace e continuò il giro. Anche la stanza accanto era assai piacevole, con un grande tavolo per mangiare, vetrinette con piatti e bicchieri, un lampadario moderno. In un'altra stanza, più piccola, trovò una scrivania e ancora libri, cartelle, raccoglitori, disegni di bambini attaccati alle pareti... Doveva essere lo studio di Anita, che faceva la maestra elementare. Alla fine si affacciò alla camera da letto, una morbida alcova, un dolce campo di battaglia per le faccende d'amore creato senza dubbio dalla fantasia di Anita. Il cittadino onesto Ennio era fortunato a stare con una donna così, non solo bella, ma speciale, un po' raffinata e un po' selvaggia. Già che c'era approfittò del bagno, rimesso a nuovo, con le pareti dipinte di arancione. Quando arrivò in cucina, la caffettiera era già sul fuoco. Anita stava mettendo sul tavolo le tazzine e una ciotolina con dei biscotti.

« Allora, le piace il nostro nido? »

« Moltissimo, anche la cucina è magnifica. »

« Grazie... »

« Opera tua, immagino. »

« La mente non basta, ci vuole il braccio. »

« Come braccio, Ennio non lo batte nessuno. »

« Ogni tanto ho dovuto usare la frusta » disse Anita, ridendo.

« Il lavoro alla scuola? »

« Bene, i bambini mi piacciono, anche se mi succhiano il sangue... E lei? Come si sente in pensione? »

« Ancora non so, sono passati solo due giorni. »

« La vedo in forma » disse Anita. Versò il caffè nelle tazzine, e continuarono a chiacchierare. Bordelli si sentiva bene in quella casa, seduto in cucina, a bere un caffè con calma, a parlare con Anita, in quel quartiere di gente semplice e di simpatici filibustieri. Fino a qualche giorno prima una situazione del genere poteva essere una pausa durante un'indagine, mentre stava andando a interrogare un testimone o a pedinare qualcuno, mentre adesso avrebbe potuto rimanere in quella cucina fino all'ora di cena, senza che nessuno lo venisse a cercare. Un po' di tranquillità non era certo da disprezzare, ma gli mancava quell'elettricità sotto la pelle di quando aveva un assassino da stanare. Con l'omicidio del '47 salvava capra e cavoli: poteva imbarcarsi in una vera indagine, però nessuno gli correva dietro. Elettricità e tranquillità. Insomma poteva anche occuparsi di faccende che rimandava da tempo...

« Senti un po', non è che potete darmi una mano a sistemare le mie stanzine qua sopra? »

« Ma sì, volentieri. Un giorno andiamo a vederle insieme e mi dice cosa le piacerebbe fare. »

« Anche adesso, appena torna Ennio. Che ne pensi? »

« Per me va bene » disse Anita.

« Dio, che sollievo... » Si mise a spiegare cosa gli sarebbe piaciuto, e più o meno era l'atmosfera che aveva appena visto in quella casa. A un certo punto la porta d'ingresso si aprì e si richiuse, e sulla soglia della cucina apparve Ennio.

« Commissario, viene a insidiare la mia donna? »

« Non sono più commissario. »

« Non importa... C'è un po' di caffè anche per me? » disse il Botta, appoggiando tre mazzi di chiavi sul tavolo.

« Prima un bacio o prima il caffè? » disse Anita, abbracciandolo.

« Amore... » sussurrò il Botta, innamorato marcio. Un bacio sulle labbra, poi Anita versò in una tazzina il caffè avanzato nella Moka.

« È rimasto solo questo, se vuoi te lo rifaccio. »

« No no, mi basta. » Si sedette anche lui.

« Insomma, eccomi in pensione... » sospirò Bordelli.

« Figuriamoci se uno sbirro come lei non trova la maniera di tenersi occupato... »

« Forse ho già trovato come fare. »

« Vede che la conosco bene? »

«Anche io ti conosco bene... Da quando in qua hai bisogno di quelle cose seghettate per aprire una porta?» disse Bordelli, accennando ai mazzi di chiavi che Ennio aveva appoggiato sul tavolo.

«S'invecchia... Adesso vendo appartamenti, e per entrare mi tocca usare quegli aggeggi stupidi e ingombranti» disse il Botta.

«I proprietari sanno a chi lasciano le chiavi?»

«A un bravo ragazzo, o sbaglio?»

«Come no... Ma se una volta ti chiamo per un lavoretto delicato?» gli chiese Bordelli.

«Sempre pronto...»

«Questo mi conforta.» Anita li guardava con il sorriso sulle labbra.

«Non voglio sapere nulla» disse. Ennio alzò le spalle, le mandò un bacio soffiandolo sulle dita, poi guardò Bordelli.

«Senta un po', commissario... Vogliamo raccontare a Anita con quali soldi ho comprato questo appartamento e la macchina?»

«Non gliel'hai ancora detto?»

«No, volevo il suo consenso.»

«Certo, nessun problema» disse Bordelli.

«Faccende da galera?» chiese Anita, e il Botta alzò le spalle.

«Quisquilie, pinzillacchere... Insomma, avevo conosciuto dei tipi che mi avevano offerto un lavoretto niente male. Dovevo solo portare una valigia a Milano...»

«Mi sono offerto di accompagnarlo.»

«E meno male, sennò...» Un po' per uno si misero a raccontare l'avventura che avevano affrontato insieme, un reato bello e buono, che aveva permesso a Ennio di cambiare vita. Anita ascoltava scuotendo il capo, sgranando gli occhi, mettendosi una mano sulla fronte, sgridandoli come una maestrina, e alla fine sorrise, ma era anche parecchio stupita.

«E lei commissario, ha fatto questo?»

«Eh già...»

«È stato un vero amico» disse il Botta, commosso. Poi guardò l'orologio e uscì dalla cucina, doveva fare una telefonata a un tipo che vendeva tre stanze in Santo Spirito. Anita guardò Bordelli, ancora piuttosto meravigliata.

«E lei gli ha tenuto il sacco...» mormorò, mentre Ennio parlava a voce alta nell'ingresso.

«Possiamo dire così, ma non è un reato dei più spregevoli.»

«Ha rischiato di essere radiato, o sbaglio?»

«Anche di finire in carcere, se è per quello. Ma che potevo fare? Sapevo che Ennio non avrebbe rinunciato alla sua nobile impresa, e avevo paura che andasse a finire male. Dopo la vita che ha fatto si merita un po' di tranquillità, non credi?»

«Oddio... Basta che non succeda di nuovo...»

«Non credo proprio. Erano molti soldi, e adesso sta addirittura lavorando.»

«Non voglio sposare un uomo che andrà in prigione.»

«Ah, vi sposate?»

«Prima o poi, chissà...»

«Avete già un testimone» disse Bordelli, accennando a se stesso.

«Be', grazie.»

«Quando avevo otto anni, a scuola, insieme a due amici forzai la serratura dell'armadietto del bidello per rubare le caramelle. I bambini sono ladri per natura, sono curiosi e avventurosi, poi crescendo c'è chi smette e chi invece ne fa il proprio mestiere.»

«Io non ho mai rubato» disse Anita.

«Infatti ho detto bambini, non bambine.»

«Ah, ecco...» Quando Ennio tornò in cucina, Anita gli disse che il commissario voleva una mano per arredare il suo appartamento, e salirono tutti al terzo piano.

«Eri riuscito a scoprire chi ha vissuto in queste stanze?»

chiese Bordelli entrando, curioso di conoscere le storie che quelle pareti avevano visto.

«Mi sto informando» disse Ennio.

«E pensare che hai abitato qua sotto per un sacco di tempo.»

«Il seminterrato è un mondo a parte. Chi ci vive non incontra quasi mai nessuno, e se succede ti scrutano come fossi un topo che sbuca dalle cantine.»

«Adesso sei al secondo piano, e puoi guardare i sudditi dall'alto» disse Bordelli.

«Principe Bottarini... Suona bene, no?»

«Benissimo» disse Anita, carezzandogli una guancia. Fecero un giro per le stanze... Qualche idea, due desideri, e l'incarico diventò ufficiale. Anita e Ennio avrebbero pensato a tutto, e alla fine Bordelli avrebbe pagato il conto.

«Solo dei materiali» disse Ennio.

«Ti lascio le chiavi... Ah, tra qualche giorno sei convocato per una delle nostre cene.»

«Presente» disse Ennio, facendo il saluto militare.

«Fatemi sapere quando, così fisso con un'amica» disse Anita, che conosceva la regola di quelle cene: niente donne.

«Commissario, adesso è in pensione sul serio o per finta come l'altra volta?» disse il Botta.

«Sul serio, perché?»

«Come perché? Le ultime bottiglie di nonno Leandro le apro se festeggiamo la sua pensione.»

«Aaah, certo... Sì, sono ufficialmente in pensione, non vado più in ufficio.»

«Bene, allora porto il vin santo.»

«Farai contenti tutti... Ciao piccioncini...» disse il commissario. Quando montò in macchina gli venne da sorridere: anche lui e Eleonora erano due piccioncini. Aveva una gran voglia di vederla, ma anche se non esisteva più nessun «divieto», preferiva aspettare che fosse lei a cercarlo. Quell'attesa in fondo gli piaceva... Invece l'attesa per il fascicolo del '47 gli piaceva molto meno.

Per non pensare troppo a quella faccenda, dopo aver salutato Anita e Ennio tornò a casa, mise in ordine la sua libreria, cambiò le lenzuola, spazzò i pavimenti in camera e in cucina, lavò il bagno, tolse le erbacce nell'orto dove Ennio aveva piantato un po' di verdure, lavò pentole e piatti, preparò la zuppa per Blisk per un paio di giorni... Tutte cose che prima di essere in pensione faceva una per volta, in giorni diversi. A fine pomeriggio lesse qualche pagina. Mangiò davanti al televisore, guardando una commedia divertente con un sacco di attori bravi.

La sera, a letto, prima di spegnere la luce lesse ancora Alba, e raggiunse pagina centocinquantasette... *Vidi gli occhi di mio padre sbarrarsi in un disumano terrore. Poi caddi a terra, svenuta nella mia risata come in una pozza di sangue.* Erano apparsi nuovi personaggi, e avevano la profondità sentimentale di persone in carne e ossa. L'ambiente, l'atmosfera, le relazioni umane... Aveva la sensazione di vivere dentro il romanzo, come quando aveva letto i grandi russi dell'Ottocento.

Prima di addormentarsi, in preda al pessimismo si mise a pensare a cosa poteva inventarsi se Porcinai non riusciva a trovare quel vecchio fascicolo. Forse doveva andare nell'emeroteca della Nazionale e cercare gli articoli di giornale? Era sicuro di poter trovare qualcosa di interessante che potesse aiutarlo? Se all'epoca l'omicidio era stato chiuso in fretta e furia in un cassetto, forse anche sui giornali la notizia aveva fatto un'apparizione fugace, senza troppi strascichi. Probabilmente quella ricerca poteva servirgli per ritrovare il nome della vittima e poco altro... Comunque era meglio smettere di immaginare quello che ancora non era successo. Magari Porcinai avrebbe trovato un fascicolo bello zeppo di documenti utilissimi. Bastava solo aspettare qualche ora.

Lo squillo del telefono lo svegliò verso le nove e un quarto. Stranamente era ancora a letto. Allungò una mano e si preparò a fare la voce di chi è già sveglio da un sacco di tempo, come se dormire a quell'ora fosse sconveniente.

«Sì, pronto?»

«Bordelli sono io, Porcinai... Stavi dormendo?»

«No no, figurati. Buone notizie?» chiese, buttando i piedi giù dal letto.

«Hai saputo dell'Apollo 13?»

«No, che è successo?»

«Un'esplosione, missione annullata... Niente Luna. Adesso la vera missione è cercare di riportare vivi gli astronauti sulla Terra.»

«Cazzo...»

«Sembra che stiano rischiando di perdersi nello spazio.»

«Non ci posso pensare...» disse Bordelli, con una mano sulla fronte.

«Speriamo bene.»

«Vado a sentire la radio.»

«Aspetta... Per quel fascicolo ho avuto fortuna, l'ho già trovato.»

«Dio ti benedica. L'hai guardato?»

«Solo un'occhiata, è piuttosto scarno.»

«Me lo farò bastare» disse Bordelli. Non vedeva l'ora di averlo tra le mani.

«Quando vuoi è qua.»

«Vengo stamattina, grazie.»

« Pepe al culo, mi sembra di capire » disse Porcinai, sorridendo.

« Sono in pensione, ho tutto il tempo per giocare a fare lo sbirro. »

« Un omicidio di venticinque anni fa è peggio di un ago in un pagliaio. »

« Ventitré... » precisò Bordelli.

« Ah, allora è tutta un'altra cosa. »

« Uomo di poca fede, ci vediamo tra pochissimo. »

« Faccio in tempo a riattaccare? » disse Porcinai.

« Forse no... Prendo un caffè al volo e arrivo. »

« Ti aspetto... »

« A dopo. » Bordelli avrebbe voluto fare le cose con calma, ma già lavandosi i denti si accorse che i suoi movimenti erano accelerati. L'Apollo 13 e il fascicolo del '47 dettavano il ritmo... Fanculo alla calma. Si lavò in fretta, si vestì in fretta, lasciò perdere la barba per non rischiare di tagliarsi, e rinunciò alla Moka pensando che avrebbe preso un caffè lungo la strada. Scendendo le scale chiamò Blisk, ma quando sbarcò in cucina si accorse che era già uscito. Nessuno aveva un cane come lui, che andava e veniva quando gli pareva, notte e giorno, senza regole, pigro in casa e una forza della natura in mezzo al bosco.

Sette minuti dopo la telefonata di Porcinai era già in macchina. Accese subito la radio e ascoltò le notizie sulla missione spaziale. La mattina il mondo si era svegliato con quella tragica notizia: alle tre di notte, ora italiana, dalla navicella era arrivato un messaggio... *Okay, Houston, we've had a problem here... Abbiamo avuto un problema.* Da quel momento le cose erano precipitate. La situazione era critica. Stavano cercando di trovare il sistema più adatto per salvare quei tre uomini che galleggiavano nello spazio. Insomma, adesso le cose erano cambiate. Gli Stati Uniti potevano dimostrare la loro grandezza e la loro potenza solo risolvendo quell'enorme problema. Bordelli ascoltava le voci preoccupate dei giornalisti, cercava di immedesimarsi nei tre astronauti e gli venivano i brividi. Sull'Imprunetana fece un sorpasso un po' azzardato, o era meglio dire da ritiro patente, e si beccò un lungo e polemico urlo di clacson. Tirò giù il finestrino e fece sporgere una mano per chiedere scusa, e nello specchietto vide come risposta un colpetto di abbaglianti: le scuse erano state accettate.

Però doveva darsi una calmata, non aveva alcun senso avere così fretta per un omicidio dimenticato da tutti, che se ne stava chiuso da ventitré anni in un fascicolo polveroso. Quei tre uomini chiusi lassù nella navicella, sì che avevano fretta di tornare sulla Terra.

Riuscì a rallentare, e alle Due Strade si fermò a prendere un caffè. Nella pasticceria parlavano tutti dell'Apollo 13. Ognuno diceva la sua, ma in fondo si sapeva ancora poco della faccenda. Non restava che aspettare. Nella sua mente si faceva largo di nuovo il fascicolo trovato da Porcinai. Da quello che c'era là dentro dipendeva la possibilità di mettere in piedi un'indagine sensata, anche se a dire il vero non credeva di riuscire sul serio a risolvere il caso. Ci sperava, certo, ma crederci era un'altra storia. Era pronto ad accettare la sconfitta, ma almeno doveva provarci. Finì il caffè, e distratto dai suoi pensieri stava quasi per uscire senza pagare. Rimontò sul Maggiolino e frenando l'impazienza arrivò in questura. Salutò Mugnai, parcheggiò nel cortile e andò dritto all'Archivio, dove Porcinai stava lavorando con la radio accesa.

«Stanno organizzando il rientro, ma sembra che la situazione sia molto complicata» disse.

«Sì, ho sentito...»

«Veniamo a noi, ecco qua il fascicolo più piccolo del mondo» disse, consegnandogli una cartellina strapazzata dal tempo. Bordelli la aprì, c'erano solo alcuni fogli dattiloscritti. Cercò il nome del ragazzo, che non ricordava... Gregorio Guerrini... Ecco come si chiamava, certo. Richiuse subito la cartella. Non voleva far vedere quanto gli interessavano quei documenti.

« So che non si potrebbe, ma me la porto via. Voglio dare un'occhiata con calma. »

« Nessuno verrà a cercarla, però prima o poi dovrei rimetterla al suo posto. »

« Non la butterò nel fuoco, prendo qualche appunto e te la riporto » disse il commissario.

« Ma davvero vuoi risolvere questo caso? »

« Nulla di serio, è solo un passatempo da pensionati. »

« C'è chi impara a giocare a scacchi, chi va a cercare funghi e chi si mette a dipingere » disse Porcinai.

« Sono un vecchio sbirro, non posso farci nulla... »

« Buon divertimento. »

« Non dire a nessuno di questa cosa, per favore. »

« Nulla saccio e nulla vidi » disse l'archivista, cucendosi le labbra con due dita.

« Grazie, ti lascio lavorare. »

« Ascolterò parecchio la radio, e speriamo bene. »

« Eh già... »

« Ciao eterno commissario. »

« Ciao caro. » Bordelli si chiuse dietro la porta e andò a cercare Piras. Lo trovò nel suo ufficetto, concentrato su alcuni verbali, ma anche lui con la radio accesa.

« Comodo, comodo... Come se la passa il nostro futuro questore sardo? »

« Ce la faranno » disse Piras, accennando alla radio.

« Sai che se lo dici tu io ci credo? »

« Hanno deciso tutto stanotte, subito dopo l'incidente... Gli astronauti si sono trasferiti temporaneamente nel modulo lunare... Usando il meno possibile i motori, solo per piccole correzioni di rotta, entreranno nell'orbita della Luna, sfrutteranno la sua attrazione gravitazionale e ci passeranno dietro, poi s'infileranno nell'orbita della Terra – fece un disegnino al volo – rientreranno nel modulo di comando, bucheranno l'atmosfera e scenderanno sulla Terra, in mezzo al mare » disse Piras.

« Non ci capisco nulla di queste cose. »

« È un'operazione complicata, ci sono anche altri problemi, ma ce la faranno » ripeté il sardo.

« Dio lo voglia... »

« Non sono preoccupato. »

« Allora sto tranquillo anche io... Appena sarà passato questo brutto momento nello spazio, vorrei fare un'altra cena da me » disse Bordelli.

« Va bene... Cos'ha lì dentro? » chiese Piras, alludendo alla cartellina ciancicata che il commissario aveva in mano.

« Nulla, un vecchio caso... »

« Il ragazzo accoltellato nel '47 a Molino del Piano? »

« Dio mio, come fai a saperlo? » disse Bordelli, stupito.

« Me ne aveva parlato qualche anno fa, è l'unico caso che non ha risolto, anche se ufficialmente sappiamo che non è così » disse il sardo.

« Piras, mi fai paura. Hai la memoria di Pico della Mirandola... »

« Per chi non sa cucinare, anche una frittata è un'impresa. »

« Cioè? »

« Chi non ha buona memoria può stupirsi di banalità come questa. Se una cosa m'interessa non me la scordo, tutto qui » disse Piras.

« Ecco un'altra qualità che un bravo sbirro deve avere. »

« La memoria è utile sempre e in ogni situazione. »

« A proposito, prima che me ne scordi... Non ti dimenticare... Quando ti capita un caso qualsiasi e ti serve una mano, sono a disposizione, anche se non è un omicidio. »

« Va bene. »

« Mi accontento anche di un'aggressione o di un furto. »

« Ricevuto... »

« Non ti scordare di ricordartelo. »

«Lo farò volentieri.»

«Con mademoiselle Zarcone come va?» chiese Bordelli, stringendogli una spalla. Sonia Zarcone era la bella fidanzata siciliana del sardo.

«Sono un po' preoccupato» disse Piras.

«Perché?»

«Mi piace sempre di più.»

«Ci credo, è una donna speciale...»

«Lo so bene.»

«Dalle un bacio da parte mia» disse Bordelli, che aveva una gran simpatia per quella ragazza.

«Senz'altro.»

«Ti faccio sapere presto della cena. Buon lavoro.»

«Grazie, dottore... La saluta mio padre, l'ho sentito ieri sera al telefono.»

«Ricambia... Adesso che sono in pensione, magari prima o poi riesco ad andare in Sardegna a trovarlo.»

«Ne sarebbe davvero contento» disse Piras. Un ultimo cenno e Bordelli se ne andò. Il padre di Piras era stato un suo compagno del reggimento San Marco, un uomo generoso e valoroso, che aveva perso un braccio per colpa di una mina tedesca verso la fine della guerra. Gli sarebbe davvero piaciuto rivederlo.

Salì di nuovo sul Maggiolino, e lungo la strada continuò ad ascoltare la radio. Tutto il mondo era in ansia per quella situazione difficile che nessuno poteva avere davanti agli occhi. I giornalisti dicevano in effetti le stesse cose che gli aveva appena spiegato Piras, ma per lui non era facile afferrarle fino in fondo. Gli faceva una certa impressione immaginare tre uomini chiusi dentro una scatola di ferro sospesa nello spazio, che rischiavano di andare alla deriva ai confini dell'universo... Piuttosto che essere al loro posto avrebbe preferito trovarsi di nuovo sulla Linea Gustav.

Tornò subito a casa, anche se a fine mattina aveva appuntamento con Arcieri. Voleva guardare con comodo il contenuto della cartella, e preferiva non lasciarla in macchina.

Appena entrò accese la radio, con il volume basso. L'ansia per l'incidente dell'Apollo 13 veniva diluita con molte parole, ma l'unica cosa che si poteva fare era aspettare. Si sedette in poltrona, aprì la cartellina e cominciò a guardare i documenti, che lui non aveva mai visto. Lesse il verbale di chi aveva fatto il primo sopralluogo, una mezza pagina scritta in un italiano un po' burrascoso, a volte poco comprensibile, senza troppi particolari...

*Domenica 20 luglio 1947, ore 12.40*

*Il sottoscritto guardia scelta De Pasquale Nicola, proveniente dalla questura di Firenze, ordinato di andare su chiamata, da superiore, nelle vicinanze della località Molino del Piano, frazione di Pontassieve, il signor Gerolamo Strappato, che camminava nel bosco insieme alla compagnia del cane, alle ore sette della mattina trovò il corpo morto di un giovane, che dice lo Strappato si chiama Guerrini Gregorio, che è figlio di suo padre Guerrini Attilio, di età incirca venticinque anni (il figlio si intende), che era il giovane disteso in terra con la faccia verso il cielo, in posizione disordinata, con abbondante sangue sul torace, per quasi certo da lama di coltello. L'arma occorsa per uccidere non è stata trovata sul luogo. Lo Strappato va anche spesso in quella località, dove ci sono sentieri, e l'ultima volta dice è venuto ieri alla stessa ora, ma senza cadavere. Lo Strappato, su domanda, dichiara*

*che il padre di Guerrini Gregorio possiede delle fabbriche,
una fabbrica a Pontassieve, e di propria spontanea dice
che il passato di legame al fascismo del signore della fabbrica
lui pensa che il suo figliolo Guerrini Gregorio forse è assassinato da partigiani per motivo di vendetta. Alle ore due di
detto pomeriggio il corpo morto del giovane è stato raccolto
e portato a fare gli analisi alla Medicina Legale.*

Il secondo documento era il resoconto dell'autopsia del medico legale, tale professor Giuseppe Russo, eseguita il 22
luglio, due giorni dopo il ritrovamento del cadavere. Tre
righe frettolose, non una foto, nessun disegno, nessun dettaglio...

*Numerose ferite di arma da taglio sul torace e sull'addome,
una sul braccio destro, una profonda al collo. Dal tipo di ferita si può ipotizzare un coltello domestico, del genere usato
per disossare il prosciutto o simile. Causa della morte, dissanguamento. Avvenuta tra le otto e le nove ore prima della
scoperta dal cadavere.*

Dunque tra le ventuno e le ventidue del 19 luglio... *Numerose
ferite*, ma quante? Diotivede e anche Patrizia avrebbero scritto il numero esatto delle coltellate, come era giusto fare.
    Il terzo documento aveva la data del 2 agosto 1947, ed era
la dichiarazione di archiviazione del caso firmata dal giudice,
tale dottor Saverio Bonetti...

*L'accurata e scrupolosa inchiesta svolta dagli investigatori
nell'ambito dell'omicidio avvenuto in data 20 luglio 1947,
in località Molino del Piano, frazione di Pontassieve, perpe-
trato con un'arma da taglio non rinvenuta, che vede in
Guerrini Gregorio la vittima di un probabile agguato, non
ha dato esito alcuno, in nessuna qualsivoglia ipotesi presa
in esame, e nessun indizio, seppur minimo, è sopraggiunto*

*per suggerire una possibile direzione a ulteriori indagini.*
*Consideriamo il succitato omicidio non risolto e pertanto ar-*
*chiviato.*

Scosse il capo, gli veniva quasi voglia di fumare una sigaretta... Non aveva mai visto quelle carte... Tra l'altro la data dell'ultimo documento era sbagliata, l'omicidio era avvenuto sabato 19 e non domenica 20. E poi, cazzo... *accurata e scrupolosa inchiesta?* Quel Bonetti si riferiva alle indagini del vice commissario in prova Franco Bordelli? Certo, come no... Quello sì che se lo ricordava bene... Era entrato in Pubblica Sicurezza da poche settimane, e senza troppi complimenti era stato mandato da solo allo sbaraglio... Per prima cosa aveva fatto qualche domanda in giro a Molino del Piano, per saggiare l'atmosfera... Era anche andato a trovare i genitori del ragazzo ucciso, nella loro grande villa di Bagno a Ripoli... A poco a poco dalla memoria emergevano i ricordi... Adesso aveva davanti agli occhi quell'incontro, le sale che aveva attraversato in compagnia di un cameriere per arrivare al cospetto dei coniugi Guerrini...

*La madre era annichilita, incredula... Il padre roteava gli occhi come un toro infuriato, non riusciva a stare seduto, camminava su e giù nella grande sala, con i pugni chiusi, poi a un tratto se n'era andato lasciando Bordelli da solo con sua moglie... La stima della madre nei confronti del figlio era sconfinata... Fece vedere al vice commissario una fotografia del ragazzo. Un bel giovanotto, l'aria un po' sbruffona, il sorriso da bullo.*

*« Era un ragazzo d'oro, sensibile, sempre premuroso... Sono stati quei maledetti comunisti a ucciderlo come un cane... Quei vigliacchi dei partigiani, che sparavano sui loro fratelli italiani, uomini coraggiosi che volevano un paese più giusto e più bello... »*

*« Deve scusarmi, signora... Con tutto il rispetto per il suo*

*dolore, sono contento di aver combattuto contro i fascisti e i nazisti...»*

*«Ognuno ha le proprie idee» disse la signora, stizzita, e un attimo dopo scoppiò a piangere. Bordelli aspettò che la donna smettesse di singhiozzare.*

*«Non credo sia il momento di parlare di queste faccende... Mi dica, come mai è convinta che suo figlio sia stato ucciso dai partigiani?»*

*«Una vendetta... Sì, una vendetta contro la nostra famiglia, contro mio marito... E pensare che nei gloriosi tempi in cui c'era Lui, Attilio ha fatto del bene a tante persone... Era stimato da tutti, lo hanno sempre portato in palmo di mano, ma quei maledetti comunisti non sanno riconoscere il valore di un uomo, sono animati solo dal disprezzo, vogliono sovvertire il mondo, pretendono di godere del frutto del sudore degli altri senza fare nulla, sono invidiosi di chi si è spezzato la schiena per mettere da parte quattro soldarelli...»*

*Bordelli lasciò perdere... Si guardava intorno... Una manciata di quei quattro soldarelli era diventata una villa immensa piena di quadri e di tappeti, di mobili antichi, di pendole intarsiate, di specchiere, di servette con la cuffia, camerieri con la livrea, un parco che si affacciava su Firenze, automobili di lusso...*

*Dopo lo sfogo della madre, il vice commissario in prova Bordelli le chiese il favore di poter parlare con suo marito, e lei barcollando lo accompagnò fino al suo ufficio, grande e luminoso, dove la guerra non era passata... Aprì la porta e se ne andò.*

*«Posso parlare cinque minuti con lei?» domandò Bordelli, dalla soglia.*

*«Venga, si accomodi...» Aveva gli occhi rossi, gonfi. Sullo scaffale di una libreria c'era una fotografia di Gregorio da ragazzino, al timone di una barca a vela, con la stessa aria insolente che aveva nella foto da adulto. Bordelli si sedette.*

«Anche lei come sua moglie pensa che siano stati i partigiani?»

«Non lo penso, lo so per certo.»

«Ha ricevuto minacce?»

«Sì, molte volte... Lettere e telefonate anonime, coltelli conficcati sugli alberi del parco, un'auto incendiata...»

«Ha sporto denuncia?»

«No, non l'ho fatto.»

«Come mai?»

«Non volevo grane, e non ho nessuna voglia di rivangare il passato...» Gli tremava la voce, stava piangendo.

«In che senso?» chiese Bordelli.

«Questo modo di fare è tipico dei partigiani, vigliacchi come durante la guerra. Tutti quelli che hanno combattuto contro la vera Italia sono dei traditori e dei vigliacchi» disse Guerrini, asciugandosi le lacrime con le dita. Bordelli aveva sentito una vampata di calore sulla faccia, ma era riuscito a trattenersi. L'uomo che aveva davanti era molto ricco, era fascista... ma aveva perso il suo unico figlio, e chissà se sarebbe riuscito a superare quel dolore. Forse in un'altra situazione gli avrebbe detto che non doveva permettersi di offendere chi era morto anche per lui... Ma non era l'occasione giusta, e in fondo non valeva la pena mettersi a discutere.

«Capisco che per lei sia un momento di grande dolore, e sinceramente mi dispiace. Sono qui per scoprire chi ha ucciso suo figlio e perché lo ha fatto. Se è stato un ex partigiano, un fascista, un monarchico o il Papa, per me non fa alcuna differenza. Voglio soltanto trovarlo e arrestarlo.»

«E se lo prendete, cosa gli faranno? Un buon avvocato, qualche fandonia... Gli daranno dieci anni, e con la buona condotta dopo qualche anno uscirà di galera, tranquillo e beato. Queste cose, quando c'era il Duce, non succedevano. La galera te la facevi tutta, altro che buona condotta!»

«Be', magari a volte facevi la galera anche se non avevi fatto nulla...» disse Bordelli, che a quel punto non era riu-

76

*scito a frenare le parole. Ma Guerrini non raccolse la provocazione. Si coprì gli occhi con le mani e cominciò a singhiozzare. Bordelli si alzò e se ne andò in silenzio. Attraversò salotti e salottini, scese scalinate, e finalmente uscì dalla villa, rivide il cielo, con la sensazione di essere uscito da un carcere. Con quel colloquio non aveva cavato un ragno dal buco...*

Se lo ricordava bene, adesso... Era tornato alla villa il giorno dopo, ma Guerrini gli aveva chiesto, con tono perentorio, il favore di andarsene e di non tornare... Era anche andato alla fabbrica di Pontassieve, dove se non ricordava male lavoravano la pelle, ma era stato peggio che andar di notte... Aveva rivolto qualche domanda di sfuggita agli operai e alle operaie, alle segretarie, ai tecnici, e aveva avvertito un clima di forte diffidenza... Sembrava che nessuno avesse voglia di parlare con uno sbirro, o forse avevano paura... Fatto sta che lui si era sentito trapassare da sguardi ostili... Non aveva scoperto nulla, non sapeva dove battere il capo, in quale direzione andare... E dopo quattordici giorni il caso era stato archiviato con un foglietto dattiloscritto... Certo, era un momento critico, dappertutto c'erano furti, rapine, saccheggi, omicidi, il disordine imperava, gli ingranaggi delle questure, delle prefetture e di tutti gli altri uffici preposti all'ordine pubblico erano rallentati e messi in difficoltà dalla ruggine e da qualche pezzo mancante, ma aveva anche avvertito nei suoi superiori una certa «propensione» a lasciar perdere, a non scoprire la verità, per non svegliare il can che dorme, per non sollevare tappeti che potevano nascondere polvere pericolosa, impastata di rancore... Odiosi soprusi da vendicare con il sangue, oltraggi e vessazioni impossibili da dimenticare, spavalderie da punire... La guerra appena finita, oltre alla fame e alle macerie, aveva lasciato dietro di sé una bava di veleno che era meglio lasciar evaporare... L'amnistia di Togliatti era stata giusta, lungimirante e umana, ma forse aveva dato un colpo di spugna un po' troppo indiscriminato, come aveva dichiarato anche Calamandrei... Una sorta di « perdono generaliz-zato » che aveva tirato fuori di galera anche dei criminali di guerra, sia fascisti della prima ora, sia repubblichini, e questo non era certo piaciuto a tutti... Senza contare le pericolose conseguenze eversive che durante gli anni a seguire l'amnistia aveva comportato...

« Andiamo avanti... » mormorò, richiudendo la cartellina. Seguì per un po' la televisione, ma non c'erano grandi novità. Tornò all'omicidio. Prima di tutto doveva parlare con i genitori di Gregorio – ammesso che fossero ancora in vita – nella speranza che dopo tanti anni potesse comunque saltare fuori un indizio qualsiasi, una minima traccia da seguire. Nel buio completo, anche un fiammifero faceva luce.

Guardò l'orologio. Doveva scendere di nuovo in città, per via dell'appuntamento con il colonnello Arcieri.

Imboccò viale Michelangiolo, e dopo San Miniato scese giù dalle Rampe del Piazzale, con la città ai suoi piedi. Atterrò a San Niccolò e lasciò il Maggiolino all'inizio di via dell'Erta Canina, una delle vie più belle di Firenze, dove abitava il suo amico Diotivede. Proseguì a piedi sotto le chiome degli alberi. Il colonnello Arcieri lo stava aspettando nel punto prestabilito, seduto su una panchina. Si strinsero la mano, e dopo aver parlato un po' del disastro che stava avvenendo nello spazio, decisero in fretta la strategia da tenere. Si misero ad aspettare che il ragazzo da pedinare uscisse di casa. Non ci fu bisogno di attendere a lungo, e parlottando gli andarono dietro tenendosi a distanza. Bordelli confidò al colonnello che voleva occuparsi di un vecchio caso di omicidio avvenuto subito dopo la guerra, l'unico che non aveva risolto, e ovviamente si aspettava un'indagine piuttosto impegnativa, che difficilmente sarebbe andata a buon fine, ma non riusciva a lasciar perdere. Arcieri sorrise.

«Farei la stessa cosa» disse. Andarono dietro al ragazzo fino in centro. Lo videro incontrare un tipo dall'aspetto poco raccomandabile, poi i due continuarono a camminare insieme. Entrarono in un bar non troppo distante, e uscirono dopo qualche minuto con due ragazze più nude che vestite, due gatte morte che si appiccicavano ai loro «cavalieri». I due ex sbirri seguirono i quattro fino a via Panicale, una stradina popolare dalle parti del mercato di San Lorenzo, e li videro entrare in un portone.

«Non ci resta che aspettare» mormorò Bordelli.

«Il gatto davanti alla tana del topo» commentò il colonnello, sorridendo. Si erano piazzati nell'andito ombroso di un palazzo antico, armati di pazienza. Ma era un'attesa decisamente interessante, perché Arcieri si mise a raccontare quello che aveva visto e vissuto l'8 settembre del '43... Una storia davvero incredibile, che confermava quale triste e vergognoso momento aveva vissuto l'Italia in quei giorni.

Quando Bruno e Franco si mettevano a parlare del tempo di guerra una parola tirava l'altra, non era facile farli smettere. Commentavano con frasi brevi e sguardi certe faccende che tutti e due conoscevano assai bene... Erano passati venticinque anni dall'aprile del '45, e non pochi erano ancora convinti che l'Italia avesse vinto la guerra, anche se altri si sforzavano di dire che invece l'aveva persa. Ma forse era proprio una storia tutta italiana: un paese che al tempo stesso aveva perso e vinto la guerra. Più persa che vinta, certo, ma questo non aveva attenuato il senso di vittoria di chi aveva invaso le strade all'arrivo degli Alleati. Durante la difficile ricostruzione, la maggioranza degli italiani aveva cercato di dimenticare le proprie colpe... la glorificazione di quel «babbo Mussolini» che aveva portato l'Italia al disastro, le folle acclamanti all'annuncio dell'entrata in guerra, il menefreghismo di alcuni e l'opportunismo di altri. Ce l'avevano messa tutta per dipingersi meno peggiori di quello che erano stati, anche grazie al conveniente e comodo paragone con i nostri primi alleati, i perfidi e demoniaci nazisti, capaci di mettere in piedi quella programmatica e industriale atrocità dei campi di sterminio. Gli italiani avevano avuto un gran bisogno di assolversi in nomine Patris et Filii et Spiritus Sancti... Amen.

A un certo punto i due vecchi sbirri in pensione rimasero un po' in silenzio, ad ascoltare le voci lontane dei ricordi, e poco dopo, quando stavano per ricominciare a parlare, i due ragazzi sbucarono dal portone che li aveva inghiottiti, ma senza le due «principesse», e dopo aver confabulato per qualche minuto se ne andarono ognuno per la propria strada. E così, come avevano ipotizzato, i due sbirri dovevano separarsi. Arcieri fece un cenno al commissario per dirgli che avrebbe seguito il fidanzato della ragazza che voleva proteggere, ma Bordelli lo fermò.

« Lo lasci a me, lei stia dietro all'altro. Ci sentiamo più tardi » sussurrò, e senza aggiungere nulla attraversò la strada per andare dietro a quel tipo. Lo seguiva tenendosi il più possibile a distanza, cercando di avere sempre qualcuno tra sé e il ragazzo, camminando sul marciapiede opposto, sbirciando con la coda dell'occhio. Doveva ammetterlo, si stava divertendo. Ma di sicuro non avrebbe mai fatto l'investigatore privato, per non ritrovarsi a pedinare mogli e mariti infedeli o figli scapestrati...

Il ragazzo svoltò bruscamente in un vicolo, e Bordelli dovette affrettare il passo.

...così come non avrebbe mai lavorato per i Servizi, anche se il suo amico Agostinelli, alto dirigente del SID, glielo aveva proposto più di una volta. Non gli sarebbe piaciuto vivere in un ambiente dove era difficile fidarsi di qualcuno. Prima della guerra aveva...

Il ragazzo suonò un campanello di via Palazzuolo, e quando si aprì il portone ci sparì dentro. Lui andò a sedersi in una piccola bettola poco distante, da dove poteva tenere d'occhio la palazzina. Ne approfittò per mangiare un bel panino, e anche per fare una telefonata a un amico che lavorava in procura, per chiedergli il favore di cercare subito il nome del ragazzo nel casellario giudiziale...

Prima della guerra aveva evitato di fare l'avvocato, per non passare le giornate a mentire nelle aule di tribunale, figuriamoci se poteva lavorare per i Servizi, dove non si sapeva mai con chiarezza per chi o per quale scopo si stava lavorando, e dove capitava che un ufficio si mettesse a spiare un altro ufficio.

Dopo un quarto d'ora il ragazzo uscì dal portone in compagnia di un uomo alto e magro, e continuò il suo pellegrinaggio per le vie della città. Bordelli non lo perdeva d'occhio.

Lo vide incontrare dei brutti ceffi, offrendo e ricevendo soldi, e riconobbe addirittura uno di quei delinquenti. Quando il ragazzo si era seduto in un bar a parlare con un tipaccio, era entrato anche lui ed era riuscito a richiamare l'amico della procura. Finché verso le sei e mezzo lo seguì fino a San Niccolò e lo vide tornare a casa.

A quel punto il suo lavoro era finito. Si sentiva un po' stanco, ma rivivere l'emozione della preda da fiutare non era stato male. Montò in macchina e se ne andò verso Impruneta. Quando arrivò a casa, Blisk russava sdraiato sul pavimento. Telefonò a casa di Arcieri, ma non rispose nessuno. Avrebbe riprovato più tardi. Strizzò l'occhio a Geremia, e si ricordò che sotto il teschio aveva messo le poesie di uno strano e baffuto ragazzo, incrociato per caso alla fine di marzo in una locanda di Panzano, che si faceva chiamare Malasorte. Prima o poi voleva tornare in quella piccola locanda, magari con Eleonora. Accese il fuoco e si sedette in poltrona con Alba tra le mani, ma era così stanco che si addormentò quasi subito.

Si svegliò alle otto e un quarto. Rimase per qualche minuto a gustarsi il silenzio della campagna, che dopo un pomeriggio in mezzo al traffico della città gli sembrava ancora più prezioso. Mise l'acqua per la pasta e telefonò di nuovo al colonnello, ma non trovò nessuno. Cenò davanti al televisore, guardando la quarta puntata di uno sceneggiato sulla misteriosa scomparsa di una donna, e si sentì un vecchio sbirro nostalgico che si commuove davanti ai film polizieschi...

Aveva dormito bene, aveva sognato sua madre, si era svegliato presto ma si era riaddormentato. Era sceso dal letto verso le nove e mezzo, riposato e di buon umore, nonostante il pensiero degli astronauti. Mentre preparava la Moka accese la radio. Gli sembrò di capire che quella notte, come gli aveva spiegato Piras, la navicella aveva fatto un giretto dietro la Luna sfruttando la sua attrazione gravitazionale, sorvolando l'emisfero che restava sempre immerso nell'oscurità, senza bisogno di azionare i motori se non per piccole correzioni di rotta, e rimanendo per un po' irraggiungibile via radio dalla base... Adesso si stava già dirigendo verso la Terra. Molti problemi erano già alle spalle, ma il rischio che qualcosa andasse storto era ancora alto, e l'apprensione non era finita. Si doveva continuare a seguire la situazione minuto per minuto, pronti a intervenire, e sperare che tutto filasse nel migliore dei modi. Aspettando i nuovi sviluppi, il mondo poteva tirare solo un piccolo sospiro di sollievo.

Dopo un caffè uscì a piedi insieme a Blisk, che quando non era nel bosco gli camminava a fianco senza bisogno del guinzaglio. Si fermò a fare un po' di spesa dalla Marinella, ascoltò il parlottio delle donnine in coda, assai aggiornate sugli ultimi avvenimenti del paese... *a Cesare gli manca un altro pollo, l'è stata la faina... Enzo e i' su cognato hanno morto la lepre in bandita... una vipera sull'uscio di casa, ommadonnina...* Tornando verso casa affrontò ancora una volta la lunga scalinata del monumento ai caduti, che lui aveva battezzato la sua piccola via crucis...

Quando tornò a casa mise in ordine le poesie di sua madre

e le infilò in una busta. Avrebbe aspettato il momento giusto per portarle all'editore Salvecchi, come gli aveva suggerito il suo amico Dante dopo averle lette e apprezzate... Anche se una pubblicazione con quella casa editrice gli sembrava un sogno troppo grande.

Accese il televisore, e dopo un po' si accorse che era quasi mezzogiorno... Si era dimenticato di chiamare Arcieri. Alzò il telefono e fece il numero, ancora stordito dalla faccenda dell'Apollo 13 e dai pensieri sull'omicidio di Gregorio Guerrini...

«Pronto?» disse Arcieri.

«Buongiorno colonnello.»

«Bordelli... Che situazione, poveri ragazzi.»

«Sì, sto guardando. Comunque sembra che il peggio sia passato.»

«Se tutto va come deve, dovrebbero arrivare sulla Terra dopodomani sera.»

«Venerdì diciassette» disse Bordelli.

«Speriamo che porti bene.»

«Tornando sulla Terra... Riguardo alla sua faccenda, missione compiuta. Non è stato nemmeno troppo difficile. Ho scoperto un sacco di cose...» Gli raccontò che aveva anche chiamato un amico in procura, per fare più in fretta. Il ragazzo aveva precedenti per sfruttamento della prostituzione, furti, scippi, piccole rapine, perfino intimidazioni per conto di piccoli mafiosi, quei simpaticoni che erano stati mandati al confino in Toscana.

«Insomma, un tipo così è meglio perderlo che trovarlo» concluse Bordelli. Il colonnello lo ringraziò, e disse che voleva cercare il modo di allontanare quel tizio dalla ragazza che voleva proteggere... Chissà come mai spesso le giovani donne s'innamoravano di brutti ceffi. Parlarono ancora un po' di quella faccenda, e anche della missione spaziale. Prima di chiudere la telefonata, il commissario avvertì il colonnello che dopo quel tragico momento gli sarebbe piaciuto fare un'altra cena a casa sua, con qualche invitato in più.

« Ovviamente con lei e il Botta in cucina » aggiunse.

« Sarà un piacere. »

« Per voi cuochi ci sarà anche una sorpresa... »

« Sono più che curioso. »

« Lasciamo passare venerdì, poi penserò a una data. » Si salutarono, e Bordelli si mise a preparare il pranzo. Aveva una gran fame. Dopo aver messo l'acqua sul fuoco aprì l'elenco del telefono e cercò il cognome Guerrini a Bagno a Ripoli. Ce n'erano diversi, nessun Attilio. A Firenze occupavano una pagina intera, ma nemmeno qui c'era un Attilio. Forse i genitori di Gregorio erano morti? Oppure l'abbonamento era intestato alla moglie. Come si chiamava? Non se lo ricordava, o magari non l'aveva mai saputo. Per non perdere troppo tempo doveva farsi aiutare. Telefonò in questura e chiese di Piras.

« Pietrino, avrei bisogno di un piacere. »

« Mi dica, dottore. »

« Si tratta di quel vecchio omicidio. Vorrei andare a parlare con i genitori del ragazzo, ammesso che siano ancora vivi... Comunque sia, sull'elenco del telefono non trovo nulla... »

Prese la scodella e andò a mangiare davanti al televisore, per seguire le notizie sugli astronauti. Milioni di persone in tutto il mondo stavano facendo la stessa cosa. Si era trovato altre volte a guardare qualcosa alla tv insieme a milioni di altri occhi, ma era stato in occasioni del tutto diverse, come gli incontri di Cassius Clay o i mondiali di calcio, non un'emergenza nello spazio.

Almeno in teoria la situazione era sotto controllo. Ai tecnici di Houston non restava che seguire il viaggio della navicella, pronti a ogni evenienza. Per un attimo lo squillo del telefono gli sembrò un allarme della NASA. Andò a rispondere, era Eleonora. Anche lei era in ansia per gli astronauti, ma le avventure spaziali la affascinavano.

«Se mi chiedessero di partire per la Luna, penso che accetterei.»

«Io nemmeno dipinto» disse Bordelli. Lei doveva andare a pranzo dai suoi, e si salutarono quasi subito. Bordelli finì di mangiare, seguendo le notizie.

Dopo il caffè accese il fuoco, voleva leggere un po'. Stare sempre incollati davanti al televisore a sentir parlare i giornalisti faceva quasi perdere il senso della situazione. Si sedette in poltrona con il romanzo della sua amica Alba... che probabilmente non gli avrebbe mai risposto. Del resto, lui non avrebbe mai saputo se la sua lettera era arrivata a destinazione o si era persa per strada.

La sera prima aveva letto fino a pagina centonovantanove... *Un oscuro istinto mi suggeriva di non farlo, sei pazza?, non si può fare, bisogna stare zitti zitti zitti, di Antonio si parlava sempre sottovoce.*

Quel pomeriggio a pagina duecentoquattordici arrivò alla fine di un capitolo... *La Nonna senza guardarmi disse: «Alessandra ha una bella voce».*

Si appoggiò il libro sulle ginocchia, chiuse gli occhi e si mise a pensare... Era un romanzo magnifico... C'erano dei personaggi che seguiva con il fiato sospeso, tanto erano veri... Poi magari a un tratto si entrava in un altro mondo, l'atmosfera cambiava, ed era come leggere un altro romanzo... Comunque aveva ragione il giovane commesso della Seeber che gli aveva fatto conoscere Alba... A momenti da quelle pagine trapelava il disagio di certi giovani che cercavano inutilmente di farsi capire dalle vecchie generazioni, che non trovavano soddisfazione in un mondo in cui non riuscivano a riconoscersi, un mondo vecchio e indecifrabile, o forse così decifrabile da risultare inutile e noioso... E quella spaccatura, quella distanza tra generazioni che la scrittrice aveva percepito nel Dopoguerra, a distanza di vent'anni era esplosa nella rivolta dei giovani...

Lo squillo del telefono lo fece sobbalzare. Erano appena le tre e mezzo. Fece un bel respiro e andò a rispondere. Era Piras.

«Ha da scrivere, dottore?»

«Aspetta... Sì, dimmi...»

«Attilio Guerrini è morto nel '52. Sua moglie si chiama Ippolita Bartoli, abita nel Comune di Fiesole, in via delle Fontanelle 31/A, credo che sia a San Domenico.»

«Sì, so dov'è... Ti voglio bene, Piras.»

«Mi sono fermato all'indirizzo, ma se le serve altro...»

«Per adesso no, mille grazie.»

«Quando vuole sono qua, dottore.»

«Mi sa che presto verrò a trovarti nella stanza dell'Annunciazione» disse il commissario, alludendo all'ultimo ufficio in cui aveva lavorato, dove si trovava un antico affresco dell'Angelo che appare alla Madonna.

« Non sono affamato di scalinate, dottore. Questo lavoro mi piace a qualunque livello. »

« Lo so, ma quando uno è bravo lo mandano avanti anche se non vuole. »

« Vedremo » disse il sardo, per chiudere il discorso.

« A presto. » Appena riattaccò, Bordelli si mise la giacca e uscì di casa. Voleva andare subito a parlare con la madre di Gregorio Guerrini. Per un attimo aveva pensato che prima poteva provare a telefonare, poi invece aveva cambiato idea. Era una bella giornata di sole, l'aria era piacevolmente tiepida, e aveva comunque voglia di uscire, di prendere un po' d'aria, di non stare davanti alla tv. E se la signora Ippolita non era in casa, pace... Avrebbe provato un'altra volta.

Scese a Firenze ascoltando la radio, ma per il momento non c'erano grandi novità. Tutto procedeva secondo i programmi, e questa era una buona notizia.

Attraversò l'Arno, ma invece di andare in via Lungo l'Affrico proseguì sui viali e arrivò fino a piazza San Gallo, oltrepassò il cavalcavia delle Cure e imboccò viale Volta, solo per lanciare un'occhiata alla casa dov'era nato e cresciuto. Passandoci davanti rallentò, sentì uno strizzone alla pancia e tirò dritto, con la mente ingombra di ricordi, come una soffitta piena di oggetti accumulati negli anni... Nell'oscurità del tempo passato, tra le ragnatele e lo spesso strato di polvere emergevano lentamente le ombre di « oggetti » dimenticati, che contenevano storie, momenti vissuti, sentimenti che lo avevano attraversato, che avevano lasciato dentro di lui una traccia profonda ma ormai nascosta, inafferrabile... Era bastata una breve occhiata a quella casa, a quel giardino... Esisteva qualcosa di più incomprensibile del tempo? O forse era la memoria ad accompagnare gli esseri umani nella confusione?

In fondo a viale Volta cercò di lasciarsi dietro quei pensieri, e salendo verso San Domenico li sentì cadere a uno a uno giù dal Maggiolino, fino a che si ritrovò di nuovo immerso nel presente... Lassù nel cielo tre uomini stavano cercando di ritrovare la strada per tornare a casa. E lui stava andando a cercare la signora Ippolita Bartoli, una donna che ventitré anni prima aveva perduto il figlio, ucciso a coltellate. Non sapeva cosa aspettarsi, non sapeva se stava facendo qualcosa di sensato, ma avrebbe suonato a quella porta. Se voleva andare avanti, per il momento non c'era altro da fare...

Arrivò a San Domenico, dove da bambino andava a pedalare. Prima del convento e del cimitero voltò a destra, in via delle Fontanelle. In quel cimitero era seppellito il piccolo Giacomo Pellissari, violentato e ucciso da una congrega di mostri pochi giorni prima dell'Alluvione. Erano già passati quasi quattro anni, e gli sembrava ieri.

Avanzava lentamente nella stradina tra gli alti muri di pietra, oltre i quali si vedevano spuntare i siluri dei cipressi, gli spruzzi argentati di grandi olivi e le chiome scure delle querce. Ogni tanto una recinzione di maglia di rete apriva la vista sulla campagna, e in lontananza si poteva intravedere Firenze. Vide sulla sinistra il numero 31, dunque il cancello successivo doveva essere il 31/A. L'alto muro di pietra lasciò il posto a un muro più basso, sul quale si alzava una robusta cancellata di lance aguzze, pericolose, che invitavano a « non provarci ». Fermò il Maggiolino poco più avanti, in uno slargo, a pochi metri dall'alto cancello in ferro battuto che chiudeva la proprietà con un girigogolo di volute e torciglioni rococò. Era sorprendente trovare cose del genere in una zona di campagna, anche se si trattava di una campagna assai ricca. Era un po' come incontrare una signora con abiti eleganti e i tacchi a spillo in mezzo a un bosco.

Si affacciò al cancello. A una trentina di metri sorgeva una bella villa del primo Settecento, non grande ma piena di fascino, forse un po' troppo severa, a parte un fastigio tardo barocco che sbocciava al centro del tetto. Ma nell'insieme l'architettura sembrava voler dire: lasciatemi in pace. Non tutte le persiane erano aperte. Tra il cancello e la villa si stendeva un giardino non abbandonato ma nemmeno troppo curato, tagliato in due da un vialetto di ghiaia. Qua e là si vedevano dei grandi vasi pieni di fiori appena piantati. Dietro la villa, due immensi cedri del Libano si alzavano verso il cielo e sovrastavano il tetto. Oltre l'angolo della casa sbucava il sedere tondo di una 600 bianca, che faceva simpatia.

Bordelli si sentiva un po' in imbarazzo. In effetti non era una cosa normale presentarsi dopo un quarto di secolo per riprendere il filo di un'indagine archiviata. Ma non voleva rinunciare. E se la signora Ippolita lo avesse legittimamente cacciato, per andare avanti avrebbe trovato un'altra strada. Di certo non si sarebbe fermato.

Facendo un bel respiro cercò il campanello, e lungo uno dei pilastri vide una maniglia di bronzo a forma di pigna. La tirò piano piano, ma non si mosse. Tirò con più forza, e in lontananza, dentro la villa, sentì suonare una campana, solo un rintocco. Aspettò almeno un minuto senza che si muovesse foglia, poi dietro una tendina intravide un'ombra, che subito scomparve. Passarono altri lunghi secondi. Stava per suonare di nuovo, quando il portone della villa si aprì e apparve una donna in tenuta da cameriera. Bordelli alzò una mano.

«Buonasera...» disse, con un sorriso di circostanza. La donna si avvicinò al cancello con aria diffidente e stupita, e si fermò a due o tre metri. Aveva una quarantina d'anni, non troppo alta, leggermente grassa.

«Chi cerca?» chiese, con l'accento fiorentino.

«Scusi, abita qui la signora Ippolita Bartoli, o forse Guerrini?»

«Lei chi è?»

«Mi scusi, ha ragione... Sono un commissario di Pubblica Sicurezza» disse Bordelli, mostrandole il tesserino che il questore Di Nunzio, contravvenendo alle regole, gli aveva lasciato.

«Cosa vuole dalla signora?»

«Vorrei scambiare qualche parola con lei. Una faccenda privata.»

«Non credo che...» La cameriera non finì la frase, e si avvicinò.

«La signora è in casa?» chiese Bordelli.

«Ma lei lo sa che la signora...» disse la donna, e nemmeno questa volta finì la frase.

«Cosa voleva dirmi?»

«Non ho detto nulla.»

«È viva?»

«Sì sì...»

«E posso vederla?»

«Venga, vado a chiamare la dama di compagnia» disse la cameriera, aprendo il cancello.

«Grazie...» Bordelli la seguì in casa. L'ingresso era magnifico, con il pavimento in cotto antico e due eleganti scaloni di marmo con le balaustre di ferro battuto, separati da almeno cinque metri di vuoto, che salivano diritti e paralleli fino a un ampio ballatoio.

«Aspetti qui» gli ordinò la cameriera, imboccando con decisione la scalinata di destra. Arrivò in alto e scomparve oltre una porta. Bordelli si mise a passeggiare su e giù, guardandosi intorno. A metà delle due rampe, due nudi femminili neoclassici in bronzo, non più alti di settanta centimetri, facevano la loro figura in cima a due colonnine di marmo rosa. Alle pareti due grandi quadri, un paesaggio a olio di stile un po' fiammingo, e un grande acquerello che rappresentava il coro di una chiesa, poi nient'altro. Non si sentiva il minimo rumore, poteva essere una villa disabitata.

Aspettò almeno dieci minuti, poi la porta si aprì e in cima alle scale apparve una signora elegante sui cinquanta, molto seria, con i capelli castani raccolti dietro la nuca.

«Buonasera» disse, scendendo le scale.

«Buonasera...» Bordelli aspettò di averla davanti e accennò un baciamano, anche se forse non era la situazione adatta.

« Piacere... Emanuela Marescalchi » disse la donna.

« Franco Bordelli... »

« La governante mi ha detto che lei è un commissario. »

« Esatto. »

« Posso chiederle il motivo della visita? »

« Riguarda una vecchia faccenda... »

« Non può spiegarmi di cosa si tratta? » chiese la donna, fissandolo.

« Prima preferirei vedere la signora Ippolita, se non è un disturbo » disse il commissario. La donna annuì, pensierosa, poi si avviò a passi lenti verso il paesaggio a olio di scuola fiamminga. Bordelli le andò dietro, e si fermarono davanti al dipinto, osservandolo come due turisti in un museo. Una vallata circondata da colline, case e casette vicine e lontane, una chiesina, un fiume con il ponte, scorci di muraglie, botteghe con gli artigiani al lavoro, pastori, persone a passeggio, animali, alberi, e laggiù in fondo il mare...

« Spero che non voglia ricordarle l'omicidio del figlio » disse la Marescalchi.

« Conosce quella storia? »

« So soltanto che Gregorio è stato ucciso. »

« Le confesso che sono venuto proprio per quello » ammise il commissario.

« Che senso può avere, dopo tutto questo tempo? »

« Nel '47 incaricarono me di indagare sull'omicidio, ma non venni a capo di nulla. »

« E pensa di riuscirci adesso? »

« Vorrei provarci... » disse il commissario. La Marescalchi strizzò le labbra e socchiuse gli occhi, disapprovando.

« La morte di Gregorio ha chiuso la signora nel buio del dolore, ma il destino non era sazio di tragedie. Cinque anni dopo l'omicidio, Ippolita ha trovato il marito impiccato nel suo studio, e dopo qualche tempo è uscita di senno, una sorta di rifiuto della realtà. Dunque sarebbe preferibile non nominare né suo figlio né suo marito. Nessuno può sapere come potrebbe reagire, e mi sembra giusto risparmiarle altre eventuali sofferenze. »

« Certo, ha ragione... Posso vederla ugualmente? Non parlerò di quella faccenda. »

« Promesso? »

« Ha la mia parola d'onore... » disse Bordelli, con un tono convincente.

« Solo cinque minuti. »

« D'accordo. »

« Controllerò l'orologio. »

« Non farò le bizze » disse il commissario, tentando un sorriso. Ma la donna non aveva nessuna intenzione di ricambiare quel sorriso. Tornarono verso le scalinate. La donna si diresse verso quella di destra, e Bordelli, per fare il simpatico, si diresse verso quella di sinistra.

« Si fermi! » disse la donna, perentoria.

« Che succede? » chiese Bordelli, bloccandosi sul primo gradino.

« Si passa soltanto dalla scala di destra. »

« Come mai? »

« Un'antica usanza di questa villa, che i vecchi proprietari si sono preoccupati di raccontare ai Guerrini. » Cominciarono a salire.

« Quale usanza? »

« La scala di sinistra viene usata soltanto per accompagnare i morti al cimitero » disse la donna, e dopo quelle parole sulle sue labbra spuntò finalmente un sorriso.

« E se ci passa un vivente? »

« Lo fa a suo rischio e pericolo, così dissero i vecchi proprietari. »

« È stata la signora Ippolita a raccontarle questa usanza? » chiese Bordelli, quando erano già arrivati in cima alle scale.

« Certo che no... »

« Allora posso chiederle come fa a conoscerla? »

« Non se lo immagina? »

« Forse questa villa era della sua famiglia? » ipotizzò il commissario, camminandole a fianco nel lungo corridoio.

« Indovinato. »

« E com'è che... »

« Ha mai sentito parlare di Wall Street? » lo interruppe lei.

« Lei doveva essere una bambina. »

« La ringrazio, ma ero già una ragazzina. Tra queste mura ho i miei ricordi più cari, e dopo la vendita ho continuato a far visita ai Guerrini, che mi hanno sempre accolta come una persona di famiglia. Mi hanno permesso di tenere la mia camera, con gli stessi arredi, e di dormirci ogni volta che lo desideravo. Un gesto generoso, che merita la mia eterna riconoscenza. »

« Dunque lei ha conosciuto Gregorio? »

« Sì, ma ci tenevamo a distanza di sicurezza. Ci detestavamo con tutto il cuore. »

« Amore inespresso? » azzardò Bordelli, un po' per scherzo.

« Repulsione istintiva, almeno per me » disse la donna, senza battere ciglio.

« Addirittura... »

« Non mi è mai piaciuto, nemmeno da bambino. »

« Sua madre lo sapeva? »

« Non credo. La signora Ippolita adorava suo figlio, non poteva concepire che qualcuno potesse non amarlo quanto lei. Ma per me non è mai stato un problema. Suo figlio non mi riguardava. Ero affezionata a lei, e lo sono ancora. Quando la sua mente ha deragliato mi sono offerta di accudirla, e non soltanto per continuare a respirare l'atmosfera di questa casa. Le voglio bene come a una madre. La mia se n'è andata qualche anno fa, poco dopo mio padre. Sono figlia unica, non mi sono sposata, non ho figli, sono sola. La famiglia che mi sono scelta è la signora Ippolita. » Si erano fermati a metà del corridoio.

« Capisco... »

«Quello che invece io non capisco è come mai mi sto confidando con lei.»

«Forse somiglio al suo padre confessore...» disse Bordelli, e questa volta riuscì a strapparle un'ombra di sorriso. Ripresero a camminare, e senza dire più nulla si fermarono davanti a una porta. La Marescalchi gli lanciò un'occhiata per ricordargli la promessa, e lui annuì. La donna aveva già la mano sulla maniglia, ma aveva un'ultima cosa da dirgli, e abbassò la voce.

«Non si aspetti di trovare una vecchietta con lo sguardo perso nel vuoto. A prima vista sembra una donna lucida, magari un po' eccentrica, ma è da quando suo marito è morto che non esce da questa stanza. È pronto?»

«Quanti anni ha la signora?»

«Settantuno.»

«Bene, sono pronto» sussurrò il commissario, un po' in ansia. La follia lo aveva sempre messo a disagio. Entrarono. Oltre l'alta spalliera di una grande poltrona a fiori spuntava l'insalata di capelli bianchi della signora Ippolita, seduta davanti a una finestra aperta che guardava Firenze. La stanza era grande. Oltre alla poltrona monumentale, soltanto un letto a due piazze, un armadio, un tavolino con due sedie, un secrétaire, un grande specchio attaccato al muro.

«Signora Ippolita, c'è una visita per lei» disse la dama di compagnia, mettendosi da sola davanti alla donna.

«Ah, don Giuseppe?» chiese la signora.

«No, è un signore che viene da Firenze.» La Marescalchi si allontanò di qualche passo, con lo sguardo disse a Bordelli di avanzare, e lui obbedì. Appena la signora Ippolita se lo trovò davanti, gli piantò addosso due occhi severi e curiosi, senza dire nulla, come se stesse cercando di capire chi diavolo fosse. Indossava una vestaglia beige piuttosto logora e due pantofole troppo grandi altrettanto consumate. Il commissario l'aveva incontrata una sola volta nel '47, ma si ricordava piuttosto bene il suo viso, le labbra sottili, il naso leggermente ricurvo, gli occhi grandi e obliqui. Non era poi così invecchiata, dimostrava molto meno della sua età. A un tratto lei fece un sorriso dolcissimo.

«Osvaldo... Oddio che carino... Che immenso piacere vederti... Vieni, siediti qui accanto a me...» disse, tenera. Bordelli scambiò un'occhiata con la Marescalchi, e la vide annuire. Ippolita si mise a mugolare una canzoncina, ma era impossibile capire cosa fosse, e intanto si guardava da vicino l'unghia di una mano. Andando a prendere la sedia, il commissario si avvicinò alla Marescalchi e le parlò all'orecchio.

«Chi è Osvaldo?»

«Non saprei...» sussurrò la donna. Bordelli portò una sedia accanto alla poltrona della donna e si sedette. La signora Ippolita prese una mano del commissario tra le sue, che erano calde e morbide.

«Oh caro... Ti ricordi quando mi accompagnavi a camminare sui Lungarni, di notte... Ci affacciavamo dal ponte alle Grazie a guardare quei grandi pesci che saltavano fuori dall'acqua... Tu mi raccontavi antiche storie di Firenze e delle lontane Indie... Aneddoti piccanti sui nobili decaduti... La domenica mattina mi portavi in carrozza alle Cascine... Ci tenevamo le mani, proprio come adesso... Sussurravi parole che mi facevano sentire protetta... Insieme a te non ho mai avuto paura... Mai... Mai... Mai... Mai... Mai nemmeno una volta... Mai...»

«Sì, mi ricordo...» disse Bordelli. Sulla fronte della signora apparve una ruga di indignazione.

«Dimmi la verità... Amedeo è sempre invischiato con quella sciagurata? O è riuscito a liberarsene?»

«Se ne è liberato, finalmente» disse lui, per rassicurarla. La signora gli lasciò le mani, ansimando.

«Bugiardo! Non è vero, non è vero! Siete tutti dei gran bugiardi! Quella sgualdrina lo porterà alla catastrofe, lo volete capire o no! Nessuno vuole darmi retta, Santo Iddio! Datemi retta! Io le conosco bene le donne... Quando non sono puttane, sono delle miserabili dannate...» Aveva una voce da tragedia, sull'orlo del pianto.

«Non c'è da preoccuparsi, si è liberato di quella donna» disse di nuovo Bordelli. Cercò anche di sorridere, per farla calmare... Lei sgranò gli occhi e gli tirò uno schiaffo, poi nascose la mano, spaventata, e si voltò verso la Marescalchi.

«Cara, chi è questo signore simpatico?»

«È venuto a trovarla...»

«Si ferma a desinare?»

«No, tra poco se ne va.»

«Che ore sono?»

«Le cinque e dieci.»

«Ah, ma certo... Di giorno o di notte?»

«Di pomeriggio.»

«La guerra è già finita?»

«Sì, signora.»

«Mamma mia, mamma mia... Per colazione vorrei due uova à la coque, sarà possibile?»

«Lo dirò alla governante» disse la Marescalchi. La signora si drizzò sulla schiena.

«Il mio glicine... il mio bellissimo glicine bianco...» mormorò tristissima, e a un tratto si mise a piangere, senza singhiozzi, serenamente, lasciando che le lacrime le scivolassero sul viso e le gocciolassero sulla vestaglia. Era impressionante la quantità di lacrime che venivano giù, sembrava un rubinetto aperto. Ippolita guardò di nuovo Bordelli, che non si era mosso.

«Ardengo... Come sta la tua cara mamma?»

«Bene, adesso è al mare...» inventò lui, tanto per parlare.

«Ha sempre quel bellissimo cappello che le regalai per le nozze?»

«Sì, lo conserva gelosamente.»

«In questa casa manca l'aria... Si può aprire la finestra?»

«Subito» disse la Marescalchi, e fece finta di aprire la finestra, che era già aperta. La signora Ippolita si mise a guardare fuori, poi socchiudendo gli occhi cominciò a cantare una canzone dei suoi tempi...

« *Voglio vivere cosìì, col sole in fronteee, e felice cantooo, beatamenteee...* »

Si alzò dalla poltrona senza alcuna fatica, leggera come una farfalla. Andò davanti allo specchio, nella sua mano apparve una spazzola e cominciò a pettinarsi, con evidente piacere...

« *Voglio vivere e godeeer, l'aria del monteee...* Com'è che faceva poi? *Ah, aaah! Oggi amo ardentemente quel ruscello impertinente menestrello dell'amor... Ah, aaah! La fiorita delle piante tiene allegro sempre il cuor e sai perchééé? Voglio vivere cosìì, col sole in fronteee, e felice cantooo, canto per meee, canto per meee...* Che bei momenti, che bei momenti... Sai cara chi ha scritto questa canzone? Uno dei miei mariti, pensa un po'... L'ha scritta per me, un vero romantico... Che bei momenti, che bei momenti... » Mise via la spazzola, e con una ruga sulla fronte tornò a sedersi in poltrona. Un attimo dopo il suo viso diventò disperato, e si mise a bisbigliare...

« Volevo solo mangiare un po' di crema chantilly... Che ci sarà di male? Non volevo rompere la zangolina, non l'ho fatto apposta... Perché la mamma non mi difende? » Cominciò ad agitarsi, a guardarsi intorno come un leone in gabbia. A quel punto la signora Marescalchi, senza farsi vedere, dette un colpettino con l'indice sul suo orologio, e Bordelli si alzò come un soldatino.

« Signora Ippolita, adesso devo proprio andare, le auguro una felice notte » disse lui, gentile.

« Cara, chi è questo signore? Lo conosco? »

« È venuto a trovarla. »

« Si ferma a desinare? »

« Se ne sta andando, signora. »

« Dica a Erminia di apparecchiare anche per lui... Caro signore, le piace il timballo? » Ma non aspettò la risposta. Cominciò a frugarsi nelle tasche della vestaglia.

« Dov'è che lo avevo messo, accidenti... »

« Accompagno il signore, torno subito » disse la Marescalchi, mentre usciva dalla stanza insieme a Bordelli. Chiuse la porta e si avviarono lungo il corridoio.

« Dev'essere impegnativo, per lei » mormorò il commissario.

« Oh no, ci sono abituata. Basta rinunciare a ogni senso logico. »

« Molto triste, non trova? »

« Forse in fondo è serena, chi può saperlo? Vive in una girandola di ricordi che combina con chissà quali fantasie, senza alcuna regola. »

« Quella vecchia vestaglia è un ricordo? »

« È di suo marito, se la toglie solo per dormire. Idem per le pantofole. »

« Prima la signora ha detto che ha avuto più di un marito... »

« No, l'unico marito è il padre di suo figlio. »

« Al tempo dell'omicidio i Guerrini vivevano in una grande villa a Bagno a Ripoli » disse Bordelli, mentre scendevano la rampa di scale consentita ai viventi.

« Esiste ancora, e ci sono anche altre proprietà, più o meno importanti. Mercatale, San Gimignano, Monteriggioni, una in Garfagnana... Queste sono quelle che conosco. I Guerrini andavano da una villa all'altra, a seconda della stagione, dell'umore e dei capricci della signora Ippolita. »

« E la fabbrica? »

« Dopo il suicidio del dottor Guerrini sono state vendute. »

« Ne aveva più di una? »

« Cinque in tutto, una mi pare che fabbricasse armi, o forse munizioni. »

« Esistono ancora? »

« Le altre non so, ma mi sembra di ricordare che quella di Pontassieve venne acquistata da una società che voleva soltanto chiuderla, per liberarsi di un concorrente. I dipendenti sono stati licenziati e la proprietà ha trasferito i macchinari a Milano, dove aveva altri stabilimenti. »

« Che garbo... »

« Gli avvoltoi sono molto più gentili, prima di divorarti aspettano che tu sia morto » disse la donna, con la sua elegante ironia un po' macabra, e di nuovo le sfuggì un microscopico sorriso. Erano arrivati a piano terra, e la Marescalchi tornò davanti allo stesso paesaggio.

« Le piace molto questo fiammingo » disse Bordelli.

« In realtà lo ha dipinto mio nonno, imitando quella scuola di pittori. È sempre stato appeso a questa parete, da bambina m'incantavo a guardarlo. »

« Anche adesso, mi sembra di capire. »

« Quando osservo questo dipinto, il tempo si ferma » sussurrò la donna.

« E l'altro? »

« Hollaender, il coro di Santa Maria Novella. È incompiuto. Mio padre lo amava moltissimo. » La signora Marescalchi socchiuse gli occhi per qualche secondo, spandendo attorno un tepore di malinconia... Poi si avviò verso l'uscita per congedare il suo ospite. Bordelli le camminava accanto, contento di aver conosciuto una donna così affascinante, ma per niente soddisfatto riguardo all'indagine. Non poteva andarsene da quella casa senza accendere un altro fiammifero nel buio.

« La signora ha dei parenti che vengono a trovarla? »

« Due sorelle sposate, i loro quattro figli e i pronipoti. Vivono tra Torino e Novara. Le sorelle vengono un paio di volte all'anno, quando va bene. Del resto le capisco, dopo un viaggio così lungo la signora Ippolita neppure le riconosce. Una volta la sorella più piccola mi ha detto: *è un po' come andare a trovarla al cimitero e parlare da soli.* »

« Accipicchia... »

« Non ho saputo cosa rispondere. »

« Immagino. » Insomma, doveva rassegnarsi a tornare a casa con una manciata di mosche.

«C'è un altro parente, ma è da molto che non lo sento.»

«Ah, e chi è?» chiese Bordelli, contento di quel fiammifero nel buio.

«Il cugino di suo marito. L'ho conosciuto molti anni fa, prima della guerra. L'ultima volta l'ho visto al funerale di Gregorio, ma fino a qualche anno fa telefonava spesso. Con lui la signora Ippolita faceva lunghe conversazioni, e sembrava proprio che lo riconoscesse.»

«Da quanto tempo è che non telefona?»

«Non so... Almeno da quattro anni, forse di più. Se è ancora vivo, dovrebbe essere piuttosto anziano. Comunque sia era un tipo singolare.»

«In che senso?»

«Be', non saprei come dirlo.»

«La signora lo riconosceva ogni volta?»

«È sorprendente, ma è così. Quando lo sentiva al telefono si commuoveva, lo chiamava per nome, non sbagliava mai. Addirittura c'era chi diceva che per un certo periodo, quando era sposata da pochi mesi, la signora si fosse un po' innamorata di lui. Ma non ci metterei la mano sul fuoco.»

«Chi è che lo diceva?»

«L'ho dimenticato» disse la donna. Erano fermi accanto al portone della villa, che entro poco si sarebbe aperto.

«Come si chiama questo cugino?»

«Cugino di suo marito...» precisò la donna.

«Sì, certo.»

«Tancredi Terracina... In realtà il cognome completo è Terracina da Pietracupa.»

«Nobile?»

«Da parte di padre, ma a lui non importa nulla.»

«Potrebbe darmi gentilmente il suo indirizzo?»

«Lo farei volentieri, se lo conoscessi. Comunque non viveva a Firenze, già allora abitava in una villa di famiglia vicino a Montepulciano, dalle parti di Trequanda.»

«Non sono molto pratico di quelle zone.»

«Nominava sempre un piccolo borgo medievale che si chiama... Castel.... Castel... Eh no, non ricordo.»

«Ha il suo telefono?»

«No, mi dispiace» disse la donna.

«Non importa, cercherò di trovarlo.»

«Buona fortuna.»

«È stata gentilissima» disse Bordelli, accennando di nuovo un baciamano, questa volta più adatto alla situazione. La signora aprì il portone e uscirono in giardino. C'era una bella luce, l'aria sapeva di fiori. Bordelli si accorse che la donna guardava il cielo con una certa apprensione.

«Gli astronauti?» disse.

«Sì...» sussurrò lei, stringendosi nelle braccia. Il commissario indugiò qualche secondo, anche lui guardando il cielo, poi fece un lieve inchino.

«Arrivederci, signora. Mi saluti la governante.»

«Addio, commissario» disse la Marescalchi, scegliendo un saluto più realistico. Aspettò che lui fosse uscito dal cancello, poi tornò in casa e richiuse dolcemente il portone.

Bordelli salì in macchina, e appena accese la radio si ritrovò ancora una volta nello spazio. Mentre ascoltava, fece il conto di quante volte aveva visto sorridere quella donna austera... Tre, forse quattro? Però era stata molto gentile. Una signora d'altri tempi, raffinata e impeccabile. In certi momenti, inaspettatamente, gli aveva ricordato un po' Eleonora... Forse la bocca quando appunto sorrideva? O forse invece era lui che in ogni donna vedeva Eleonora, come se lei fosse la sintesi di ogni tipo di bellezza...

Appena entrò in casa alzò il telefonò, chiamò il 12, il servizio dell'elenco abbonati, e chiese il numero di Tancredi Terracina da Pietracupa.

« Residente a Firenze? »

« No, credo che abiti nella zona di Montepul... »

« Allora deve chiamare il 181, arrivederci » disse la signorina, e riattaccò. Cazzo che fretta, nemmeno il tempo di dirle vaffanculo. Telefonò al 181 e fece la stessa domanda.

« Residente dove? » chiese la signorina.

« Credo che abiti dalle parti di Montepulciano. »

« Non sa il Comune di residenza? »

« Provi Montepulciano, grazie. »

« Un momento... vediamo... No, non risulta. »

« Potrebbe cercare a Trequanda? »

« Un momento... vediamo... Mi spiace, non risulta. »

« Può fare una ricerca nell'intera provincia di Siena? »

« Un momento... vediamo... Eh no, non risulta... »

« Nessun Terracina? »

« Non risulta. »

« Va bene, grazie. »

« Arrivederci » disse la signorina, e chiuse la comunicazione. Non rimaneva che telefonare a Super Piras. Lo cercò in questura. Il sardo era in servizio su una volante, e lo misero in contatto con lui attraverso la radio.

« Pietrino, devo chiederti un altro favore... »

« Mi dica, dottore. »

« Mi servirebbe con urgenza il telefono di un certo Tancredi Terracina da Pietracupa, ho provato all'elenco abbonati ma non risulta. Non so se è ancora vivo, ma nel caso dovrebbe abitare vicino a Montepulciano...» Gli raccontò quello che aveva saputo dalla signora Marescalchi, e il sardo si impegnò a trovare il numero il prima possibile, sempre che quel signore fosse ancora in vita.

Bordelli accese la tv per vedere le ultimissime notizie da Houston, ma non c'era nulla di nuovo, solo gli ormai consueti calcoli tecnici e la solita attesa carica di speranza.

Accese con calma il fuoco e spense la luce grande. Si sedette in poltrona, ma in quel momento non riusciva a leggere. Aveva la mente occupata da quelle due faccende in sospeso, l'omicidio del '47 e l'Apollo 13... I due numeri sommati insieme facevano sessanta, come i suoi anni... Ma guarda un po' cosa si metteva a pensare.

Nella penombra il chiarore delle fiamme faceva muovere le orbite di Geremia, che sembrava quasi sul punto di animarsi. Quando lui diceva che anche quel teschio gli teneva compagnia, non scherzava poi troppo. Senza Geremia, ormai, quella casa non sarebbe stata la stessa.

Chiuse gli occhi, aveva bisogno di trovare un po' di calma. Nel dormiveglia sentiva friggere un tronco umido che sputava fumo, e quasi si addormentò. A un certo punto avvertì i passi lenti di Blisk che tornava all'ovile.

«È questa l'ora di arrivare?» borbottò, aprendo un occhio. Blisk andò a fargli un saluto, alzandogli un braccio con il muso, e Bordelli si accorse che aveva il pelo bagnato. Possibile che avesse cominciato a piovere? La risposta a quel pensiero fu un tuono in lontananza. Un motivo in più per restare a casa. Blisk dondolò fino al suo angolo e si lasciò andare sul pavimento. Anche senza Blisk quella casa non sarebbe stata la stessa.

Ancora un sonnellino, poi avrebbe chiamato Eleonora per invitarla a cena a casa. Si addormentò quasi subito, e dopo una mezz'ora fu svegliato dallo squillo del telefono. Era Arcieri.

«Colonnello, alla fine penseranno che siamo fidanzati...»

«Ha ragione commissario... Volevo solo raccontarle l'esito della faccenda, visto che l'ho coinvolta.»

«È andato tutto bene?»

«Le dico brevemente...» Arcieri gli raccontò in un minuto il succo di quello che era successo, i soldi che aveva offerto al «mascalzone» perché se ne andasse, le bugie a fin di bene che aveva detto alla povera ragazza, e il risultato finale: era riuscito a separarli, a salvare la ragazza da quel delinquente.

«Ha la mia benedizione» disse Bordelli.

«Grazie di tutto, commissario... Torno davanti al televisore.»

«A presto, e speriamo che vada tutto bene.» Si salutarono, e Bordelli andò a guardare dalla finestra di cucina. Stava piovendo a dirotto. Tornò al telefono e chiamò Eleonora.

«Ciao, perché non vieni a cena da me stasera?»

«Non posso, sto uscendo...»

«Con questo tempo da lupi?»

«Perché? Da te piove?»

«Qui tuona» disse Bordelli.

«A Firenze nemmeno una goccia, almeno per ora.»

«Arriverà...»

«Non mi chiedi con chi esco?»

«No...»

«Perché no?»

«Be', se proprio insisti te lo chiedo: con chi esci?»

«Quanto sei curioso...» disse lei, e si mise a ridere.

«Lo so, sono insopportabile.»

«Vado a cena con tre amiche.»

«Non ti ho chiesto nulla... Domani sera posso avere l'onore di vederti?»

«Eh no, ho fissato a cena con altre amiche, forse ci vediamo venerdì... E speriamo bene per gli astronauti...»

«Le prossime ore sono decisive.»

«Sembra che siano piuttosto tranquilli.»

106

«Ci vogliono i nervi saldi.»

«Cambiando discorso... L'altra volta ho visto che stai leggendo Alba de Céspedes.»

«La conosci?»

«Solo di nome... Com'è?»

«Ho letto quasi tutto, la adoro.»

«Magari mi presti un suo romanzo?»

«I libri non si prestano, se vuoi li leggi qua.»

«Va bene, va bene» disse lei, comprensiva.

«Comunque te li lascerò in eredità...»

«Oddio scusa, devo proprio andare, sono in ritardo.»

«Divertiti.»

«Bacino bacino» sussurrò Eleonora, e riattaccò. Il commissario sorrise. Anche sentirla al telefono per pochi secondi gli faceva bene.

Mancava un quarto d'ora alle otto. Guardò ancora fuori, stava già smettendo di piovere... Sentire Eleonora lo aveva risvegliato... Magari poteva... Ma sì, erano diversi giorni che non la vedeva... Alzò di nuovo il telefono e fece il suo numero, che conosceva a memoria. Dovette aspettare a lungo, ma alla fine...

«Pronto?»

«Ciao Rosa, sono io.»

«Ah sei te... ciao...» Ma che voce aveva? Sembrava che avesse appena finito di piangere.

«Ehi, che succede?» le chiese.

«Oh, non me lo chiedere... Cosa volevi?»

«Pensavo di portarti a cena fuori.»

«No no... stasera no...»

«Stai seguendo la brutta avventura degli astronauti?» chiese Bordelli, per capire se ci fosse di mezzo anche quella faccenda.

«Adesso no, adesso no... Però anche loro, poveretti... che giornata...»

«Posso venire lo stesso a trovarti?» A quel punto era preoccupato.

«Ma sì, se vuoi vieni... Però sono triste...»

«Non vuoi dirmi cosa è succ...»

«No, adesso no...»

«Ci vediamo tra poco.»

«Sì...» disse lei, e riattaccò. Cosa poteva esserle successo? Era irriconoscibile. Non gli era mai capitato di sentire Rosa così triste. Di solito era una bimba piena di vita.

Scaldò velocemente la zuppa per Blisk, s'infilò la giacca e uscì di casa. In alto il cielo era tornato limpido, e all'orizzonte, verso sud, si vedevano scivolare i nuvoloni neri appena passati, come un esercito in fuga. La campagna luccicava sotto l'ultimo sole, i rami gocciolavano, le colline appena lavate avevano un magico riverbero viola... Quello scenario da quiete dopo la tempesta sembrava sprigionare un drammatico senso di attesa... Nel frattempo sulla Terra ogni essere umano continuava a camminare lungo il sentiero della propria vita...

Povera Rosa, cara dolce bambina, l'aveva sentita davvero addolorata. Scendeva giù per le curve dell'Imprunetana di Pozzolatico, sperando di poter fare qualcosa per lei. Arrivò a Firenze e s'infilò in via dei Neri. Parcheggiò sotto casa di Rosa con le ruote sul marciapiede. Spinse il portone, che come al solito era aperto, e senza fatica salì le scale fino all'ultimo piano. Quando ancora fumava arrivava in cima con il respiro grosso. Bussò, e sentì i passi di Rosa avvicinarsi. La porta si aprì e si trovò davanti una Rosa lacrimosa, con gli occhi arrossati, che gli appoggiò il viso sul petto strusciandogli il nasino gocciolante sulla giacca. Nell'aria si sentiva odore di alcol.

«Rosa, che è successo?»

«Che brutto... Che brutto...» mugolava lei, e ogni tanto le sfuggiva un piccolo singhiozzo, ma si capiva che erano le ultime gocce dopo un acquazzone. Chissà quanto aveva pianto, povera. Rimasero abbracciati sulla soglia, finché non si sentì

Briciola che miagolava. Allora Rosa alzò il capo, cercò di sorridere, poi si avviò verso il salottino soffiandosi il naso.

«Brici, arrivo... Ha fame, poverina» mormorò. S'infilò in cucina per dare qualcosa da mangiare alla gattina, e Bordelli si sedette sul divano. Sul tavolino c'era una bottiglia di cognac a metà e un bicchierino vuoto.

Gedeone, il grande gatto bianco, dormiva su una poltrona, con una zampa penzoloni e un occhio socchiuso. Quei due bellissimi gatti facevano ormai parte dell'arredamento.

Rosa arrivò trascinandosi sulle sue pantofoline rosa con il tacco a spillo, e si lasciò andare accanto al commissario. Si appoggiò a lui e ricominciò a piangere.

«È morta...» uggiolò.

«Chi è che è morta?»

«Titta... la mia amica Titta... è morta... Tittina non c'è più... è morta...»

«Mi dispiace... Rosa...» Che si poteva dire in quei momenti? E poi lui questa Titta non la conosceva, non era possibile condividere con lei quel dolore fino in fondo.

«Non riesco a crederci... l'ho vista due giorni fa... siamo andate a cena insieme... da Pallottino...»

«Devi farti coraggio.»

«Non era una puttana...»

«Rosa, non importa che...»

«Te l'ho detto perché tanto lo pensavi.»

«Sì, ma... è stato solo un pensiero veloce, una stupida curiosità...»

«E nemmeno una ex puttana...»

«Ho capito...»

«Non c'è più... non c'è più... come faccio... ora come faccio... Briciola, piccolina...» La gattina era saltata sopra una sedia e si leccava una zampa.

«Ma com'è successo?» chiese Bordelli.

«Si è ammazzata... ha preso un tubetto di pasticche...»

«Oddio, mi dispiace...»

«Non riesco a capire... non capisco... siamo andate insieme da Pallottino... due giorni fa... stava bene... abbiamo riso tutta la sera...»

«Nessuno può sapere il perché di queste cose.»

«Avevamo fissato di andare al cinema domani... a vedere gatto Silvestro... *Sfida all'ultimo pelo*...»

«Vieni qua, abbracciami.»

«Tanti anni fa... una sera... ci siamo anche baciate... eravamo state a cena da Sabatino... avevamo bevuto parecchio... siamo venute qua a casa... e ci siamo baciate... baciate per davvero... tanti baci con la lingua e tutto... e ora è morta...»

«Ti porto fuori a cena?»

«No... non ho fame...» Si versò un bicchierino di cognac.

«Non hai già bevuto abbastanza?»

«Solo un po'... solo un po'...»

«Allora bevo con te...» disse lui. Andò ad aprire il mobile bar per prendere un bicchierino. Quando tornò a sedere, Rosa aveva già vuotato il suo e lo aveva riempito di nuovo. Cosa poteva dirle? Di non ubriacarsi? Dopo che una sua amica si era suicidata? Sperava solo che non si sentisse male.

«E se ti porto a fare un giro sulle colline?»

«No, voglio stare qui... voglio pensare a Titta... voglio stare con lei...» Altro bicchierino, mandato giù alla russa.

«Perché non ti sdrai? Ti faccio un massaggio» disse lui, alzandosi. Voleva trovare il modo di non farle bere altro.

«Non li sai mica fare, i massaggi...» biascicò lei.

«Ho imparato da te... Dai, sdraiati...»

«Non mi spezzare le ossa...» disse Rosa, con la voce sbilenca, e si lasciò andare lunga distesa sul divano. Bordelli si inginocchiò sul tappeto lì accanto e cercò di fare del suo meglio, ricostruendo i movimenti dei massaggi che gli faceva Rosa. Non dovette faticare a lungo, dopo pochi minuti lei si addormentò. Briciola si avvicinò e salì sulla schiena di Rosa, annusandola, come se volesse capire cosa stesse succedendo.

«Lasciamola dormire» le sussurrò Bordelli. Voleva portarla nel suo letto, dove di sicuro avrebbe dormito meglio. Gli era già successo di spogliarla e di metterla sotto le coperte, ma alla fine di una serata divertente, non dopo una sbornia così triste. La sollevò, era leggera come una ragazzina. Entrò nella sua camera, dove il colore dominante era il rosa. La distese sul letto, accese l'abat-jour e cominciò a spogliarla... Aveva piedini delicati e morbidi...

«Mmm... che fai?» mugolò lei.

«Dormi...» Le sfilò la gonna, ammirando le sue gambe da giovanetta, le caviglie sottili... Quando le tolse la maglia si accorse che non aveva il reggiseno, e apprezzò anche quello spettacolo... Era proprio una bella donna, dimostrava trentacinque anni, ma ne aveva almeno dieci di più... Riuscì a metterle la camicia da notte, la sistemò sotto le coperte e le dette un bacio sulla fronte.

«Buonanotte...» bisbigliò. Appena spense la luce sul comodino, Briciola e Gedeone saltarono sul letto e si sdraiarono accanto a lei. Doveva essere un'abitudine.

«Piras, vai lentamente verso la porta, io giro sul retro...»

«Bene» sussurrò il sardo, e cominciò ad avanzare piano piano, chinato in avanti, con la pistola in mano. Era notte. Già da un pezzo stavano appostati in mezzo a un bosco piuttosto fitto, davanti a una baracca dove quasi certamente si erano nascosti dei pericolosi criminali. Nel silenzio si sentivano soltanto i versi di qualche animale notturno. Dalla finestrella della baracca non filtrava la minima luce, ma dal comignolo usciva del fumo. Piras era a una decina di metri dalla porta, e il commissario stava passando tra gli alberi per raggiungere il retro... La porta della baracca si spalancò di colpo e partì una lunga raffica di mitra... Piras venne crivellato di colpi e Bordelli vide il suo corpo volare all'indietro per decine di metri, volteggiando in aria come un tuffatore dal trampolino più alto, per poi andare a sbattere contro un albero... Pieno di rabbia corse in avanti sparando come un pazzo e gridando, ma la casupola svanì davanti ai suoi occhi...

Si svegliò sudato, oppresso da un angosciante senso di colpa per aver fatto uccidere Piras... Si alzò dal letto e andò in bagno. Aveva il cuore accelerato, e nello specchio vide una faccia stravolta... Sentì i passi di Blisk che saliva le scale, e un attimo dopo il suo capone apparve nel vano della porta...

«Ti ho svegliato?» Il cane si avvicinò e cominciò a strusciargli il muso sulle gambe, uggiolando, e ogni tanto alzava il capo per guardarlo.

«Non ti preoccupare...» disse Bordelli. Il cane restava a fissarlo, con aria inquieta. Sembrava proprio che capisse cos'era successo. Erano quasi le tre.

«Sai che facciamo, Blisk? Ce ne andiamo a fare una bella camminata, cosa ne dici?» Non aveva nessuna voglia di tornare a letto, magari rischiando di sognare il seguito dell'incubo. Si vestì senza fretta, con gli occhi ancora pieni di quelle immagini. Scese le scale insieme a Blisk. In cucina bevve un bel bicchier d'acqua, si mise addosso un giubbotto pesante, si infilò in tasca la torcia elettrica e uscì con il cane...

«Guarda che luna...» sussurrò. Nel cielo color del cobalto una luna tagliata a metà spandeva il suo chiarore nella campagna... *Gobba a ponente luna crescente...* Visto dal basso, il cielo appariva magico e tranquillo... Chissà a che punto era l'avventura dei tre americani. La sera prima c'era stato un nuovo allarme, un corto circuito aveva provocato un tonfo, ma a quanto pareva non aveva creato problemi.

Arrivò sul retro della casa e si avviò in mezzo al suo piccolo oliveto, vedendo ancora il corpo di Piras che volava in aria... Nelle ultime due settimane l'erba era diventata così alta che se ci fosse stato un cadavere nessuno lo avrebbe visto. Blisk era andato avanti, e si capiva dov'era per via dell'erba che si muoveva. Quando a fine marzo il contadino che curava il campo, Tonio, era venuto a potare gli olivi, l'erba era già abbastanza alta, ma non in quel modo. Quella natura incolta e rigogliosa gli ricordava simpaticamente le zazzere di certi capelloni, ma nei campi era bene fare un po' di pulizia. Il giorno dopo voleva chiedere a Tonio se poteva venire a dare una bella tagliata.

Proseguì fino al ruscello, saltò dall'altra parte e s'infilò nel bosco con la torcia accesa. Illuminava i cespugli, ascoltava i rumori, mentre Blisk gironzolava là intorno scomparendo e ricomparendo. Nelle zone più aperte spegneva la torcia e si lasciava guidare dal chiarore crepuscolare della luna.

Pensò a Rosa, povera bimba addolorata. Si ricordava bene la notte in cui l'aveva conosciuta, nel '49, in quella triste casa di tolleranza di via delle Burella. Una bella biondina discinta, con lo sguardo limpido e innocente, che tra un cliente e l'altro lavorava a maglia. Erano diventati subito amici.

Chissà se si sarebbe ricordata di come era arrivata fino al letto, e se avrebbe capito che il suo amico sbirro l'aveva vista nuda. Dopo il bacio della buonanotte lui se n'era andato in punta di piedi, chiudendo piano la porta d'ingresso, e alle dieci e mezzo era arrivato a casa con l'animo appesantito dalla tristezza di Rosa. Si era preparato qualcosa di veloce e si era portato il piatto davanti al televisore. Gli astronauti dovevano finire il giro intorno alla Luna, e il collegamento con la base di Houston era ancora interrotto. A mezzanotte era andato a letto, si era addormentato in pochi minuti, e quel maledetto incubo lo aveva spinto fuori da casa...

A forza di camminare nel bosco e di fare lunghi respiri, lentamente l'angoscia del sogno si diradò, fino a scomparire. Gli piaceva sentire i versi degli uccelli notturni, i fruscii di passi che si allontanavano... cercando di indovinare di che animali fossero.

Sperava che Piras trovasse presto il numero di telefono di Tancredi Terracina... che era... il cugino del marito della signora Ippolita? Sì, doveva essere così. Era impaziente di fare un passo in avanti, ma chissà se era proprio quella la strada giusta. Non si sapeva nemmeno se quel cugino viveva sempre in quel paesino della Val d'Orcia, e se era ancora vivo. L'inizio di quell'avventura non era certo dei più incoraggianti, ma lui sapeva che avrebbe tentato ogni strada pur di arrivare alla soluzione. Si sentiva più cocciuto adesso di quando era in servizio...

Un grosso uccello bianco gli volò sopra il capo senza il minimo rumore e scomparve in alto nel fitto dei rami. Doveva essere un barbagianni. Anche Blisk lo aveva seguito con lo sguardo. Chissà quanti animali si potevano vedere, di notte, camminando tra gli alberi.

Tornò verso casa dopo più di un'ora, affiancato da Blisk. Oltrepassò il ruscello, e facendosi largo nell'erba alta si avventurò nell'oliveto, affascinato dallo spettacolo di quelle chiome argentate che luccicavano nel chiarore lunare. La na-

vicella doveva essere dalle parti di quella magica palla luminosa che faceva ululare i lupi e i poeti.

Quando entrò in casa accese la radio. Adesso l'avventura
spaziale procedeva normalmente. Salutò Blisk e tornò a letto.
Spense subito la luce, sperando di non sognare nulla di spiacevole... e anche di trovare presto il numero di telefono del
cugino del marito della... Un attimo dopo cominciò a russare.

Nonostante la notte movimentata, la mattina dopo si svegliò alle otto e mezzo, riposato come se avesse dormito dieci ore. Forse era merito della pensione, pensò sorridendo. Mise la Moka sul fornello, telefonò in questura e chiese di parlare con Piras. Le guardie lo trattavano come se fosse ancora in servizio. Forse era vero che sbirri si rimaneva per sempre.

«Eccomi, dottore...» disse il sardo.

«Ciao, che mi dici di Terracina?» gli chiese, impaziente.

«Se è ancora in vita e ha un abbonamento alla SIP, forse all'ora di pranzo dovrei riuscire ad avere il numero.»

«Ci spero davvero, grazie.» Non rimaneva che aspettare.

Alla radio dissero che durante la notte, per correggere la rotta, la navicella aveva dovuto accendere il motore per quattordici secondi. L'operazione era andata a buon fine, anche se non erano da escludere altre correzioni.

Chissà come stava Rosa, magari più tardi l'avrebbe chiamata. Mandò giù il caffè. Aveva tutta la mattina davanti, poteva metterla a frutto. Pensò al mare di erba alta in cui aveva nuotato quella notte, dove appunto ci si poteva nascondere un cadavere. Ma a parte questa osservazione sbirresca, di giorno si rischiava di mettere il piede o una zampa sopra una vipera. Era meglio farlo pulire. Uscì in macchina per andare a cercare Tonio, che abitava a pochi chilometri da casa sua, lungo la strada per arrivare alla Martellina.

Parcheggiò nella grande aia ombreggiata dai cipressi. Sotto la loggia vide una contadina vecchissima, con un fazzoletto legato sul capo, che trafficava con qualcosa che aveva sulle ginocchia.

«Buongiorno, cercavo Tonio...» disse a voce alta, per non avvicinarsi. La vecchia accennò al campo con il mento e continuò il suo lavoro, senza una parola.

«Grazie...» Bordelli avanzò sulle zolle, e di lontano vide Tonio in mezzo al campo, in cima a una scala a potare gli ultimi olivi. Lo raggiunse senza fretta, e gli disse che nell'oliveto dietro casa sua l'erba era cresciuta parecchio. Il vecchio contadino annuì, con l'aria di chi la sa lunga. Lo sapeva benissimo, disse, era già nei suoi pensieri.

«Forse posso venire a tagliare anche ni' pomeriggio.»

«Sarebbe magnifico... Quella signora sotto la loggia è sua madre?»

«Eh sì... Ottanta vendemmie su i' groppone.»

«Sembra in forma.»

«Mah, l'è vecchia come i' cucco, ormai l'è bona solo a rabberciare i pianeri e a sgranare i fagioli» disse il contadino, alzando le spalle. Bordelli pensava sempre a Tonio come a un vecchio contadino, ma in realtà dovevano avere più o meno la stessa età... dunque Tonio era un giovanotto, si disse sorridendo.

«Allora ci vediamo nel pomeriggio.» Un ultimo cenno di saluto e tornò verso la macchina. Si chiedeva se ottanta vendemmie volesse semplicemente dire ottant'anni, o se si dovesse fare il conto dalla prima vendemmia fatta, magari a otto anni. Comunque sia trovava divertente quel gergo campagnolo. Gli piaceva un sacco anche quel modo contadino di mescolare sillabe o lettere... *pianere* invece di paniere, *treciolo* invece di cetriolo... *drento* al posto di dentro.

Quando mise in moto erano appena le dieci meno un quarto. Voleva far passare la mattinata in fretta. Alla fine pensò di fare una cosa che non faceva da un secolo. Scese a Firenze e lasciò il Maggiolino a Porta Romana. Salì a caso sul primo autobus che accostò alla fermata, insieme a un gruppetto di persone. Il bigliettaio era un ciccione con la faccia sgradevole, il naso gonfio pieno di venuzze scoppiate, come se avesse già bevuto mezzo fiasco di vino. E purtroppo aveva la battuta facile, soprattutto con le donne, un esemplare umano che a Firenze si era sempre visto.

Il bus era piuttosto affollato, maschi e femmine di tutte le età e varietà. A Firenze quei carrozzoni verdi li chiamavano *strascicapoeri*, ma a quanto sembrava erano frequentati anche da uomini distinti e da signore eleganti. Bordelli guadagnò a fatica il vetro posteriore e ci si appoggiò di schiena. Si teneva alla maniglia, oscillando insieme a tutti gli altri. Dopo anni di individualismo automobilistico, gli faceva un certo effetto stare fra la gente su un mezzo di trasporto pubblico. Comunque era divertente, a parte le battutacce del bigliettaio. Gli piaceva osservare le persone, anzi spiarle, ascoltare quello che dicevano, cercare di indovinare chi fossero, cosa facessero nella vita, dove stessero andando... Un gioco che sicuramente facevano in molti, una volta l'aveva letto anche in un romanzo.

Ogni tanto si sentiva mormorare una frase preoccupata sugli astronauti, e il bigliettaio ne approfittava per dire qualche coglionata... *Finché quei tre son lassù, sai quante corna le mogliere...* Se la rideva da solo, o insieme ai pochi altri dello stesso stampo, fregandosene delle occhiate di disagio o addirittura di disprezzo dei passeggeri. Bordelli riusciva a ignorarlo.

L'autobus si avvicinò al centro riempiendosi sempre di più, fino a diventare la classica scatola di sardine. Alle fermate tra la stazione e piazza Duomo scaricò almeno la metà dei passeggeri, e avvicinandosi alla fine del tragitto cominciò a vuotarsi. Bordelli trovò finalmente un posto a sedere, in fondo al bus. Dopo qualche altra fermata il carrozzone parcheggiò al capolinea con uno sbuffo da treno, e l'autista scese a terra.

Bordelli si accorse che il destino lo aveva portato in piazza Edison, uno dei luoghi della sua infanzia, dove era passato appena il giorno prima salendo verso San Domenico, e come gli accadeva spesso si perse nei ricordi. Il bigliettaio era rimasto al suo posto, vide che quel signore seduto in fondo non scendeva e gli fece un cenno con il mento.

« Ehi, questo l'è i' capolinea » borbottò.

« Sì lo so, ma torno indietro » disse Bordelli.

« Allora devi pagare un altro biglietto, sennò giù dalla diligenza » disse l'avvinazzato, con un sorriso che non era un sorriso, contento di poter dare un senso al suo ruolo di controllore. Bordelli avrebbe tranquillamente pagato subito il biglietto, ma quell'uomo non gli stava per niente simpatico, era proprio il prototipo del fiorentino che avrebbe volentieri deportato da Firenze su un'isola deserta, insieme a tutti i suoi simili.

« Non è come al cinema, che si può guardare il film due volte? » disse, con aria ingenua.

« Pallino, se ti pare d'essere a i' cine vor dire che stamani un ti sei ancora svegliaho » continuò il bigliettaio. A quel punto Bordelli si alzò, con tutta calma, prese in mano il portafogli, ma invece di tirare fuori i soldi...

« Pubblica Sicurezza, questore vicario » disse, mettendogli il tesserino davanti agli occhi.

« Ah, mi scusi, mica lo sapevo... » fece naso rosso.

« Mi dia un biglietto. »

« No no, voi della questura non pagate mica. »

« Voglio pagare lo stesso. »

« Ma davvero, non importa... »

« Voglio il biglietto, non me lo faccia ripetere » disse Bordelli, gentile ma non troppo. Nasone rosso si affrettò a dargli il biglietto, incassò gli spiccioli e scese dal bus. Il commissario tornò al solito posto, in fondo al carrozzone. Un attimo dopo l'autista salì e si sedette alla guida, e appena mise in moto apparve anche il bigliettaio, serio e imbronciato. Il bus partì caracollando come una balena, il commissario si voltò verso il vetro e continuò il viaggio nella memoria... Davanti ai suoi occhi scorrevano le strade della sua infanzia e della sua giovinezza, le signore con le gonne lunghe, i signori con il cappello, le biciclette... i figli e le figlie della lupa, i balilla, le piccole italiane, gli avanguardisti... le divise della Milizia, i fez con la nappa, le decorazioni, i gagliardetti... le macerie di viale Volta... le prime 500... A un tratto sentì una frase in tedesco ben scandita e pronunciata lentamente, e si voltò con una leggera sensazione di disagio, per via del suono di quella lingua che dai tempi della guerra non aveva ancora digerito. Si accorse che il bus era già piuttosto pieno, e cercò di scoprire chi aveva pronunciato quelle parole. Lo capì perché tutti guardavano una persona... Era un vecchio e gracile signore senza capelli, seduto vicino all'uscita, che stava fissando con severità un giovanotto in piedi non distante da lui, alto e biondo, evidentemente tedesco. Il vecchio signore pronunciò un'altra frase, sempre in tedesco, sempre con decisione, e il giovane annuì. Bordelli lasciò il posto a una signora e si avvicinò al vecchio, curioso di capire. Quando il bus alla fermata successiva accostò, il giovane biondo scese, ma invece di avviarsi sul marciapiede rimase in attesa accanto al palo e controllò l'orologio. Era chiaro che avrebbe aspettato il bus successivo. Il vecchio non si voltò a guardarlo, ma fece un lungo sospiro e si mise a leggere il giornale. Bordelli era sempre più curioso. Quando in piazza San Marco il vecchio scese, gli andò dietro, e in piazza Santissima Annunziata lo affiancò.

« Mi scusi... »

« Prego. »

« Non vorrei essere inopportuno, ma mi piacerebbe sapere cosa ha detto a quel ragazzo tedesco. »

« Era anche lei sull'autobus? »

« Sì... »

« Gli ho semplicemente detto... *Junge, ich nicht mit ein Deutschen in ein Bus sitzen können. Einer muss nächste Haltestelle raus. Du oder ich.* »

« E in italiano? »

« Oh, mi scusi... Gli ho detto che non potevo stare sullo

stesso autobus con un tedesco. Alla fermata successiva o scendeva lui o scendevo io.»

«E lui è sceso...»

«Non ho nulla contro quel ragazzo in particolare, avrà sì e no vent'anni. Però è tedesco, e a Birkenau ho visto molti ragazzi come lui, con gli occhi azzurri e il viso angelico. Magari suo padre ha partecipato ai rastrellamenti del mio popolo. Non posso stare su un autobus insieme a un tedesco. Non volevo nemmeno obbligarlo a scendere, lo avrei fatto io. Ho fatto scegliere a lui, e lui ha scelto. Tutto qui.»

«Ho capito, grazie. Mi scusi il disturbo.»

«Nessun disturbo, buona giornata» disse il vecchio, e se ne andò.

Bordelli tornò in piazza San Marco, e per un attimo fu tentato di fare un salto in questura, che non era distante. Poi lasciò perdere, non voleva fare la figura del vecchio sbirro appicicoso. Ma invece di riprendere l'autobus decise di andare a piedi fino a Porta Romana, e imboccò via Ricasoli. Farsi strascicare da un capo all'altro della città era stato piuttosto interessante. O forse era lui a essere così curioso delle umane vicende che riusciva a scovarle ovunque andasse. Come quella volta, un paio di anni prima, quando si era seduto al tavolino all'aperto di un bar per bere un caffè. Non troppo distanti, ma nemmeno vicine, erano sedute due donne sui trent'anni. Per uno strano gioco di rimbalzi sonori la loro conversazione arrivava alle sue orecchie piuttosto chiaramente, e invece di ignorarla si era messo ad ascoltare...

« Vedessi com'è bello! »

« Lo dici sempre... »

« Questa volta è diverso... »

« Dici sempre anche questo. »

« Guarda qua. » La donna aveva tirato fuori una fotografia per mostrarla all'amica, che aveva alzato un sopracciglio.

« Carino, sì... » aveva detto, poco convinta. L'altra doveva essere molto innamorata, e non ci aveva fatto caso.

« Il mio amore è bellissimo... Oddio proprio mio no... Cioè sì... »

« Sì o no? »

« Be', è sposato, ma ama solo me. »

« E allora perché non lascia la moglie? »

« Non so... guarda che ne abbiamo parlato... poverino...

mi ha detto che questa situazione lo fa tanto soffrire, ma per adesso non può proprio lasciarla.»

«E come mai?»

«Boh, questo non me l'ha detto.»

«Ma a te questa cosa va bene?»

«Che ti devo dire? Se non può lasciarla vuol dire che non può. A me basta che ami solo me.»

«Contenta te... Io non ci resisterei un minuto.»

«Non sai quello che dici... Innamorati sul serio, poi se ne riparla.»

«Innamorata o no, non me ne importa nulla. Ho bisogno di stimare l'uomo con cui vado a letto, a meno che non sia solo sesso.»

«Macché solo sesso! Io lo amo.»

«Scusa, non sopporto i maschi senza palle...»

«Ma che dici?»

«...e nemmeno le galline che si fanno prendere in giro.»

«Ah, io sarei una gallina?»

«Non ho detto questo, ma certi uomini sono davvero penosi.»

«Non il mio...»

«Tirano fuori mille scuse per continuare a farsi lavare le mutande dalla moglie, ma vogliono godersi la carne giovane.»

«Dai, quanto sei stronza.»

«Dico quello che penso... La sincerità non fa parte dell'amicizia?»

«Ma sì, certo... Però mi fa star male.»

«Se sei convinta di quello che fai, che te ne importa di quello che dico?»

«Fa male lo stesso.»

«Mi dispiace, ma non riesco a stare zitta... Ormai dovresti conoscermi.»

«Oddio sono in ritardo, mi accompagni un pezzetto?»

«Va bene...»

«Devo anche andare in bagno.»

«Vai pure, pago io» aveva detto l'amica sincera, alzandosi. Pochi minuti dopo se n'erano andate a braccetto, continuando a parlare...

Le aveva guardate allontanarsi. Erano simili, un po' grassottelle, ben vestite. Lui aveva seguito quella conversazione con molto interesse, e dava ragione alla «stronza». Ne aveva conosciuti non pochi di uomini sposati che andavano a letto con ragazze più giovani e non si sognavano nemmeno di lasciare la moglie. Dicevano più o meno tutti le stesse fandonie, inventavano mille scuse per ingannare la poveretta di turno, che abboccava, e si facevano pure consolare, poverini, perché soffrivano tanto... Poi con gli amici si mettevano a fare i gradassi, si prendevano gioco della scema, raccontando le loro imprese sessuali con il risolino sulle labbra. Qualche volta gli era capitato di incontrare persone del genere, che si mettevano a parlare con lui proprio in quel modo, convinti di avere davanti un uomo che avrebbe accolto quei discorsi con un sorriso di complicità, nel nome di un ovvio cameratismo maschile da non mettere nemmeno in discussione... e si erano stupiti non poco di trovarsi davanti uno sguardo del tutto diverso da quello che si aspettavano. A volte lui aveva lasciato perdere, altre volte aveva voluto dire due parole.

«È bello sentirti parlare con vera galanteria di una donna che a quanto sembra riesce a farti stare bene, hai un animo nobile» diceva. L'altro si irrigidiva, spiazzato e soprattutto stupito.

«Dai, stavo scherzando...»

«Io no.»

Fece una deviazione per passare da Rosa, voleva vedere come stava. La trovò in pantofole e vestaglia, aveva appena fatto colazione. Si era un po' ripresa, stava giocando con Briciola, anche se ogni tanto le scappava un singhiozzo. Nel primo pomeriggio sarebbe andata al funerale della sua amica, e avrebbe detto qualcosa. L'avrebbe accompagnata al cimitero, e avrebbe chiesto alla famiglia di poter scegliere qualcosa di Titta per ricordo, un paio di scarpe, una gonna, una camicetta. Avevano la stessa taglia, era capitato spesso che si scambiassero i vestiti. Nel pomeriggio sarebbe andata al cinema a vedere gatto Silvestro, da sola, e sapeva già che avrebbe pianto tutto il tempo. Il giorno dopo, sempre da sola, anzi con i suoi gatti, sarebbe andata al mare, a Lerici, dove era stata qualche volta insieme a Titta. Ci sarebbe rimasta almeno una settimana, forse anche di più. Aveva bisogno di pensare a lei, di parlare con lei a voce alta, di mettersi le sue scarpe, i suoi vestiti, di sentire il suo odore...

Bordelli non disse nulla. Rosa aveva organizzato il proprio dolore, e a lui sembrava una buona cosa. Quando stava per lasciarla, Rosa volle fargli vedere una fotografia di lei insieme alla sua amica. Era in bianco e nero, di diversi anni prima, quando Rosa lavorava ancora nelle case di tolleranza. Dietro c'era scritto: *Titta e Rosa, 1954*. Sorridevano. La sua amica era graziosa, con i capelli neri e un cappellino elegante.

«Non era una puttana... faceva la maestra...» disse Rosa, asciugandosi gli occhi. Poi si sforzò di sorridere, disse che adesso doveva prepararsi e lo accompagnò alla porta tenendo Briciola in braccio.

« Saluta il commissario, Bri... » Le prese la zampina tra le dita e la fece andare su e giù.

« Ciao Rosa, fatti sentire presto. »

« Ciao sbirraccio, lo so che mi hai visto nuda, sai? »

« Ah... »

« Ero sveglia, ma era così bello farsi spogliare come una bambina. »

« Ho chiuso gli occhi. »

« Come mai ti cresce il naso, tesoro? »

« Be', una guardatina c'è scappata... »

« È stato un bel vedere? »

« C'è bisogno di dirlo? »

« No no, non dirlo a nessuno, sennò poi mi fanno le serenate sotto la finestra. »

« Nulla vidi... »

« Ciao amore, ci sentiamo quando torno dal mare. » Si alzò sulla punta dei piedi per dargli un bacino sulle labbra, e dopo un ultimo sorriso addolorato lo guardò imboccare le scale.

« Ciao bella... » disse Bordelli, a metà della prima rampa, e un attimo dopo sentì chiudere la porta. Era contento, Rosa stava ritrovando l'ironia e la leggerezza. Avrebbe pianto ancora, certo, ma sembrava capace di trasformare quella dolorosa mancanza in una nuova complicità con la sua amica Titta.

Proseguì a piedi fino a Porta Romana, montò sul Maggiolino e imboccò viale del Poggio Imperiale, che a quell'ora era piuttosto trafficato. Accese subito la radio. Non c'erano grosse novità, gli astronauti stavano viaggiando verso la Terra, l'ammaraggio era previsto per il giorno dopo verso le sette di sera, ora italiana.

Arrivò a casa e parcheggiò nella sua grande aia, dove trovò un furgone con il pianale aperto. Quando scese sentì il rumore di un motore che arrivava dal suo oliveto. Andò sul retro del casolare, e in mezzo al campo falciato a metà vide Tonio che camminava dietro a una nuovissima motofalciatrice tenendola per le corna, cioè un largo manubrio che ricordava quello di una motocicletta. Bordelli si avvicinò e scambiò un cenno di saluto con il contadino. Rimase per un po' a seguire il lavoro, aspettandosi da un momento all'altro di veder apparire un cadavere. Il terreno era di sua proprietà, a quel punto nessuno avrebbe potuto impedirgli di indagare sulla faccenda, magari in coppia con il vice commissario Piras. Gli venne da sorridere... Insomma, pur di tornare a caccia di assassini si stava quasi augurando di trovare nel suo oliveto un morto ammazzato. Aveva tutta l'aria di essere un disturbo psicologico, un desiderio incontenibile di svelare misteri. In effetti era sempre stato così fin da bambino, come aveva raccontato suo cugino Rodrigo alla cena di febbraio. Doveva farci i conti, con la sua indole, ma sperava che la faccenda non degenerasse, altrimenti poteva ritrovarsi a indagare sui ragazzini che suonavano i campanelli dei palazzi o su chi avesse sgonfiato le ruote della bicicletta al prete dell'Impruneta.

Tonio stava tagliando l'erba vicino a un olivo piccolo e disgraziato, che non riusciva a crescere. Bordelli si avvicinò e glielo indicò, chiedendogli a gesti come mai fosse in quel modo, mentre gli altri olivi erano forti e vigorosi. Il contadino tolse gas alla motofalciatrice e si fermò, ma per farsi sentire dovette urlare lo stesso.

« Si vede che quando lo piantonno, un animale gli ha mangiato i germogli e la corteccia, e quando capita di queste faccende un c'è più verso che si ripiglino... Che ha 'nteso? »

« Sì sì, ho capito, grazie. » Si imparavano un sacco di cose, dai contadini. Salutò Tonio e tornò a casa. Aveva fame, erano quasi le due. Blisk non era in casa A primavera non era facile che rimanesse a dormire tutto il giorno, come a volte succedeva durante l'inverno. Un vero orso, che andava in letargo.

Seguendo la ricetta del Botta si preparò delle penne al sugo di lepre scappata e le mangiò in cucina, in silenzio, senza televisore, con un bel bicchiere di rosso dei Balzini. A proposito, prima della cena doveva controllare se in cantina c'erano ancora abbastanza bottiglie di quel vino, altrimenti doveva andare a Barberino Val d'Elsa per fare rifornimento. Mentre mangiava sentì il motore della motofalciatrice avvicinarsi a casa, e poi spegnersi. Si affacciò alla finestra. Vide il contadino caricare il moderno attrezzo meccanico sul pianale del furgone e allontanarsi su per la salita, seguito da una nuvola nera.

Finì di pranzare. Aveva appena bevuto il caffè, quando squillò il telefono... *Piras...* pensò, sperando che fosse lui e che avesse trovato quel numero.

« Mi scusi il ritardo, dottore. » Era proprio il sardo.

« Habemus numerum? »

« Sì. »

« *Alla vostra destra potete vedere piazza Pietrino Piras, ministro dell'Interno a soli trentacinque anni...* » disse Bordelli, parlando come una guida turistica. Il sardo fece finta di nulla.

« Ho chiesto a un amico che lavora alla SIP. Il numero non è nell'elenco, Terracina ha chiesto di non comparire... Ha da scrivere? »

« Certo, dimmi... » Appena riattaccò, fece il numero di Terracina. Contò undici squilli, poi sentì alzare, ma nessuno parlava. Allora parlò lui.

« C'è qualcuno? » Silenzio, però sentiva respirare.

« Buongiorno, è possibile parlare con Tancredi Terracina da Pietracupa? »

« Dipende da chi lo sta cercando » disse una voce profonda e ovviamente cupa, da orco delle fiabe.

« Mi chiamo Franco Bordelli... » Non aggiunse di essere un commissario, tanto meno di essere un ex.

« E dunque? »

« Mi scusi, sto parlando con Tancredi Terracina? »

« Sì, sono io. »

« Vorrei incontrarla. »

« In merito a cosa? »

« Preferirei dirglielo di persona, se non è un problema » disse Bordelli, aspettandosi un rifiuto.

«Va bene, venga domattina alle undici» disse Terracina, tranquillo.

«D'accordo, grazie.»

«Buona giornata.»

«Mi scusi...»

«Sì?»

«Potrebbe gentilmente dirmi dove abita?»

«Castelmuzio. Quando arriva nei paraggi chieda di me, arrivederci.»

«A domani.»

«Se si perde trovi un telefono e mi richiami. Buone cose» disse Terracina. Il commissario aspettò di sentirlo riagganciare, e mise giù. Accidenti che voce, pensò. Adesso doveva guardare la cartina della provincia di Siena per capire quale strada fare e a che ora partire. Da qualche parte nella libreria aveva una pubblicazione del Touring Club, e dopo una breve ricerca riuscì a trovarla. Si sedette comodo in poltrona, cercò Castelmuzio e cominciò a studiare il percorso. C'erano diverse possibilità, ma almeno all'andata preferiva non prendere l'autostrada, e nemmeno il raccordo per Siena, che gli sembrava un po' pericoloso. Alla fine segnò il tragitto che gli piaceva di più. Avrebbe preso la Chiantigiana... Chiocchio, Greve, Panzano, Castellina, Fonterutoli, Quercegrossa... Avrebbe scavalcato Siena... Arbia, Asciano, San Giovanni d'Asso, Montisi... e finalmente Castelmuzio. Un centinaio di chilometri, un sacco di curve, un paio d'ore abbondanti di viaggio... Poi doveva chiedere dov'era la casa di Terracina. Era bene partire almeno alle nove meno un quarto, se non prima. Dunque sveglia alle sette e mezzo, per fare con calma. Meglio non andare a letto troppo tardi.

Accese un bel fuoco, si sedette in poltrona con il libro di Alba in mano... e cominciarono i dubbi. Stava facendo qualcosa di ragionevole? Era quella la strada giusta? Che senso aveva andare a parlare con il cugino del padre di quel ragazzo ucciso nel '47? Quali elementi poteva racimolare chiacchierando con quell'uomo? Ma cos'altro poteva fare? Da dove poteva partire, se non dai familiari? Doveva fare un tentativo, e se fosse andato a vuoto avrebbe cercato altre strade, anche se per il momento non gli veniva in mente niente. Magari poteva andare a parlare con gli abitanti di Molino del Piano? Con il barbiere? Con il prete? Ogni tanto pensava che l'assassino poteva saltare fuori solo per una confessione... Un giorno, in un testamento, il notaio avrebbe letto una frase del tipo... *Sono stato io a uccidere nel '47 Gregorio Guerrini, per tale motivo...* Oppure dopo la morte di qualcuno, un familiare avrebbe trovato una busta dentro un cassetto, com'era successo nel '54, quando era morta una vecchia e ricca signora. Aveva lasciato una lettera: confessava di aver ucciso il marito, che la tradiva con le sue amiche. Seguendo alla perfezione le indicazioni di un libro giallo, lo aveva avvelenato un po' alla volta, usando una sostanza difficile da rintracciare. Alla fine della lettera aveva scritto... *Non me ne pento, la sua morte è stata una liberazione...*

Pensando a queste cose si era incantato a guardare il fuoco, le fiamme che accarezzavano la legna e a poco a poco se la mangiavano... Si riscosse, pulì gli occhiali con il fazzoletto, aprì il libro di Alba e finalmente si mise a leggere. Divorava le pagine, si fermava per qualche minuto, ricominciava, faceva un'altra pausa, leggeva di nuovo, nuotando in quel fiume di parole che in un unico flusso univa potenza semplicità delicatezza profondità bellezza... Una scrittura riservata ai grandi narratori, un dono concesso dalla Natura o da Dio, a seconda di ciò in cui si voleva credere...


Cenò ancora una volta davanti al televisore. Alla NASA sembravano piuttosto ottimisti, anche se ogni tanto si avvertiva una certa inquietudine per eventuali imprevisti. Un'avventura spaziale si era trasformata in un fallimento, e adesso quel fallimento doveva essere trasformato in un successo: quei tre uomini andavano salvati.

Leggendo ancora Alba davanti al fuoco si gustò un vin santo, che poi diventarono due. Ogni pagina era una scoperta, ogni scoperta un piacere. Quando chiuse il libro era arrivato a pagina duecentonovantatré... *Tutti e due avremmo voluto rispondere: «stasera» e invece dicemmo: «domani»*. Alle undici accese di nuovo il televisore, e seguì fino in fondo l'ultimo telegiornale sul Nazionale. Rimase sovrappensiero davanti allo schermo, fino a quando apparve la Orsomando che annunciava i programmi del giorno dopo, con la sua bella voce e lo sguardo leggermente malinconico... Rimase a guardare anche la sigla della fine delle trasmissioni... le nuvole che scendevano e il traliccio che saliva, mentre il suono dell'oboe sbocciava e restava in sospeso... quella musica gli toglieva il respiro, gli dava una sensazione di oscurità assoluta, di infinita solitudine, di sgomento, come se fosse rimasto solo al mondo... Meno male che durava pochi secondi, poi ricominciò a respirare, a immaginare di nuovo la vita intorno a lui... Aspettò addirittura di veder comparire i bruscolini, di sentire il fruscio che annunciava la totale assenza di trasmissioni, e quando spense il televisore rimase ancora lì davanti, a guardare il puntino luminoso che diventava sempre più piccolo, lentamente, come se non volesse scomparire...

Mentre si lavava i denti pensò ancora a quella sigla, a quelle note che riuscivano a precipitarlo nella solitudine più spaventevole... Come faceva una melodia, un suono, a scatenare emozioni così potenti? Non era la prova che la musica toccava corde ancestrali? Che esisteva un misterioso linguaggio sonoro delle emozioni? Magari una notte ne avrebbe parlato con Dante. Anzi, gli avrebbe fatto una domanda sull'argomento e si sarebbe lasciato trasportare dal fiume delle sue parole...

A mezzanotte s'infilò sotto le coperte, sperando di addormentarsi presto. Gli toccò pensare: *meno male che stasera*

*Eleonora non è venuta a trovarmi...* Se avesse passato la notte insieme a lei, non avrebbe dormito tutte le ore che gli servivano per alzarsi alle sette senza sentirsi uno straccio. Ma come al solito, quando sapeva che doveva dormire per forza, il sonno non arrivava. Se ne stava al buio con gli occhi aperti, aspettando il nano Sabbiolino, mentre il suo pensiero veniva scaraventato qua e là come un moscerino nel vento.

Dopo una mezz'ora, a forza di stare immobile, avvertì che il sonno si stava finalmente avvicinando, ma proprio quando stava per addormentarsi, nell'oscurità, cominciarono lentamente a scorrergli davanti, uno dopo l'altro, i volti degli assassini che aveva arrestato... Lo guardavano, lo fissavano negli occhi... Alcuni avevano un leggero sorriso sulle labbra, altri un broncio infantile... E lui provava una malinconia infinita, gli sembrava di avere un uovo nella gola, come se avesse davanti gli sguardi tristi delle sue ex fidanzate che venivano a sussurrargli lo scempio del tempo ormai consumato... finito... macinato... perduto... Dio mio quante volte si era innamorato... occhi neri, occhi verdi, occhi azzurri... bionde, castane, rosse, more come il carbone... magre, formose, raffinate, disinvolte... timide, sfacciate... si sentiva affondare in un immenso mare calmo dove ogni ricordo annegava...

Il cartello di Castelmuzio gli apparve subito dietro una curva, e poco dopo raggiunse il minuscolo borgo medievale. In giro non si vedeva nessuno. Imboccò a passo d'uomo un vicolo che saliva leggermente, passò sotto un arco e si ritrovò accanto a una chiesetta, in quella che doveva essere la piazza principale. Spense il motore, e appena scese fu colpito dal silenzio. Si guardò intorno. Qualche piccolo palazzo nobiliare di provincia incastrato tra case meno ricche, un paio di botteghe, una locanda... Dall'angolo di un vicolo sbucò una vecchietta che strascicava i piedi, tenendo per mano una bimba di cinque anni. Il commissario le andò incontro.

« Mi scusi, sto cercando un signore che si chiama Tancredi Terracina...» disse. La vecchia non rispose, e gli indicò la locanda. Dalla porta aperta s'intravedeva un signore seduto che leggeva il giornale.

« È quel signore là?» chiese Bordelli. La vecchia scosse il capo e si allontanò tirandosi dietro la bambina, una morettina bellissima, con gli occhi grandi, che continuava a voltarsi per guardare lo sconosciuto. Il commissario le sorrise e s'infilò nella locanda. Il signore che leggeva doveva avere più di settant'anni, magro, scavato, vestito da elegante signorotto di campagna, e sul suo tavolino, accanto a un magnifico lobbia, erano appoggiati un fiasco di vino e un bicchiere... alle undici di mattina...

« Buongiorno» disse Bordelli.

« Buongiorno a voi.» Guardò lo sconosciuto con due occhi azzurri così chiari che sembravano trasparenti.

« Mi scusi il disturbo, sto cercando un sign...»

«Scusate se vi interrompo, sono abituato a presentarmi...
Conte Ferdinando de Moscardi.»

«Principe Franco de Bordellis» disse il commissario, così
per giocare. Si strinsero la mano.

«Adesso ditemi pure, prego.»

«Abitate a Castelmuzio?»

«Soltanto per qualche mese all'anno, il resto del tempo vivo a Roma o a Nizza.»

«Una scelta interessante...» disse Bordelli, e a quel punto
si sedette.

«Oh, è un borgo adorabile, i maleodoranti schiamazzi della città sono assai più distanti di quella navicella che sta rotolando nello spazio. In questo eremo campagnolo posso godere di un impagabile, odoroso e meraviglioso silenzio. Qui non
c'è nulla, sia lodato Iddio. Anche l'ufficio postale, i due carabinieri e la farmacia sono a Trequanda. Tra queste pietre antiche e in mezzo agli olivi secolari vivono pochi umani, una
manciata di vecchi contadini e qualche grazioso bamboccino.
Ma quei fortunati bimbi, appena hanno cambiato i denti di
latte, vengono folgorati dall'ingannevole sogno della moltitudine e corrono a soffrire nelle città, dove vivranno assai peggio ma saranno sempiternamente ammaliati dalle sirene...
delle fabbriche. Se ne vanno da questo luogo mitologico feli-
cemente governato dalla mancanza e dall'assenza. Le belle
palazzine e le ville che vedete e vedrete restano disabitate
per molti mesi all'anno, i giovani non sanno che farsene della
campagna, ma verrà il giorno in cui l'onda che li ha trascinati
via li riporterà indietro, ci scommetto il prepuzio.»

«Non sono più un giovanotto, e sono nato e cresciuto in
città, anche se piccola, ma l'onda di cui parla mi ha portato in
campagna.»

«Quale, precisamente?»

«Impruneta.»

«Oh, la conosco benissimo. Per le vostre compere alimentari andate da Marinella?»

«Certo...»

«Vi chiedo la gentilezza di portarle i miei più affettuosi saluti.»

«Sarà fatto... Fernando de Moscardi, giusto?»

«Ferdinando, però Marinella mi conosce come il Conte.»

«Va bene.»

«Dovete scusarmi, vi sto facendo perdere tempo... Dicevate che state cercando qualcuno?»

«Sì, un signore che si chiama Tancredi Terracina.»

«Mi dispiace, conosco soltanto il barone Tancredi Terracina da Pietracupa» disse il vecchio, con un sorriso ironico.

«Be', dev'essere lui.»

«Certamente... Adoro Tancredi, è l'uomo più solitario, lugubre, orso, schivo, silenzioso che abbia mai conosciuto.»

«Io ancora non lo conosco.»

«Avete buona memoria o devo disegnarvi una mappa?»

«Proverò con la memoria.»

«Siete venuto con l'autostrada?»

«No, sono passato da Siena, sono arrivato da quella parte... da Montisi.»

«Bene. Allora dovete proseguire lungo la strada da dove siete venuto, quella che va verso Sinalunga. Quando arrivate a Petroio voltate a sinistra, verso la collina. È una scorciatoia, ma poco dopo diventa sterrata, meglio andare piano perché è piena di buche e di sassi.»

«Ci sono abituato.»

«Dopo qualche chilometro vedrete di lontano un macchione di alberi di alto fusto. Andate ancora avanti, fino a che troverete sulla sinistra due pilastrini di mattoni e un vecchio cancelletto arrugginito, che sta sempre aperto. Quello è l'ingresso del podere. Andate ancora avanti nella stessa strada, e vedrete un altro cancello più grande, che invece sarà chiuso. La casa è quella che si vede oltre le sbarre. A quel punto, come dice il Vangelo... suonate il clacson e forse un giorno o l'altro vi sarà aperto» concluse il Conte, sorridendo.

«Ho parlato con Terracina ieri pomeriggio, abbiamo un appuntamento.»

«Oh, certo... certo... questo cambia tutto...» ironizzò de Moscardi, che a quanto pareva non era troppo ottimista sull'accoglienza di Terracina.

«Vi ringrazio, Conte, siete stato gentilissimo» disse il commissario, alzandosi. Si strinsero la mano.

«Arrivederci principe de Bordellis. Se passate da Nizza andate al porto e a chiunque vi troviate dinanzi chiedete di me. Vi diranno dove abito.»

«Non mancherò, arrivederci.» Bordelli si avviò verso la porta, e alle sue spalle sentì la voce del Conte.

«Che la luce della ragione vi protegga, andate in pace.»

«Amen...» disse lui, uscendo. Salì sul Maggiolino con il sorriso sulle labbra, e per qualche secondo rimase a guardare la piazzetta, la chiesa, le case con i muri di pietra, e in fondo a un vicolo lungo e stretto il verde della campagna in lontananza, sotto il cielo limpido. Era davvero un luogo sperduto e affascinante.

Mise in moto e fece manovra, con uno strano brivido nello stomaco. Senza un vero motivo sentiva che stava per vivere qualcosa di inaspettato, e che magari dall'incontro con Terracina sarebbe tornato a casa con una traccia, anche minuscola, che potesse guidarlo fino all'assassino di Gregorio Guerrini.

Arrivò a Petroio, voltò a sinistra per imboccare la leggera salita, e dopo qualche centinaio di metri proseguì sulla sterrata. La visuale si apriva sulla campagna, ondulata e morbida come un lenzuolo mosso appena dal vento. Lontano, in mezzo al verde di enormi pini e cipressi, una tarchiata e massiccia torre di pietra emergeva dai tetti di un agglomerato di case, e tutto l'insieme sorgeva su una collinetta circondata da una vera e propria muraglia di pietra, con tanto di garitte per le vedette. Non gli sarebbe dispiaciuto vivere in un posto del genere, magari con un paio di cavalli, un falcone e la bella castellana Eleonora... che a una simile proposta avrebbe forse risposto con un sorriso di compatimento.

Continuò a seguire le indicazioni del Conte, e dopo aver sollevato molta polvere, arrivò in vista della collinetta ricoperta di grandi alberi, ancora pini e cipressi, ma anche cedri, querce e chissà che altro. La strada si snodava in mezzo alla campagna, e ogni tanto sul ciglio si innalzava un immenso cipresso scuro, gonfio come un pinguino. Guidava lentamente, godendosi lo spettacolo. Dopo una lieve salita affondò con il Maggiolino in mezzo a quella riposante matassa di verde, e quando riconobbe i due pilastrini di mattoni si fermò. Oltre il piccolo cancello aperto, il viottolo sterrato costeggiava una folta siepe rampicante, che dallo steccato ricadeva sopra un muretto basso di pietra, e scompariva dietro una lunga curva. Nel parco svettavano alberi altissimi, e in basso una vegetazione esuberante sembrava avesse preso il sopravvento fin dall'inizio dei tempi.

Avanzò a passo d'uomo fino all'altro cancello e parcheggiò in uno slargo. Oltre le sbarre, a una ventina di metri, circondata da grandi alberi sorgeva la maestosa semplicità di una imponente villa padronale, con la facciata rosso antico provata dai secoli. Poteva essere del Seicento? Forse più antica? Non era facile capirlo. Il primo piano era abbellito da un elegante ma sobrio loggiato chiuso, a tre archi, mentre a piano terra, alternati a finestrone protette da inferriate robuste, alcuni possenti barbacani in pietra sembravano il simbolo della solidità. Nell'insieme l'edificio aveva l'aria di una vecchia signora che andava ancora fiera della propria bellezza, nonostante le stampelle. Nello spazio tra il cancello e la villa si stendeva una sterpaglia che una volta doveva essere stata un morbido prato. Dietro la villa s'intravedevano diverse costruzioni contadine e una minuscola cappella di famiglia. Un luogo magico e appartato, dove sembrava che il tempo faticasse a scorrere.

Tornò alla macchina e dette un paio di brevi colpi di clacson, sentendosi in colpa per aver molestato il silenzio con quella specie di urlo artificiale. Ritornò davanti al cancello. Quanto avrebbe dovuto aspettare? O forse era meglio chiedersi se il portone si sarebbe mai aperto? Se davvero il vecchio Tancredi Terracina da Pietracupa viveva da solo, e in quel momento si trovava dall'altra parte della villa, avrebbe dovuto camminare non poco per arrivare al portone. Ma andava bene così, non aveva nessuna fretta. Anzi, quel giorno aspettare era un piacere. Il tempo era bellissimo, il sole riusciva a scaldare, la campagna intorno era uno sfondo di Leonardo. E poi ormai era in pensione, non aveva orari... Sentì addirittura, per la prima volta, il brivido della libertà. Chissà, magari poteva fare un bel viaggio a Parigi, anche per andare a... Ma in quel momento il portone si aprì, tagliando il filo dei suoi pensieri. Apparve un uomo alto, imponente, che si mise a osservare in silenzio lo sconosciuto fermo fuori del cancello.

«Tancredi Terracina?» chiese Bordelli, senza spingersi oltre il primo cognome. L'uomo fece oscillare appena il capo e abbassò le palpebre: era un sì.

«Buongiorno, le ho telefonato ieri pomeriggio.» Terracina gli fece un cenno per dire che poteva entrare. Bordelli spinse il cancello, e si accorse che era aperto. Attraversò la sterpaglia, salì i due gradoni e strinse la mano al vecchio, che doveva avere più di ottant'anni.

«Grazie di avermi ricevuto» disse, e seguì il silenzioso Terracina dentro la villa. Il portone non si era ancora richiuso alle loro spalle, che due enormi cani si alzarono sulle zampe di dietro per salutare lo sconosciuto... In pochi secondi il commissario si ritrovò con la giacca a brandelli e due grandi musi sbavanti che lo guardavano dall'alto.

«Sigmund... Albert... buoni...» mormorò Terracina. I due tori bianchi obbedirono, tornarono giù con un tonfo e si misero docilmente al fianco del padrone per ottenere una carezza. Il vecchio non disse niente sulla giacca sbrindellata, e dopo aver fatto cenno a Bordelli di seguirlo s'incamminò nella penombra. Il commissario si guardava intorno, affascinato da quell'atmosfera in cui era piombato oltrepassando il portone della villa. L'ingresso era ampio, con i soffitti delicatamente affrescati con scene mitologiche, ma nel complesso era sobrio. Qualche ritratto a olio, qualche paesaggio, un grande tavolo vuoto, un armadione nero intarsiato. Terracina era vestito in modo semplice, ma aveva un'aria nobile. Avanzava con passo lento ma deciso sul magnifico pavimento a scacchi rossi e neri, messi in obliquo. Un'antica lampada a olio elettrificata emanava un pallido chiarore, e una leggera scala in pietra serena si perdeva nell'oscurità del primo piano.

Attraversarono stanze di varie grandezze e proporzioni, destinate a usi diversi, accomunate dai soffitti affrescati, da un arredamento armonioso e delicato e soprattutto da muraglie di libri, quasi tutti antichi. Ogni tanto, all'interno di un affresco, si poteva leggere una frase in latino... *Nihil est maius in rebus humanis philosophia...* I due tori scortavano il vecchio signore soffiando dal naso, e ogni tanto scuotevano il capone. Erano i cani più grandi che Bordelli avesse mai visto. In confronto a loro, Blisk era un barboncino... *Amantes amentes...* Entrarono in uno studio spazioso ma intimo, interamente rivestito in legno di ciliegio, con le quattro pareti foderate da un'infinità di libri... *Hominum tota vita nihil aliud quam ad mortem iter est...* Sul piano della scrivania c'era un grosso volume aperto con sopra un segnalibro di pelle, e Bordelli moriva dalla voglia di sapere che libro fosse. Andarono a sedersi su due poltrone separate da un tavolino basso, e i tori si sedettero sul grande tappeto che copriva la metà del pavimento in parquet di ciliegio... *Afflictis lentae, celeres gaudentibus horae...* Sul tavolino c'erano un vassoio d'argento, una bottiglia con un distillato color del cognac e un bicchierino capovolto. Bordelli notava ogni particolare, per via del silenzio e della pace che regnava in ogni angolo della casa... *Nihil est veritatis luce dulcius...*

Terracina aveva un capo da condottiero, la faccia da attore, con lineamenti strani ma combinati insieme in modo affascinante. Otto decenni e forse di più, ma portati assai bene. Nemmeno la barba di qualche giorno e gli abiti sdruciti riuscivano a farlo apparire trasandato. Aveva lo sguardo buono, ma desolato. Osservava l'intruso con aria paziente, ma si vedeva che non era troppo contento di avere compagnia. Bordelli si sentiva un po' in imbarazzo, anche perché essendo in pensione non aveva più alcuna autorità per « disturbare » le persone. Ma ormai si era incaponito, voleva risolvere quel vecchio caso insoluto, e un po' doveva barare. Si fece coraggio, e si sforzò di trovare un sorriso cordiale.

« Lei è il cugino di Attilio Guerrini? »

« Sì... » disse Terracina, per niente curioso di capire il perché di quella domanda.

« Sono un commissario di Pubblica Sicurezza, questura di Firenze » disse Bordelli mentendo solo in parte, visto che lo era fino a pochi giorni prima.

« Mi dica... »

« Ecco, le sembrerà strano, ma sto indagando sulla morte di Gregorio, il figlio di suo cugino. »

« È passato un bel po' di tempo... »

« Sì, ma nessuno ha mai scoperto chi lo aveva ucciso » continuò Bordelli.

« Che importa, ormai... Saprà che anche suo padre se n'è andato, pace all'anima sua. » Aveva una bellissima voce, bassa e profonda, ma sembrava che parlare gli costasse fatica. O forse non era più abituato a stare in compagnia degli umani.

« Sì, ho saputo che si è suicidato. »

« È più giusto dire che è morto di dolore. Amava Gregorio più di se stesso. Ha resistito cinque anni, ma era diventato uno spettro, e una mattina si è impiccato nel suo studio... Con una cintura della sua fabbrica » disse Terracina, con tristezza.

« Mi hanno detto che è stata sua moglie a trovarlo. »

«Povera Ippolita. Nonostante tutto, provo pietà per quella disgraziata famiglia.»

«Una tragedia dietro l'altra...» commentò Bordelli.

«Come mai dopo tutto questo tempo vuole occuparsi di quella faccenda?»

«All'epoca mi venne affidato il caso. Ero appena entrato in Pubblica Sicurezza, non avevo nessuna esperienza, il momento non era dei più facili, e così non riuscii a combinare nulla.»

«E vuole risolvere il caso adesso...»

«Vorrei provarci.»

«Fossi in lei lascerei perdere... Che riposi in pace, quello sciagurato» mormorò Terracina.

«Non eravate in buoni rapporti?»

«Direi proprio di no.»

«E con il padre?»

«Meno che mai.»

«Posso chiederle il motivo?»

«Mondi diversi, e soprattutto invidia.»

«Invidia?» domandò Bordelli. Il vecchio socchiuse gli occhi per qualche istante, e un lungo sospiro lo riportò nel passato. Rimase in silenzio, ma si capiva bene che si stava preparando a rispondere. Passò almeno un minuto, e quel silenzio aveva qualcosa di sacro, nemmeno una mosca avrebbe osato volare. Un altro sospiro, e il vecchio cominciò a raccontare, con il minimo di parole possibile, andando a disseppellire ricordi lontani...

«Mia madre Beatrice, figlia di un modesto commerciante, ha sposato il rampollo di un'importante famiglia nobile di Siena, mentre sua sorella Nazarena, la madre di Attilio, ha sposato un ricco industriale di Firenze...» Raccontò che fin da ragazzo Attilio mal sopportava che il destino non gli avesse riservato il privilegio di avere sangue blu, e invidiava il cugino Tancredi al quale nulla importava di quella «stupidaggine» del titolo nobiliare. Poi era arrivato il fascismo. Attilio era riuscito a sfruttare il regime a proprio favore, anche per via della sua posizione sociale e della sua ricchezza, che gli garantivano una naturale protezione. Si era occupato unicamente dei propri interessi, usando il poco potere che aveva per accumulare soldi, fabbricando armi per Mussolini, muovendosi abilmente nella melma della endemica corruzione del regime, senza mai esporsi, restando sotto la sabbia come un pesce ragno.

«E quando è scoppiata la guerra?» chiese Bordelli.

«Per lui niente guerra, e nemmeno per suo figlio. Probabilmente ha pagato qualcuno, era nel suo stile e nelle usanze del periodo, oppure era una spia dei fascisti, come alcuni mormoravano.» Aggiunse che suo cugino Attilio era sempre stato molto abile a evitare i pericoli. Nemmeno durante la Grande Guerra aveva corso dei rischi. Non aveva mai visto una trincea. Era tenente ufficiale di comando e aveva passato tutto il tempo nelle seconde linee, lontano dalla morte. Il sangue non faceva per lui. E quando poi nel '40 l'Italia era entrata nella sciagura della guerra, Attilio era rimasto a Firenze a curare i propri interessi, a mandare avanti le sue fabbriche. Dopo l'8 settembre si era volatilizzato, e dopo la guerra era riemerso. Nessuno poteva accusarlo di aver commesso crimini o di aver usato violenza contro qualcuno. Del resto, diceva lui, quanti italiani erano stati «fascisti» solo per convenienza? Persone non cattive, anzi addirittura degne, che per sopravvivere e per proteggere la propria famiglia avevano dovuto piegare il capo. Attilio si nascondeva dietro quella scusa, così come si era nascosto sotto la sabbia del regime. Pur di salvare la reputazione si definiva un povero diavolo senza meriti e senza colpe, ma non era proprio così.

«E Gregorio non era diverso dal padre. Un piccolo farabutto, un vigliacco. Proprio come Attilio.»

«Mi sta dicendo che chi lo ha ucciso aveva le sue ragioni?»

«*Nihil est veritatis luce dulcius...*» disse il vecchio, lancian-

142

do un'occhiata alla frase latina dipinta in un angolo del soffitto.

«Scusi la curiosità... Lei invece la guerra l'ha fatta?»

«Ho dovuto farne due, come tutti quelli della mia generazione. Nel '15 avevo ventinove anni, ero capitano dei bersaglieri. Terzo reggimento, lo stesso di Enrico Toti, un ragazzo d'oro... C'ero anche io a Monfalcone, quando è stato ucciso. Ma andiamo avanti... Prima che me lo chieda, le dico che nel '19 non ho accompagnato D'Annunzio nella sfortunata avventura di Fiume, come fecero molti bersaglieri. Nel '40 avevo cinquantaquattro anni, ero maggiore, sempre nei bersaglieri. Purtroppo ho partecipato a quella follia dell'Operazione Barbarossa, rischiando il congelamento, ma dopo l'8 settembre ho finalmente fatto la mia parte nella guerra di Liberazione. Ecco tutto.»

«Se posso permettermi... Al di là delle guerre, cos'ha fatto nella vita?»

«L'ho vissuta» disse Terracina, alzando un gentilissimo ma solido muro.

«Mi scusi se l'ho disturbata con queste domande.»

«Nessun disturbo... Vogliamo tornare all'omicidio?»

«Certo... Posso chiederle il favore di parlarmi ancora di Gregorio?» disse Bordelli. Nel '47 aveva percepito soltanto che quel giovanotto accoltellato non doveva essere una persona del tutto stimabile.

«Posso dire che Gregorio era piuttosto sgradevole. Un fascistello, come i suoi genitori, ma non era quello il suo peggior difetto. Era un bambino viziato cresciuto nel lusso, a cui tutto era concesso, che si credeva in diritto di ottenere tutto ciò che voleva, anche calpestando la volontà degli altri. Aveva una percezione sbagliata di se stesso e del mondo. Esisteva solo lui, si considerava il sole, e gli altri erano pianeti che gli giravano intorno soltanto per soddisfare i suoi desideri. Fin da giovanissimo sapeva mentire, sedurre, circuire. Quando venne ucciso era ancora un bambino di venticinque anni, incapace di sopportare un insuccesso, soprattutto con le donne. Purtroppo era bello, molto bello, e a suo modo era anche intelligente, colto, capace di affascinare chi non aveva strumenti per smascherarlo.»

«Mi è chiaro il tipo» mormorò Bordelli, che ogni tanto aveva incontrato individui di quel genere, assai più pericolosi dei classici bastardi minus habens.

«Per intendersi, una sorta di brutta copia in miniatura di Pavolini, di cui tra l'altro era un fervido ammiratore, come suo padre... Ma ovviamente, dopo Campo Imperatore, Attilio e Gregorio non lo hanno seguito nella feroce avventura della RSI, dove il rischio era alto. Hanno puntato sulla palese sconfitta della Germania, e sono riusciti a nascondersi fino alla fine del conflitto, nessuno sa dove... Deve scusarmi un minuto» disse Terracina, alzandosi.

«Prego...» disse Bordelli, senza sapere cosa ci fosse da scusare. Il vecchio uscì dallo studio chiudendosi dietro la porta, e subito i due cani monumentali si misero seduti a fissare l'estraneo, con dei lunghi fili di bava che pendevano dalle loro enormi bocche. Erano a un metro di distanza? O a un metro e dieci? Quando Bordelli osò grattarsi una guancia, Sigmund e Albert emisero un ringhio prolungato e mostrarono i dentini, grandi come banane. Bordelli rimase immobile, sentì una goccia di sudore staccarsi dalla fronte e scendergli lungo il viso... e sperò che quel «movimento» inaspettato non facesse arrabbiare i due guardiani. Quanto tempo doveva ancora passare da solo in quella stanza? A un certo punto uno dei cani si alzò... Era Sigmund o era Albert? Si avvicinò piano piano, sempre fissandolo, e Bordelli pensò che fosse arrivato il suo momento... Tancredi Terracina avrebbe trovato il suo ospite con il capo staccato dal corpo, e per lavare il sangue ci sarebbero volute molte ore... *Addio Eleonora... Addio amici...* Il cane avvicinò il suo capone, e con un gemito lo appoggiò su un ginocchio dello sconosciuto. A quel punto Bordelli pensò di giocare il tutto per tutto, e gli fece una carezza.

Il cane socchiuse gli occhi e cominciò a scodinzolare. Allora anche l'altro si avvicinò, e Bordelli si mise ad accarezzare anche lui, trattenendo a stento una risata liberatoria per non rischiare di far precipitare la situazione. Passò ancora del tempo, moltissimo tempo, una grande quantità di secondi lunghi come quarti d'ora... Finalmente la porta dello studio si aprì e apparve il condottiero Terracina, il salvatore dei popoli.

«Vedo che avete fatto amicizia» disse, accennando un sorriso.

«Penso che quando me ne andrò piangeranno.»

«Sono assai sensibili.»

«Me ne sono accorto... Di che razza si tratta?»

«Un incrocio con il pastore dell'Anatolia.»

«Bellissimi...» disse Bordelli, sincero. Quando il vecchio si sedette, i pastori tornarono a sdraiarsi sul tappeto, lasciando delle grandi macchie di bava sui pantaloni del simpatico ospite.

«Vado a prenderle un asciugamano» disse Terracina, facendo il gesto di alzarsi.

«Non importa grazie, non ce n'è bisogno.» Bordelli tirò fuori il fazzoletto e si asciugò alla meglio, contento di essere sopravvissuto. Ecco, adesso potevano andare avanti. Il vecchio Tancredi riprese il filo del discorso, ma da un altro capo della matassa.

«Insomma, come avrà capito non ero un assiduo frequentatore della famiglia di mio cugino, anche se volevo molto bene a zia Nazarena» disse, lasciandosi sfuggire un'ombra di sorriso. Sembrava che a poco a poco stesse ritrovando il gusto della parola. Continuò dicendo che i due rami della famiglia si riunivano comunque per le feste comandate, per i compleanni e per i battesimi, soprattutto per non scontentare i nonni e i genitori, e poteva anche capitare che si ritrovassero tutti insieme per altri motivi familiari non troppo piacevoli, come ad esempio un funerale. Durante l'anno, insomma, le occasioni per riunirsi non erano poi così rare.

«Ma anche se li avessi visti solo in occasione della Pasqua e del Natale, avrei comunque capito che Gregorio non poteva piacermi. Quando quello sventurato non doveva ingannare nessuno, amava mostrare con fierezza la propria detestabile indole, forse convinto che in fin dei conti l'arroganza venisse premiata con la stima. Sarebbe stato uno spettacolo intollerabile, se non fosse stato ridicolo. Non ho mai provato la minima simpatia per lui, nemmeno quando giocava con i soldatini di piombo. Chi è spregevole da adulto, non può che esser stato un bambino spregevole» concluse Terracina, socchiudendo gli occhi per sottolineare quella dura sentenza.

«Quando seppe che Gregorio era stato ucciso, si ricorda quale fu la prima cosa che le venne in mente?»

«Be', immaginai che fosse stata una donna.»

«Ah, e come mai?» chiese Bordelli, affascinato da quell'uomo, dal suo sguardo malinconico, dalla voce che sembrava emergere dal sottosuolo.

«Una vendicatrice che aveva reso giustizia a tutte le donne oltraggiate da Gregorio.»

«Una vendetta estrema...»

«Si dice che nelle faccende d'amore, se non c'è violenza, se non c'è costrizione, tutto si può fare. Non sono d'accordo. Ci sono azioni ignobili non contemplate dal codice penale, che dunque i tribunali non possono giudicare, ma ciò non vuol dire che non siano estremamente gravi e condannabili. E a volte l'unica punizione possibile può venire soltanto dalla persona offesa.»

«Capisco... Ma lei è sicuro che Gregorio con le donne si comportasse male?»

«Oh, si vantava senza nessuna vergogna dei suoi inganni e delle sue conquiste, soprattutto quando beveva, e beveva spesso. Sua madre recitava la parte della scandalizzata, ma sorrideva. Era contenta che il figlio considerasse le femmine come bambole per il proprio piacere. Per lei Gregorio doveva amare soltanto sua madre, le altre donne dovevano essere solo un divertimento. Un classico, insomma. Quando suo figlio era appena un ragazzino, gli metteva in mano i denari per certe case di tolleranza assai tolleranti nei confronti dei minori di ventun anni, raccomandandosi che li spendesse proprio per quello e non per futili stupidaggini...» Terracina continuò a parlare della famiglia di suo cugino con tranquillità, senza nessun disprezzo, senza nemmeno un granello del tipico compiacimento che trasuda da chi mette in piazza i panni sporchi degli altri, anzi nella sua voce vibrava una sincera compassione, come se parlasse di poveri disgraziati che un destino implacabile aveva umiliato. Sembrava che la conversazione, adesso, gli procurasse addirittura sollievo.

«Le mamme possono essere sorprendenti, a volte» commentò il commissario.

«L'omicidio è avvenuto a Molino del Piano, non lontano dalla fabbrica di Pontassieve...» continuò Terracina.

«Sì... Quella era la fabbrica di pelle, giusto?»

«Esatto, era specializzata in cinture, che venivano esportate in tutta Europa, ma per l'Italia facevano anche parti in cuoio per equipaggiamenti militari, cinghie, cartuccere, guanti, fondine e così via. Gli operai erano in prevalenza uomini, ma c'era anche qualche ragazza... Una decina o più, se non ricordo male. Gregorio fingeva di dirigere la fabbrica, si atteggiava a capo, ma in realtà faceva un bellissimo nulla. Pensava solo a correre dietro alle sottane, a bere con gli amici, a spendere i soldi di suo padre comprando automobili, motociclette, barche, e negli ultimi tempi aveva cominciato a prendere lezioni di volo, per poi chiedere un aeroplano.»

«Non riesco a invidiarlo» disse Bordelli.

«Era un inguaribile insoddisfatto.»

«Le fabbrica di pelle è stata smantellata molto tempo fa, ho saputo.»

«Quando è rimasta vedova, mia cognata non ha più voluto saperne delle fabbriche.»

«Posso capirla...»

«La fabbrica di Pontassieve è stata venduta nel febbraio del '52, subito dopo la morte di mio cugino, e i macchinari sono stati portati a Milano» disse Terracina, come gli aveva già raccontato la Marescalchi.

«E le altre fabbriche?»

«Più o meno hanno avuto lo stesso destino... La conceria di Santa Croce sull'Arno, quella di cappelli a Brozzi, quella di filati a Prato, e quella in Lombardia che fabbricava armi e munizioni... Proiettili dum-dum, mine anticarro e altre amenità.»

«Un bel patrimonio.»

«Mia cognata ha realizzato una cifra immensa, più o meno due miliardi. Povera donna, i soldi non se li è certo goduti. Dopo la morte di Gregorio è stata ricoverata in una clinica per quasi un anno, ma non è più stata la stessa. Ha continuato a oscillare tra una specie di lucidità e il delirio, e qualche tempo dopo il suicidio del marito la demenza ha preso definitivamente il sopravvento. Adesso vive nella sua bella villa di San Domenico, accudita da una cameriera e da un'amica di famiglia.»

«Sì, sono stato a trovare sua cognata, e ho conosciuto la signora Marescalchi.»

«Sono secoli che non vedo Emanuela, ma ogni tanto la sentivo al telefono.»

«Me lo ha detto... Mi scusi, posso chiederle come mai ha smesso di telefonare alla signora Ippolita?»

«A un certo punto ho sentito il bisogno di tagliare anche gli ultimi ponti con quella famiglia, tutto qui.»

«Capisco...»

«Tirando le somme... Il figlio assassinato, il padre suicida, la madre demente, una famiglia annientata. Vogliamo pensare a una punizione divina?»

«Viene quasi da pensarci, in effetti...» disse Bordelli. Il vecchio mosse appena il capo per annuire.

«Glielo ripeto, se fossi in lei lascerei perdere questa vecchia storia. Rischia di scoperchiare un fiume di squallore, che inevitabilmente si riverserà sul mondo... E non sto parlando di chi ha ucciso Gregorio, che aveva certamente dei nobili motivi per farlo.»

«Nel mio lavoro lo squallore è pane quotidiano, ma cerco di non dividerlo con nessuno.»

«A volte è meglio che certe faccende restino sepolte» disse il vecchio. Bordelli volle essere sincero.

«Rispetto le sue considerazioni, ma penso che cercherò ugualmente di trovare l'assassino. È più forte di me.»

«Come vuole...» Dopo qualche secondo di silenzio, Terracina aggiunse che la ricchezza della famiglia Guerrini valeva meno di niente, in confronto al disgraziato ricordo che lasciavano sul mondo, e questa desolante verità rendeva la loro storia infinitamente dolorosa. Alla morte di Ippolita, l'intero patrimonio dei Guerrini sarebbe finito nelle mani delle sue avide sorelle, che intascando quella immensa ricchezza avrebbero brindato, senza chiedersi in quale modo fosse stata accumulata.

«A meno che non esista un testamento, dove è scritto che la signora lascia tutto alle monache...» ipotizzò il commissario.

«Sarebbe bello, ma quel documento dovrebbe essere antecedente alla morte di Gregorio, cosa di cui dubito. Qualsiasi testamento redatto successivamente può essere impugnato e reso carta straccia, a causa delle evidenti condizioni mentali di mia cognata.»

«Peccato...» disse Bordelli, sorridendo.

«E lei? Ha già scelto il suo erede universale?»

«Non ancora, ma lo farò presto, anche se non ho un grande patrimonio... Lei invece sì?»

«È davvero sorprendente quanto sia importante per i vivi lasciare scritte le loro ultime volontà, come se potessero ricavarne una reale soddisfazione dopo la morte» disse Terracina, eludendo la domanda. E Bordelli si reputò soddisfatto.

Ancora silenzio, a parte il respiro lento dei cani, il rumore di un trattore in lontananza, lo scricchiolio di un tarlo che con pazienza mangiava la scrivania. Il vecchio Tancredi Terracina aveva chiuso gli occhi, come se stesse ancora rovistando in quel doloroso passato. Il suo viso maestoso era una mappa antica disegnata dal tempo. Bordelli sentiva di trovarsi al cospetto di una persona insolita, straordinaria. Un uomo leale e profondo per natura, compassionevole, sincero, misterioso, con uno spazio interiore infinito che si avvertiva con chiarezza, ma al quale nessuno poteva avere accesso. Nei confronti di quello sconosciuto che aveva disturbato la silenziosa tranquillità della sua casa, Terracina era stato assai generoso: nonostante considerasse inopportuno andare a stuzzicare quella vecchia storia dell'omicidio, non aveva esitato a raccontargli certe delicate faccende di famiglia. Bordelli sperava che fosse perché aveva capito di potersi fidare di lui, di quello sbirro cocciuto che voleva soltanto scoprire una verità sepolta.

Rimasero a lungo in silenzio. Un bellissimo silenzio in cui i pensieri volavano liberi. O forse non erano nemmeno pensieri, erano soltanto sensazioni che non avevano più bisogno di parole.

Quando Terracina riaprì gli occhi, il suo sguardo era fradicio di ricordi, ma sereno. Forse era andato ancora più indietro nel tempo, in una memoria lontanissima, impossibile da dimenticare... l'adolescenza, l'infanzia, magari qualche episodio vissuto nelle prime settimane di vita, che a volte alcune persone riuscivano a ricordare.

« Lei mi fa venire in mente mio figlio » disse, sorridendo solo con gli occhi, e il suo bel viso da vecchio condottiero si distese.

« Dove vive suo figlio? » chiese Bordelli, temendo di sentirsi dire che era morto.

« No, non ho figli » disse Terracina.

« Ah... »

«Era solo una suggestione... Resta a farmi compagnia per pranzo?»

«Non vorrei disturbare.»

«Non si preoccupi, non sono io che cucino.»

«Non era per quello...»

«Ogni mattina viene una brava contadina della zona a cucinare il pranzo e la cena.»

«Se le fa piacere, resto volentieri» disse Bordelli, guardando le macchie di bava sui suoi pantaloni, e solo in quel momento si rese conto che per tutto il tempo si era dimenticato della giacca ridotta a brandelli.

«Se vuole seguirmi...» disse Terracina. Si alzò insieme ai due immensi guardiani a quattro zampe, e Bordelli gli andò dietro verso la porta. Ma prima di uscire fece in tempo a fare un passo verso la scrivania e a voltare per un attimo la copertina del libro aperto, per vedere cosa fosse... Canetti, *Masse und Macht*.

Si sedettero nella spaziosa cucina, lasciando aperta una grande vetrata che dava su una specie di chiostro, con l'antico pozzo al centro di un prato non troppo curato ma forse proprio per quello assai bello. Terracina scaldò le pentole preparate dalla contadina. Ricette semplici, cucinate con sapienza. Pane cotto a legna, vino rosso della zona. I due cani uscivano ogni tanto sul prato, tornavano e si adagiavano sul pavimento, docili come pecore.

Terracina e il suo ospite mangiavano in silenzio, con lentezza, come se stessero celebrando un antico rituale. Nessuno dei due sentiva il bisogno di parlare, di aggiungere parole a quello che si erano già detti. Anche in cucina c'erano scaffali pieni di libri, e come nel resto della casa sembrava di essere finiti in un'altra epoca.

Dopo il caffè Terracina si assentò per qualche minuto, e i cani rimasero tranquilli a sonnecchiare. Quando tornò, aveva in mano due giacche appese a due grucce. Bordelli cercò di rifiutare, disse che non importava, che era stato un simpatico imprevisto, ma il vecchio lo guardò con un certo dolore.

«La prego di accettare come risarcimento questo piccolo dono, un suo rifiuto sarebbe per me motivo di grande sofferenza» disse, con una serietà ironica degna di un grande attore. E così Bordelli accettò quelle due giacche eleganti e ben fatte, sicuramente confezionate da una sartoria importante in un lontano passato, e per un attimo immaginò alberghi di lusso, casinò, crociere... come sfondo alla vita avventurosa di una spia di altissimo livello.

Il gentile Tancredi Terracina, insieme ai due cani, scortò il suo ospite fino al Maggiolino, lodò con un mugugno quel magnifico carro armato tedesco, gli strinse la mano con forza e gli disse di tornare quando voleva. Bordelli rispose che sarebbe senz'altro tornato per metterlo a conoscenza del risultato delle indagini, e si sarebbe portato dietro una giacca di riserva.

«Posso farle un'ultima domanda?» disse, prima di salire in macchina.

«Prego...»

«Sigmund si riferisce sicuramente a Freud... ma Albert?»

«Einstein.»

«Già, che scemo.» Salì sul Maggiolino, mise in moto e tirò giù il vetro per un ultimo saluto. Terracina si avvicinò.

«Se proprio vuole andare avanti in quella faccenda... Come le dicevo stamattina, si ricordi che a uccidere Gregorio potrebbe essere stata una donna, anzi ne sono quasi certo.»

«Ne terrò conto, le assicuro.»

«Non è solo una sensazione, è anche per via di un particolare di non poca importanza che ho dimenticato di raccontarle.»

«Sono tutto orecchi.» Bordelli spense il motore e scese, lasciando la portiera aperta.

«Quando Gregorio venne ucciso, volli andare con mio cugino a Medicina Legale per il riconoscimento ufficiale del cadavere. Dovevamo vedere soltanto il volto, ma quando il medico accompagnò Attilio nel bagno a vomitare, alzai il lenzuolo per guardare le ferite sul corpo... C'erano diversi tagli sparsi e disordinati, soltanto tre o quattro profondi, uno dei quali sul collo, e gli altri più superficiali.»

«Lei ha una memoria prodigiosa» disse Bordelli, ammirato. Era da un pezzo che voleva dirglielo. Terracina non sembrò aver sentito l'elogio, e continuò a parlare delle coltellate.

«Nulla che facesse pensare a uomini decisi a uccidere per vendetta, ma piuttosto alla mano disperata di una donna che mai aveva immaginato di poter fare una cosa del genere.»

«Molto interessante.»

«Non so se nei vostri archivi sono conservate le fotografie del cadavere, ma se ci sono le osservi attentamente.»

«Ho ritrovato il referto del '47, ma non ci sono fotografie, e non ricordo di aver mai visto il cadavere. All'epoca chiesi di poterlo vedere, ma mi dissero che non era possibile. Ero appena entrato in servizio, il periodo era piuttosto burrascoso, i miei superiori erano convinti che fosse stata una vendetta di qualche ex partigiano, e insomma riuscii a fare solo un gran buco nell'acqua.»

«Ma nel referto del medico legale non ha trovato queste osservazioni?» chiese il vecchio.

«Nulla del genere.»

«Davvero strano. Ciò che all'epoca ho notato era estremamente evidente.»

«Ne terrò conto, grazie.»

«Che posso dirle? In bocca al lupo per questa difficile indagine, che rischia di rubarle molto tempo.»

«Viva il lupo. Comunque il tempo non mi manca, visto che...» cominciò Bordelli, e per poco non si lasciò sfuggire che era appena andato in pensione. Non sarebbe stato poi così grave, ma gli dispiaceva far sapere a un gentile signore come Terracina che aveva mentito.

«Cosa voleva dirmi?»

«Be', visto che mi piace camminare nei boschi, ho tutto il tempo per riflettere e pensare in solitudine.»

«Saper stare da soli è una grande fortuna... Faccia buon viaggio» disse Terracina, e dopo un'ultima stretta di mano si allontanò, seguito dai suoi sensibili amici da settanta chili ciascuno.

Il commissario fece manovra e partì. Appena sbucò fuori dal macchione di alberi, la campagna ancora piena di luce gli esplose negli occhi. Si sentiva un po' stordito. Gli sembrava di essere uscito da un sogno. La voce profonda del vecchio gli era rimasta nelle orecchie... Il suo modo di parlare, lo sguardo velato di malinconia, i sorrisi che non erano solo sorrisi, tutte le parole non pronunciate ma che ugualmente erano state dette, i lunghi silenzi, Sigmund und Albert, il libro in tedesco aperto sulla scrivania, il chiostro con il pozzo che sbocciava dall'erba alta... Sembravano ricordi ormai lontani, perduti nella memoria... Ma forse era l'assurda sensazione che si poteva provare dopo aver vissuto qualcosa di profondamente diverso dal consueto, in una villa mai vista prima, con un vecchio impossibile da immaginare prima di averlo conosciuto, dopo una giacca a brandelli e due pozze di saliva sui pantaloni, dopo aver passato diverse ore a parlare di un omicidio avvenuto ventitré anni prima, a Molino del Piano...

Ammirando il paesaggio vide di nuovo il borghetto fortificato, e pensò di andare a vederlo da vicino. Individuò il sentiero giusto, che prima scendeva per poi salire sulla collina di fronte. Passò in mezzo a un grande oliveto, dove grossi cumuli di potature aspettavano di essere bruciati. Arrivò nei pressi del borgo, lasciò il Maggiolino sul limite del campo e si avviò a piedi. La muraglia era più alta di quello che aveva immaginato, e il suo aspetto solido dava un senso di sicurezza. Racchiudeva il terrapieno dove si stendeva una specie di grande parco, sul quale sorgevano molti cipressi, due querce imponenti come un battistero e quattro immensi pini marittimi. Per entrare nella proprietà esisteva una sola apertura, protetta da un robusto cancello chiuso, e oltre le sbarre si agitavano quattro cani neri e nervosi. La torre era semplice, tozza, fatta di pietre ben tagliate, e si alzava al centro di grossi edifici antichi con i tetti ricoperti di muschio. Nonostante fosse una bella giornata, da un massiccio comignolo usciva il fumo denso di un fuoco appena acceso. Forse in quella zona le notti di aprile erano piuttosto fredde, e un bel camino acceso era quello che ci voleva. Da lassù la vista era magnifica, si poteva facilmente immaginare di essere nel Medioevo. Un luogo bellissimo, che gli dava una sensazione di pace. Chissà chi ci abitava... Forse una giovane donzella straniera,

come all'abbazia di Monte Scalari? Oppure l'orco delle fiabe? Si chiedeva anche come mai si sentisse così attirato dalle
grandi costruzioni antiche e isolate. In un borgo del genere ci
avrebbe vissuto volentieri, circondato di vecchi amici, tutti in
pensione. Era da sempre un suo sogno, che purtroppo non si
sarebbe mai avverato... E poi figuriamoci se Eleonora, alla
sua età, moderna com'era, con la sua voglia di vivere...

Salutò il «suo» borgo antico e rimontò in macchina. Quella giornata gli aveva riservato non poche sorprese. Non l'a-
vrebbe dimenticata facilmente.

Per tornare a casa decise di prendere l'autostrada a Valdichiana, ma se ne dovette pentire, non faceva che sorpassare camion. La poesia della campagna di Castelmuzio e l'incontro con quel sorprendente vecchio svanivano a poco a poco nel fumo nero degli scappamenti, ma andavano a depositarsi sempre più in profondità nella sua memoria.

Aveva addosso una delle giacche enormi che gli aveva regalato Terracina. La sua a brandelli l'aveva appallottolata sul sedile posteriore, e quando ripensava alla scena dei cani gli veniva da sorridere. Chissà quanto avrebbe riso Eleonora, sentendola raccontare. E se quella sera avesse provato a chiamarla? Perché no? Magari l'avrebbe trovata, alle otto e mezzo di solito tornava a casa. Di sicuro era un giorno propizio, visto com'era cominciato. Un bel venerdì diciassette. A lui aveva sempre portato fortuna.

Camion, camion, ancora camion... Con il rimorchio, senza rimorchio, con il cassone, senza cassone, targati Torino, targati Napoli, targati Firenze...

Il rumore del Maggiolino gli era sempre piaciuto, in mezzo al rombo si percepiva appena un debolissimo scampanellio che si poteva quasi definire ipnotico. Con quel sottofondo si mise di nuovo a pensare all'omicidio del '47. Era stato un pomeriggio davvero utile. Terracina gli aveva proposto una versione assai diversa dalla vendetta di qualche ex partigiano. Una donna offesa. Una donna ingannata. Valeva sicuramente la pena di fiutare quella pista...

Sorpassò tre camion in fila, lampeggiando e dando dei colpetti di clacson, perché ogni tanto uno di quei bestioni sembrava sbandare.

Doveva chiedere a Piras di dargli una mano, e all'occorrenza lui avrebbe fatto altrettanto. Sarebbero andati ancora in giro insieme come prima. Ma sì, in fondo non era cambiato nulla. Lo avevano mandato in pensione da questore, e questa « anomalia » era stata un bel regalo, soprattutto perché la pensione era più cospicua. E comunque stava ancora lavorando. Voleva risolvere un difficile caso di omicidio avvenuto un quarto di secolo prima. Non aveva mai dimenticato del tutto quella faccenda, ma adesso era arrivato il momento di...

« Cazzo » disse tra i denti, frenando di colpo. Un camion si era infilato nella corsia di sorpasso senza mettere la freccia. Roba da matti, quell'autista era da arrestare. Si ricordò che da qualche parte doveva avere la paletta da sbirro, che non aveva usato nemmeno una volta in vita sua. La trovò per terra dietro il sedile del passeggero, e se l'appoggiò sulle gambe. Aspettò che il camion targato Bari avesse finito di sorpassare altri cinque camion, e quando rientrò gli si mise accanto. Aprì il finestrino e alzò la paletta, facendo cenno di seguirlo. Dopo qualche chilometro entrarono in una stazione di servizio. Il camionista parcheggiò e saltò giù dalla cabina con le lacrime agli occhi, scusandosi in pugliese... Era piccolo e robusto, sui trent'anni, il capo scolpito nella pietra e gli occhi che sprizzavano vita... Lavorava come una bestia per un tozzo di pane, disse, e se arrivava in ritardo lo punivano... Bordelli gli fece notare che si era dimenticato la freccia, era pericoloso, chi aveva sotto il sedere un mezzo pesante doveva fare molta attenzione... L'autista continuò a piangere sulla propria condizione, pregandolo di non fargli la multa, aveva tre figli piccoli, una multa per lui era un disastro, un vero disastro... Andò a finire che Bordelli gli offrì un bel caffè e gli raccontò che il suo cuoco preferito era pugliese e si chiamava Totò... *Pure io mi chiamo Totò, pure io...* Si salutarono con una stretta di mano, e salendo in cabina il camionista giurò che da quel momento in poi avrebbe usato le frecce più degli indiani del cinematografo...

Bordelli imboccò di nuovo l'autostrada, sorridendo di se stesso. Aveva voluto provare la sensazione di essere ancora in servizio, e aveva usato la paletta per fermare un camion. Sperava che essere andato in pensione non lo trasformasse nello sceriffo del villaggio... Si vide alla Casa del Popolo dell'Impruneta a redarguire i ragazzi che facevano confusione, a fermare le auto che non rispettavano i limiti di velocità, a controllare il bollo attaccato ai parabrezza... Oddio, no... Piuttosto che fare una fine del genere preferiva diventare un investigatore privato... Meglio pensare ad altro... Cos'è che stava pensando prima che quel camion... Ah sì, doveva chiedere a Piras di dargli una mano... Quello che gli piaceva fare era dare la caccia agli assassini, e non ci avrebbe rinunciato. Poteva continuare a farlo, in un modo o nell'altro... Se lo ripeteva troppe volte, non era buon segno, voleva dire che in fondo non ci credeva, che era un po' spaventato dall'idea di diventare una persona inutile, senza uno scopo... Basta, basta, appena arrivava a casa doveva fare assolutamente una cosa...

Camion, camion, camion...

Continuava a riflettere su quel vecchio omicidio, sulla difficoltà di scoprire l'assassino dopo tutto quel tempo, ma confidava anche in un po' di fortuna, come sempre. E poi, se a risolvere il caso ci avesse messo un sacco di tempo tanto meglio... no? Mise la freccia per uscire a Firenze Sud, come se dovesse andare in ufficio. Se ne accorse in tempo e all'ultimo momento tolse la freccia e proseguì, inseguito dal lungo latrato polemico di un clacson. Alzò una mano per chiedere scusa, ma il guidatore della Mercedes lo sorpassò rosso in viso mandandolo a quel paese con gesti plateali... Bordelli riuscì a non tirare fuori la paletta, anzi continuò a chiedere scusa per il proprio errore, e di questo fu molto soddisfatto. Lasciò che il torinese si allontanasse insieme alla sua rabbia e arrivò senza fretta all'uscita di Certosa.

Quando una ventina di minuti dopo parcheggiò nell'aia di casa, erano appena le cinque. Scese tenendo piegate sul braccio la seconda giacca di Terracina e la sua a brandelli. Siccome Blisk non gli andò incontro pensò che fosse uscito. Spesso durante il pomeriggio, mentre Bordelli leggeva o sonnecchiava in poltrona, Blisk dormiva davanti al fuoco, ma quando gli capitava di restare troppe ore da solo, come quel giorno, se ne andava a zonzo e tornava verso l'ora di cena, a volte anche più tardi. Era un cane libero, senza orari... come i pensionati. Quando Bordelli entrò in cucina, ebbe una sorpresa: Blisk stava dormendo al solito posto, sdraiato sul pavimento, ma non era solo. Disteso sopra di lui come su un letto c'era un cagnolino baffuto, color cinghiale ma chiazzato di bianco.

«Ehi, e tu chi sei?» disse il commissario. Blisk mosse la coda, ma non si alzò. Il cagnolino invece tirò su il capo con aria intontita, un istante dopo scattò in piedi e cominciò ad abbaiare e a ringhiare.

«Blisk, diglielo tu che non deve avere paura.» Bordelli si avvicinò, si piegò sulle ginocchia e allungò una mano per fargli una carezza. Il cagnolino indietreggiò, ma dopo un po' decise di fidarsi e si lasciò toccare, scodinzolando. Bordelli ne approfittò per guardare la medaglietta attaccata al collarino rosso, e trovò inciso un nome e un numero di telefono a cinque cifre, che cominciava con 207 come il suo.

«Ti chiami Dago, è un bel nome.» Andò al telefono e fece subito il numero, mentre Dago gli mordeva il fondo dei pantaloni. Rispose una signora, che lo ringraziò infinitamente per quella bella notizia. I suoi bambini erano disperati, non avevano fatto altro che piangere per tutto il pomeriggio. Dago era approdato a casa loro da poco più di tre mesi, e non era mai fuggito.

«Vengo a prenderlo, mi dica dove abita...»

«Non si preoccupi, posso venire io» disse Bordelli.

«Non deve disturbarsi, veniamo noi.»

«Devo uscire per fare la spesa, non mi costa nulla. Mi dia l'indirizzo.» Era in pensione, aveva tutto il tempo che voleva. «Grazie, gentilissimo.» La signora gli dettò l'indirizzo e gli spiegò come arrivare. Parlava un buon italiano, non era una contadina.

«Al massimo tra mezz'ora sono da lei.» Riattaccò e andò a cambiarsi i pantaloni sbavati e la giacca, che gli ballava addosso. Ogni tanto gli passava nella mente quello che aveva vissuto qualche ora prima, e continuava a sembrargli un lontano ricordo di giovinezza, le immagini di un sogno.

«Sai Blisk, ho conosciuto due cani che ti farebbero sembrare piccolo come Dago.» Prima di uscire doveva fare quella cosa a cui aveva pensato mentre guidava in mezzo ai camion. Cercò un foglio da macchina, prese un pennarello e ci scrisse sopra: NON TUTTO È PERDUTO, e lo attaccò al chiodo del calendario, accanto alla finestra. Era un'idiozia, ma scrivere quella frase gli fece bene. Ogni tanto l'avrebbe letta, e magari si sarebbe convinto che essere in pensione non significava il vuoto. Bene, adesso poteva uscire. Legò il cagnolino con una vecchia corda e lo fece salire sul Maggiolino insieme a Blisk. Invece di andare verso Impruneta voltò a sinistra, nella discesa sterrata che portava verso Ferrone. La signora abitava sulla collina di Poneta.

Eh sì, doveva smetterla di pensare ogni secondo di essere in pensione, di avere le giornate libere e vuote... Era uno sbirro che stava indagando su un importante caso di omicidio, non doveva dimenticarlo. Per distrarsi cercò di immaginare che tipo poteva essere la donna di Poneta. Dalla voce doveva avere una trentina d'anni, al massimo trentacinque. Castana, un po' abbondante, non troppo alta, simpatica. Scese a Ferrone, e passando di fianco alla grande chiesa moderna imboccò una salita sterrata e piena di buche, ma meno sconnessa della strada per casa sua. Seguì le curve fino a che non arrivò al crinale, passò accanto a una villa immensa e disabitata, proseguì in mezzo agli oliveti e dopo qualche centinaio di metri vide il minuscolo cimitero che gli aveva indicato la donna. Andò ancora un po' avanti, e sulla destra apparve una bella villa in mezzo a un grande giardino. Doveva essere quella. Accostò il Maggiolino, spense il motore, dette un brevissimo colpo di clacson e scese con i due cani. Arrivarono di corsa e urlando di gioia due bambini identici, due gemelli di sei o sette anni, seguiti da una signora sui trentacinque, magra e alta, con i capelli neri e gli occhiali spessi, tutta diversa da come Bordelli l'aveva immaginata.

«Piano bambini, non fatevi male.» Dago si mise ad abbaiare di gioia, a saltare come un grillo e a mordere i bambini, sotto lo sguardo saggio di Blisk, che si era seduto. La donna era vestita con abiti da casa, e aveva un grembiule da cucina. Si avvicinò al gentile sconosciuto e gli tese la mano.

«Di nuovo grazie infinite... Piacere, Lisa...» Appena si strinsero la mano, Bordelli ebbe un tuffo al cuore.

«Mi scusi, ma lei è... Lisa Kufstein?»

«Come fa a sapere il mio...»

«Non posso crederci... Non mi riconosci?»

«Be'... veramente non...»

«Sono Franco... non ti ricordi? Franco Bordelli...»

«Questo nome... sì... mi pare...»

«Capisco, era il '40, sono passati trent'anni. Io invece mi ricordo bene di te, eri una bambina, avevi più o meno l'età di questi due diavoli.»

«Bambini, fate piano» disse la donna con una ruga sulla fronte, cercando ancora nella memoria.

«Tua madre venne da me, aveva bisogno di aiuto... C'era quel fascista che le ronzava intorno... Io mi facevo chiamare il Corvo.»

«Oddio, sì! Ora mi ricordo!» disse la donna, con le mani sulla bocca.

«Eri una bambina coraggiosa...»

«Dio che impressione! Sembra siano passati mille anni! Che momenti terribili abbiamo passato con la mamma...»

Aveva le lacrime agli occhi, stava quasi per abbracciare Franco, poi si trattenne, gli prese le mani e gliele strinse forte. Anche Bordelli era commosso da quella finestra che si era aperta di colpo sul passato. A quell'epoca aveva trent'anni, l'Italia non era ancora entrata in guerra, anche se mancava poco a quella tragedia.

« Ho rivisto tua madre solo un'altra volta, alla fine del '45... Come sta? »

« Bene, vive ancora in Svizzera... Tra poco ci trasferiamo anche noi... Dio mio... Vieni dentro, ti prego... »

« Metto il cagnolino in macchina » disse Bordelli, indicando Blisk.

« Ma no, porta anche lui... Ci mancherebbe... Bambini, sapete chi è questo signore? Prima della guerra ha salvato la vita a me e alla nonna. »

« E come ha fatto? Come ha fatto? » gridavano i bambini, eccitati. Lisa aveva preso Franco per mano e se lo tirava dietro sul vialetto del giardino, emozionata come una ragazzina. Dago continuava a passare sotto la pancia di Blisk, facendolo quasi inciampare.

« Come si chiamano i gemellini? » chiese Bordelli.

« Pietro e Luca. »

« Due bellissimi nomi. »

« Mia madre ha combattuto come una leonessa per convincermi a non usare nomi ebraici, le è rimasta la paura delle persecuzioni. »

« Anche Dago è un bel nome » disse Bordelli, guardando quel cinghialino pieno di vita.

« Sai cosa significa? È un nomignolo dispregiativo che usavano in America contro gli italiani, più o meno come *wop* » disse Lisa sorridendo, e tutti insieme si infilarono in casa.

Quando Bordelli uscì da casa di Lisa, erano quasi le otto di sera. Il sole era appena tramontato, ma il cielo era ancora chiaro. Blisk si era stravaccato sul sedile posteriore, ma non era stato facile convincerlo a montare. Bordelli scendeva giù dalla collina di Poneta guidando lentamente, per lasciare che il passaggio tra quei lontani ricordi e il presente che avrebbe trovato a casa fosse il più possibile graduale. Era ancora stupito per quella incredibile coincidenza, soprattutto in una giornata del genere, che si era già dimostrata sorprendente. All'improvviso gli era franato addosso un passato al quale non pensava troppo spesso. Di solito le sue scorribande nelle praterie del ricordo si fermavano alla guerra o andavano più lontano, fino all'adolescenza e all'infanzia. Ma aveva scoperto che una volta stuzzicati, gli anni che avevano preceduto la guerra erano ancora freschi nella sua memoria, con i loro odori, i loro rumori, le immagini di un'epoca che lo aveva segnato in profondità. Varcare la soglia di quella casa insieme a Lisa si era rivelata una sorta di magia, come entrare in un vecchio film o in un sogno.

Avevano preso un tè, avevano guardato le fotografie di quel passato doloroso, mentre Dago e Blisk giocavano in giardino. Lisa aveva pianto, poi aveva sorriso, e anche riso, aveva abbracciato e baciato i suoi figli. Ogni tanto guardava Bordelli con aria incredula, come se stentasse a credere che esistessero uomini come lui, ma aveva avuto la delicatezza di non dirglielo. Quando era arrivato il momento giusto, e con parole adatte a un bambino, aveva raccontato in breve ai gemellini cos'era successo più di vent'anni prima della loro nascita, quando la mamma aveva la loro età. Con qualche difficoltà aveva telefonato a sua madre in Svizzera, le aveva passato Bordelli... Poche parole con il groppo alla gola, qualche risata liberatoria, mentre i gemellini si muovevano cauti e un po' smarriti avvertendo nell'aria un'atmosfera inconsueta. Verso le diciannove non avevano rinunciato a seguire in televisione l'ammaraggio della navicella, e anche i bambini si erano seduti davanti al televisore, sentendo che si trattava di qualcosa di importante. Avevano visto i sommozzatori saltare dall'elicottero e nuotare fino alla navicella, che sembrava una grande trottola galleggiante... Il canotto che si gonfiava, l'apparizione dei sopravvissuti, la gabbia che calava giù dall'elicottero e tornava su con i tre uomini, l'atterraggio dell'elicottero sulla nave... Insomma, nonostante alcuni momenti di batticuore, l'operazione si era svolta secondo i piani, scatenando l'entusiasmo in tutto il mondo. Era stato un sollievo vedere i tre astronauti con la divisa nuova scendere sorridenti la scaletta dell'elicottero che li aveva recuperati e accompagnati sulla portaerei... Le loro mani alzate per salutare il mondo intero che aveva seguito l'avventura. Lisa aveva pianto anche per quel salvataggio, e i bambini si erano messi a ballare dalla gioia. Era stato un grande successo, più importante di un atterraggio sulla Luna.

«Quante emozioni...» aveva sussurrato Lisa, salutando Bordelli sulla porta. Si erano abbracciati, con la promessa di rivedersi presto. Era davvero un peccato essersi ritrovati soltanto adesso, quando lei stava per trasferirsi con la famiglia, dopo che per diversi anni avevano abitato a pochi chilometri di distanza. Lisa gli disse che il giorno seguente sarebbe partita con i bimbi e sarebbe tornata dopo una settimana. Una sera però doveva venire a cena a casa loro, voleva assolutamente fargli conoscere suo marito, Samuele Recanati, che in quel momento era a Londra per una consulenza e sarebbe rientrato la settimana successiva insieme a lei. Samuele era ingegnere aeronautico, e da poco più di un mese aveva firmato un contratto con la fabbrica di aerei Pilatus Aircraft di Stans, nel cantone di Lucerna. Si sarebbero trasferiti a inizio maggio in una bella villa sul lago, a pochi chilometri dalla fabbrica. La casa era divisa in due grandi appartamenti, uno per loro e l'altro per sua madre con il suo secondo marito, un ebreo americano.

«Mamma, mamma, a Lucerna ci porti ancora a vedere il leone?» avevano detto i bambini.

«Ci andremo tutte le volte che volete...»

«Parlano di uno zoo?» aveva chiesto Bordelli, e Lisa aveva sorriso.

«No, è un leone scolpito nella roccia ai primi dell'Ottocento, per commemorare le guardie svizzere uccise alla fine del Settecento. È davanti a un laghetto, i bambini ne vanno matti.»

Lisa gli aveva raccontato molte altre cose della sua famiglia e degli ultimi trent'anni, in modo dolcemente disordinato, senza obbedire alla logica del tempo, seguendo un filo narrativo che aveva un senso soltanto per lei, ogni tanto asciugandosi una lacrima, accarezzando ora Pietro e ora Luca. Era stato bellissimo, commovente.

Bordelli arrivò a casa piacevolmente scombussolato da quell'incontro e anche dall'ammaraggio della navicella. Appena entrò in cucina con Blisk, si mise ad accendere un bel fuoco. Si sentiva emozionato, attraversato dal risveglio della primavera come un albero ricolmo di polline. Brividi sulle braccia, farfalle nello stomaco... Un venerdì diciassette memorabile... Terracina, Lisa, gli astronauti... Perché non si poteva sperare che una giornata del genere riservasse altre belle sorprese? Magari si poteva cercare di farle accadere, no? Appena le fiamme si abbarbicarono alla legna, afferrò il telefono e chiamò Eleonora... Uno squillo... due... tre... cinque... otto... undici... Finalmente sentì alzare il ricevitore.

«Pronto?»

«Ciao, sono io...»

«Io chi? Prego fornire le generalità» disse Eleonora, con la sua bella voce.

«Franco Bordelli, nato il due aprile del 1910, pensionato non rassegnato, residente a Impruneta in una vecchia casa di contadini. Segni particolari: desiderio di passare una notte con Eleonora.»

«Non sei il solo.»

«Lo so bene... Hai visto l'ammaraggio?»

«Tu che dici? Ho anche pianto.»

«Che sollievo... Vieni a festeggiare da me? Sto preparando una cena buonissima.»

«Sono a cena dai miei zii, è il compleanno di mia cugina.»

«Ah, va bene... Te l'ho chiesto perché avevi detto che forse stasera...»

«Non mi ricordavo del compleanno.»

«Vorrà dire che andrò a letto con Alba...»

«Sei proprio innamorato...»

«Eh già... Comunque la notte è lunga, e le chiavi sono nella tua borsetta... Come mai hai l'affanno?»

«Mi sto spogliando, sono in ritardo e devo ancora lavarmi.»

«Non dovevi dirmelo.»

«Nulla di eccitante, puzzo come una capra.»

«Tu non puzzi mai...»

«Questo è amore sconfinato» disse Eleonora, ridendo.

«Sai che non ti amo, mi piace solo portarti nel mio letto.»

«Dove lo trovo un uomo romantico come te?»

«Ti lascio andare, passa una bella serata. Se vuoi mi trovi qua, a qualunque ora.»

«Chissà...»

«Ti mando un bacio.»

«Digli di andare piano, così mi trova pulita e truccata... Ciao pensionato» disse lei, e riattaccò. Bordelli mise giù il ricevitore, pensando che Eleonora era un regalo del cielo. Forse l'ultimo possibile. Doveva stare attento a non mandare tutto in malora. Per mesi e mesi non l'aveva cercata, per rispettare la sua volontà, e adesso aveva scoperto che invece avrebbe dovuto cercarla. Era come giocare a nascondino, come tornare bambini. Per quella bella ragazza la base di ogni cosa era il gioco. Anche a letto a volte continuava a giocare... Era il gioco più bello del mondo, dove qualsiasi spudoratezza era possibile, dove nulla poteva essere vietato, dove il sentimento che li legava era limpido come acqua di sorgente. Con una donna torbida e meschina, anche solo uno sguardo sarebbe stato sporco...

« Blisk, tu che dici? Stanotte quella stronzetta di Eleonora verrà a trovarci? » Preparò la zuppa al cane, poi cominciò a cucinare per la cena. Nulla di speciale, ma ci metteva molto impegno, come se dovesse arrivare Eleonora. Il teschio Geremia se ne stava tranquillo sopra la credenza, a sorridere come sempre sulle sofferenze dei vivi, ma con il passare del tempo era diventato più simpatico.

« Anche tu sarai stato innamorato, immagino » gli disse Bordelli. Prima o poi avrebbe ceduto alla tentazione di tirarlo giù dal suo posto di osservazione per recitare il monologo di Amleto.

Sistemò la cena sopra un vassoio e andò a mangiare davanti al televisore, con il piatto sulle ginocchia e il bicchiere sul tavolino. Guardò lo speciale sull'Apollo 13, che dopo il buon esito dell'ammaraggio era assai rilassante.

Dopo cena spense la luce centrale, lasciò accesa solo la lampada che serviva per leggere e si sedette in poltrona con il romanzo della sua amica Alba, davanti a un fuoco bello come quello che si vedeva in certi film. Il giovane libraio della Seeber, che si chiamava Franco come lui, aveva ragione. I romanzi della de Céspedes erano bellissimi, ma questo era il più bello, il più profondo. Un sorso di vino dei Balzini, e affondò nella lettura. Dio mio quanto gli piaceva la scrittura di quella donna. Qualunque cosa raccontasse, nelle vicende e nell'anima dei personaggi riusciva sempre a scovare profondità universali. Era un piacere per la coscienza, era un continuo viaggio di conoscenza. Voltava le pagine riuscendo addirittura a non pensare se Eleonora sarebbe venuta o meno, cavalcando il tempo senza rendersene conto... Cominciò un nuovo capitolo... *Forse ciò potrà sembrare eccessivo, ma, quella sera, tornando a casa, mi sembrava che nelle scale qualcuno mi seguisse; e, udendo un passo, mi arrestai...* Poi la stanchezza della giornata ebbe la meglio, il libro gli cadde sulle ginocchia e si addormentò.

Si svegliò dolcemente, come se nel sonno avesse sentito un sussurro, e quando aprì gli occhi sorrise contento: gettati sulla poltrona di fronte c'erano un giubbotto di pelle rossa, un cappellino bianco e un paio di jeans. Fece per alzarsi... e si svegliò. La poltrona era vuota. Blisk dormiva come un sasso. Guardò l'ora, mezzanotte e mezzo. Il ciocco nel fuoco non era ancora del tutto consumato. Forse però il sussurro lo aveva sentito davvero. Si alzò, salì le scale piano piano, si affacciò in camera... Eleonora era dentro il letto, rannicchiata sotto le coperte, infreddolita e sorridente.

« Allora sei venuta » disse, restando in piedi in fondo al letto.

« Non ancora » disse lei, impudica. Di fronte a quel genere di uscite, Bordelli era sempre piacevolmente scandalizzato.

« Ma tua mamma lo sa che vai in giro a dire certe cose? »

« Quanto è fredda questa casa... »

« Ti va un bicchiere davanti al fuoco? »

« Aspettavo che me lo chiedessi » disse Eleonora, scendendo dal letto vestita. Aveva dei jeans stretti e un golfino bianco che le stava benissimo.

« Quando sei arrivata? »

« Da una mezz'ora. » Si infilò le scarpe e lo baciò sulla bocca.

« Potevi svegliarmi » disse Bordelli.

« Dormivi così bene... Che vorrebbe dire quella scritta che hai appeso in cucina? »

« Il contrario di *Memento mori*, per chi è appena andato in pensione. »

« Uffa con questa pensione... »

« Hai ragione. » Scesero insieme e si sedettero davanti al

caldo del fuoco, con un bel bicchiere di vino. Blisk andò a farsi fare una carezza da Eleonora, poi tornò a dormire.

«Oggi è stata una giornata inimmaginabile» disse Bordelli.

«Dai, racconta...»

«Devo ancora riprendermi.»

«Addirittura...» disse lei, accavallando le gambe.

«Devi spiegarmi una cosa.»

«Cosa?»

«Com'è possibile che mi piaccia tutto quello che fai?»

«Ad esempio?» chiese lei, divertita.

«Come accavalli le gambe...»

«E poi?»

«Come sorridi, come bevi, come sbatti le ciglia... Com'è possibile?»

«Ti piaccio anche se faccio così?» Si sforzò di fare una boccaccia.

«Sei bellissima lo stesso, non hai scampo» disse lui, sorridendo. Era sincero.

«Macché bellissima, dai...»

«Devo dirtelo più chiaramente: sei la donna più bella che abbia mai conosciuto.»

«Smettila, non sai quello che dici.»

«Non sono mai stato più lucido...»

«Hai bevuto, ti sei appena svegliato e forse sei un po' innamorato, la lucidità non sai cosa sia.»

«Dici?»

«Non è una cosa grave, poi passa.»

«Ecco, adesso hai mosso il sopracciglio sinistro... Sono estasiato.»

«Devi fartene una ragione, mi dispiace.»

«Non è facile...»

«Allora se adesso mi spoglio che fai?» disse lei, sfilandosi il golfino.

«Non rispondo di me...» A volte la guardava e non riusciva a credere di poterla avere accanto, di dormire con lei, di poterla abbracciare e baciare.

« Mi fai sentire bella » disse Eleonora, quasi commossa. Si alzò e andò a sedersi sul bracciolo della poltrona di Bordelli. Gli fece una carezza sulla guancia, si chinò a baciarlo teneramente. Avevano tutta la notte davanti, il tempo sembrava sospeso. Adesso era il momento della dolcezza e degli sguardi, delle parole e dei silenzi. Era molto prima di infilarsi in un letto che si cominciava a fare l'amore... Il desiderio era una dimensione della mente, spingeva uno verso l'altra in modo inesorabile... E dopo una dolce lotta si arrivava a quel momento incomprensibile che somigliava molto a un'agonia, che forse era un'agonia...

« A cosa stai pensando? » chiese lui.

« E tu? »

« Un altro bicchiere? »

« Perché no... » Si occupò lei di riempire i calici.

« Brindiamo? » disse Bordelli.

« A cosa? »

« Ai poveri sbirri in pensione. »

« Il solito egocentrico... » disse lei. Fecero toccare i bicchieri, poi Eleonora andò a staccare dal muro il foglio con scritto NON TUTTO È PERDUTO e lo gettò nel fuoco, senza che lui si opponesse.

« Eh sì, prima o poi devo raccontarti la giornata che ho vissuto oggi » disse Bordelli, guardando il foglio che bruciava all'inferno.

« Perché non adesso? Sono curiosa... »

« Intanto posso dirti che sto indagando su un vecchio omicidio... »

« Oh, che bello » disse lei ironica, sedendosi di nuovo nella poltrona di fronte.

« Stamattina sono andato fino a Castelmuzio, un borgo più o meno in Val d'Orcia, per parlare con una persona riguardo a quella faccenda. »

«Ora sì che ho capito tutto.»

«Si tratta di un ragazzo ucciso a coltellate nel '47, a Molino del Piano.»

«Non è passato un po' troppo tempo?»

«Non è mai troppo tardi...»

«E puoi occupartene? Anche se sei in pensione?»

«Non ufficialmente, ma che importa. Lo faccio lo stesso, lo faccio per me. È l'unico caso che non ho risolto.»

«Be', allora sei stato bravo» disse lei.

«Mi piacerebbe risolvere anche questo.» Bordelli aveva pensato spesso che alcune cose non avrebbe mai potuto raccontarle a Eleonora, e un po' gli dispiaceva. Ma da una parte aveva paura che la sua disapprovazione creasse tra loro una frattura, e dall'altra temeva invece di essere approvato solo perché stavano insieme, e nemmeno questo gli sarebbe piaciuto. Insomma, si diceva tanto che le donne erano complicate, ma lui non era da meno...

«E poi cos'altro è successo oggi?»

«Per merito di Blisk ho ritrovato una donna che avevo conosciuto trent'anni fa, quando lei era una bambina.»

«Com'è successo? Dai, racconta...»

«Non adesso, sto ancora nuotando in quel passato, che è molto più lontano dei semplici trent'anni del calendario.»

«Prima o poi mi racconterai?»

«Sì, mi farà piacere, ma ora sono un po' stordito... È una storia lunga, e dovrò raccontarti anche cosa facevo prima della guerra.»

«Non immagini quanto sono curiosa, ma aspetterò con pazienza.»

«Chi è questo Pazienza?»

«Scemo... Almeno puoi offrirmi un cuscino?» disse lei. Salutarono Blisk e salirono in camera. Lei si spogliò sotto le lenzuola, tremando di freddo, e appena lui entrò nel letto gli si attaccò addosso per scaldarsi.

«Sei a letto con un pensionato» disse Bordelli.

«Oddio che orrore, non farmici pensare.»

«Non mi sono ancora abituato.»

«Smetti di pensarci, sennò ti mando dallo psichiatra... Vieni qua.»

La mattina dopo sentì Eleonora scendere dal letto in silenzio, recuperare i vestiti, uscire dalla stanza in punta di piedi, e come altre volte fece finta di dormire. Gli piaceva restare al buio sotto le coperte e ascoltando i rumori immaginare quello che stava facendo... Il rumore dell'acqua, i passi sulle scale, la credenza che si apriva, il cucchiaino che girava nella tazza del caffellatte, il frigo che si chiudeva, il saluto sussurrato a Blisk, la porta di casa che si richiudeva piano piano, la 500 che partiva e si arrampicava su per la salita, Eleonora che se ne andava, si allontanava... Quei minuti a spiare i suoi rumori gli facevano provare una dolce emozione di vita quotidiana. Chissà se avrebbero mai vissuto insieme. Forse no. Comunque non era un problema. Magari un giorno o l'altro si sarebbero sposati, ma non era detto che avrebbero abitato nella stessa casa. Era tutto da inventare. Con Eleonora le sorprese non mancavano. Si era abituato ad aspettarla, a desiderarla, a sentire la sua mancanza, era una bella sensazione, creava una complicità profonda che nessuna distanza, nessuna attesa poteva incrinare. Bene, dopo la sviolinata sull'amore che lo legava a Eleonora si buttò giù dal letto, si lavò nella vasca dove si era lavata lei, prese il caffè nella tazzina usata da lei, fece una carezza a Blisk che stava per andare a zonzo... Poi pensò che era arrivato il momento di chiamare gli amici per fissare la cena, una serata in compagnia per festeggiare la sua pensione e il salvataggio degli astronauti. La data che aveva pensato era martedì ventuno, mancavano tre giorni. Scrisse sopra un foglio la lista degli invitati, prima i soliti di sempre... i cuochi Ennio e Arcieri, Dante, Diotivede, Piras, suo cugino Rodrigo... Aggiunse il questore Di Nunzio e Mugnai... Poi gli venne in mente di invitare anche Rodolfo, il suo compagno di liceo che aveva ritrovato l'anno precedente, sempre che fosse tornato dal suo lungo viaggio con la moglie in giro per il mondo. Cominciò con le telefonate.

Dante: «Martedì ventuno? Certo che ci sono... Quando il dovere chiama, il sottoscritto accorre».

A casa di Arcieri rispose Marie, la sua compagna... *Bruno è a Milano, dovrebbe tornare stanotte, devo dirgli qualcosa?* Bordelli lasciò detto che martedì il colonnello era ufficialmente e solennemente convocato a Impruneta per la cena della Confraternita. Inutile dire che era un impegno inderogabile, in quanto Arcieri era uno dei due indispensabili cuochi... Marie disse sorridendo che avrebbe riferito al colonnello.

Diotivede: «Sei andato in pensione sul serio? Ma proprio sul serio? Come sarebbe perché te lo chiedo? Così possiamo aprire il vin santo di nonno Leandro...»

Rodrigo era già a scuola, lo lasciò detto a sua moglie Maya, che si mise a ridere. «Quando torna dalle cene maschili a casa tua, appena tocca il letto si addormenta, e durante la notte parla nel sonno.»

Rodolfo: «Senza donne? Va bene... Come dici? Devo raccontare una storia? Ma sì, volentieri, mi piace... Dammi l'indirizzo».

Di Nunzio: «Volentieri, caro collega. Ho già pronta una storia, spero di saperla raccontare».

Mugnai: «Agli ordini, dottore... Così vedrò la sua casa di campagna... Come? Il questore? Ah, non vuole che... Sì sì, capito... Va bene, non dico nulla, faccio finta di non conoscerlo...»

Ennio: «Che? Certo che stavo dormendo... e ora continuo... ho fatto tardi... sabato non lavoro... sì, va bene... martedì... no che non me lo scordo... sempre cena doppia... insieme al colonnello... va bene... sì sì, il vin santo di nonno Leandro... lo porto, lo porto... buonanotte... »

« Sogni d'oro » disse il commissario, e mise giù. Piras lo aveva lasciato per ultimo.

« Segnato in agenda, dottore » disse il sardo.

« Verrà anche Di Nunzio. »

« Bene, mi sta simpatico. »

« Però non vuole che si sappia chi è, almeno la prima volta. Diremo che è un maestro elementare. »

« Ricevuto. »

« Ho invitato anche Mugnai. »

« Sono contento, mi piace anche lui. »

« Visto che l'ammaraggio è andato bene, faremo un brindisi per gli astronauti. »

« Più che giusto. »

« Bene. »

« Arrivederci, dottore. »

« Aspetta un attimo... »

« Sì? »

« Piras, ormai ti sfrutto fino in fondo. »

« Se posso... »

« Sei pronto? »

« Mi dica. »

« Dovresti trovarmi i nomi delle operaie che nel '47 lavoravano nella fabbrica di Pontassieve di Attilio Guerrini, smantellata nel '52. Dovrebbero essere una decina, o forse di più. »

« La fabbrica aveva un nome? »

« Non saprei, però lavoravano la pelle. »

« Spero di farcela, non sarà facilissimo. »

« Nel caso, che tempi prevedi? »

« Mi dia qualche giorno, come sa ho anche un lavoro » disse il sardo, con gentilissima ironia.

« Qualche giorno sarebbe perfetto. »

« Aspettiamo a cantare vittoria. »

« Nel frattempo propongo a Paolo VI di farti santo. »

« Suonerebbe male. »

« Perché? »

« Diventerei un cubetto di porfido. »

« Eh già, San Pietrino non si può fare... Allora ti chiameremo San Piras. »

« Meglio... » disse il sardo.

« Ti lascio andare, e scusa se continuo a romperti le scatole. »

« Non si preoccupi, dottore. Arrivederci. »

« A presto... » Era davvero gentile, Piras, a perdere il suo tempo per dargli una mano. Era un collaboratore prezioso, bravo e veloce, che sapeva sempre dove e come cercare le informazioni. Senza di lui ci avrebbe messo molto più tempo a mandare avanti quell'indagine.

Adesso poteva finalmente occuparsi di una cosa importante. Uscì in macchina, e passando dalla Chiantigiana arrivò a Grassina. Entrò nello stesso negozio di elettrodomestici dove tre anni prima aveva comprato la cucina e il frigorifero per la casa di Impruneta.

« Buongiorno, vorrei una cucina uguale a quella che ho comprato qui da voi. »

« Non mi dica che è già da buttare... » disse il negoziante, che aveva una buona memoria.

« No, funziona benissimo. Ma mi piacerebbe averne due, una accanto all'altra » disse Bordelli. Il negoziante lo guardò con aria più che perplessa.

« Sono indiscreto se le chiedo come mai? »

« Non posso dirglielo, riguarda un'indagine delicata » disse il commissario, mostrandogli il tesserino della questura. Aveva voglia di giocare... Aveva passato la notte con Eleonora, aveva scaricato su Piras un compito importante, gli astronauti erano salvi e stava organizzando una cena a casa sua. Poteva permettersi un po' di leggerezza.

« Oh, mi scusi... » disse il negoziante.

«Non si preoccupi. Quando potrebbe consegnare la cucina a casa mia?»

«Nel primo pomeriggio le può andar bene?»

«Direi di sì.»

«Allora le mando il ragazzo con il furgone. Mi ricorda l'indirizzo?» Il negoziante era ancora perplesso, anzi più di prima, ma non osava indagare. Bordelli pagò la cucina, e uscendo gli fece un occhiolino d'intesa come per dire: acqua in bocca, mi raccomando. Il negoziante annuì.

Il commissario montò in macchina e si mise a ridere. Anche a sessant'anni si poteva giocare, no? Con il tesserino e la paletta che il questore gli aveva lasciato portare via, poteva divertirsi un mucchio.

Dopo pranzo venne il ragazzo del negozio a montare la seconda cucina, a un metro dall'altra, così i due cuochi non si sarebbero disturbati. Bordelli lo ringraziò e gli dette una bella mancia.

Passò il resto del pomeriggio a camminare nel bosco dietro casa, a dormicchiare, a leggere davanti al fuoco. All'ora di cena era arrivato a pagina trecentonovantasette... *L'avrei pregata di togliersi la sottoveste, lasciarmi vedere il seno. Siamo donne tutt'e due, le avrei detto, che male c'è?*

Gli restavano soltanto altre... centocinquantadue pagine. Voleva farsele durare, ma non era facile. Era come smettere di mangiare quando si aveva una gran fame. E in quel caso la fame di pagine non finiva mai. Doveva fare uno sforzo, doveva riuscirci.

Dalla finestra intravide dei colori bellissimi, e senza nemmeno mettersi qualcosa addosso uscì fuori per vedere il tramonto. Sopra la linea morbida e scura delle colline correva una fascia rossa che si stemperava in un giallo luminoso, per poi annullarsi nel blu nitido e intenso di una lastra di vetro. Mancavano pochi giorni al plenilunio, forse sarebbe caduto proprio il ventuno, la notte della cena. Questa volta la luna era rimasta inviolata, e con la sua antica faccia luminosa osservava il mondo. Rimase un po' a guardarla, mentre all'orizzonte il cielo diventava sempre più scuro. Il grido di una civetta, vicinissimo, lo fece sussultare, e rientrò in casa infreddolito.

Alzò il telefono e chiamò Eleonora, per chiederle se il giorno dopo le andava di fare una gita al mare, visto che le previsioni del tempo annunciavano una bellissima domenica.

«Mi inviti a nozze» disse lei.

«Non ancora...»

«Scemo.»

«Vieni su da me e partiamo da qui? Tanto poi resti a dormire, giusto?»

«Giusto.»

«Ti aspetto alle dieci?»

«Va bene.»

«Accipicchia...» disse Bordelli.

«Cosa?»

«Ogni mio desiderio è stato esaudito.»

«Sono una ragazza facile, quando voglio» disse lei.

«Ti porto nei luoghi della mia infanzia.»

«Mi farai piangere?»

«Piangere e ridere» disse Bordelli.

«Sono tutta tua...» Si salutarono quasi subito. Anche quella sera Eleonora aveva un impegno ed era in ritardo. Usciva con le sue amiche. Chissà cosa facevano e cosa si dicevano, pensò Bordelli.

Cenò davanti al televisore. Al telegiornale dissero che a Milano e a Roma c'erano stati scontri durissimi tra polizia e studenti comunisti... Manifestazioni non autorizzate, cariche della Celere, comizi del MIS, inni fascisti, duce duce, guerriglia urbana, arresti, chiorbe rotte e via dicendo... Sarebbe mai finita quella stagione burrascosa e violenta? Prima o poi sarebbe tornata la pace e qualcosa sarebbe migliorato? O la situazione sarebbe degenerata? Quanti morti ci volevano ancora, da una parte e dall'altra?

Dopo guardò l'ultima puntata dello sceneggiato poliziesco che aveva visto martedì, provando una seria nostalgia per quando era ancora in servizio. È vero, stava indagando su un omicidio, ma dopo, che riuscisse o no a venirne a capo, cosa avrebbe fatto? Che ne sarebbe stato della sua anima da sbirro?

Non aveva sonno, e non voleva leggere per non finire troppo presto il romanzo di Alba. Pensò che poteva andare a fare due chiacchiere con Dante. Sarebbe stata la prima volta da pensionato, e forse anche la prima volta che ci andava partendo da Impruneta, invece che tornando verso casa. Però quella sera non aveva voglia di bere grappa. Prese una bottiglia dei Balzini, si mise un giubbotto e montò in macchina. Attraversò il paese, imboccò l'Imprunetana di Pozzolatico e arrivò fino a Mezzomonte. Lasciò il Maggiolino davanti a casa di Dante, spinse la porta sempre aperta e scese le scalette che portavano al grande laboratorio sotterraneo. Come al solito la luce dei candelabri rischiarava la parte opposta della sala, dove Dante aveva il suo bancone da lavoro, oltre a due poltroncine e un tavolo basso che fungevano da salottino. Bordelli s'incamminò verso il suo amico, osservando i lunghi nastri di fumo del Toscano che si muovevano lentamente nell'aria, creando figure fantasiose. Sentiva anche una musica a volume basso, probabilmente Beethoven, una delle prime sinfonie. Porca miseria, doveva ricordarsi di ascoltare un po' di musica, a casa... Adesso aveva tutto il tempo che voleva.

Dante stava passeggiando su e giù lungo il muro, con aria cupa e pensierosa, le mani allacciate dietro la schiena e il sigaro in bocca. Scambiò un'occhiata di saluto con il commissario, senza dire nulla. Bordelli andò al bancone a prendere un cavatappi e due calici, e si sedette come se fosse a casa propria. Aveva imparato a non disturbare Dante mentre ruminava pensieri. Stappò il vino, riempì i due bicchieri, bevve un sorso, e chiudendo gli occhi si appoggiò allo schienale. Avrebbe potuto stare così per un sacco di tempo, in silenzio, ad ascoltare quella musica, a sentire il rumore dei passi pensierosi di Dante, e tornando a casa avrebbe avuto la sensazione di aver passato una piacevole serata con quello strano e affascinante uomo... Chissà cosa sarebbe successo, pensò, se Dante e Terracina si fossero conosciuti... Continuava a stare con gli occhi chiusi, immerso in un limbo di pensieri... Quella grande stanza sotterranea, l'odore forte e familiare del sigaro, la musica che strusciava contro le pareti, la luce bassa e riposante delle candele che avvertiva appena attraverso le palpebre abbassate... Era davanti al mare, adesso... un'aquila volava in cerchio lassù nel cielo, in alto, ma era vicinissima... il vento spingeva via le montagne, dolcemente...

«Stanotte ho fatto un sogno...» disse Dante, e quando il commissario si svegliò e aprì gli occhi si ritrovò seduto sulla poltroncina.

«Mi ero quasi addormentato.»

«Non me n'ero accorto» disse Dante, sorridendo. Aveva il bicchiere in mano, e non era più cupo come prima.

«Beethoven, giusto?» disse Bordelli.

«Prima sinfonia.»

«Bellissima, una delle mie preferite.»

«Sono d'accordo... Le va se a questo proposito le racconto un aneddoto?»

«Sono venuto per questo» disse il commissario, tirandosi un po' su.

«Una ventina di anni fa ero stato invitato a una cena dove non conoscevo quasi nessuno, una di quelle serate che possono capitare a chiunque. A un certo punto, come spesso accade, il discorso scivolò sull'arte, e dopo un po' ecco che i miei occasionali commensali si misero a parlare di musica immortale. Ascoltavo le loro parole, curioso di capire cosa sarebbe saltato fuori. Il discorso cadde su Beethoven, e ovviamente arrivò il momento in cui la tavola intera cominciò a osannare l'Inno alla Gioia, facendo a gara a chi trovava le parole più significative... *La cosa più bella che Beethoven abbia mai scritto... Un momento irraggiungibile... La meraviglia delle meraviglie...* Dopo qualche minuto di lodi sperticate, visto che fino a quel momento il sottoscritto era rimasto in silenzio, da più persone venne la richiesta di conoscere la mia opinione, ma in realtà volevano sapere con quali parole avrei detto le stesse cose che avevano già detto loro. Purtroppo non potevo accontentarli, e allargai le braccia...

'Mi dispiace di non essere d'accordo con voi, l'Inno alla Gioia lo trovo alquanto banale, un po' troppo trionfale, piuttosto greve e retorico... La cosa più simpatica che posso dire è che mi ricorda la trombonaggine delle bande paesane, che mi divertono assai. Forse è uno dei momenti peggiori delle sinfonie del grandissimo Beethoven.' Dopo qualche istante di generale sbigottimento e di occhiate che brandeggiavano come mitragliatrici, si scatenò un putiferio... *Questa è follia pura... Mai sentita una castroneria simile... Un oltraggio alla musica...* e via dicendo. Chissà, forse alcuni erano convinti della propria opinione, altri magari difendevano se stessi, proteggendosi dietro il potente e inattaccabile scudo dell'opinione comune. Li lasciai gridare, poi chiesi gentilmente di poter dire ancora due parole, e mi fu concesso. Mi ero annoiato tutta la sera, adesso volevo divertirmi. Erano tutti curiosi, ma anche contenti di quel movimentato imprevisto, visto che fino a quel momento era cresciuta la barba anche alle donne.

'Signori, questa è la mia opinione, non posso farci niente. Le sinfonie di Beethoven che prediligo sono le prime due, così fresche, limpide, affidate a una complessa semplicità che seguendo differenti declinazioni ritrovo in Schubert, che è il mio preferito... Schubert, meraviglioso Schubert, con le sue melodie che all'apparenza sembrano sgorgate dal gioco di un bambino. Ma torniamo a Beethoven... La prima e la seconda sinfonia sono musica sublime, toccano il mio cuore assai più di quella fanfaronata dell'Inno alla Gioia' dissi, a quel punto con intenzione volutamente provocatoria. Di nuovo si scatenò l'inferno. Continuai a stuzzicarli, a farli imbestialire. Inveivano contro di me, mentre io ripetevo: 'Signore e signori, non è legge divina, è soltanto la mia opinione, voi potete continuare a conservare la vostra'. Ma non era facile placare la loro ira funesta. Dopo un po' mi stufai di quell'inutile parapiglia, smisi di parlare e aspettai con pazienza che fosse tornata la calma, trattenuto a tavola dal buon cibo e dall'ottimo vino. Poi qualcuno cominciò a parlare di pittura, e dovetti ascoltare altre assurdità, come ad esempio che quel brutto quadro di Guernica era un capolavoro degno della Morte della Vergine di Caravaggio... Ma non aprii più bocca. Per il resto della serata mi divertii a osservare i loro volti, i loro sguardi, ad ascoltare parole di cui quasi nessuno era convinto. Sembrava di vedere tanti ruscelli che andavano a incanalarsi in un unico solco già scavato. Nessuna voce contraria, nessuno che si permettesse di avere una propria visione che si distaccasse dalla mandria. Quando si esprimono delle opinioni, soprattutto sull'arte, si dovrebbe avere il coraggio di obbedire solo e soltanto alle proprie emozioni. Ma certi miti sono considerati intoccabili, e chi si azzarda a dire una parola contraria rischia il linciaggio. Eppure è così bello e liberatorio dire con sincerità la propria opinione, anche se è del tutto contraria a quella di tutti gli altri... Anzi, in questo caso è ancora più bello, perché scopriamo di essere liberi dai pregiudizi... Ancora un po' di vino, commissario?»

«Ex commissario.... Però sì, grazie» disse Bordelli, piacevolmente stordito dal flusso dei discorsi di Dante, un fiume dal quale era bello farsi trascinare.

«So bene che lei è un ex, ma se non le dispiace continuerò a chiamarla commissario.»

«Mi dicono tutti così, dovrò rassegnarmi a trovarlo scolpito sulla tomba.»

«Non riesco a immaginare cosa scriveranno sulla mia» disse Dante, pensieroso. Rimasero in silenzio, come ogni tanto succedeva. Dante tirava dal sigaro e lasciava che il fumo gli uscisse lentamente dalla bocca. Era un silenzio piacevole, che durò qualche minuto, fino a che Dante, emergendo da una nuvola di fumo, non imboccò una diramazione del discorso che stava percorrendo, come spesso accadeva...

«C'è chi nell'arte cerca un percorso di conoscenza, la condivisione del dolore e dell'incredulità di fronte alla morte, una consolazione, scintille di vita che tengano acceso il fuoco invisibile che ognuno di noi ha dentro. E chi cerca invece un involucro spettacolare che lo distragga proprio da quelle faccende... Vado avanti o ne ha abbastanza delle mie ciance?»

«Ancora ciance, grazie.»

«Come vuole, a suo rischio e pericolo... Per quanto mi riguarda, considero l'arte la possibilità di dischiudere una porta e di spiare in una stanza buia, e nessun ragionamento, nessuna teoria, nessun concetto, per quanto magnificamente espressi e argomentati, mi permette di fare la stessa cosa. Di fronte a un'opera non voglio percepire i ragionamenti dell'artista, non so che farmene delle sue decisioni e delle sue intenzioni, voglio che mi trasporti altrove, che mi faccia percepire ciò che l'artista non può aver deciso... Mi segue?»

«Poi glielo dico, vada avanti» disse il commissario, facendosi trascinare nel mondo delle visioni dalle parole di Dante.

«Se leggo un romanzo, non voglio avere tra i piedi lo scrittore che mi bisbiglia nell'orecchio di notare quanto è bravo a dominare la lingua o a giocare con le parole... Voglio precipitare dentro la storia, dentro l'anima dei personaggi... Se vado a teatro a vedere Shakespeare, quel che mi interessa è la sua opera, non lui, e soprattutto non l'attore che la interpreta, anzi, l'attore deve scomparire. Se sento leggere una poesia... Dio mio, ho sentito declamare le opere dei miei cari amici Dante e Leopardi senza riuscire a percepire una sola molecola della loro poesia, che veniva seppellita dalla voce dell'attore, o meglio dalla tromba della sua voce che squillava solo per il gusto di squillare... Nulla di più triste.»

«Capisco, ma forse con un altro bicchiere di vino capisco meglio.»

«Date da bere agli assetati...» disse Dante, riempiendo ancora i bicchieri.

«Grazie.»

«Ecco fatto, almeno per stasera la libero dalle mie ciance.»

«Mi scusi... Prima aveva detto che stanotte ha fatto un sogno.»

«Sì, era un sogno piuttosto strano...»

«Ha voglia di raccontarmelo?»

«Dio mio, è ancora disposto a sopportarmi?»

«Sarà colpa del vino...»

«Era una sorta di incubo al contrario... Mi riempiva di soddisfazione, e quando mi sono svegliato ho provato una certa angoscia, perché ho scoperto che era solo un sogno.»

«Che succedeva?» chiese Bordelli, curioso.

«Avevo trovato le parole giuste per convincere gli avidi che è bello condividere le proprie ricchezze con gli altri. Con un semplice discorsetto riuscivo a cambiare il metallo in oro, a trasformare degli egoisti in persone generose. E così me ne andavo in giro tutto chiacchierino a migliorare il mondo... piripì piripì piripà... era magnifico.»

«Ci credo...»

«Il bello è che quelle parole non me le ricordo» disse Dante ridendo, e ancora una volta accese il sigaro.

«Era a quel sogno che stava pensando quando sono arrivato?»

«Non precisamente, ma quel sogno è andato a tirare la coda a un animaletto che conosco bene, un pensiero che striscia da sempre sui fondali della mia mente... Una stupidaggine che germoglia di continuo tra i miei pensieri, ma più la taglio e più rigogliosa ricresce.»

«Lei sa bene quanto mi interessi sapere di che si tratta, vero?»

«Dice davvero?»

«Davverissimo...»

«Be', se proprio ci tiene, ecco qua il pensieruccio... È legittimo e commovente desiderare la libertà, cercare la felicità, sperare di non essere nati solo per soffrire, ma purtroppo la realtà spezza le ali di queste belle visioni, i sogni di giustizia e uguaglianza si fracassano contro le rocce della sete di potere e di ricchezza. Nella nostra epoca, e in questa parte del mondo, a dominare è il Capitalismo. La violenza materiale dei secoli passati, ovviamente legata al potere e all'accaparramento della ricchezza, è stata trasformata, per semplificare, in violenza puramente economica... E a noi va bene così, anzi è la nostra Verità, il nostro Vangelo. Accettiamo senza battere ciglio lo sfruttamento di molti a beneficio di pochi, come se fosse inevitabile e addirittura necessario. Ci sembra normale che moltissime persone lavorino come schiavi in fabbrica o in miniera per arricchire un pugno di uomini. Certo, apprezzo assai la buona volontà di chi aiuta le persone bisognose, e se non ci fossero sarebbe una catastrofe. Il giorno in cui il genere umano perdesse completamente la capacità di immedesimazione, e dunque la capacità di provare compassione, il mondo sarebbe perduto. Ma la vera domanda è un'altra: com'è possibile che in una società che tutti chiamiamo 'civile' possa esistere anche una sola persona che arranca per vivere? Forse perché la miseria è un residuo necessario alla ricchezza? Perché i poveracci devono esserci, servono da pungolo, da esempio negativo? Senza saperlo incarnano il Babau che spinge le persone a pedalare per arricchire chi non pedala? L'avidità è una malattia che il Capitalismo ha trasformato in virtù, ma la colpa dei mali del mondo non ricade sul Capitalismo, non è lui la bestia feroce. Il Capitalismo non è il veleno, è solo la bottiglia... Qui ci sta bene un altro sorso di rosso, lei che dice?»

«Sono d'accordo.»

«Ecco qua... Sto per sbolognarle la mia personalissima pappardella su come si potrebbe migliorare il mondo, è pronto?»

«Pronto» disse Bordelli.

«È tutto molto semplice, troppo semplice. La soluzione non è legata a ideologie o a religioni, ma al Capitalismo stesso, che non è né una religione né un'ideologia, ma un sistema economico, una visione del mondo che legittima e appaga le peggiori attitudini dell'uomo... e che ormai si potrebbe addirittura definire una mentalità. Le cose sono organizzate così, è normale che sia così, e nessuno deve cambiarle... Mi segue?»

«Sul filo del vino, ma la seguo.»

«Bene. Immaginiamo adesso un Capitalismo 'illuminato'... E non parlo di Henry Ford, che riduce a otto ore la giornata di lavoro e raddoppia lo stipendio ai suoi operai, tra l'altro creando un certo scompiglio. In quel modo Ford riuscì a non far fuggire i suoi operai e a dare continuità alla catena di montaggio, a far stare meglio chi lavorava per lui e a raddoppiare i profitti... Meglio che strapparsi un dente, certo, ma non parlo di questo. Parlo di un vero Capitalismo illuminato» disse Dante, stringendo un pugno.

«Sì...»

«Un concreto e sincero Capitalismo illuminato, porca miseria... Che abbia come vocazione e visione del mondo una giusta e sacrosanta distribuzione della ricchezza, da applicarsi alla sorgente del guadagno: un rubinetto che divide i redditi alla fonte. Sarebbe così difficile, così impossibile? Se un grande industriale guadagnasse i due terzi di quello che guadagna, la sua vita non avrebbe scossoni. Ma se un operaio guadagnasse quattro volte tanto, la sua vita cambierebbe radicalmente. Più soldi in tasca, più spese... Si creerebbe un vortice di denaro che andrebbe a beneficio di tutti, anche dell'imprenditore illuminato che ha scelto di guadagnare un po' di meno in nome della giustizia economica. E inoltre: più sogni, più cultura, più bellezza, più giustizia. Insomma, in confronto a questa idea l'uovo di Colombo è troppo complesso. È un'equazione talmente banale, che se questo non accade è lecito pensare che non si vuole che accada... Anche se probabilmente non tutti sono consapevoli di essere delle pedine su questa malefica scacchiera, nemmeno chi gestisce il potere e il denaro. Ma di certo si governa meglio un popolo sempre occupato ad arrangiarsi per sopravvivere, preoccupato di mettere insieme il pranzo con la cena per la propria famiglia, piuttosto che dei cittadini benestanti che possono alzare gli occhi verso il futuro... Ecco qua, la pappardella è finita. »

« Non fa una piega... Ma come si fa a cambiare la mentalità di chi ha in mano i capitali? »

« Ecco un problema non semplice ma non impossibile da risolvere. Partiamo da lontano. Alcuni storici della nuova storiografia francese dicono più o meno che i romanzi cavallereschi non raccontano le gesta di veri cavalieri la cui storia era stata tramandata nel tempo, ma sono stati concepiti per creare un modello mitizzato della figura del cavaliere senza macchia e senza paura, devoto al suo signore, gentile con le donne, pronto ad affrontare qualsiasi pericolo e anche a sacrificarsi per un ideale o per amore di una donzella. In generale i cavalieri erano uomini rissosi, violenti, sempre pronti a dare di spada, a versare sangue, a fare confusione e dunque a destabilizzare l'armonia della regione. Quei romanzi cercavano insomma di creare un modello al quale i cavalieri volessero somigliare, in modo che si tramutassero in uomini non bellicosi e possibilmente dall'animo gentile. »

« Non ci avevo mai pensato » disse Bordelli, stupito e ammirato da quella interpretazione per lui del tutto inaspettata.

« Dunque, tornando al Capitalismo, si potrebbe e si dovrebbe creare una diversa mitologia, un nuovo Olimpo dove il grande imprenditore è illuminato, e il capitalista avido e rapinatore delle ricchezze del mondo è un meschino scarto della Natura » disse Dante, allargando le braccia con desolazione.

« Capisco che non sia facile. »

« Però, come dicevo, non è impossibile. Basterebbe intanto volerlo, e il mondo cambierebbe da così a così, una vera rivoluzione, senza spargimento di sangue, una rivoluzione della mentalità, della visione della vita. Sarà un'utopia, ma nei secoli passati anche fare in modo che su cento bambini nati ottanta non morissero era un'utopia, anche sconfiggere la febbre puerperale era un'utopia, così come volare, viaggiare nelle profondità del mare, trasmettere immagini via etere.»

«In effetti...»

«E già che parlavamo di cavalieri medievali e di metodi per attenuare la loro brutalità... Mutatis mutandis, anche le crociate probabilmente avevano il compito di indirizzare la violenza dei cavalieri su un nemico – cosa che a conti fatti troviamo in ogni epoca – mandandoli a conquistare la Terra Santa per strapparla a gente barbara e incivile... Ma che sorpresa per quei rudi cavalieri che dormivano sulla paglia e si lavavano quanto una puzzola, trovare città dalle architetture delicate e leggere, giardini da paradiso, chiostri con piante meravigliose, fontane con zampilli d'argento e magici giochi d'acqua, donne profumate, uomini coltissimi e raffinati e così via.»

«Vedo la scena...» disse il commissario, sorridendo.

«Be', a forza di pappardelle mi è venuta una gran fame.»

«Anche a me, devo dire.»

«Come lo vede un bel piatto di pasta?»

«Mi ha letto nel pensiero... Le do una mano?» disse Bordelli, facendo il gesto di alzarsi.

«Non si disturbi, ci metto un minuto.» Dante si allontanò e scomparve oltre una porta, lasciando dietro di sé un infinito silenzio di riflessioni.

Mica male questa musica, pensava, mentre preparava il caffè, muovendo il capo al ritmo della canzone. Erano le nove passate, la giornata era bella come avevano detto alle previsioni del tempo, e stava aspettando Eleonora per andare al mare. Aveva appena messo sul giradischi il regalo di Rosa per il suo compleanno... *Rolling Stones... Beggars Banquet...* Il cantante aveva una voce davvero particolare, drammatica e al tempo stesso... come dire... disubbidiente, indomabile... da ragazzo che non tollerava di essere comandato... Era una musica distante anni luce da quella di quando lui era ragazzo... aveva una forza trascinante, invitava a sfogare la rabbia, a snidare la propria insoddisfazione, forse addirittura a scoprirla, qualunque fosse la sua origine...

Mandò giù il caffè continuando a battere il tempo con il piede, poi si mise a riordinare la cucina. Ascoltò tre canzoni, poi sentì che si stava caricando troppo di... energia giovanile, tra l'altro del tutto inaspettata, e questa faccenda un po' lo turbava. Pensò che il resto del disco lo avrebbe ascoltato un'altra volta. Era una musica davvero sorprendente. Chissà che effetto avrebbe fatto, nel giugno del '40, se fosse esplosa dagli altoparlanti al posto della voce del Duce che annunciava l'entrata in guerra...

Mentre rimetteva il disco nella custodia, si ricordò sorridendo di quando da ragazzo, durante il sabato fascista, sentiva i bambini cantare l'inno dei Balilla, e pensava che Fierolocchio fosse il nome di un eroe.

Mise sul piatto del giradischi le Suite per violoncello di Bach, e si ritrovò in un mondo completamente diverso. Quel suono gli entrava nei pensieri come un timido serpentello, e a poco a poco esplorava ogni angolo nascosto della sua anima... Si sedette sul divano davanti al televisore spento e chiuse gli occhi. Adesso che aveva molto tempo libero voleva ascoltare musica più spesso. Sulla musica non aveva mai avuto pregiudizi, gli andava bene qualunque genere e di qualsiasi epoca, purché riuscisse a smuovergli qualcosa... A volte aveva bisogno di sentirsi in pace, altre volte di commuoversi, altre ancora di guardare dentro se stesso, oppure di alzarsi in volo, o di guidare dei cavalieri in battaglia... Musica da conoscere, da esplorare, come quei Rolling Stones, che gli facevano vivere emozioni nuove...

Sentì suonare un clacson e guardò l'orologio. Le dieci e cinque. Eleonora era quasi puntuale. Spense il giradischi e andò ad aprire. Ma non era Eleonora, era la Giardinetta del treccone, il venditore ambulante che girava nelle campagne. Aveva un po' di tutto, vendeva, barattava, riparava ombrelli e persiane, arrotava i coltelli e ogni lama in generale. Non lo vedeva da parecchio tempo, perché fino a pochi giorni prima in casa non c'era quasi mai. Era un omino magro, sempre con un cappello sul capo, gli occhi vispi e la parlata che andava avanti a brevi raffiche.

«Che ha bisogno di nulla?... Passavo di qui e mi son detto... Un ce lo trovo mai... Invece ho visto l'automobile... E allora mi son detto... Vuoi vedere che questa volta... M'hanno dato anche l'ova ancora calde... Calzini che le servono?... Coltelli da fargli i' filo?»

«Ha dei canovacci?» disse Bordelli, pensando alla cena di martedì.

«Bah, se unn'avessi i canovacci starei fresco... Ce n'ho anche di boni... Per mille e cinquecento lire gnene do tre... Che dico, canovacci... Tre capolavori... Guardi qua che bellezza... Che li prende, che li prende?»

«D'accordo... Ecco qua... mille... e cinquecento...»

«Sì sì, bene bene... Altro?»

«No, grazie.»

«Allora vado... Mi stia bene... Oggi l'è bello...»

«Finalmente è primavera.»

«Eh sì, eh sì... Senti qua che frizzore... Anche la coniglia l'era tutta 'nfregolata...»

«Come dice, scusi?»

«Unn'ho detto nulla, unn'ho detto nulla... La faccia conto che...»

«Chi è la coniglia?»

«Chi la vòle se la piglia...»

«Che vuol dire?»

«Nulla nulla... Mi butto giù da questa straduccia... Mi stia bene...»

«Arrivederci.»

«Mi stia bene, mi stia bene...» L'omino salì sulla Giardinetta e imboccò lo sterrato che scendeva verso il Ferrone, seguito dallo sguardo perplesso di Bordelli... Cosa diavolo avrà voluto dire, il treccone? Chi era la coniglia? Quelle mezze frasi gli avevano ricordato la perpetua di don Abbondio... In quel momento in cima alla salita apparve la 500 bianca di Eleonora, venne giù caracollando sulle buche e sui sassi, e si fermò nell'aia. Il commissario guardava quella scatolina di lamiera come se avesse davanti una Jaguar. Eleonora scese sorridendo. Aveva un vestitino azzurro, un giubbotto bianco, le scarpe basse. Bellissima. E come ogni volta Bordelli si sentì scaldare.

«Perché mi guardi in quel modo?» disse lei.

«Perché sei brutta.»

«Lo so bene... Ma quella macchina che se n'è appena andata?»

«Niente, era il treccone.»

«Chi?» disse lei, arricciando il naso.

«Un venditore ambulante che gira per la campagna.»

«Come l'hai chiamato?»

«Treccone, si chiama così.»

«Mai sentito.»

«Sei troppo vecchia...»

«Vecchia e brutta, hai proprio una bella fidanzata.»

«Fidanzata? Ti piacerebbe...»

«Dammi un bacio, matusa» disse Eleonora, e lui obbedì.

«Partiamo subito?»

«Come vuoi... Mi fai guidare la tua bagnarola?»

«Va bene.»

«Blisk viene con noi?»

«Stamattina non c'era...» Andarono a vedere in cucina, ma l'orso bianco non era tornato.

«Peccato» disse Eleonora, che adorava Blisk.

«Non sa cosa si perde.»

«Come mai due cucine?» chiese lei, vedendo la nuova sistemazione.

«Per le cenette di soli maschi. I cuochi sono due.»

«Sta diventando una faccenda seria.»

«Lo è sempre stata» disse Bordelli.

«La prossima?»

«Dopodomani...»

«E se un giorno piombassi qua durante una di queste cene?» disse lei, sorridendo.

«Rischieresti di essere cacciata dal paradiso terrestre.»

«Addirittura...»

«So che non faresti mai una cosa del genere» disse Bordelli, abbracciandola.

«Chissà...» disse lei.

«Partiamo?»

«Partiamo...» Uscirono nell'aia e provarono a chiamare Blisk, ma non servì a nulla. Montarono in macchina, e Eleonora si mise al volante. Cinque minuti dopo erano sull'Imprunetana di Bagnolo, diretti all'autostrada.

«Vai piano» disse Bordelli.

«È divertente, questo carro armato.»

«Stai pensando a quel vecchio omicidio?» disse Eleonora, poco dopo aver passato il casello di Pistoia.

«Mi si legge in faccia?»

«Sento il rumore delle rotelle che girano...»

«Allora devono essere parecchio arrugginite.»

«Oppure girano molto velocemente» disse lei, sorridendo.

«Adesso smetto, scusa.»

«No no, figurati...»

«Ce l'ho sempre in mente» disse Bordelli.

«Ah, non pensi sempre e solo a me?»

«Sì, ma sono due fascicoli diversi.»

«Che emozione, nessuno mi aveva mai paragonata a un fascicolo.»

«Sei il fascicolo più bello che abbia mai sfogliato.»

«Insomma sono in competizione con un omicidio.»

«Hai detto stecco...»

«Ma con l'altro fascicolo stai facendo progressi?»

«Ho messo la barca in mare e sto remando, ma non so dove sto andando e nemmeno se arriverò da qualche parte.»

«È un modo per dire che sei in alto mare?»

«Più o meno.»

«Cavolo, non mi aspettavo tutto questo traffico.»

«Con una giornata così...» disse lui. Eleonora si era messa nella corsia di sorpasso, e prima di poter rientrare doveva superare una lunga fila di macchine.

«Non finisce più, e tra poco c'è la galleria.»

«È un problema?»

«No no, ma non mi sono mai piaciute le gallerie.»

«Mica ti mangiano... Comunque sto aspettando alcune informazioni da un giovane collega» disse Bordelli, tornando all'indagine.

«Sei testardo.»

«Non posso farci nulla, se non faccio così va a finire che...»

«Questo è matto» disse Eleonora, guardando nello specchietto. Bordelli si voltò... Un'auto sportiva metallizzata stava arrivando a tutta velocità, lampeggiando, e si attaccò al sedere del Maggiolino. Alla guida c'era un uomo pelato con gli occhiali neri, che non contento si mise a strombazzare.

«Secondo lui dobbiamo alzarci in volo» disse Bordelli.

«Che faccio?» chiese Eleonora agitata, mentre il tipo continuava a suonare e a lampeggiare.

«Stai calma... Rallenta e vai alla stessa velocità delle macchine a destra.»

«Così lo farò imbestialire.»

«È quello che voglio» disse Bordelli.

«Cos'hai in mente?» chiese lei, rallentando.

«Tra poco lo vedi... Rallenta ancora un po', lascia andare avanti la fila, ma lentamente.»

«Va bene...» Dietro si sentiva suonare all'impazzata, e quando entrarono in galleria i fari sembravano i lampi di un temporale.

«Che fa il coglione?» chiese Bordelli.

«Muove le mani, e credo che stia urlando.»

«Adesso segui bene quello che ti dico.»

«Sì...» Dietro si era scatenato il finimondo.

«Rallenta ancora, lascia andare avanti la fila fino a quando non vedi alla tua destra la corsia libera, poi resta nella corsia di sorpasso e mettiti alla stessa velocità dell'ultima macchina della fila, in modo che il simpaticone non possa superare da destra.»

«Va bene» disse Eleonora, mordendosi le labbra e guardando di continuo nello specchietto. Fece come aveva detto

Bordelli, lasciò andare avanti la fila di macchine che stava sorpassando... Appena vide accanto al Maggiolino la corsia libera, l'auto sportiva fece un balzo e si affiancò per superarla da destra, ma lei accelerò e il tipo rimase bloccato.

«Operazione perfetta» commentò Bordelli.

«E adesso?»

«Viene il bello.» Il commissario si voltò a guardare l'uomo... che vomitava offese, batteva sul vetro, minacciava. Gli sorrise, poi tirò giù il finestrino, aprì il portaoggetti, prese la paletta della Pubblica Sicurezza e la fece oscillare come un metronomo. L'uomo spalancò la bocca e si bloccò, l'auto sportiva sparì all'indietro.

«Dio che bello» disse Eleonora, sforzandosi di non ridere.

«Entra nell'area di servizio.» Bordelli sporse il braccio con la paletta e fece cenno all'uomo di seguire il Maggiolino al Pavesi di Serravalle.

«Uno così non dovrebbe avere la patente» disse lei, infilandosi nel parcheggio dell'autogrill.

«Resta in macchina.»

«Però non voglio perdermi la scena.»

«Appena puoi fermati.»

«Sì, colonnello» disse Eleonora. Quando il Maggiolino si fermò, il commissario saltò giù e alzò una mano per dire all'uomo di fermarsi dietro la sua macchina. L'auto sportiva accostò, era una Lancia Fulvia Coupé. L'uomo scese senza togliersi gli occhiali neri. Era alto, aveva i baffi, vestiti eleganti e costosi, ma piuttosto moderni. Aspettò che Bordelli si avvicinasse e cercò di sorridere.

«Deve scusarmi, ho fatto il pirla, ma andavo un po' di fretta e...»

«Si tolga gli occhiali per favore» disse Bordelli, serio, mostrandogli il tesserino della questura per non lasciare dubbi.

«Sì, mi scusi...» Si strappò dalla faccia gli occhiali scuri, e i suoi occhi non erano simpatici.

«Patente e libretto, prego.»

« Certo... Subito... » Aveva un forte accento milanese. Frugò in macchina e gli consegnò i documenti.

« L'auto è di sua proprietà? »

« Sì, certo... »

« Dove sta correndo? » Intanto guardava i documenti... *Ernesto Macchioni...*

« Sto andando al Forte da mia moglie... Siamo un gruppetto di amici... » *Nato il 12 luglio 1928 a Limbiate...*

« L'autostrada non è una pista. » *Residente a Milano, in via...*

« Sì, ha ragione, sono un pirla... Ma ho imparato la lezione, da ora in poi... »

« Eccesso di velocità, guida pericolosa... Rischia il ritiro della patente. »

« Ma no, la prego... Non corro mai... Ho avuto un momento di... »

« Faccio un controllo in questura, aspetti qua. »

« Sì, va bene... Però la patente... La prego... »

« Non si muova. »

« No no no... » disse il milanese. Bordelli si allontanò, salì sul Maggiolino e trovò Eleonora che sorrideva.

« E adesso che si fa? » chiese lei.

« Lo facciamo aspettare qualche minuto. »

« E poi? »

« Ogni cosa a suo tempo... Ti ricordi qualche poesia a memoria? »

« Perché? »

« Per far passare il tempo. »

« *Meriggiare pallido e assorto, presso un rovente muro d'orto... ascoltare... ascoltare...* »

« *...tra i pruni e gli sterpi...* »

« Sì, aspetta... *tra i pruni e gli sterpi... schiocchi di merli, frusci di serpi... La nebbia agli irti colli, piovigginando sale, e sotto il maestrale, urla e biancheggia il mar... C'è qualcosa di nuovo oggi nel sole, anzi d'antico... Meglio venirci con la testa bionda, che poi che fredda giacque sul guanciale...* Qui mi piaceva un sacco... *che poi che fredda giacque sul guanciale, ti pettinò co' bei capelli a onda, tua madre... adagio, per non farti male... M'illumino d'immenso... Si sta come d'autunno sugli alberi le foglie... Amor, ch'a nullo amato amar perdona... E il naufragar m'è dolce in questo mare...* Devo continuare?»

«Può bastare, grazie... Sei molto brava a recitare le poesie.»

«Oh, grazie.»

«*Dolce è la compagnia di chi non ha più fretta*» disse Bordelli, scendendo dal Maggiolino. Si rimise sulla faccia il grugno dello sbirro severo e si avviò verso Macchioni, che stava sudando.

«Bene.» Gli rese i documenti.

«Allora... posso andare?»

«Non dica sciocchezze. Ho chiamato la Stradale, saranno qui tra una mezz'ora, più o meno.»

«Oddio...»

«Non si muova, mi raccomando.»

«No no no...»

«Se si azzarda ad andare via veniamo a cercarla a casa, abbiamo il nome e l'indirizzo.»

«Non mi muovo, no... Ma davvero mi togliete la patente? Sarebbe un disastro.»

«Il disastro è lei alla guida, mi creda.»

«Non succederà più, giuro.»

«Troppo tardi, mi dispiace.»

«Dio mio, la patente no... Pago qualsiasi cifra, ma la patente no...»

«Faccia tesoro di questa esperienza» disse Bordelli, e lo lasciò da solo a riflettere. Salì in macchina, e quando Eleonora partì le raccontò la scena.

«Chissà quanto tempo aspetterà» disse lei, sorridendo.

«Metterà le radici...»

A Marina di Massa si misero a camminare sulla spiaggia, sferzati dal vento, avvolti dall'odore del salmastro. Il mare mosso rombava come un aereo, minuscole goccioline d'acqua volavano nell'aria e bagnavano il viso. Le onde si abbattevano sulla battigia e si ritiravano friggendo. Erano gli stessi rumori e gli stessi odori di quando Bordelli era bambino. Ma allora la spiaggia era più lunga, e molto più pulita. Adesso la sabbia qua e là era piena di sterpi e di sporcizia portata dalle mareggiate. Le cabine non erano state ancora montate. A lui comunque quell'atmosfera di abbandono non dispiaceva. Guardava l'orizzonte, e nella mente passavano i lampi di antichi ricordi... Sua mamma giovanissima, suo padre che nuotava tra i cavalloni facendo sospirare le donne, le zie di Bologna già vecchie, vestite di tutto punto anche sulla spiaggia, con cappellini e velette... Viaggiare nella memoria era piacevole e doloroso, a momenti mozzava il respiro, metteva a dura prova la coscienza, suscitava domande senza possibilità di risposta... Com'era possibile che...?

«Tiiiaaamooo...» gridò Eleonora nel vento, a venti passi da lui. Bordelli si voltò. Lei stava guardando il mare, con i capelli che le volavano intorno al viso e sopra il capo, come la Medusa di Caravaggio. Mise le mani a cono ai lati della bocca.

«Hooofffameee...» gridò contro il vento e le onde. Bordelli sorrise. Con quel grido Eleonora lo aveva fatto riemergere dalle sterminate miniere della memoria, dove a volte si perdeva, attirato, come Ulisse dalle sirene, da quelle gallerie oscure dove il piacere si fondeva con la malinconia, dove a volte camminava perdendo il senso del tempo, ritrovando a fatica la strada per uscire a riveder le stelle.

Si avvicinò a lei, che si era fermata su un mucchio di sassi portati dal mare. L'abbracciò da dietro, e rimasero per un po' a guardare il mare in burrasca. Lei mandò indietro il capo per far toccare le loro guance, e Bordelli baciò una delle sue bellissime orecchie.

«Spaghetti alle vongole, fritto di gamberi e calamari» sussurrò.

«Il solito romantico.»

«Andiamo?»

«Andiamo...» Continuarono lungo la spiaggia fino all'altezza della trattoria *Da Ricca'*, attraversarono la strada e varcarono la soglia. La sala era piena di gente e rimbombante di voci. Proprio in quel momento dalla cucina sbucò Ricca', largo come un armadio, gli occhi azzurri e intensi, uno straccio bianco sulla spalla. Passò due piatti a un cameriere e andò incontro a Bordelli. Gli strinse forte la mano.

«Oh Franco, come stai? Non mi avevi mai detto di avere una figlia così bella» disse, scegliendo di parlare in italiano invece che in massese. Eleonora scoppiò a ridere, Bordelli solo a metà. Non perché si fosse offeso, ma quel pensiero lo seguiva dappertutto: *penseranno che sono suo padre.*

«Non è mia figlia, la pago per farmi fare bella figura» disse, e lei rise di nuovo.

«Piacere, signorina... Questo filibustiere viene qui tutte le settimane con una donna diversa.»

«Lo so, lo so, è incorreggibile» disse Eleonora. La porta della cucina si aprì e apparve un cuoco dall'aria disperata. Ricca' lo tranquillizzò con un gesto, per fargli capire che stava arrivando.

«Accomodatevi, vi mando subito mio figlio» disse, indicando l'unico tavolino libero, in fondo alla sala.

«Senza fretta» disse il commissario. Ricca' afferrò un ragazzo che stava passando.

«Domenico, accompagna al tavolo la bella e la bestia» disse, facendo l'occhiolino a Eleonora, poi scomparve in cucina.

Si sedettero, ordinarono, e nonostante la confusione gli antipasti arrivarono in poco tempo. Mangiavano con piacere, bevendo un buon Candia, scherzando con le parole e amandosi con lo sguardo. Ogni tanto Bordelli le raccontava una storiella divertente di quando era piccolo, e lei sorrideva, a volte commossa.

Dopo il lungo pranzo a poco a poco le persone cominciarono a lasciare la trattoria, salutando Ricca' e i camerieri come vecchi amici, e lentamente il vocio diminuì fino al silenzio. Sui tavoli sembrava passata una bufera. Mentre i camerieri e Domenico sistemavano la sala per la cena, Ricca' si sedette al tavolo con loro. Si misero a parlare dei vecchi tempi, anche della guerra. Si spronavano a vicenda... Ricca' raccontò qualche aneddoto divertente di quando era partigiano sui monti e si chiamava Nessuno, e Bordelli alcune storielle buffe di quando era un volontario del reggimento San Marco. A un certo punto Ricca' alzò le spalle.

«Forse è meglio smettere, sennò a questa bella signorina crescerà la barba» disse.

«Ma no, anzi...» disse Eleonora, che ascoltava quelle storie come una bambina che sente leggere le fiabe. E allora i due sessantenni continuarono a raccontare, e dalle storielle più leggere passarono ai fatti di sangue, ai momenti più cupi e dolorosi, agli amici che avevano visto morire. Dopo un po' i racconti si fecero di nuovo leggeri, e si ricominciò a sorridere. Fino a che arrivò l'ora di ripartire.

«Quanto ti devo?» chiese Bordelli.

«Stai buono, metti via le palanche.»

«Grazie... Adesso che sono in pensione verrò più spesso.»

«Spero che non sia una promessa da marinaio.»

«Sono stata benissimo» disse Eleonora.

«È stato un piacere conoscerti. Fai rigare dritto questo animale, mi raccomando. »

«Ci penso io...»

«Caro Franco, non lasciartela scappare, fossi in te la sposerei subito. »

«Ci sto provando, ma non mi vuole. »

«Scemo...» disse lei ridendo, attaccandosi al suo braccio. Ricca' e Franco si abbracciarono, e il Maggiolino ripartì verso Firenze, guidato da Bordelli. Sull'autostrada Eleonora gli mise una mano sul ginocchio.

«Non immaginavo che tu avessi vissuto quelle cose, durante la guerra. »

«Ce ne sono ancora tante di cose che non sai. »

«Mi piace, è come avere una libreria piena di romanzi ancora da leggere» disse lei.

«E non potrai mai leggerli tutti» aggiunse Bordelli.

«Lo so, e mi piace anche questo...» Lasciò andare indietro il capo, e un po' il vino, un po' il rumore monotono e sordo del Maggiolino, dopo qualche minuto si addormentò.

Bordelli continuò a guidare in silenzio, voltandosi ogni tanto a guardarla. Gli piaceva averla vicino, gli piaceva sentire il suo odore, vedere le sue labbra dischiuse, il capo che dondolava appena. Guardava la strada cercando di seguire i molti pensieri che gli serpeggiavano nella mente. Non riusciva a stare un solo secondo senza smettere di pensare, immaginare, progettare, ipotizzare... Era così da sempre. Da bambino a volte si metteva di fronte alla finestra, guardava fuori e pensava, fantasticava, inventava storie... Non si annoiava mai.

Eleonora si svegliò quando il Maggiolino stava rallentando per fermarsi al casello di Prato, si guardò intorno e continuò a sonnecchiare fino a casa. Scese dall'auto sbadigliando, e quando entrarono in cucina trovarono Blisk che scodinzolava. Eleonora lo abbracciò e si svegliò del tutto.

«Facciamo due passi tutti e tre insieme?»

«Volentieri...» Andarono a camminare nel bosco dietro casa, e mentre Blisk scorrazzava tra i cespugli, scomparendo e ricomparendo, Bordelli continuò a raccontare della guerra. Aneddoti non troppo cruenti, adatti a un momento come quello, e lei ogni tanto gli faceva domande risvegliando sempre nuovi ricordi... Le canzoni stupide che si metteva a inventare con i suoi compagni nelle retrovie, mentre si riposavano dopo settimane di pattuglie logoranti, di tragici sminamenti... Le lunghe marce notturne con i nazisti a poche centinaia di metri... Il proiettile che gli portò via il basco dal capo bruciandogli i capelli, e che recuperò dopo la sparatoria con un forellino... La piccolissima scheggia che gli si piantò in un dito e lì era rimasta, e che guardando bene ancora si poteva vedere, bluastra, vicino alla nocca dell'anulare...

*Una volta, in Abruzzo, lui e i suoi uomini si erano trovati in una situazione piuttosto difficile. Un solo tedesco, nascosto nella sua tana di volpe, con la micidiale mitragliatrice MG-42 aveva cominciato all'improvviso a vomitare proiettili tenendo bloccati per tutta la mattina venti soldati, che non potevano allontanarsi senza rischiare di essere uccisi. A un tratto a una certa distanza, fuori dalla portata della mitragliatrice, erano apparsi degli uomini con le divise inglesi, ma si vedeva bene che non erano inglesi. In quell'inferno si erano scambiati un saluto. Poi il capo di quegli uomini aveva chiesto a gesti a Bordelli di mettere in piedi un'azione di copertura. A un cenno del loro comandante, gli uomini del San Marco avevano cominciato a sparare tutti insieme. Quegli inglesi non inglesi, che conoscevano bene il terreno di gioco, avevano scavalcato di corsa delle rocce, e arrampicandosi su un costone dove nessuno poteva immaginare potessero esserci degli appigli, erano riusciti ad avvicinarsi all'imboccatura della tana di volpe, e con una bomba a mano avevano zittito la MG-42. Un vero sollievo. Bordelli era andato a complimentarsi con loro, che si presentarono come brigadisti della Maiella. Bordelli strinse forte la mano al maiellino che aveva guidato l'assalto.*

*«Comandante Bordelli, grazie del regalo.»*

*«Capitano Malvestuto, è stato un piacere.» Il maiellino si accorse che Bordelli aveva notato le uniformi inglesi e le strane mostrine dei brigadisti, e sorridendo gli spiegò la faccenda... Sul bavero della divisa, fornita dagli inglesi, al posto delle stellette a cinque punte che puzzavano di monarchia, portavano dei repubblicani nastrini tricolori.*

*«Buona fortuna, comandante.»*

«*Buona fortuna, capitano.*» *Si erano salutati con un'altra stretta di mano, e ognuno per la propria strada, anche se verso lo stesso obiettivo.*

Eleonora ascoltava, affascinata da quel passato tremendo, inorridita dalla guerra, e in mezzo agli alberi ogni tanto si fermava per dare un bacio al suo uomo.

Quando tornarono a casa Bordelli accese il fuoco. Mentre Eleonora leggeva un libro e sonnecchiava spaparanzata in poltrona, si mise a preparare qualcosa di leggero per cena e la zuppa per Blisk. Se le femministe avessero visto quella scena, con l'uomo in cucina e la donna in poltrona a leggere, ci avrebbero creduto? E se lo avessero visto lavare i piatti, spazzare e dare lo straccio? Squillò il telefono, e rispose subito.

«Pronto?»

«Oh, finalmente la trovo...» disse il colonnello Arcieri, con sollievo.

«Non mi dica che martedì non può venire a cena» disse Bordelli, sinceramente preoccupato.

«No no, la chiamo per un'altra cosa... Devo chiederle un favore...»

«Mi dica.»

«Avrei bisogno di parlare urgentemente con il suo amico Agostinelli.»

«Come mai ha bisogno di me? Non è un suo collega?» chiese il commissario, un po' stupito.

«Vede, è una cosa un po' delicata... Presso le alte sfere il mio contatto principale è in disgrazia, e devo parlare con l'ammiraglio senza passare da segretarie o subalterni. Si tratta di una chiacchierata che non dovrà mai essere avvenuta, mi capisce...»

«Capisco, capisco... Voi spie vivete a bagnomaria nei segreti» disse Bordelli, sorridendo.

«Non è sempre colpa nostra, mi creda...»

«Comunque devo parlarci anch'io, con Agostinelli. Domattina lo chiamo.»

«Abbia pazienza, Bordelli... È una cosa molto urgente, non ha modo di trovarlo adesso?»

«Be', posso provare a chiamarlo a casa.»

«Grazie infinite» disse Arcieri.

«Gli chiedo se posso darle il suo numero.» Parlava piano, per non disturbare Eleonora.

«Mi dispiace per questo fastidio, ma è una faccenda della massima importanza.»

«Non si preoccupi, capisco. Devo anticipargli qualcosa?»

«Meglio di no, come le dicevo è una questione piuttosto delicata.»

«Ho capito, vuole sapere chi vincerà la prossima puntata di *Rischiatutto*.»

«Non solo, voglio chiedergli anche il segreto della brillantina Linetti» disse il colonnello, per stare allo scherzo, ma si sentiva che era in ansia, doveva essere qualcosa di molto serio.

«Appena so qualcosa la richiamo. La trovo a casa?»

«Sì, grazie. Uscirò alle sette e mezzo, nel caso telefoni pure alla mia trattoria.»

«D'accordo, a tra poco.» Riattaccò, e si accorse che Eleonora e Blisk si erano addormentati. Per non svegliarli andò a telefonare in camera. Cercò il numero di casa dell'ammiraglio Agostinelli, il suo amico del SID. Già da qualche giorno voleva chiedergli di controllare se esisteva un fascicolo su Attilio Guerrini, il padre del ragazzo ucciso nel '47. Sperava che Piras riuscisse a procurargli la lista delle operaie di Pontassieve, ma nell'attesa voleva prepararsi a seguire altre piste, compresa quella della vendetta partigiana.

Rispose una donna, probabilmente la moglie di Agostinelli, e andò a chiamarlo. Dopo i saluti e qualche battuta, Bordelli chiese all'ammiraglio se poteva fargli il solito favore di cercare negli archivi le notizie più rilevanti su una persona.

«Ma non eri in pensione, ragazzaccio?» disse Agostinelli.

«Quasi... Per adesso ho ancora voglia di darmi da fare.»

«Allora sei pronto per venire da noi.»

«Non ci pensare nemmeno, non ho voluto fare l'avvocato per non mentire, figurati se m'infilo nel palazzo delle menzogne.»

«Dai, sono bugie a fin di bene» disse Agostinelli, con la voce da mammina.

«Come no...»

«Veniamo al sodo, qual è il nome che t'interessa?»

«Attilio Guerrini, un industriale fiorentino morto nel '52... Può bastare?»

«Certo... Dammi un giorno, qua c'è un po' di burrasca, abbiamo spesso riunioni piuttosto lunghe.»

«La protesta giovanile?»

«Anche, ma non solo...»

«Ah, devo chiederti un altro favore.»

«È sempre così con i fiorentini, gli dai un dito e ti mangiano il braccio» disse Agostinelli, ridendo.

«Tanto ne hai due, no?»

«Dimmi cosa ti serve, rompiscatole.»

«Ti ricordi il colonnello Arcieri?»

«Certo, è un ex dei nostri... Che è successo?»

«Vorrebbe parlare urgentemente con te, una faccenda delicata.»

«Qui da noi le faccende o sono delicate o non le vogliamo.»

«Lo so, lo so... Vorrebbe parlarti adesso, posso dargli questo numero?»

«Proprio perché sei te a chiedermelo.»

«Grazie della fiducia.»

«Figurati se mi fido di te... Lo faccio perché prima o poi mi dovrai offrire una cena.»

«Scordatelo...»

«Digli di chiamarmi subito. Sono a cena fuori e devo ancora vestirmi.»

«Chissà come sei bello, tutto nudo.»

«Lo puoi dire forte...»

«Per l'altra cosa ti chiamo io o mi chiami te?»

«Ti chiamo io domattina, al massimo nel pomeriggio.»

«Se non mi trovi insisti.»

«Adesso devo lasciarti. Comincio a prepararmi, sennò mia moglie mi sbrana.»

«Anch'io ho da fare, sto cucinando.»

«Ciao sbirro.»

«Ciao spione...» Bordelli riattaccò e telefonò al colonnello Arcieri. Rispose Marie, che glielo passò subito. Il commissario gli dettò il numero e gli disse che doveva telefonare immediatamente, Agostinelli stava per uscire.

«Grazie davvero, a buon rendere.»

«Si figuri, è sempre un piacere... Stasera la saluto come ex agente dei Servizi, e martedì la accoglierò come cuoco.»

«Ovviamente in attesa di una terza identità...»

«Non mi sorprenderei» disse il commissario. Si salutarono, e Bordelli scese in cucina. Servì la zuppa al principe degli orsi bianchi, e svegliò dolcemente la principessina Eleonora, che si stirò con un lamento.

«Che bello dormire davanti al fuoco» disse.

«Hai fame?»

«Un po' sì...» Mangiarono guardando la televisione, seduti nella stessa poltrona come due bambini, guardando un buffo sceneggiato con Tognazzi.

Dopo andarono a sedersi nelle poltrone di fronte al caminetto, per godersi il calore del fuoco. Lui lesse a voce alta per Eleonora alcune poesie di sua mamma, e lei dovette asciugarsi qualche lacrima. Guardava il suo Franco con occhi diversi, lui se n'era accorto. Quel giorno era successo qualcosa di importante, difficile da decifrare. Il loro legame era diventato ancora più forte, e nessuno dei due poteva sapere se il merito fosse stato dei racconti di guerra, del viaggio al mare, degli spaghetti alle vongole o dei bicchieri di Candia...

Quella notte, sotto le coperte, le emozioni che avevano vissuto durante la giornata si trasformarono in baci, in sospiri, in abbracci... Insomma nel bellissimo piacere di esplorarsi e di scaldarsi.

Alle sette e mezzo di mattina Bordelli salutò Eleonora nell'aia, sotto un cielo limpidissimo, e rimase a guardare la 500 che s'inerpicava su per la stradina sterrata sparando sassi a destra e a manca. Come al solito non avevano fissato quando si sarebbero rivisti... Di certo non sarebbe venuta martedì, sapendo della cena tra maschietti.

Rientrò in casa, sistemò la legna, lavò i piatti della sera prima, si mise a preparare la zuppa per Blisk, che se n'era già andato a zonzo, e dopo un altro caffè pensò di mettere a frutto la giornata, andando a parlare con l'editore Salvecchi. Sapeva che la sede era in via Ricasoli, più o meno all'altezza del Teatro Niccolini. Infilò la busta con le poesie di sua mamma in una vecchia borsa da lavoro e partì per Firenze. Guidando lungo l'Imprunetana si sentiva un po' in ansia, e anche in imbarazzo. Non aveva mai avuto a che fare con quel mondo, non sapeva cosa aspettarsi... Be', comunque più che sentirsi dire di no non poteva succedere.

Parcheggiò in questura, così non doveva perdere tempo a cercare dove lasciare la macchina. Entrò nella guardiola di Mugnai, lo aiutò a risolvere un paio di definizioni e s'incamminò verso il centro. Arrivò in via Ricasoli e si fermò di fronte al portone. Un bel respiro, poi suonò il campanello. Lo scatto della serratura elettrica annunciò che l'avventura stava per cominciare. Entrò nel palazzo, salì le scale fino al terzo piano, spinse una porta socchiusa, e si trovò davanti una signora che stava parlando al telefono, seduta dietro una piccola scrivania. La salutò con un cenno, la donna ricambiò, e quando mise giù il ricevitore gli sorrise.

«Buongiorno, mi dica.»

«Buongiorno, vorrei parlare per favore con l'editore Salvecchi.»

«Il suo nome, prego?»

«Mi scusi... Franco Bordelli.»

«Ha un appuntamento?»

«No, nessun appuntamento.»

«Il motivo della sua visita?»

«Una questione privata...» disse il commissario, accorgendosi solo dopo di aver citato Fenoglio. La segretaria si alzò.

«Mi scusi un secondo» disse, e scomparve dietro una delle porte, tutte chiuse. Da quelle stanze arrivava il rumore di qualche macchina da scrivere, ogni tanto si sentiva trillare un telefono, una voce maschile o femminile, una breve risata. Dopo qualche minuto riapparve la segretaria, entrando da un'altra porta.

«Mi scusi, ma al momento il dottor Salvecchi non può riceverla... Non può dire a me di cosa si tratta?»

«Se non è un problema, vorrei parlare direttamente con lui» disse Bordelli, che voleva vivere l'imbarazzo della sua proposta davanti a una sola persona.

«Capisco, ma come le dicevo...»

«Non si preoccupi. Posso lasciare un messaggio per lui?» Voleva provare a giocare una carta.

«Certo, mi dica.»

«Quando avrà del tempo da dedicarmi può chiamare in questura e lasciare detto al centralino il giorno e l'ora dell'appuntamento.»

«Scusi, come mai in questura?»

«Sono un commissario capo di Pubblica Sicurezza» disse Bordelli, mostrandole il tesserino.

«Abbia pazienza ancora un minuto» disse la segretaria, e uscì di nuovo. Forse, pensò Bordelli, anche solo per curiosità, per capire di cosa si trattasse, l'editore lo avrebbe ricevuto. La segretaria tornò dopo pochissimo tempo.

«Il dottor Salvecchi si è liberato. Prego, si accomodi.»

«Grazie...» Insomma aveva funzionato. Seguì la segretaria lungo il corridoio, e di lontano vide un signore che aveva l'aria di aspettare proprio lui. Infatti, appena furono vicini gli porse la mano.

«Piacere, Salvecchi.»

«Franco Bordelli...»

«Prego» disse l'editore, cedendogli il passo. Entrarono in un ufficio con una grande scrivania sommersa di libri, carte, fascicoli e faldoni, e si accomodarono su due sedie in un angolo della stanza, in modo del tutto informale.

«Lei è della questura, mi ha detto Milena...»

«Commissario capo, sì.»

«Eccoci qua, sono tutto suo.»

«Le rubo solo un minuto...»

«Mi dica.» Salvecchi aveva un aspetto elegante, nonostante fosse vestito in modo un po' trasandato. La prova vivente che l'eleganza era una faccenda interiore.

«Vorrei lasciarle in lettura delle poesie, per capire se magari...»

«Ah, poesie... Di chi sono?» lo interruppe Salvecchi.

«Di mia madre.»

«Di sua madre» bisbigliò Salvecchi, lasciandosi sfuggire un minuscolo sorriso.

«So bene cosa sta pensando... *Ecco un altro poveraccio che pensa di avere la mamma poetessa.*»

«Ma no...»

«*Sarà la solita vecchia signora annoiata che ha messo quattro parole in croce.*»

«Non è così, le assicuro...»

«Certo che lo ha pensato, e mi sembra anche normale. Ma non le avrei mai portato i pensierini di una casalinga. Non sono un critico, però ho sempre letto molto e non credo di ingannarmi. Credo che queste poesie siano belle, delicate e sincere, semplici e profonde...» Aveva trovato il coraggio di dire quello che pensava di fronte a un importante editore, era buon segno, voleva dire che ci credeva davvero.

«Non giudico mai senza aver letto» disse Salvecchi.

«Ad ogni modo, mi dica se posso lasciargliele.»

«Certo, me le lasci pure, le farò sapere il prima possibile.»

«La ringrazio.» Aprì la borsa e appoggiò la busta con le poesie sul tavolo.

«Mi dà un numero di telefono?»

«Certo, quello di casa.» Lo scrisse sopra un foglietto e glielo passò. Si alzarono.

«Mi scusi, sua madre sa che lei mi ha portato le sue poesie?»

«Se n'è andata quindici anni fa, ho trovato le sue poesie tra le fotografie di famiglia» disse Bordelli.

«Ho capito...»

«È stata una sorpresa» aggiunse Bordelli. L'editore annuì, lo accompagnò alla porta e gli strinse la mano.

«La chiamo presto, arrivederci.»

«Arrivederci» disse il commissario. Se ne andò provando una strana sensazione. Sua madre era morta molti anni prima, e le sue parole camminavano ancora sul mondo.

Passò il resto della mattina a passeggiare in centro, a guardare le vetrine, a cercare di sentirsi indaffarato, senza mai smettere di pensare a quello che era successo, alle poesie di sua madre che adesso erano nelle mani di chi avrebbe potuto pubblicarle. Doveva solo aspettare che il sogno si trasformasse in un libro o in una delusione. Le donne che incontrava, già vestite un po' più leggere, gli sembravano tutte belle.

Dopo aver mangiato un buon panino e bevuto un bicchiere di Chianti da un vinaio di via degli Alfani, continuò a bighellonare. Alla fine, per dare un senso al suo pellegrinaggio cittadino pensò di comprare qualcosa. Dodici calici nuovi per la cena del giorno dopo. Due padelle e due pentole per i cuochi, che sicuramente avrebbero apprezzato. Una serie di mestoli di legno di ogni forma e misura. Mentre pagava un'oliera, di vetro trasparente per far vedere il bel colore del suo olio, gli venne in mente di fare qualche bottiglia con un'etichetta... *Olio del commissario Bordelli...* da mettere sulla tavola durante le cene con gli amici, e magari da regalare a Eleonora e a Rosa. Chiese al negoziante il favore di tenergli i pacchi, e continuò a vagabondare per le vie del centro. Entrò anche in diversi negozi di abbigliamento, comprò un paio di camicie, mutande, calzini... Aveva voglia di cose nuove, o forse doveva solo non pensare che nel suo vecchio ufficio c'era un'altra persona.

A metà pomeriggio passò davanti alla guardiola della questura carico di pacchi, diretto alla sua macchina. Mugnai si affacciò fuori, un po' stupito, e gli andò dietro.

«Dottore, che succede? Si mette avanti per Natale?»

«Sono i regali delle persone che ho arrestato» disse Bordelli, caricando il Maggiolino.

«Che gentili... Senta un po' questa... Cinque lettere... *Cucinò i figli del gemello e glieli fece mangiare.*»

«Atreo.»

«Ma chi diavolo era questo qua? Spero che l'abbiano arrestato.»

«Non me lo ricordo, risale a parecchio tempo fa.»

«Bartezzaghi è sempre più difficile...» si lamentò la guardia.

«Ciao Mugnai, ci vediamo domani sera» disse Bordelli, salendo in macchina.

«Non vedo l'ora, dottore.»

«Otto e mezzo.»

«Agli ordini» disse Mugnai, facendo un esagerato saluto militare.

«Non sono più commissario...»

«Per me sì.»

«Ti voglio bene, Mugnai.» Il commissario uscì dalla questura, e senza averlo pensato prima andò al cimitero di Soffiano a trovare i suoi genitori. Rimase a lungo davanti alle tombe a guardare le fotografie, mentre un nastro di ricordi scorreva nella sua mente. Prima o poi doveva chiedere al Comune se poteva avere un posticino accanto a loro.

«Non venire troppo presto, Franchino» disse sua mamma.

«Be', prima o poi...»

«Non c'è fretta, devi ancora sposarti, fare dei bambini.»

«Sì, mamma» disse lui. La salutò con un bacio, fece un cenno a suo padre e si allontanò senza voltarsi. Montò sul Maggiolino e partì, ma non aveva voglia di tornare a casa e di mettersi a cucinare.

«Totò, ceno qua solo se mi fai mangiare quello che ti chiedo» disse Bordelli, affacciandosi in cucina.

«Frate Bordelli, entrate pure, non sono mica il demonio.»

«Siamo d'accordo?»

«Sedetevi, non vi ammazzo.»

«Domani sera ho una cena, se ci riuscissi digiunerei per due giorni.»

«Sentiamo un po', cosa volete?»

«Pecorino e baccelli» disse il commissario, sedendosi sul suo sgabello.

«E dopo?» chiese Totò, continuando a mettere piatti e scodelle sul passavivande.

«Baccelli e pecorino.»

«Ossantavergine! Volete mangiare seduto o in ginocchio sul granoturco?»

«Dai Totò, cerca di capire, non sono più un giovanotto.»

«Ma che dite? Dentro di voi ci sono tre ragazzi di vent'anni, dov'è il problema?»

«Eh, magari... Sono solo un povero pensionato.»

«Siamo alle lacrime? Volete un fazzoletto?»

«Bisogna accettare certe cose, no?»

«Pecorino volete e pecorino sia... Amen» disse Totò, tracciando in aria una croce.

«Grazie della comprensione.»

«Tra mezz'ora avete digerito, e a nanna ci andate con le rane nello stomaco» continuò il cuoco, tirando fuori la forma di pecorino.

«Il verso delle rane mi concilia il sonno.»

«L'acqua la volete normale o un po' tiepida?» disse il cuoco, polemico.

«Due dita di vino vanno benissimo.»

«Meno male...» Totò gli portò tre fette di pecorino e una zuppiera di baccelli, poi gli riempì il bicchiere fino all'orlo.

«Due dita, Totò.»

«E due dita sono, però messe in piedi e non sdraiate.»

«Vedi che sei davvero il demonio?» Bordelli si mise a mangiare senza fretta. I baccelli erano buonissimi, freschi e teneri, il pecorino era un capolavoro. Intanto ascoltava il racconto di Totò su un uomo che al suo paese era stato trovato appeso per i piedi al campanile, con la gola aperta...

Uscì dalla trattoria di Cesare verso le undici, dopo aver mangiato pecorino e baccelli per tre persone e aver bevuto due bicchieri di vino. Gli piaceva un sacco stare seduto nella cucina di Totò a sentirlo parlare, con quel suo accento pugliese e quell'inestirpabile «voi».

Era stanco, ma sulla via del ritorno si fermò a casa di Rosa per vedere come stava. Non la trovò, doveva essere ancora a Lerici. A quel punto andò dritto a Impruneta. Quando entrò in cucina carico di pacchi, Blisk gli andò incontro scodinzolando, con aria assonnata, a prendersi un po' di carezze.

«Com'è che oggi non hai portato nessun amico?» disse Bordelli, pensando a Dago, il cagnolino di Lisa Kufstein. Aspettava il suo invito a cena, gli avrebbe fatto piacere conoscere suo marito, e sperava che quella sera sarebbe stata libera anche Eleonora.

Sistemò le varie cose che aveva comprato, bevve un bel bicchiere di acqua fresca e se ne andò a letto. Aveva spento da poco la luce, stava per spegnere anche la coscienza, e nella stanza sentì sospirare. Si tirò su, e senza bisogno di accendere la lampada vide nell'oscurità sua madre seduta in fondo al letto.

«Mamma...»

«Franchino, ti ho svegliato?»

219

« No mamma, e anche se fosse... »

« Avevo tanta voglia di vederti. »

« Anch'io, mamma... Sai dove sono stato oggi? »

« Dove sei stato? »

« Ho portato le tue poesie a un editore. »

« Per farne cosa? »

« Be', per vedere se le pubblica. »

« Oddio, ma sei matto? Che vergogna... »

« Mamma, sono bellissime. »

« Ma che dici? Sono porcheriole, buttate giù così per fare... Oddio che vergogna... »

« Aspettiamo il verdetto, per male che vada mi dirà di no. »

« Che figlio matto che ho... » Sorrideva, imbarazzata e contenta.

« E se poi le pubblica? »

« Non diciamo stupidaggini... »

« Non si sa mai. »

« Addio Franchino, devo andare... »

« Dove devi andare, mamma? »

« Devo andare... mi chiamano... addio, tesoro... »

« Chi è che ti chiama, mamma? »

« Addio... » sussurrò sua madre con un sorriso triste, e si dissolse nel buio come uno sbuffo di fumo.

Il Papa era in piedi sopra un palco in mezzo a piazza San Pietro, circondato da migliaia di preti, vescovi, cardinali, e piano piano girava su se stesso per guardare negli occhi quei ministri della Chiesa, uno per uno, uno dopo l'altro, severamente, e via via tutti distoglievano lo sguardo... A un tratto dal cielo, imbottito di grosse nuvole bianche, scese una nebbiolina azzurra che costringeva chi la respirava a dire la verità, nient'altro che la verità... Poi si sentì una voce poderosa, la voce di Dio... *Ministri della Chiesa, ascoltatemi, chi di voi ha una donna, dei figli, una famiglia intera, alzi la mano...* All'improvviso esplose in aria una foresta di mani alzate, e la piazza intera si colorò di rosso per via delle facce piene di imbarazzo e di vergogna... Il Papa venne circondato da bambine e bambini e ragazzine e ragazzi di tutte le età, e chissà dove un violino demoniaco suonava note acutissime, sempre più acute, sempre più assurde...

Bordelli si svegliò con il capo al posto dei piedi, come gli succedeva a volte da bambino dopo una notte agitata, e gli ci volle un po' prima di rendersi conto che il telefono stava squillando... Il comodino gli sembrava lontanissimo, e poi non voleva rispondere con la voce impastata dal sonno. Aspettò che il trillo smettesse e si buttò giù dal letto. Andò a lavarsi la faccia con l'acqua fredda, si vestì con calma e ciondolò giù per le scale. Blisk era stranamente in casa, a sonnecchiare. Ci voleva un bel caffè. Preparò la Moka e la mise sul fuoco. Si voltò a guardare il suo amico teschio.

«Chi vuol esser lieto sia» disse.

«Questo insegna Geremia» disse Geremia.

«Ne riparliamo...» Bordelli si guardò intorno. Nel pomeriggio, prima dell'arrivo della Confraternita doveva dare una pulita alla cucina, e non poteva certo contare sull'aiuto di Geremia. Voleva anche avere il tempo di fare una bella camminata, per compensare i peccati di gola che avrebbe commesso a cena. Mentre beveva il caffè seduto a tavola squillò di nuovo il telefono.

«Pronto?»

«Hai finito di pulire il culo alle galline?»

«Ciao Carnera...» Era Agostinelli, quello era il suo soprannome.

«Ho poco tempo, ti dico di Guerrini... Ricco sfondato, cinque fabbriche, ma questo lo sai già... Nel '47 hanno ucciso suo figlio Gregorio, caso insoluto...»

«So anche questo.»

«Morto suicida.»

«Lo sapevo.»

«Sai anche che era un informatore dell'OVRA?»

«Eh no, questo non lo sapevo.»

«Vale pure per sua moglie.»

«Ah, interessante... E il figlio? OVRA anche lui?»

«No, Gregorio era solo un ragazzo ricco e viziato che correva dietro alle belle ragazze.»

«Questo me lo hanno detto.»

«Ha messo incinte diverse ragazze del popolo, e quando le poverette rompevano le scatole il padre le risarciva con una manciata di spiccioli.»

«Questa invece mi mancava.»

«Ha interrotto gli studi dopo il liceo, giocava a poker, cocaina... Le solite cose dei bambocci viziati... Non ho altro.»

«I genitori hanno fatto arrestare qualcuno che poi magari è stato ucciso?»

«Non risulta... Come sai l'OVRA stava acquattata nell'ombra, raccoglieva informazioni, controllava, voleva sapere tutto, ma agiva raramente e solo quando non intervenire diventava un serio pericolo per il regime.»

«Sì, certo.»

«A che ti servono queste informazioni?»

«All'epoca venni incaricato di occuparmi dell'omicidio di Gregorio, ma ero alle prime armi e non riuscii a combinare nulla. Anche perché dopo pochi giorni mi dissero di lasciar perdere, pensavano a una vendetta dei partigiani e in un momento come quello non volevano sollevare un vespaio.»

«E adesso ti è venuto in mente di scoprire chi è l'assassino...»

«Indovinato.»

«Sei il solito matto.»

«Tanto non ho più nulla da fare, a parte pulire il culo alle galline.»

«Hai ragione... In culo alla balena, marinaio.»

«Viva la balena.»

«Verrò a trovarti.»

«Ti aspetto...» Appena riattaccò fece il numero della questura. La telefonata di Agostinelli gli aveva fatto venire una gran voglia di mandare avanti più velocemente le indagini sull'omicidio di Gregorio. Si fece passare Piras.

«Ciao Pietrino, come va?»

«Non c'è male dottore, però non ho ancora i nomi delle operaie.»

«Come fai a sapere che ti cercavo per quello?»

«Non ci vuole un genio, dottore.»

«Magari potevo essere in ansia perché mancavano le cipolle per stasera.»

«No, avrebbe avuto un'altra voce.»

«Boh, un giorno me lo spiegherai» disse il commissario.

«Non saprei come fare.»

«Veniamo alle cose serie... Quanto devo aspettare per quei nomi?»

«È più difficile di quello che pensavo.»

«Ma c'è speranza di trovarli?»

«Credo di sì. Ho chiesto aiuto a un amico, uno bravo che ha più tempo di me. Ci scambiamo favori di questo tipo.»

«Aspetto fiducioso...»

«Ha detto che mi richiama appena sa qualcosa. Deve cercare in vari uffici.»

«Va bene, incrocio le dita.»

«Ha bisogno di altro, dottore?»

«No grazie. Ci vediamo stasera.»

«A più tardi.»

«Ciao...» Appena riattaccò, si mise a preparare lo zaino per andare con Blisk a camminare alla Panca. Si accorse che continuava a rimandare la lettura del libro di Alba, per paura di finirlo troppo presto. Ma aveva anche una gran voglia di leggerlo, di scoprire cosa sarebbe successo, e prima o poi...

Tornò a casa verso le tre, con molti chilometri nelle gambe e gli occhi pieni di orizzonti e di cielo. Aveva camminato in mezzo agli alberi, ma come al solito aveva fatto lunghi viaggi nei ricordi, anche molto lontani. Aveva pensato anche all'editore e alle poesie di sua mamma, e non troppo al delitto del '47. Si sentiva addosso una piacevole stanchezza, e aveva già una gran fame. Un bel bicchier d'acqua, un saluto a Geremia... *Il teschio più chiacchierone che ci sia...* Poi si mise a sistemare la cucina, mentre Blisk lo guardava un po' stupito. Lavò i bicchieri nuovi e le pentole, pulì il tavolo, spazzò il pavimento, passò lo straccio bagnato. Dopo andò a farsi un bel bagno, e si mise addosso dei vestiti comodi. Accese il fuoco e portò altra legna accanto al camino, anche due o tre grandi ciocchi da dare in pasto alle fiamme durante la serata, soprattutto al momento dei racconti. Non faceva freddo, ma durante le cene della Confraternita il fuoco non doveva mancare, se non nei mesi più caldi. Cenare con il camino acceso era tutta un'altra cosa.

Mentre Blisk sonnecchiava nel suo angolo, si sedette in poltrona a guardare la grande cucina, il tavolone non ancora apparecchiato, dove tra poco si sarebbe seduta la Confraternita del Chianti. Quella sera sarebbero stati in dieci, nove ospiti, tre in più del solito. La stanza si sarebbe animata per una di quelle lunghe serate con racconto finale, dove si mangiava e beveva con piacere, si parlava, si discuteva, ci si prendeva in giro, ma senza mai spezzare il cerchio della piacevolezza. Sorrideva, immaginando la cena, ma intanto doveva spingere da una parte quel sentimento malinconico che conosceva fin da bambino: quando stava per vivere un momento piacevole, pensava immancabilmente che presto o tardi sarebbe finito. E a volte la tristezza era addirittura più forte del piacere, riuscendo ad avvelenarlo. Ma con il tempo aveva imparato a non gettare lo sguardo troppo avanti e a immergersi nel momento che stava vivendo. Quel pomeriggio, però, il fastidioso demone della malinconia aveva cominciato a sussurrargli all'orecchio paroline maligne, e per scacciarlo non c'era che un modo: continuare a leggere il bellissimo romanzo di Alba. Aprì il libro e si immerse nella storia, fermandosi ogni tanto a pensare. Andò avanti a sfogliare le pagine perdendo il senso del tempo, fino a quando non sentì il rumore di una macchina fermarsi nell'aia, senza che Blisk si allarmasse. Erano appena le cinque e mezzo, ma i due cuochi dovevano già mettersi al lavoro. Si alzò, si affrettò verso la porta e la aprì ancora prima di sentir bussare. Era il colonnello Arcieri, che stava scaricando dalla Giulia alcune scatole. Bordelli gli andò incontro.

« Le do una mano... »

« Grazie, giovanotto » disse Arcieri, sorridendo.

« Giovanotto in pensione » precisò Bordelli.

« Se la godrà o farà come me, che non riesco a farmi lasciare in pace? »

« Vedremo... » disse l'ex commissario, sollevando una delle scatole. Arcieri prese le altre due, più piccole, e guadagnarono la cucina. Sistemarono tutto per terra. Blisk si alzò giusto per salutare, e il colonnello gli fece una carezza sul capone.

« Due cucine... Magnifico » disse, avvicinandosi a quella nuova.

« Vedo che ha già scelto. »

« Chi arriva prima decide. »

« Come darle torto? Ho comprato anche padelle e pentole. »

«Ottimo, grazie. Mi metto subito all'opera, ho un menu piuttosto complesso» annunciò, con una ruga sulla fronte.

«Mi dileguo...» disse Bordelli. Tornò davanti al camino, e senza fare caso al rumore di pentole e cocci continuò a leggere. Alle sei meno dieci un'altra auto parcheggiò nell'aia, e Blisk non si mosse. Non poteva che essere il Botta. L'ex commissario non fece in tempo ad alzarsi che sentì bussare. Andò ad aprire, e il Botta varcò la soglia con due voluminose sporte della spesa.

«Stasera ho una sorpresa...»

«Quand'è che non ne hai?»

«Questa volta ho superato me stesso.»

«Modesto...»

«Aspetti a dirlo... È pronto a leccarsi i gomiti, commissario?» disse il Botta, entrando in cucina.

«Non sono più commissario, te l'ho detto.»

«Che palle questi sbirri in pensione... Se la chiamo commissario faccio male a qualcuno?»

«Come vuoi» disse Bordelli, rassegnato. Del resto, anche lui era abituato a quella parola.

«Buonasera colonnello...»

«Non sono più colonnello» dichiarò Arcieri, per niente serio.

«Ora vi mando a tutti e due» disse Ennio, posando le sporte sul tavolo.

«Il colonnello si è impadronito della cucina nuova» disse Bordelli.

«Bene, io avrei scelto quella vecchia, che conosco già.»

«Meglio di così...» commentò il commissario.

«E queste?»

«Pentolame nuovo per te.»

«Che pensiero gentile» disse Ennio, apprezzando la qualità dei materiali. Arcieri fece schioccare le dita un paio di volte.

«Basta chiacchiere, adesso al lavoro» disse, con un'inflessione da ordine militare.

«Muto» disse il Botta, e cominciò a rovistare nelle sue sporte. Bordelli voleva continuare a leggere, ma invece di andare in poltrona salì in camera sua. Faceva meno caldo, e gli piaceva sentire da lontano i rumori della cucina in fermento, come da bambino. Si sdraiò a letto, aprì il libro e si ritrovò di nuovo nel mondo sentimentale raccontato da Alba...

Gli sarebbe anche piaciuto addormentarsi e svegliarsi quando erano già arrivati tutti, come gli era successo in altre occasioni come quelle, ma c'erano tre nuovi adepti e preferiva essere lui a introdurli nella Confraternita. Aveva detto agli amici di arrivare non prima delle otto e mezzo, ma succedeva sempre che qualcuno arrivasse un po' in anticipo, tranne suo cugino Rodrigo, che faceva apposta ad arrivare in ritardo.

Verso le sette sentì che faceva fatica a tenere aperti gli occhi, e non disdegnava un sonnellino. Prima di chiudere il libro controllò quante pagine mancavano alla fine: centosei... *e poi restammo, zitti, pallidi, mentre qualche soldato lanciava in aria il berretto rallegrandosi che fosse stato firmato l'armistizio...* Si alzò dal letto e andò ad affacciarsi in cima alle scale.

«Ennio... Ennio...» chiamò. Il Botta sbucò giù in fondo.

«Che succede?»

«Se alle otto non mi vedi vieni a svegliarmi, per favore?»

«Ci proverò...»

«Mi raccomando. Ci sono i tre nuovi, vorrei presentarveli con la dovuta calma.»

«Va bene, ci penso io.»

«Se non ci riesci con le buone, usa l'acqua fredda sulla faccia.»

«Non immagina quanto mi piacerebbe» disse il Botta, e scomparve dietro l'angolo. Il commissario tornò a letto e si mise addosso una coperta. Mentre sentiva spentolare, dopo qualche minuto si addormentò.

Si svegliò sentendo dei passi sulle scale, ma non aprì gli occhi. Fingendo di dormire lasciò che Ennio entrasse in camera e si avvicinasse al letto.

«Commissario... Commissario... Sono le otto passate...» sussurrò il Botta. Poi gli mise una mano sulla spalla e lo scosse piano piano. Lui continuava a fingere di dormire. Sentì Ennio uscire dalla camera e aprire il rubinetto del bagno. Lo sentì tornare, e aspettò di capire cosa volesse fare. Quando delle gocce fredde gli caddero sulla fronte spalancò gli occhi e gridò BUUU... Il Botta fece un salto all'indietro, e per poco non cadde in terra.

«Cazzo, commissario... Posso mandarla a quel paese?»

«Scherzino» disse Bordelli, scendendo dal letto.

«Uno scherzo a prete, porca di una puttana.» Aveva ancora il fiatone, e scuoteva il capo.

«Un uomo coraggioso come te... Cosa vuoi che sia.»

«A buon rendere, commissario.»

«Sei così vendicativo?»

«Certamente» disse Ennio. Scesero le scale insieme, e Arcieri li guardò con curiosità.

«Ho sentito l'urlo del Babau» disse.

«Ci divertiamo così» disse il commissario.

«Io per nulla» commentò Ennio, rimettendosi a cucinare.

«Posso esservi utile?» chiese Bordelli.

«No no...»

«No no...»

«Sistemo il tavolo.» Il commissario cominciò ad apparecchiare. Quattro per lato e due capotavola. I piatti e le posate erano tutti diversi, solo i calici erano uguali, nuovi nuovi, bellissimi. Distribuì i tovaglioli, tagliò il pane e lo mise in due cestini. Andò in cantina per prendere il vino e tornò con una cassa da dodici bottiglie, ovviamente rosso dei Balzini. Non rimaneva che aspettare. Si mise a girellare dietro le spalle dei cuochi senza dire nulla, sbirciando nelle pentole e nelle padelle. Provò a dire qualcosa, ma Arcieri e il Botta erano concentrati e non lo consideravano. Cominciò a stappare le prime bottiglie, e via via le sistemava lungo il centro del tavolo...

Si sentì una macchina entrare nell'aia e parcheggiare, senza che Blisk battesse ciglio. Era Piras, che aveva portato il torrone sardo. Salutò i cuochi e andò a sedersi davanti al fuoco con aria pensierosa. Il commissario gli si avvicinò e parlò solo muovendo le labbra, dando le spalle ai due cuochi.

«Ricordati che il questore non è il questore» disse. Piras annuì, e forse fece addirittura l'occhiolino, ma non c'era da scommetterci.

Poco dopo arrivò Dante sulla sua amata Guzzi Falcone rossa. Appena entrò in cucina, dopo aver salutato tutti, espresse il suo apprezzamento per la doppia cucina, e non solo.

«Bellissimi calici...» disse. Sembrava uno di quei mezzi geni sempre con il capo tra le nuvole, invece non gli sfuggiva nulla. Si sfilò un giornale da sotto la camicia. Gli era servito anche per pararsi dal freddo della sera, ma in realtà era un vecchio numero di *Epoca* del '55, che consegnò a Bordelli con solennità.

«Qua dentro troverà una rubrica della sua amica» disse.

«Quale amica?»

«Alba...»

«Ah grazie, non sapevo che avesse una rubrica.»

«S'intitola *Dalla parte di lei*, come il romanzo.»

«Ah, bello... Poi gliela rendo.»

«No no, è un doppione.»

«Lo leggerò con la dovuta calma» disse Bordelli. Andò a metterlo accanto alla poltrona, lontano dai vecchi numeri della *Nazione* che usava per accendere il fuoco. Dante si sedette e si mise a parlare con i cuochi, che con lui avevano ritrovato la parola.

A ruota arrivò Diotivede, a cavallo della sua 1100 nera. Dopo aver salutato gli umani e Blisk, consegnò un regalino a Bordelli. Era una pipa di legno piuttosto singolare. In fondo al bocchino, il fornello era un teschio sopra una mano aperta. Bordelli sorrise.

«Quand'eri bambino giocavi con le ossa di pollo?»

«Solo fino a quattro anni, poi ho chiesto scheletri umani.»

«Le passioni fioriscono presto» disse Bordelli.

«Mozart a quattro anni suonava il clavicembalo e componeva.»

«Ma lui era un genio.»

«Appunto, anche io.»

«E come si chiama questo nipotino di Geremia?»

«Arturo.»

«Sia fatta la tua volontà... Hai visto che ho preso un'altra cucina?»

«Certo» disse Diotivede, poi andò a sedersi a tavola accanto a Dante e si mise a parlottare con lui. Bordelli mise Arturo accanto a Geremia e aprì un'altra bottiglia. A un tratto Blisk alzò il capone e fece un brontolio sospettoso, e solo dopo mezzo minuto si sentì il rumore di una macchina che scendeva giù per lo sterrato. Blisk si alzò e continuò a borbottare, dunque doveva essere un'auto sconosciuta. Quell'orso bianco aveva un ottimo orecchio.

«Non ti allarmare, Blisk» disse Bordelli, ma quando si avviò verso la porta il cane gli andò dietro. Era Mugnai, e il commissario gli indicò dove mettere la sua 600, per fare in modo che entrassero anche le altre macchine.

«È buono?» disse la guardia, vedendo Blisk avanzare verso di lui.

«Solo quando non morde.»

«Ma sì che è buono...» Mugnai accarezzò quella montagna bianca che scodinzolava.

«Insomma ce l'hai fatta ad arrivare» disse Bordelli, stringendogli la mano.

«Trovare questa casa è più difficile di un Bartezzaghi, commissario.»

«Non sono più commissario.»

«Per me lo sarà sempre» disse Mugnai, più o meno come Ennio. Prima di entrare in cucina, l'eterno commissario abbassò la voce.

«Mi raccomando, il questore è un maestro elementare.»

«Sì sì, me lo ricor... Ma non era un professore delle medie?»

«Ha cambiato idea.»

«Benissimo.»

«Comunque tu non lo conosci, devi solo non stupirti quando glielo senti dire.»

«Non si preoccupi, sarò più bravo di Mastroianni...»

«Vieni, ti presento gli altri.»

«Mmm, senti che profumino» disse Mugnai, entrando in cucina.

«Ragazzi, vi presento... Scusa, com'è che ti chiami di nome?» chiese Bordelli alla guardia.

«Walter...»

«Ci conosciamo da due decenni, ma l'ho sempre chiamato per cognome.»

«Vedi a cosa servono queste cene?» disse Diotivede.

«Riparto da capo... Vi presento Walter Mugnai, esperto di enigmistica e a tempo perso guardia di Pubblica Sicurezza.»

«Troppo buono, dottore.»

«Per merito suo siamo riusciti ad arrestare un pericoloso maniaco omicida...»

«Bugie bugie...» si schermì Mugnai, stringendo la mano a tutti... tranne ai cuochi, che per questioni di igiene professionale lo salutarono con una leggera gomitata.

«Ne mancano ancora tre, poi ci sediamo» annunciò Bordelli, guardando l'orologio. Mugnai sfilò un pacchettino dalla tasca e lo porse al commissario.

«Un pensierino per lei.»

«Dai, non dovevi...» Scartò il regalo, era una magnifica stilografica Parker.

«Che bella, grazie. Se mai dovessi scrivere le mie memorie userò questa.»

«Chissà quante cose scopriremmo» commentò Diotivede.

«Eh, se tu sapessi...» Il clima si stava riscaldando, e i primi bicchieri furono riempiti, alla faccia di chi ancora non era arrivato. Ma Blisk borbottò di nuovo, e Bordelli si affrettò a uscire nell'aia, sempre scortato dal cane. Una macchina aveva appena imboccato la stradina, lassù in alto, e subito dopo ne apparve un'altra. Il commissario riconobbe Di Nunzio su una polverosa Flaminia color salvia, e dietro vide arrivare Rodolfo sulla sua Mercedes-Benz nera. Li aiutò a parcheggiare in modo da lasciare il posto alla 850 di Rodrigo, che come al solito sarebbe arrivato per ultimo. Appena scesero dalle auto, i due ospiti si presentarono e si strinsero la mano.

«È stato difficile trovarmi?» disse il commissario, mentre Blisk li annusava.

«Se diventerò un latitante verrò a nascondermi qua» disse Di Nunzio.

«Purtroppo le stanze sono tutte occupate da altri ricercati» disse Bordelli.

«Bellissimo posto» commentò Rodolfo.

«Venite, vi presento la ciurma...»

«Ah, non c'è solo questo bel cane?» disse il questore, facendogli una carezza.

«Un cane? Credevo che fosse un orso» disse Bordelli.

«Come si chiama?»

«Blisk. Un giorno è apparso e mi ha fatto capire che abitava qua.»

«Più deciso di una donna innamorata» disse Di Nunzio.

Entrarono in casa scortati dal cane, e quando apparvero in cucina ci mancò poco che Mugnai scattasse sull'attenti. Anzi cominciò a farlo, poi camuffò il gesto fingendo che gli prudesse un orecchio. Bordelli gli lanciò un'occhiataccia, poi annunciò al resto della Confraternita i due nuovi arrivati.

«Vi presento Rodolfo, un compagno di liceo» disse.

«Benvenuto in questa gabbia di matti» disse Diotivede. Uno dopo l'altro gli strinsero la mano. Il commissario continuò.

«E questo signore è Achille Di Nunzio, maestro elementare...»

«In quale scuola?» chiese Ennio, senza smettere di occuparsi delle sue ricette. Ci fu una pausa di silenzio e uno scambio fulmineo di sguardi tra Di Nunzio e Bordelli, poi il questore si mise una mano sulla fronte con aria preoccupata.

«Oddio, in questo momento non me lo ricordo.»

«Accipicchia...» disse Ennio.

«Dovete scusarmi, ma la mia memoria arriva alle sei di oggi pomeriggio» aggiunse, continuando a fare lo scemo.

«Sarebbe come se uno sbirro non si ricordasse in quale commissariato lavora» aggiunse il Botta, squadrando il questore. Di Nunzio mandò giù un sorso di vino, e finse di illuminarsi.

«Adesso ricordo! È una scuola sull'Appennino, dalle parti di Marradi.»

«Dove cantano gli orfici» disse Dante, e scoppiò a ridere. Blisk andò a sdraiarsi nel suo angolo, ma continuava a tenere d'occhio gli umani. Bordelli guardò di nuovo l'orologio, le nove meno dieci.

«Sediamoci pure. Mio cugino arriva sempre in ritardo, lo fa apposta.»

«E come mai?» chiese Di Nunzio.

«Perché è un rompicoglioni.»

«Ah, ecco...» Si sedettero tutti a tavola, tranne i due cuochi, e Bordelli presentò ai nuovi adepti i componenti della

Confraternita, un po' come succede nei film quando si presentano i componenti di una banda di ladri.

« Ai fornelli... il colonnello Arcieri, pilastro dei Servizi (*Arcieri si voltò e scosse il capo*) e Ennio Bottarini, il principe di San Frediano (*il Botta non si voltò nemmeno*), qui a tavola abbiamo... Dante, grande inventore, grande lettore, grande bevitore (*Dante annuì e si tolse un immaginario cappello*), Peppino Diotivede, che fin da bambino amava i cadaveri, soprattutto il loro arredamento interno (*Diotivede alzò un sopracciglio e bevve un sorso di vino*), Pietrino Piras, vice commissario in prova che tra non molto diventerà questore (*Piras non si mosse, non si capiva se approvando o disapprovando*).»

« Magari è più sveglio del questore di adesso » disse Di Nunzio. A quelle parole il sardo si morse un labbro, invece Bordelli sorrise, poi continuò.

« Queste serate sono una bella occasione per stare insieme, ma a questa tavola, o forse è meglio dire in questa casa, ognuno ha imparato qualcosa... Ennio non si mette più le dita nel naso, il colonnello ha scoperto la passione per la cucina, Dante ha capito che si può cenare senza fumare il sigaro, Peppino non parla più soltanto di budella e di frattaglie, Piras ha visto che i vecchi non sono poi così noiosi, e mio cugino Rodrigo ha scoperto di essere molto più scemo di quello che immaginava... »

« E lei cos'ha imparato, commissario? » disse Ennio, dai fornelli.

« Che non sono più commissario » disse Bordelli.

« A proposito, chi va a svegliare Rodrigo? » chiese il colonnello, anche lui dai fornelli.

« Come dice? » chiese Bordelli, un po' stranito.

« Suo cugino sta dormendo in una delle camere, al primo piano.»

« Sta scherzando? » disse il commissario, alzandosi. Arcieri era serissimo.

«È arrivato mentre lei dormiva, e ha chiesto dove poteva andare a riposarsi» disse.

«Bene bene, ora ci penso io.» Il commissario riempì un bicchier d'acqua dal rubinetto della cucina e salì le scale. Aprì una porta dopo l'altra, guardò anche in camera sua, ma non trovò nessuno. Era stato preso per il culo, e questo andava bene, ma che fosse stato proprio Arcieri gli sembrava strano. Quando era ancora nel corridoio del primo piano fece sentire la sua voce.

«Colonnello, da lei non me lo sarei mai aspettato...» disse, ma quando imboccò le scale vide che la cucina era al buio.

«Commissario, è andata via la luce» gridò Ennio.

«Al piano di sopra funziona, bisogna controllare gli interruttori» disse Bordelli, fermandosi. Tornò in camera a prendere la torcia, e cominciò a scendere i gradini. C'era uno strano silenzio. Quando arrivò a piano terra, vide nella penombra le facce dei suoi amici appena rischiarate dalla luce delle fiamme, e tutti lo stavano guardando.

«Sembrate fantasmi...» disse.

«Forse lo siamo» mormorò Dante. Il commissario sorrise.

«Vado a vedere...» Stava per andare a controllare il quadro elettrico, ma a quel punto il Botta accese la luce e Bordelli capì perché lo avevano allontanato.

«Sorpresa...» disse Ennio, e tutti applaudirono. In un angolo della cucina c'erano due regali, incartati e legati con un fiocco, uno più grande a forma di parallelepipedo, l'altro più piccolo, a forma di cubo.

«Non è mica il mio compleanno» disse Bordelli, commosso.

«Non è per lei, è per il commissario in pensione.»

«Ah, ecco... Li apro adesso?»

«No no, dopo cena» disse Dante.

«Non è facile resistere, per un adolescente come me.»

«Sii uomo, una volta tanto» disse Diotivede.

«Grazie, ragazzi... Grazie...»

«Bene, adesso possiamo metterci a tavola» disse Ennio. Ovviamente in quel momento si sentì bussare alla porta.

«Ecco mio cugino...» Bordelli andò ad aprire, e Rodrigo s'infilò in casa con la faccia truce, senza nemmeno salutarlo.

«Cazzo...» borbottò tra i denti.

«Che ti succede?»

«Volevo arrivare più tardi, ma non ce l'ho fatta» disse, cupo... poi si mise a ridere.

«Ti vedo in forma... Vieni, ci sono già tutti» disse Bordelli, che per un attimo aveva temuto di avere a tavola un musone guastafeste. Rodrigo fece il suo ingresso in cucina saltellando come un pugile, a capo basso, cazzottando l'aria. Incassò i saluti della Confraternita, e si fermò davanti al tavolo stirandosi la schiena.

«Aaah, che male... Buonasera a tutti.»

«Ciao Rodrigo, che piacere...» disse il Botta, che provava per lui una grande simpatia. Dava del lei a Bordelli, mentre a Rodrigo dava del tu, eppure i due cugini avevano più o meno la stessa età. Il fatto era che aveva conosciuto Bordelli in questura, da ladruncolo arrestato per furto, mentre Rodrigo lo aveva conosciuto a tavola, da libero cittadino.

«Scusate il ritardo, ma avevo un incontro di pugilato con Mazzinghi» continuò Rodrigo.

«Eppure vedo che in bocca hai ancora tutti i denti» disse Bordelli.

«A casa ho una collana fatta con gli incisivi di tutti quelli che non credono a quello che dico.»

«Sarà una collana bella lunga, immagino.»

«Stasera ti risparmio, non vorrei sporcare di sangue questa bella tavola» disse Rodrigo, sfidando il cugino con lo sguardo. Il Botta, che era ancora davanti ai fornelli, si voltò a guardarlo.

«Dovresti fare il comico, o magari l'avvocato.»

«Dipende da quanto vuole mentire» commentò Diotivede.

«In effetti ha del talento» aggiunse Dante. A quel punto ci fu un breve ma sentito applauso.

«Grazie signori, vi nominerò nel mio testamento» dichiarò Rodrigo, inchinandosi.

«Rodrigo lo dovete prendere così com'è» disse Bordelli.

«Non capisco il senso delle tue parole, ma non mi interessa scoprirlo... Vedo facce nuove» disse Rodrigo, facendo il giro del tavolo con lo sguardo.

«Te li presento. Quel signore là...» cominciò Bordelli, ma suo cugino lo fermò.

«Aspetta, lasciami indovinare.»

«Anche il nome?» chiese Di Nunzio.

«Non ancora... Vediamo un po'... La Mercedes con una ruota a terra è di...»

«Ho bucato?» disse Rodolfo, preoccupato.

«... è sua» continuò Rodrigo, indicandolo.

«Che coglione» commentò Bordelli.

«Non credi nemmeno alle mie doti di indovino?»

«Meglio cominciare la cena, prima che la serata diventi lo spettacolo di un pagliaccio.»

«Molto gentile, caro cugino. A buon rendere.»

«Te li presento, lui si chiama Walter Mugnai, è uno sbirro... Quel signore si chiama Achille Di Nunzio, insegnante...»

«Università?» lo interruppe suo cugino. Il questore sorrise.

«All'altro capo della corda... Scuole elementari.»

«Poveri bambini, allora» disse Rodrigo.

«Perché?» chiese Bordelli.

«Lo sguardo... Dallo sguardo si capisce che è un uomo gentile e indulgente, dunque non come te. Ma i bambini sono diavoli, ci vuole la frusta, altrimenti non imparano nulla.»

«Ci rifletterò» disse Di Nunzio. Il commissario continuò le presentazioni.

«E lui è Rodolfo, un amico dei tempi del liceo.»

«È un trovatello? Non ha un cognome?»

«Ne ha due, ma non te li dirò.»

«Ciancio alle bande, si comincia» annunciò Ennio, presentandosi al tavolo insieme ad Arcieri.

«Un momento...» disse Bordelli.

«Che succede?» chiese il Botta, allargando le braccia.

«Volevo solo dire una cosa... La prossima volta magari riuscite a venire tutti con due sole auto? Potete trovarvi al Galluzzo, o anche a Porta Romana. Un'auto ogni persona lo trovo un po' assurdo» disse.

«Il sottoscritto è venuto in moto e abita a Mezzomonte» precisò Dante, ridendo.

«È vero, lei è esonerato» disse il commissario.

«Comunque approvo la mozione» disse Diotivede, e anche tutti gli altri annuirono.

«E così ho scoperto che sarò invitato anche alla prossima cena» disse Di Nunzio.

«Ottima deduzione...» disse il commissario.

«Adesso possiamo ascoltare i due menu?» propose Dante.

«Ping pong come sempre?» suggerì Rodrigo, guardando i cuochi. Il Botta annuì.

«Ping pong, certo... Prego maestro, cominci lei» disse al colonnello. Dopo un riepilogo mentale, Arcieri inaugurò la lista.

«Per antipasto ho pensato a una panzanella un po' personale» disse.

«Galantina di pollo, tre giorni di lavorazione» disse Ennio, con tre dita in aria.

«Di primo, il Biancomangiare... Non il dolce siciliano, ma il piatto medievale tosco-francese.»

«Tortellini in brodo fatti in casa, con le mie manine d'oro.»

«Dio che fame...» disse Rodrigo.

«Non si parla durante il menu» lo riprese Bordelli.

«Di secondo, papero all'arancia» continuò il colonnello.

«Lesso rifatto con le cipolle, insomma la Francesina» disse Ennio facendo il gesto di rimandare la pallina.

«Contorno, spinaci filanti al gorgonzola e pere, una mia invenzione.»

«Patate e finocchi, un'invenzione di mia nonna.»

«Per dolce... Cantucci senesi, ovviamente fatti da me.»

«Brutti boni creati da me medesimo, seguendo il vangelo del Mattonella... E poi vin santo, come da tradizione.»

«Quale vin santo?» chiese Bordelli, fissandolo.

«Quando Ennio promette, mantiene. Per festeggiare la pensione dello sbirro più scaltro dell'Impruneta ho portato nonno Leandro.»

«Cos'è nonno Leandro» chiese Di Nunzio, curioso come un questore.

«Un vin santo sublime» disse il commissario.

«O forse prodigioso?» disse Dante.

«O magari inarrivabile» disse il colonnello Arcieri.

«Marabillosu» mormorò Piras.

«Quante bottiglie?» chiese Diotivede, concreto.

«Le ultime quattro, ma una non la stappo. La regalo al commissario, da bere con la sua fidanzata.»

«Ecco perché a Firenze stanno per inaugurare piazza Bottarini» disse Bordelli.

«Secondo me c'è già» disse Dante.

«Adesso posso dire due parole anche io?» chiese Rodrigo, imitando un attore trombone che si vede rubare la scena.

«Ne hai facoltà...» lo autorizzò il commissario. Suo cugino chiese attenzione, e quando calò il silenzio si alzò in piedi.

«Signori, purtroppo al momento non ho nulla da dire» annunciò, e si rimise a sedere.

«Gliel'avevo detto che era un rompicoglioni» disse Bordelli a Di Nunzio, ma Rodrigo lo ignorò.

«Siamo pronti?» chiese Ennio.

«Prontissimi...» disse Rodrigo, afferrando le posate come un portuale affamato.

«Solo un'ultima cosa» disse Bordelli.

«E adesso che c'è?» chiese Diotivede.

«Volevo ricordare ai nuovi ospiti che alla fine della cena ognuno dovrà raccontare una storia» disse, e i tre annuirono. «Bene, ora si mangia» disse il Botta, battendo le mani. La luce nella stanza venne un po' attenuata, intorno al tavolo la penombra guadagnò terreno, e finalmente arrivarono gli antipasti.

Gli antipasti erano appena scomparsi dai piatti, guadagnando il primo posto ex aequo e accompagnati dal canonico vino dei Balzini, quando Dante si alzò in piedi e alzò il calice in direzione di Ennio, fissandolo senza dire nulla. Sembrava che rimuginasse qualcosa di assai importante. Nessuno della Confraternita sapeva cosa stesse per succedere, e tutti aspettavano di capire. Nel silenzio, una vampata di fuoco uscì con un sibilo da un ciocco umido, e sembrava proprio che Dante avesse aspettato quel segnale... Prese fiato e si mise a declamare...

Nel *mezzo del cammin di nostra vita*,
*Mi ritrovai davanti a Bottarini*,
*Che avea di casa sua chiave smarrita!*
*Ma i sassi pur lo sanno e anche i bambini*,
*Che nulla al Botta ha mai fatto paura*,
*E se non sa rubar soldi e rubini*,
*Mai resistette a lui una serratura!*
*Ma dopo un colpo buono messo a segno*,
*Adesso non fa più la vita dura.*

«Ecco qua l'inizio della mia Commedia, e che il mio omonimo Sommo Nasone mi perdoni» disse rimettendosi a sedere, e si concesse un sorriso. Ci fu un applauso e ovviamente anche un brindisi. Il Botta aveva l'aria commossa, si alzò e fece un inchino verso Dante.

«Illustrissimo maestro Dante... Fino a un minuto fa mi dolevo, pensando che la mia futile esistenza non avrebbe lasciato traccia alcuna su questo ingrato mondo, ma adesso, dopo il vostro poetico omaggio, posso consolarmi nella solida certezza di essere diventato immortale. Per l'opera vostra, a voi toccherà un tortellino in più. » Alzò il bicchiere verso il grande poeta, bevve un sorso e andò a prendere la zuppiera con i tortellini in brodo, mentre Arcieri portava l'altra con il Biancomangiare. I piatti furono serviti, i bicchieri furono riempiti, il fuoco fu accontentato.

« Magnifico... » si sentiva dire.

« Buonissimo... »

« Eccellente... »

Mangiare e bere in quel modo, provando un dolce piacere, significava diventare capaci di diffondere scaglie di bene e frammenti di pace sul mondo, e anche se queste benefiche emanazioni, ovviamente e purtroppo, non erano in grado di trasformarlo in un pianeta giusto e libero, era pur sempre qualcosa che si metteva di traverso lungo il cammino del male e della violenza.

« Ora che ci penso... » disse Bordelli, guardando Ennio.

« Cosa? » fece lui.

« Due o tre anni fa mi dicesti di aver scritto una poesia. »

« Certo. »

« S'intitola... *La serratura*, giusto? » continuò il commissario.

« Proprio così. »

« Perché non ce la fai sentire? » disse Diotivede.

« Non è il momento giusto, e poi non è ancora pronta. »

« Dopo due anni? » disse il commissario.

« E allora? Ha bisogno di essere ancora un po' limata » spiegò Ennio.

« La serratura o la poesia? »

« Non cedo alle provocazioni... Anzi, propongo un brindisi al magnifico Franco Bordelli, il più grande bastone tra le ruote del crimine di tutti i tempi. »

«Soltanto?» disse Bordelli, e partecipò al brindisi tra i sorrisi che volteggiavano sulla tavola.

I commensali gustavano i piatti senza esagerare. Del resto i cuochi erano ormai capaci di calcolare la giusta quantità per evitare ogni spreco. Anche il vino andava giù piano piano, senza smodatezza, e per quanto un rigagnolo possa essere piccolo, a poco a poco può allagare una vallata. Ma nessuno di loro si era mai ubriacato, l'esperienza li difendeva dagli effetti più deleteri e stupidi dell'alcol. Tuttavia, quella leggera ebbrezza che alleggeriva l'animo e offuscava dolcissimamente l'intelletto liberandolo dal pensiero della morte, era assai gradita. Il buon cibo e il buon vino erano la grande consolazione della vita.

«Fuori i secondi!» disse Rodrigo, imitando di nuovo le mosse di un pugile.

«Occhio a non dover gettare la spugna» lo avvertì Bordelli.

«Nessuna cena mi ha mai messo KO.»

«Puoi sempre perdere ai punti.»

«Coi punti mi ci prendo la Mucca Carolina» disse Rodrigo, alzando le spalle.

La cena andava avanti con sobria solennità. I cuochi portarono in tavola i vassoi con i secondi e le padelle con i contorni. Un'altra ondata di piacere e di apprezzamenti. Si mangiava, si chiacchierava... Qualche battuta più o meno stupida... Qualche racconto di piccole cose vissute durante la settimana... Ogni tanto una pausa di silenzio... Scambi di occhiate, sorrisi, sguardi pensierosi... Bordelli mormorò un brindisi ai suoi compagni di guerra che non erano tornati... Spesso gli passavano davanti agli occhi, gli parlavano, si sedevano sul suo letto, come nella poesia di sua mamma... *Ma ecco sulla sponda del tuo letto, siedono, sorridendo, i morti...* A poco a poco seguirono altri bisbigli, malinconici e affettuosi brindisi alla memoria di chi se n'era andato... Il piacere di stare insieme, il piacere del buon cibo e del buon vino, invitava a pensare ai propri morti, a ritrovare nella memoria altri momenti piacevoli vissuti insieme a chi non c'era più... Con un po' di attenzione si poteva avvertire il popolo di fantasmi che ingombrava la grande cucina campagnola... Poi lentamente si tornò a scherzare, a sorridere, a prendersi in giro, ma i fantasmi rimasero là intorno, a fare compagnia alla Confraternita...

Il lavoro dei due cuochi venne premiato dai piatti vuoti e dalle parole di apprezzamento. Arrivarono i dolci, e anche il vin santo di nonno Leandro, che venne accolto con un mormorio di meraviglia e di piacere. Il momento dei racconti si avvicinava, ma prima Bordelli voleva aprire i suoi regali. Andò a prenderli, e per primo scartò il cubo.

«Ennio, questa è opera tua» disse, alzando in aria quell'attrezzo da cucina che aveva già conosciuto alla cena del tre aprile: una cassetta di cottura.

«Fatta con le mie manine. Legno e lana, non c'è altro» disse il Botta.

«Grazie Ennio, sei un filibustiere, ma sei anche gentile.»

«Poi le spiegherò bene come si usa, sennò lei magari la mette sul fornello.»

«Sarò un bravo allievo» disse Bordelli. Appoggiò la cassetta accanto alla credenza e scartò il secondo regalo, il parallelepipedo.

«Una valigia...» disse, e il suo pensiero andò subito a Parigi.

«Non è come le altre. È opera di Dante, ma anche mia» disse Ennio. Il commissario la guardò bene, e vide che in effetti aveva un elemento piuttosto particolare: due rotelle.

«Come funziona?» chiese. Dante si alzò per fargli capire il valore della propria invenzione. Come per magia spuntò una maniglia estraibile piuttosto lunga.

«La prende da qui e se la tira dietro» disse, mettendo in pratica quello che aveva appena detto. Anche Blisk aveva alzato il capo per osservare la scena, e sembrava stupito quanto gli altri.

«Bellissima... Ma chi devo ringraziare?»

«Ora le spiego» disse Ennio. Dante l'aveva concepita, lui l'aveva realizzata, Diotivede l'aveva collaudata e Arcieri ci aveva messo dentro un altro regalo. Il commissario aprì la valigia, e trovò una moderna ed elegante borsetta di plastica da viaggio per gli oggetti da bagno.

«M'invidieranno tutti» disse Bordelli.

«Adesso deve fare qualche viaggio» disse Ennio, e cominciò ad accendere le candele. Bordelli continuava a osservare la sua valigia con le rotelle.

«Mi avete letto nel pensiero, è da un po' che penso di andare un po' in giro.»

«Dove vorresti andare?» chiese Diotivede, accendendo la curiosità della tavola.

«Ve lo dico quando torno» disse Bordelli.

«Roba di donne, immagino» disse Ennio.

«Acqua...»

«Dicono tutti così.»

«Non dirò più nulla... Grazie per questo bellissimo regalo.»

«Sono io che devo ringraziarla» disse Dante.

«Perché mai?»

«Per lei sto finalmente inventando oggetti di cui sono soddisfatto.»

«Continui pure, faccio volentieri da cavia.»

«Ne terrò conto...»

«Questa valigia la brevetterà?» chiese il commissario.

«Che lo faccia pure qualcun altro, a me basta il piacere dell'invenzione.»

«Consideriamolo un regalo per l'umanità» commentò Bordelli, facendo sorridere Dante. Poi andò a sistemare il suo originale regalo in fondo alla cucina e tornò a sedere.

Ennio finì di accendere le candele, ne mise alcune sui mobili e tre sul tavolo, poi spense tutte le lampadine, creando un crepuscolo adatto al momento dei racconti. In quell'atmosfera carbonara, Blisk andò a sdraiarsi più vicino al fuoco.

«Chi comincia?» chiese Bordelli. Suo cugino Rodrigo alzò una mano, e con l'altra si frugò in tasca.

«Aspettavo questo momento, vi dico io come si fa» disse. Era stato accolto nella Confraternita del Chianti soltanto da poco più di un anno, ma si comportava da veterano. Bordelli per un sacco di tempo lo aveva conosciuto come un professorino di matematica meticoloso e scostante, ma a quelle cene si era dimostrato completamente diverso, simpatico e giocherellone. Di certo una donna come Maya, sua moglie, bella e intelligente, aveva sposato la sua personalità più divertente.

La mano che Rodrigo aveva infilato in tasca aveva pescato una penna rossa, che lui lasciò cadere sul tavolo. La sua idea era questa: scrivere i dieci nomi su dieci bigliettini, piegarli e metterli dentro un cappello, poi una volta per uno avrebbero pescato un bigliettino, ma non tutti subito, lo avrebbero fatto alla fine di ogni racconto, per salvare l'effetto sorpresa.

«Che ne dite?» chiese.

«Nulla in contrario» disse Diotivede.

«Bene anche per me» disse Dante. Via via approvarono tutti, ma Bordelli annunciò una sua proposta.

«Oppure, per movimentare un po' la faccenda, si può fare così... Quando un nome viene pescato, ributtiamo il bigliettino dentro il cappello, poi scegliamo la terza lettera del nome e contiamo sull'alfabeto... Ad esempio... Rodrigo... La terza lettera è la D... A B C D, dunque il numero è quattro... Si fa la conta a partire da chi sta alla destra di Rodrigo, contiamo quattro... uno, due, tre, quattro... In questo caso è uscito Mugnai, e sarà lui a pescare nel cappello il nome di chi racconterà la storia... Che ne dite?» Bordelli si guardò in giro, e contò otto sorrisi, mancava solo quello di Rodrigo.

«Dobbiamo perdere tempo dietro alle tue amenità?» disse appunto suo cugino.

«A me sembrava un'ottima idea, voglio proporla ai miei piccoli allievi» disse Di Nunzio.

«Ci si mette anche lei?»

«Se ti sembra troppo semplice possiamo aggiungere delle varianti» disse Bordelli.

«Adesso basta... Chi scrive i nomi?»

«Possiamo tirare a sorte» continuò Bordelli.

«Oddio...»

«Però non abbiamo i bigliettini, è un problema insormontabile.»

«Datemi un foglio, li scrivo io» disse Rodrigo, guardando suo cugino. Ma Bordelli non aveva ancora finito.

«Facciamo così: chi viene pescato sceglie colui che dovrà scegliere quello che sceglierà chi decide l'ordine dei racconti... Cosa ne dite? Vi sembra ragionevole?»

«Franco, non rompere i coglioni» disse Rodrigo.

«Che ho detto di male?»

«Sono battute da pensionati... Dai, si fa come dico io, che qua dentro sono il più democratico.»

«Come vuoi tu, Benito...» disse Bordelli.

«Vai piuttosto ad aprire il vin santo, renditi utile.»

«Nonno Leandro lo stappo solo io» disse il Botta.

«Giusto... Allora porto via un po' di piatti» disse il commissario.

«Le do una mano» disse Dante.

«Anche io» disse Diotivede.

«Grazie ragazzi...» Il commissario si alzò per sparecchiare, ma suo cugino lo bloccò.

«Aspetta, prima dammi un foglio di carta.»

«Dove lo trovo? Ah sì.» Bordelli andò accanto al camino, prese un foglio di giornale e lo portò al despota.

«Maletetto cucìno pitokkio» disse Rodrigo, imitando l'accento tedesco delle barzellette. Si mise a strappare il foglio in piccoli pezzi, cercando di farli uguali.

«Non kominciaten a parlaren tedeschen» disse Ennio.

«Io razza superioren, kazzen!» gridò Rodrigo, tirando un pugno sul tavolo.

«Non voglio sentire» disse Bordelli, sparecchiando la tavola con l'aiuto di Dante e di Diotivede. Quando si rimisero a sedere, sul tavolo c'era già il cappello con dentro i dieci bigliettini.

«Ehi Adolf, chi pesca per primo?» chiese il commissario. Rodrigo fece un sospiro.

«Pesco io, poi continua chi è stato pescato, ma solo dopo aver raccontato la sua storia... Ti è chiaro o devo telefonare alla tua maestra?»

«Ti farò sapere strada facendo» disse Bordelli.

«Bravo, così mi piaci» disse Rodrigo. Intanto il Botta aveva conficcato delicatamente la spirale del cavatappi nel turacciolo del vin santo. Cominciò a girare piano piano, facendo attenzione a non danneggiare il sughero, che era stato piantato in quel collo di bottiglia parecchi anni prima. Il commissario osservava l'operazione con aria devota, ma aveva ancora qualcosa da dire a suo cugino.

«Senti un po', non potrei essere l'ult...»

«No, niente caos» lo interruppe Rodrigo.

«Basterebbe decidere che io sono l'ultimo» disse Bordelli, sempre concentrato a osservare lo stappamento di nonno Leandro. Rodrigo scattò in piedi, e cominciò a molleggiarsi sui talloni con le mani sui fianchi.

«Sono le dieci e TREN-TA-SET-TE... L'ora delle decisioni IR-RE-VO-CA-BI-LI!» gridò, e lanciò in fuori il labbro inferiore. A quelle parole Ennio appoggiò il vin santo sul tavolo e si alzò come una molla... Nell'imitazione del Capoccione si sentiva imbattibile, e nessuno poteva rubargli il podio.

«Commensali, di terra, di mare e di vino! Camicie inzac-
cherate di pastasciutta e di libagioni varie! (*il suo molleggia-
mento era sputato all'originale*) Omacci e maschiacci d'Italia e
dell'Impruneta intera! A me le orecchie, e sturatele bene!
(*l'espressione della faccia, il modo di alzare il mento e di guardare con aria superiore la folla oceanica di pecore italiche ado-
ranti era davvero impressionante*) Un'ora segnata dal destino
batte il marciapiede nei vicoli puzzolenti della nostra patria.
L'ora delle puttanate IR-RE-VO-CA-BI-LI! (*la voce era il suo
capolavoro, possente e sgranata come quella del Duce*) Scendia-
mo in campo a strappare alla terra i sacri rapanelli e i sempi-
terni cavoli, e li mangeremo a merenda alla faccia dei cuochi
demagoghi, dei nani Bagonghi e dei camerieri reazionari del-
l'Occidente, che in ogni tempo e con ogni tempo, anche
quando piove, governo ladro, hanno ostacolato la mensa e
addirittura insidiato ME-SCHI-NA-A-ME-RI-CA-MEN-
TE la cucina del Granducato!» Fece anche il rumore di frittura della folla esultante... *Duce! Duce! Duce!* e poi ancora la
frittura... Uno spettacolo completo, che tutti avevano seguito
con attenzione e sommo divertimento. Partì un applauso, che
durò a lungo. Dante rideva a bocca aperta. Arcieri era incredulo. Di Nunzio si era divertito come un bambino. Bordelli
conosceva la bravura di Ennio, eppure ogni volta si stupiva.
Ma Rodrigo soprattutto aveva seguito Ennio con grande ammirazione, e aspettò con pazienza che fossero finiti gli ap-
plausi.

«Ubi maior...» disse, e s'inchinò davanti al vincitore.
Ennio, soddisfatto, riprese la propria operazione. Stappò la
bottiglia senza sbriciolare il sughero, versò una goccia di
vin santo nel bicchiere, e sotto lo sguardo ansioso di tutti
lo assaggiò.

«Dio ti ringrazio» disse guardando verso il cielo, e un sorriso si diffuse tra i commensali.

«Esimio Benito Botta, pendiamo dalla tua bottiglia» disse

Bordelli. Il nipote di nonno Leandro versò nei bicchieri le prime gocce di vin santo. Quando tutti i calici furono a posto, vennero appena sollevati e dopo un sorso dieci voci diedero la benedizione a quel nettare. Il Decameron poteva cominciare. Rodrigo pescò nel cappello, tirò fuori un bigliettino e lesse il nome.

«La parola a voi, Granduca Dante» disse, pensando che fuori dallo scherzo gli avrebbe dato del lei, come suo cugino Franco, che lo conosceva da molto tempo. Dante sfilò un mezzo Toscano dal taschino della camicia, lo mise in bocca e fece un gesto a Piras per fargli capire che non lo avrebbe acceso, ma il sardo sorprese tutti.

«Accenda pure, le chiedo il favore di andare accanto al fuoco, così il fumo se ne va su per la cappa» disse. Dante allargò le braccia e guardò il cielo.

«Dio ti ringrazio. Ho davanti un benefattore dell'umanità, che si merita di dare il nome a una piazza e di avere la sua effige su monete e francobolli» disse.

«Per così poco?» borbottò il sardo.

«So che non puoi capire...»

«Credo di no» disse Piras, accennando un sorriso che Bordelli avrebbe definito sardissimo. Dante prese il suo bicchiere e andò a sedersi vicino al caminetto.

«Quanto tempo era che non venivi a trovarmi» mormorò al Toscano, gli dette un bacio e lo accese. Due o tre lunghi tiri, e la nuvola di fumo denso si mosse lenta verso il camino, per poi essere inghiottita velocemente dalla cappa. Si poteva cominciare.

«Questa storia l'ho sentita raccontare quattro o cinque volte da un mio lontano parente, negli anni del Dopoguerra, quando era impossibile sedersi intorno a un tavolo senza parlare di quell'argomento.»

«Quasi come adesso» commentò Diotivede.

«Quasi, appunto. Fino alla fine degli anni Cinquanta, ve lo ricorderete bene, si parlava quasi soltanto della guerra. E insomma, ecco la storia della lunga notte vissuta dalle sorelle Chiantini. Erano i primi di agosto del '44, gli ultimi e terribili giorni dell'Occupazione, anche se allora nessuno sapeva ancora quando i nazisti se ne sarebbero andati...»

*Gli Alleati si stavano avvicinando. In alcune zone di Firenze si doveva passare accanto alle macerie dei bombardamenti. In cielo gli Alleati, in terra i tedeschi. Un vero inferno. La notte si sentivano le ronde degli occupanti marciare nelle strade, e nelle case calava un silenzio da cimitero. Anche chi viveva nascosto nelle cantine o nelle soffitte tratteneva il respiro. Si avvertiva nell'aria un senso di morte capace di storpiare la visione della vita, e per ritrovare la propria umanità ci si doveva mettere impegno. La paura strisciava fin dentro le case. Anche i tedeschi avevano paura, per questo facevano paura.*

*Una notte le tre signorine Chiantini, signorine perché zitelle – in tre arrivavano quasi a due secoli – stavano dormendo ognuna nella propria ampia camera da letto, in un vasto appartamento all'ultimo piano di un bel palazzo di corso Tintori che avevano ereditato dai genitori, morti tra la Prima e la Seconda guerra. Più che dormire stavano fissando il buio a occhi aperti. Era passata da poco la ronda tedesca, che marciando rimbombava nella strada in modo spropositato. E per chissà quale gioco di rimbalzi, quei passi sul selciato facevano tremare i vecchi vetri delle finestre dell'ultimo piano, dando la sensazione di una vicinanza che asciugava la saliva in bocca.*

*Adesso tutto era silenzio. Chissà quali ombre si aggiravano nella strada, rischiando la morte. Ogni tanto alle tre sorelle sembrava di udire in lontananza un grido tedesco, e a volte addirittura una raffica di mitra... Ma forse era soltanto il frutto della loro esasperata immaginazione. Quando se ne sarebbero andati i tedeschi? Quando sarebbero arrivati gli Alleati? Ci sarebbe stata un'altra pioggia di bombe? Il loro* palazzo sarebbe stato distrutto? Ne parlavano spesso a tavola, sussurrando e guardandosi in giro come se qualcuno potesse sentirle.

In quel momento, nel cuore della notte, ognuna nel proprio letto cercava di tenere lontani i fantasmi. Una pregava con parole sue, preghiere inventate lì per lì che indirizzava direttamente alla Madonna. Un'altra si affidava alle certezze del rosario, e borbottando muoveva le labbra come se fosse dominata da un tremore. La terza fissava l'immagine di San Gerolamo appesa al muro davanti al letto, e sotto la quale lei lasciava sempre acceso un lumino da cimitero.

A un tratto, nel bel mezzo della notte, sentirono in lontananza bussare a una porta, e un secondo dopo tutte e tre furono in piedi. Stavano immobili, ognuna nella propria stanza. Avevano bussato alla loro porta o a quella del piano di sotto? Si sentì bussare ancora... Dio mio, sembrava proprio che bussassero alla loro porta, dalla parte opposta dell'appartamento. Uscirono tutte e tre nel corridoio quasi nello stesso momento, a piedi nudi, ognuna con la propria candela in mano. Le loro ombre, ingigantite e moltiplicate dal chiarore delle fiammelle, ondeggiavano lungo le pareti, e sembrava che il corridoio fosse popolato di fantasmi. Ecco che si sentì bussare per la terza volta, più forte e più a lungo, e le tre sorelle sussultarono, con il cuore che batteva sempre più svelto.

« Che dobbiamo fare? » sussurrò Adele, la più vecchia.

« Di certo non aprire » sussurrò Eletta, la più giovane. Tutte e due aspettavano il parere della sorella di mezzo, Rebecca, che consideravano la più saggia.

« Cerchiamo di capire chi è, andiamo a origliare » disse lei, con un filo di voce. Attraversarono il grande appartamento in punta di piedi, sfiorando con le dita i vecchi mobili e le pareti, come per darsi sicurezza. Arrivarono al grande portone d'ingresso, trattenendo il respiro. In quel momento bussarono per la quarta volta, e le tre zitelle sobbalzarono...

*Ma come mai di là dalla porta nessuno parlava? Non erano i tedeschi, questo era certo. Loro avrebbero gridato, e sicuramente avrebbero buttato giù la porta. Ma chiunque fosse, se continuava a bussare in quel modo rischiava di attirare l'attenzione di qualcuno, magari del diavolo stesso con la divisa nazista. Si doveva fare qualcosa, si doveva assolutamente fare qualcosa... ma cosa? La più vecchia e la più giovane guardavano Rebecca, che si mordeva le labbra in cerca di una soluzione. A un certo punto videro un chiarore muoversi lungo la fessura sotto la porta, probabilmente una torcia elettrica, poi la riga di luce si spense. Ma allora, quello che stava là dietro poteva vedere dalla stessa fessura il chiarore delle loro tre candele? Non fecero in tempo a impaurirsi, che qualcosa le spaventò ancora di più: sotto la porta videro avanzare sul pavimento un piccolissimo rivolo scuro... Rebecca abbassò la candela, e videro che il colore era quello rosso del sangue. Adele alzò gli occhi al cielo e si fece il Segno della Croce, Eletta si allontanò ansando, subito seguita dalla sorella più grande. Rebecca era rimasta sola. Avvicinò l'orecchio alla porta, e le sembrò di sentire un respiro affannato.*

*«Chi è?» chiese, piano piano. Sentì blaterare qualcosa in una lingua straniera... Tedesco o americano? Si fece coraggio, strinse in mano il piccolo crocifisso d'oro che portava al collo, invocò San Gerolamo e aprì la porta. Riuscì a trattenere un grido... Si trovò davanti un giovane con una divisa lacera e il viso pieno di sangue.*

*«Dio mio» mormorò, con una mano sulla bocca. Il soldato borbottò qualcosa e s'infilò in casa, appoggiò la schiena al muro e si lasciò scivolare fino al pavimento, lasciando sulla parete una lunga striscia di sangue, poi svenne e cadde di lato. Rebecca chiuse la porta, e le altre due sorelle, che erano rimaste in fondo al corridoio, accorsero spaventate e inorridite.*

*«Tedesco o americano?» chiese Eletta, con il cuore in gola. Rebecca scosse il capo.*

«Non si capisce...» Sulla divisa non era cucito nessun simbolo, e dalla faccia poteva essere sia tedesco che americano. Era biondastro, occhi verdi, magro magro, con le ossa del viso un po' spigolose.

«Che Dio ce la mandi buona» disse Adele, continuando a farsi il Segno della Croce. Rebecca assunse il comando delle operazioni, come sempre.

«Adele, vai a prendere uno straccio e pulisci il sangue sul pianerottolo. Tu invece aiutami a trascinare il ragazzo nella stanza degli ospiti» disse perentoria. Le due sorelle, incapaci di obiettare, dopo qualche secondo di smarrimento eseguirono gli ordini.

Qualche minuto dopo erano tutte e tre davanti al soldato. Lo avevano sdraiato sul letto, spogliato di tutti i vestiti tranne le mutande. Come tre crocerossine si misero a medicare le ferite, che erano molte ma non troppo profonde. Non dicevano una parola, si sentivano soltanto i loro respiri un po' affannati. Provavano un misto di paura, di emozione, e forse anche di attrazione per il bel corpo di quel ragazzo, che in quel momento era un povero Cristo da salvare.

A un tratto il soldato, senza aprire gli occhi, cominciò a mormorare qualcosa di incomprensibile, che suonava un po' come... oldet... oldet... oldet...

«Ma che sta dicendo?» sussurrò Adele.

«Non capisco» bisbigliò Eletta.

«Nemmeno io» disse Rebecca.

«E adesso che facciamo?» chiese Eletta, smarrita. Rebecca sapeva già cosa rispondere.

«Andiamo a dormire. Lasciamo sul comodino una bottiglia d'acqua, un po' di formaggio con il pane, e chiudiamo la porta a chiave. Se si sveglia busserà alla porta, e verremo a vedere.»

E così fecero. Dopo aver messo acqua e cibo sul comodino del povero soldato, se ne andarono a letto. Ma come potevano prendere sonno, in quella situazione? La stanza degli ospiti era dall'altra parte dell'appartamento, e non era davvero possibile dimenticare il soldato e riuscire a dormire. Tutte e tre avevano chiuso a chiave la loro camera e si erano sdraiate a letto con la lampada accesa, a pregare, a dire il rosario, a guardare San Gerolamo.

Dopo una mezz'ora si sentì una forte esplosione, lontana ma anche vicina, che fece tremare i vetri in tutta la casa. Le tre sorelle si ritrovarono di nuovo nel corridoio, con le candele in mano. Rebecca fece un gesto assai chiaro, senza parlare, e s'incamminò lungo il corridoio seguita dalle sorelle. Entrarono in uno dei salottini, e una dietro l'altra salirono su per la scala a chiocciola fino al sottotetto. Da lì, attraverso una piccola porta finestra arrivarono sul tetto, e dopo qualche altro gradino si trovarono in una terrazzina che si affacciava sull'Arno. Nuove e più forti esplosioni rivelarono cosa stava succedendo... I ponti di Firenze stavano saltando in aria, uno dopo l'altro.

«Gesù Giuseppe e Maria...» mormorò Eletta, con un pugno premuto sulla fronte. Dopo ogni boato le macerie dei ponti ricadevano su se stesse, e una nuvola di fumo denso e giallo continuava a dilatarsi sopra il fiume, sempre più lentamente. Le tre sorelle erano sgomente. A ogni esplosione sussultavano, e la più giovane abbracciava la sorella più grande. Quante volte erano passate su quel ponte che adesso era crollato, e su quell'altro, che stava per essere distrutto. Rebecca piangeva, e con lo sguardo fisso sull'Arno lasciava che le lacrime le colassero dal mento. Quando le nuvole di fumo si diradavano, svelavano uno spettacolo inverosimile. L'Arno senza i suoi ponti, disseminato di macerie, sembrava una ferita purulenta.

«Toccherà anche al Ponte Vecchio» disse Rebecca. Invece le esplosioni che videro in quella zona furono all'inizio e alla fine del ponte, che inspiegabilmente restò in piedi.

Quando il silenzio della notte finì d'inghiottire l'ultimo boato, le tre sorelle tornarono dentro, e in preda ai tremori *scesero giù per la scala a chiocciola, ognuna accompagnata dai propri bisbigli, che non andavano al di là della bocca. Non esistevano parole per commentare quello che avevano visto. Arrivate in casa, rimasero per qualche istante a lanciarsi occhiate, senza sapere cosa dire. Poi Rebecca partì lungo il corridoio, e le sorelle le andarono dietro come pulcini. La vita doveva continuare. Andarono ad aprire piano piano la porta del soldatino ferito, e videro che stava ancora dormendo. Quel giovanotto non sapeva ancora che Firenze era rimasta senza denti.*

«*Chissà da dove viene...*»

«*Sembra che stia meglio...*»

«*Vedremo domattina. Andiamo a dormire anche noi*» *disse Rebecca. Richiusero a chiave la porta e tornarono nelle loro stanze, girando bene le mandate.*

*Preghiere strampalate, rosari sgranati, lacrime per San Gerolamo... In quel cupo sconforto esisteva un'unica consolazione. Se i tedeschi avevano fatto saltare i ponti, non poteva esserci che un motivo: gli Alleati stavano arrivando. Con quel pensiero, come si poteva entrare nel regno dei dormienti? Con gli occhi spalancati nel buio cercavano di cogliere il minimo rumore, per decifrarlo, per capire cosa stesse succedendo. La Storia, in fondo, era fatta anche di suoni.*

*Il sonno vinse le tre sorelle la mattina all'alba, dopo che il terrore e il dolore le avevano sfinite. A mezzogiorno Adele si svegliò di soprassalto... Qualcuno stava bussando alla porta della sua camera.*

«*Sei te?*» *disse, con un filo di voce. E quel* «*te*» *poteva riferirsi indifferentemente a una delle due sorelle.*

«*Sono io, apri*» *disse Rebecca, la sorella di mezzo. Adele andò ad aprire la porta, e vide che insieme a Rebecca c'era anche Eletta.*

«*Che è successo?*» *chiese.*

«*Il ragazzo è sparito...*»

«*Sparito?*»

«Sparito... sparito...» disse Eletta.

«Oddio, oddio, come sarebbe, come sarebbe...»

Andarono tutte e tre nella camera degli ospiti. Sul lenzuolo era rimasta l'impronta del corpo insanguinato del ragazzo, sembrava la Sacra Sindone. L'acqua e il cibo non erano stati toccati.

«E la porta? Era aperta?» chiese Adele.

«No, era ancora chiusa a chiave» disse Eletta.

«Com'è possibile?»

«Non lo so, non lo so, ma è così...»

«Dio mio... Dio mio... Dio mio... Ma chi era quel ragazzo?» si chiese a voce alta Eletta.

«Gesù Cristo staccato dalla croce» mormorò Adele, cadendo in ginocchio.

Dante si alzò per servirsi da bere. Rifornì il calice di vin santo, bevve un sorso, tornò a sedersi e rimase in silenzio, a fissare quel magico liquido ambrato capace di dare un senso alla vita.

«Insomma, chi era quel ragazzo?» chiese Ennio, interpretando la curiosità di tutti. Dante sorrise, e dopo una lunga pausa teatrale si decise a continuare.

«Due anni dopo, le sorelle ricevettero una lettera di poche righe, scritta a macchina in un italiano scorretto. Un sentito e commosso ringraziamento da parte del soldato che avevano accolto in casa. Non diceva a quale esercito apparteneva, e nemmeno cosa gli era successo quella notte di agosto del '44. La lettera finiva con queste parole: *Mi avete fatto risorgere...* ed era firmata... G.C.»

«Potrebbe essere, che so... Gerhard Chunzen» disse Rodrigo.

«O magari George Chapman» disse il colonnello Arcieri.

«Gunter Cornelissen» disse Diotivede.

«Anche... Gosten Chirimiskin» disse Bordelli. In una pausa di silenzio il bicchiere di Dante si sollevò appena, per il brindisi di rito.

«A Gesù Cristo...» mormorò. Un minuto di silenzio, poi...
«Alle tre zitelle» disse il Botta, e tutti bevvero un sorso.
«E alla lunga notte che hanno vissuto» aggiunse Di Nunzio.
«Se posso... ai ponti di Firenze» disse Mugnai.
«Che mio nonno ha sentito saltare in aria uno dopo l'altro» aggiunse Ennio.
«Ai morti in guerra» disse l'ex commissario, con gli occhi velati dai ricordi. Tutti bevvero un altro sorso. Si sentì un sospiro di Blisk, e nella penombra si vide brillare uno dei suoi occhi. Dante buttò il sigaro nell'inferno del camino e tornò a tavola. Pescò nel cappello, e si voltò verso Rodolfo.
«A voi l'onore di proseguire, Conte Rodolfo» disse, continuando il gioco dei titoli nobiliari.

Rodolfo si alzò, e con il suo bicchiere andò a sedersi sulla poltrona accanto al fuoco, che ormai per quella sera era diventata il palcoscenico dei racconti.

«Innanzitutto vi ringrazio per avermi accolto nella Confraternita, è per me un grande onore e un grandissimo piacere...»

«Perché l'onore è meno del piacere?» lo interruppe il Botta, con aria offesa... Ma prima che Rodolfo potesse rispondere si misero tutti a ridere, anche Ennio.

«Imparerai a conoscere questo rompiscatole» disse Bordelli, lanciando una pallina di mollica al Botta, che rispose al fuoco con due palline. Si scatenò una guerra generale di palline di pane e di carta, che durò qualche minuto. Cosa c'era di più bello che tornare bambini? Forse era anche per quello che era meglio non ci fossero le donne?

Rodolfo aspettò divertito che in platea tornasse la calma, poi fece un bel respiro e cominciò a raccontare, con l'aria di chi compie un rito di iniziazione.

«Questa storia l'ho sentita raccontare da un'amica finlandese, Enneli, che da molti anni vive a Firenze, e devo dire che parla italiano meglio di tanti italiani. Una sera di parecchi anni fa, alla fine di una cena con amici, ci mettemmo a parlare di genitori e di nonni, di aneddoti e di mitologie di famiglia, e Enneli ci raccontò le vicissitudini di suo nonno, che lei aveva visto solo in fotografia e non aveva mai conosciuto...»

*Bertha, una bella ragazza della città di Viipuri, che allora apparteneva alla Russia, s'innamorò di un bel giovanotto* che studiava per diventare medico, Martti, e anche lui s'innamorò di lei. Felici e contenti si sposarono nel 1907, e nel 1910 ebbero una bella bambina, che chiamarono Helka. Se questa fosse una fiaba, sarebbe finita con le classiche parole «...e vissero felici e contenti», ma non andò così.

Fu la Rivoluzione d'Ottobre a scompigliare le carte, facendo crollare i vecchi equilibri, e il destino dei due sposini prese una direzione inaspettata. In Finlandia scoppiò la guerra civile. Martti partì per il fronte, come molti altri giovani, e lasciò sua moglie da sola insieme alla piccola Helka, che allora aveva otto anni. Durante un combattimento Martti venne ferito, anche se non in modo troppo serio, e fu trasportato in un ospedale da campo. Una delle infermiere, Alma Regina, era una fatina sorridente, e appena vide il soldato Martti disse: «Quest'uomo è mio», nel senso che sarebbe stata lei a occuparsi di lui e delle sue ferite. E se ne occupò assai bene, fino in fondo, diciamo così. Poi Martti tornò al fronte, la guerra finì e lui ritornò a Viipuri, dalla moglie Bertha e dalla sua amata bambina, Helka. Dopo qualche tempo, volendo essere onesto, Martti raccontò a sua moglie che, durante la guerra, al fronte era successo «qualcosa» con una gentile e affettuosa infermiera. Bertha, come ricompensa per la sua sincerità, senza pensarci due volte lo cacciò di casa. E così Martti, rimasto solo, andò a cercare la fatina sorridente, Alma Regina. Non ci mise molto a trovarla, guidato dalla tristezza di essere stato defenestrato e anche dal piacevole ricordo del suo sorriso. E dopo aver ottenuto il divorzio dalla moglie, nel 1919 la sposò, e andarono ad abitare a Luopioinen, un piccolo paese nel centro della Finlandia, che nel frattempo era diventata indipendente.

Dopo questa definitiva separazione, Bertha e sua figlia Helka si trasferirono a Helsinki. Gli anni passavano. Helka divenne una signorina. Si sposò con Väinö e sfornarono due figli, prima un maschio e poi una femmina, che era appunto Enneli. Passò altro tempo, e a diciotto anni Enneli scelse di *iscriversi all'università per studiare le lingue, tra le quali l'italiano. Vinse una borsa di studio e si trasferì prima a Perugia e poi a Firenze, dove prese in affitto una comoda stanza nel villino di una famiglia italo-finlandese. Le sue finestre si affacciavano sul bel giardino della casa.*

*Dopo qualche mese, una mattina Enneli vide dalla finestra, in quel giardino, un donnone di una certa età che camminava a passo deciso avanti e indietro, con aria severa e quasi irritata. Non l'aveva mai vista, ma era quasi sicura che fosse finlandese. Rimase a guardarla, nascosta dietro le tendine, un po' turbata da quella figura e da quell'atteggiamento che non riusciva a decifrare. Sentiva al tempo stesso il desiderio di avvicinarla e la paura di trovarsela davanti. La vide anche il giorno dopo, sempre di mattina, in giardino, che marciava imperterrita con la solita aria marziale. Poi non la vide più.*

*Qualche giorno dopo, cedendo alla curiosità, chiese alla padrona di casa chi era quella signora robusta che aveva visto «marciare» in giardino. La donna sorrise.*

*«È una mia cara amica d'infanzia, si chiama Alma Regina» disse. Enneli si sentì mancare il respiro, ma riuscì a fare finta di nulla.*

*«E come mai camminava su e giù in giardino?»*

*«Da quando è rimasta vedova soffre molto, non è più la stessa.»*

*«È ancora qua? Vive a Firenze?»*

*«No, è tornata a casa. Vive a Turku... Perché me lo chiedi?»*

*«Nulla, solo curiosità» disse Enneli. Quando andò a chiudersi in camera sua sentì che le stavano uscendo le lacrime. Aveva perso l'occasione di parlare con la donna che aveva «rubato» Martti a sua nonna, con la seconda moglie di suo nonno, che lei non aveva mai visto... Chissà quante cose avrebbe potuto chiederle.*

«Senza troppa insistenza, cercando di non far scoprire il vero motivo, Enneli aveva cercato di sapere l'indirizzo della donna, ma non ci era riuscita, e a malincuore aveva finito per lasciar perdere. Quando diversi anni dopo era venuta a sapere che Alma Regina era morta, aveva pianto di nuovo, da sola, mentre nessuno poteva vederla. Ecco qua...» concluse Rodolfo. Ci fu il consueto e rispettoso silenzio... consueto quando le storie erano tristi, ovviamente. Un silenzio che serviva a ognuno dei commensali per assorbire la storia appena ascoltata, come fa appunto la carta assorbente con le gocce d'inchiostro, in modo da avere il tempo di assaporare i sentimenti e di fare eventuali riflessioni, per poi accogliere il racconto nella propria memoria e collocarlo nello scaffale più adatto.

«Roba da Martti» disse il Botta, sollevando appena il calice. Nonostante fosse una battuta, il tono era malinconico.

«A Regina... e anche a Alma» disse Di Nunzio, che aveva colto assai bene lo spirito di quelle serate.

«A Bertha...» disse Rodrigo.

«A Helka...» disse Diotivede.

«A Väinö...» disse Dante.

«A sua figlia Enneli...» disse Bordelli, che se chiudeva gli occhi aveva l'impressione di vederla.

«Alle infermiere gentili...» mormorò Arcieri.

«Alla Finlandia...» disse Mugnai. Poi, come accadeva spesso, tutti si voltarono verso Piras, aspettando la sua parola.

«Alla fantasia del destino» disse il sardo. Il vin santo scivolò sulla lingua di tutti, e venne aperta la seconda bottiglia. Con dieci commensali a tavola, una bordolese durava meno di uno starnuto. Rodolfo tornò al suo posto, e pescò il bigliettino nel cappello.

«Barone Di Nunzio, tocca a voi novellare» disse.

«Obbedisco...» disse il questore in incognito. Si alzò e andò verso il palcoscenico, ovviamente in compagnia del suo bicchiere.

Prima di sedersi, Di Nunzio lanciò un'occhiata al fuoco, che chiedeva legna. Prese un bel ciocco e lo sistemò sugli alari, sopra la brace spessa sulla quale danzavano lingue di fiamma. Aspettò che il legno cominciasse a crepitare sputando in aria qualche lapillo, poi si lasciò andare in poltrona.

«Una piccola premessa, per farvi capire il contesto di questa storia. Mia cugina Irma era maestra elementare, come me, prima di andare in pensione. Fin da subito ha amato il suo lavoro più di se stessa. Era una di quelle donne che vivevano l'insegnamento come una missione, e il suo futuro marito faticò non poco per convincerla a sposarlo e a mettere su famiglia.

'Ho già i miei figli, sono i bambini della scuola' diceva lei. 'E allora? Ne aggiungeremo qualcuno' diceva lui. Mia cugina era innamorata, e alla fine aveva ceduto. È stata lei a raccontarmi questa storia, molti anni fa...»

*A partire dall'autunno del '45, Irma accettò anche un incarico per insegnare alle detenute del carcere giudiziario di Lanciano, con competenza, per quanto riguardava la Corte di Assise, su Lanciano, Vasto e l'entroterra verso le montagne.*

*Erano anni durissimi. Nelle campagne le macerie della guerra si sommavano all'endemica miseria, all'ignoranza, alla superstizione, all'abbrutimento del lavoro nei campi, dove le pietre sembravano non finire mai, rendendo difficile l'avanzare degli aratri, trainati da buoi macilenti. Senza contare l'inevitabile isolamento. I contadini vivevano vicino ai poderi, in catapecchie costruite con ogni genere di materiali,* lontane parecchi chilometri dai centri abitati e dalle altre baracche, lungo strade improponibili.

In questo desolato scenario, tra le mura marce di un rudere di due stanze, vivevano Antonio e Maria, contadini dell'alto Vastese, insieme ai loro undici figli, sfornati uno dopo l'altro durante il cammino della miseria. La quinta si chiamava Addolorata, e per culla aveva avuto il cassetto di un vecchio comò, come i suoi fratelli. Dormivano tutti in una grande stanza, anche con il somaro, senza un minimo di intimità, senza pudore, annichiliti dalla fame, che non mancava mai di far sentire i suoi morsi. Una fame perenne che non dava tregua, che catturava ogni pensiero e spazzava via ogni altro desiderio.

Tre fratelli di Addolorata erano morti da piccoli, nell'indifferenza di tutti, anzi era stato quasi un sollievo, visto che erano bocche in meno da sfamare. Lei invece era sopravvissuta a varie malattie, anche alla difterite. Era attaccata tenacemente alla vita... Sì, ma quale vita? Uno straccio per vestito, «ciocie» ai piedi, geloni d'inverno, pidocchi e altri eserciti di parassiti per tutto l'anno, e poi lavoro, lavoro, lavoro, fame, fame, fame. Chiusa nella catapecchia e piegata sulla terra in quella ostile campagna, dall'alba al tramonto, tutti i giorni. Non aveva nemmeno lo svago della chiesa la domenica, perché era troppo lontana, e poi si sarebbe vergognata di farsi vedere, vestita di stracci come una selvaggia.

Un giorno uguale all'altro, mai un'attenzione, mai un gesto affettuoso... da nessuno. Solo sguardi in cagnesco. Quando era diventata grandicella, sua madre le ripeteva di continuo che per le donne il matrimonio era come fare «la serva a ufo e la puttana franca». Queste parole le sentiva frusciare nelle orecchie ogni secondo, la ossessionavano, e piangeva di nascosto, perché aveva sempre creduto che l'unico modo di uscire da quella situazione sarebbe stato proprio sposarsi. E nei suoi sogni se l'era pure immaginato, il marito. Somigliava a quel cugino di suo padre che un anno prima era partito *emigrante per il Venezuela, e che era venuto a salutarli. E invece, appena era diventata «signorina», si era fatto avanti un cugino di sua madre che aveva quindici anni più di lei, già vedovo, soprannominato «lu cinghiale», per quanto era rozzo e ignorante. Addolorata aveva cercato di ribellarsi, ma nonostante i pianti e gli strepiti non c'era stato nulla da fare: era diventata la moglie del cinghiale. Lei aveva diciassette anni, lui trentadue, ma era talmente abbrutito dal lavoro e dal vino che ne dimostrava cinquanta. E così si era avverata l'amara profezia di sua madre. Durante il giorno «serva a ufo», sgobbando in casa e in campagna, e la sera, tutte le sere che un dio ignaro metteva in Terra, «puttana franca». Di carezze nemmeno l'ombra, nemmeno la prima volta. Solo dolore tra le gambe e tormento. Il cinghiale andava al sodo, poi si addormentava ubriaco, e lei finalmente viveva qualche momento di desiderata solitudine, di libertà... anche se disperata.*

*Paradossalmente, comunque, per lei poco era cambiato. Non aveva mai conosciuto una vita diversa, non poteva rimpiangere qualcosa che aveva perduto, visto che non aveva mai avuto più di quel che aveva adesso. La sua sofferenza era istintiva, animale, schiacciata sotto la rassegnazione. Continuava a vivere nella fatica, nelle privazioni, picchiata, dominata, usata come una puttana. La sua vita si trascinava inutilmente da una stagione all'altra, da un anno all'altro.*

*Passarono quattro anni. Addolorata non aveva avuto neanche la consolazione, o forse la maledizione, di un figlio. A ventun anni si sentiva già vecchia, vuota, inutile...*

*Un giorno, però, la sua vita era cambiata. Nel suo petto il cuore aveva battuto per la prima volta in maniera del tutto nuova, e in un attimo il buio era diventato luce. Era successo appena aveva visto il cugino di suo marito, Rocco, tornato dal Belgio senza un braccio, dopo aver lavorato come minatore per diversi anni a Marcinelle, la stessa miniera che qualche anno dopo diventò tristemente famosa, per la tragica esplosione dove persero la vita duecentosessantadue uomini, tra cui centotrentasei italiani, per la maggior parte abruzzesi.*

*Addolorata conobbe Rocco in una serata di famiglia, messa in piedi per festeggiare il ritorno dal Belgio del cugino « senza un braccio ma con una buona pensione », due faccende che unite insieme lo avevano fatto diventare un personaggio importante.*

*Rocco non era come gli altri uomini, rimasti al paese a versare sudore sulle zolle dov'erano nati. Rocco aveva girato il mondo, aveva vissuto in grandi città, aveva dei modi del tutto differenti da quel cinghiale di suo cugino. Durante la cena, gli occhi di Addolorata e di Rocco si incontravano spesso, con un misto di complicità e desiderio, e a lei ogni volta ribolliva il sangue. Immaginava che una mano di lui le accarezzasse il viso, e poi più giù, camminandole sul corpo, e arrossiva. Lui se ne accorgeva e nei suoi occhi passava un lampo. Insomma si piacevano. Si piacevano molto.*

*Rocco la faceva sentire importante, nelle discussioni di famiglia chiedeva il suo parere. Non come suo marito, che la trattava con un misto di indifferenza e di disprezzo.*

*Addolorata non ci mise molto a innamorarsi come mai avrebbe immaginato. Era la prima volta che le succedeva, e quando vedeva Rocco tremava come una canna al vento.*

*La sera, a letto, dopo essere stata arata dal cinghiale, mentre lo sentiva russare e grugnire lì accanto, lei si lasciava trasportare dalla fantasia, immaginando di vivere al fianco di Rocco, una famiglia vera, magari con dei bambini, lontani dallo squallore. Sognava di incontrarlo da solo in un bosco... Sognava di stargli vicino, di abbracciarlo, di dargli un bacio, di fare « quelle cose » in un altro modo, con l'amore, con i baci, con le carezze, e poi, dopo, stare a parlare per ore e ore, di qualsiasi cosa.*

*Il sogno si era avverato quando Rocco si era ammalato di polmonite. Durante la fase acuta della malattia, il marito cinghiale le aveva detto di andare a casa del cugino.*

« Portagli da mangiare e mettigli a posto la casa » le aveva detto, con il tono che avrebbe usato con una serva. Non si era accorto di nulla, non aveva visto come gli occhi di sua moglie si accendevano quando vedevano Rocco. Era un cinghiale, non era capace di cogliere certi sentimenti.

E così lei era andata a casa di Rocco, a qualche chilometro di distanza. Non ci era voluto molto, a combinare il guaio. Non c'era stato nemmeno bisogno di un libro galeotto. Si piacevano, erano innamorati, erano giovani.... Tutto era accaduto in un attimo, nel modo più naturale. Era accaduto quel che non era possibile evitare.

Rocco poi era guarito, e ormai i giochi erano fatti. I due innamorati riuscivano sempre a trovare occasioni per stare insieme. Il marito era un intralcio, ma era anche vero che per la maggior parte della giornata il cinghiale era fuori nei campi. Quando tornava divorava la cena, bevendo un bicchiere dopo l'altro, poi trascinava a letto la povera Addolorata, le scaricava nel ventre la violenza della sua voglia animalesca, e tornava davanti al focolare per continuare a bere fino a ubriacarsi. Spesso, la mattina, sua moglie lo trovava a dormire sdraiato sulla panca del camino, ancora sotto gli effetti della sbornia. Gli preparava qualcosa da portare via per il pranzo, e dopo un caffè lo guardava incamminarsi verso la campagna, sollevata e contenta di sapere che fino a sera non lo avrebbe rivisto.

Le giornate rotolavano così una dopo l'altra, e sarebbero state tutte uguali e tutte ugualmente squallide, se non ci fossero stati gli incontri con il suo amato Rocco a dare un senso al tempo che scorreva. Addolorata viveva alla giornata, e per il momento le bastava così, aveva più di quel che avesse mai sognato.

Un paio di mesi dopo, però, successe una cosa che non si aspettava, e che la sconvolse. Come ogni sera suo marito tornò dal lavoro, e versandosi un bicchiere di vino le disse, come se fosse la cosa più normale del mondo:

«*Entro un paio di settimane ce ne andiamo da questo schifo di posto*».

«*Cosa? Ma perché?*» *chiese lei, appoggiandosi al muro per non cadere.*

«*Andiamo a Petritoli.*»

«*E dov'è?*»

«*Sta vicino ad Ascoli Piceno. Il conte Marcantonio mi dà un fondo più grande e con la terra più buona.*»

«*Quanto è lontano da qui?*»

«*Che t'importa? Saranno centocinquanta chilometri.*»

«*Lontano...*» *mormorò lei, disperata.*

«*In questi giorni datti da fare a preparare le cose, poi salutiamo parenti e vicini e ce ne andiamo*» *disse lui. Non le aveva nemmeno chiesto cosa ne pensasse, se fosse d'accordo, se era contenta di andarsene. Sua moglie era sullo stesso piano del somaro, delle galline, del maiale. Mai come in quel momento, Addolorata rese onore al proprio nome.*

*Nei giorni a venire non disse nulla a Rocco, per non guastare i momenti che passavano insieme. E nonostante la disperazione, in fondo al cuore nutriva la speranza che qualcosa sarebbe successo. Per lei Rocco era un cero nel buio, e quella fiamma non poteva spegnersi, altrimenti anche lei sarebbe precipitata nell'oscurità.*

*Di lasciare quel tugurio e quei selvaggi dei suoi parenti non le importava nulla, e amici non ne aveva mai avuti. Ma il pensiero di non vedere più Rocco, di dover rinunciare all'unica felicità che avesse mai avuto, la faceva impazzire. Prima di conoscerlo sapeva di vivere un'esistenza misera e disgraziata, ma era quella che aveva sempre vissuto. Adesso che aveva conosciuto la gioia, non voleva ripiombare nel pozzo. Non doveva accadere. Quando non era con Rocco non faceva che piangere, e a nulla valeva il ricordo dei baci e delle carezze dell'uomo che amava.*

*Cosa doveva fare? Parlare con il marito? Impossibile! Scappare con Rocco? Una follia! Sarebbe diventata una don-*

*naccia da additare, da prendere a sputi, senza contare che il marito l'avrebbe scovata e uccisa... E se invece a morire fosse stato proprio lui, il cinghiale? Da vedova avrebbe potuto sposare Rocco... Sposare in chiesa, con i fiori, una bella festa... La felicità, insomma. Ma non c'era da sperare che quel bestione di suo marito morisse, aveva una salute di ferro. Pioggia, vento, freddo... Non si ammalava mai, nemmeno uno starnuto. Aveva la tempra di un cinghiale, appunto.*

*Passavano i giorni, le ore, i minuti, e Addolorata non vedeva vie di uscita. A Petritoli sarebbe ripiombata nell'infelicità dalla quale era miracolosamente uscita. Il destino, sempre avaro con lei, non poteva punirla ancora. No no no! Non ci sarebbe andata, a Petritoli, piuttosto sarebbe morta, piuttosto si sarebbe uccisa, e che la Madonna dell'Addolorata la perdonasse!*

*Una notte si svegliò per fuggire da un incubo, e appena aprì gli occhi si ritrovò nella sua vita vera, che era un incubo ancora peggiore. A letto era da sola. Scese al piano terra per bere un bicchiere d'acqua, e trovò il marito che dormiva davanti al caminetto, ubriaco come sempre. Aveva la bocca aperta e russava come un porco. Il fiasco di vino gli era rimasto sulla pancia, svuotato fino all'ultima goccia.*

*Alla vista di quell'animale, con il quale avrebbe dovuto condividere il resto della sua vita, le venne voglia di ucciderlo, di farla finita una buona volta.*

*«Dio mio, Dio mio» pensava, schifata. Quella boccaccia aperta, il fiasco vuoto... Non aveva ancora finito di immaginare quel che voleva fare che già era passata all'azione: prese il fiasco e glielo ficcò in gola con forza. Il cinghiale fece un mezzo rantolo, qualche sussulto, poi se ne andò all'altro mondo. Per sicurezza Addolorata gli tenne il fiasco pigiato in gola ancora per un bel po', per essere certa che non potesse respirare, poi lo fece cadere ai piedi del morto. Era tornata a letto come in trance, e si era coperta il capo con il lenzuolo. Ci era riuscita, lo aveva fatto, indietro non si poteva tornare.*

271

Ma *non chiese perdono alla Madonna dell'Addolorata, non ne avvertiva il bisogno, anzi si sentiva libera, sollevata. Uccidendo aveva scelto la vita, scacciando la morte.*

*La mattina sarebbe scesa e l'avrebbe trovato morto, soffocato dal vino. Ubriaco com'era, chi avrebbe dubitato? Era normale che prima o poi potesse succedere.*

*Sarebbero venuti i carabinieri. E i parenti, i vicini, avrebbero detto la cosa più ovvia... «Oh, era una brava persona, un lavoratore, ma quel vizio del bere, c'era da aspettarselo.»*

*Sarebbe venuto il becchino a portare via il cadavere. La Messa, il funerale, il camposanto. Lei si sarebbe vestita di nero, avrebbe tenuto il lutto per un anno, e poi... Rocco, che in quel periodo di dolore le sarebbe stato tanto tanto vicino, l'avrebbe consolata. E dopo, e dopo... Non riusciva neanche a immaginarlo, tanto le appariva bello. Avrebbe potuto dire, finalmente: «Sotto l'albero fiorito ji so' la moje e tu si lu marito».*

*La mattina dopo corse fuori gridando che suo marito era morto, era morto, correte, correte. Arrivarono i carabinieri, fecero il sopralluogo, controllarono ogni cosa e scrissero che si era trattato di un incidente.*

*«Quando ci si ubriaca può succedere» mormorò il maresciallo. La salma era stata messa a disposizione del giudice, e si aspettava il nulla osta alla sepoltura.*

*Addolorata era al settimo cielo e aspettava di salire fino all'ottavo, non le sembrava vero... Finalmente libera, padrona della propria vita. Un anno di lutto, cosa vuoi che sia un anno di lutto. E poi, la felicità con Rocco.*

*Tre giorni dopo, però, tornarono i carabinieri. Le dettero un foglio, e lei pensò che si trattasse dell'autorizzazione a celebrare il funerale. Non sapeva leggere, il maresciallo lo capì e le disse che erano venuti ad arrestarla con l'accusa di aver ucciso il marito.*

*«Cosa?» disse lei, fingendo il massimo dello stupore. Il carabiniere le spiegò che il giudice aveva chiesto di eseguire*

*l'autopsia, come di prassi. Il medico legale, un fiorentino arrivato da poco, assai scrupoloso, aveva notato che attorno alla faringe c'era il chiaro segno di un oggetto tubolare, e dunque qualcuno aveva spinto il collo del fiasco dentro la gola dell'uomo, per impedirgli di respirare. Ma non era tutto: su quello stesso fiasco erano state trovate delle impronte digitali che non erano del morto. Addolorata aveva ascoltato le parole del maresciallo con aria stordita, incredula, e alla fine rassegnata.*

*«Dio mio...»*

*«Deve venire con noi» disse il maresciallo.*

*«Sì...» Lasciò che le mettessero le manette, e li seguì come una di quelle pecore che tante volte aveva visto portare al macello. Il suo sogno di libertà era morto.*

*Le indagini stabilirono che le impronte sul fiasco erano le sue. Venne portata per l'interrogatorio davanti al giudice, che la guardava con una certa compassione, con le mani intrecciate.*

*«Ha ucciso suo marito?»*

*«Sì...»*

*«Perché lo ha fatto?»*

*«Per non morire» disse Addolorata, d'istinto. Il giudice riuscì a cavarle di bocca solo questo, ma lei sentiva di aver detto la verità.*

*Venne chiusa in carcere, in attesa di giudizio. La prima notte aveva dormito bene. Era comunque libera. Chissà quanti anni le avrebbero dato. Rocco sarebbe andato a trovarla? Ci si poteva sposare, stando in carcere? Sdraiata sulla branda, al buio, ogni tanto mormorava l'antica filastrocca... Sotto l'albero fiorito, ji so' la moje e tu si lu marito.*

«Ecco qua la mia storia» disse il «maestro elementare» Di Nunzio. Il solito silenzio, occhiate e sospiri, il commento sussurrante del fuoco. Passò almeno un minuto.

«Dio che tristezza» disse poi il Botta.

«Eh già...» disse Di Nunzio.

«E Rocco che fine ha fatto?»

«La storia che conosco finisce qui...» disse Di Nunzio. Il commissario sapeva che se fosse stato lui a scoprire quell'omicidio, non avrebbe tagliato le ali alla povera Addolorata, ma l'avrebbe lasciata volare dal suo amato Rocco.

«Addolorata...» mormorò con tristezza, e quello stesso nome risuonò nella cucina, ripetuto più volte da tutti, come una litania. Dante alzò una mano.

«Posso permettermi di bere un sorso per il povero cinghiale, che non ha nemmeno un nome?» disse. Si accodarono tutti... *Al cinghiale... al cinghiale... cinghiale... ale... ale... ale...* Dopodiché Di Nunzio tornò a sedersi a tavola e pescò un bigliettino.

«Tocca a voi, Don Rodrigo» disse.

«Questa storia me l'ha raccontata una ventina di anni fa il cugino di un'amica della sorella di mia moglie...» cominciò Rodrigo.

«Ah, tua moglie ha una sorella?» chiese Bordelli.

«Può darsi.»

«Come sarebbe?»

«Non m'interrompere, mi fai perdere il filo» disse Rodrigo, allargando le braccia.

«Va bene, scusa.»

«Ti ringrazio infinitamente, cugino... Insomma, questa storiella comincia alla metà degli anni Trenta, e al di là di chi me l'ha raccontata, posso garantirvi che è assolutamente vera...»

*Era tutto pronto. In quel paesello sperduto della Garfagnana c'era grande agitazione. Il podestà camminava su e giù nel suo ufficio, non riusciva a stare seduto. Si mordeva le labbra, faceva grandi respiri, come se l'aria non fosse mai abbastanza. Un paio d'anni prima lo avevano sbattuto in quel villaggio per via di una stupidaggine che aveva commesso, una questioncella di pochi denari che si era messo in tasca in modo non proprio limpidissimo, nulla di che, nulla di che, porcaccia miseria... E insomma gli avevano fatto capire che se si comportava bene, se rigava dritto, sarebbe ritornato a Roma, negli uffici che contavano. Adesso però era lì, in quel buco di paese, e ci doveva rimanere, accidenti a ogni cosa.*

*Ma un bel giorno nella sua manica aveva trovato un asso... In tanti altri villaggi come quello, per volontà di Mus-*

*solini, i podestà si erano inventati feste paesane ispirandosi a inesistenti tradizioni antiche, per tenere occupata la gente con giochi e divertimenti. Lui aveva obbedito, ovviamente. Ma aveva trovato anche di meglio: un martire! Un martire fascista, come Giovanni Berta, un giovane ucciso in uno scontro durante l'assalto alla Casa del Popolo di Borgo San Lorenzo, ai bei tempi delle squadracce, prima ancora della Marcia. Come estremo oltraggio, i comunisti avevano addirittura sottratto ignobilmente il cadavere del ragazzo e lo avevano fatto sparire, da vigliacchi quali erano. Lui, il podestà Ettore Starnacci, aveva scoperto che il prode ragazzo era nato in quel piccolo paese della Garfagnana, e aveva coinvolto tutto il paese per l'edificazione di un monumento in suo onore. I genitori dell'eroe si erano debolmente opposti... «Ma no, troppo onore, troppo onore»... Ma il podestà non aveva voluto sentire ragioni. Gli eroi andavano omaggiati, commemorati, posti a esempio. E ovviamente il monumento poteva essergli utile. Il testo della lapide recitava così:*

A ETERNA MEMORIA DI PIERO BRANDI,

TRAGICAMENTE SCOMPARSO PER LA CAUSA FASCISTA,

GIOVANE EROE INDIMENTICABILE,

GRANDE ESEMPIO PER LA GIOVENTÙ FUTURA.

IL COMUNE DI FONTENERA

Q.M.P. 28 OTTOBRE MCMXXXIII - ANNO XI E.F.

*Lui stesso aveva vergato quelle solenni parole, certo che il Duce le avrebbe apprezzate. Anzi, lo stavano per l'appunto aspettando, il Duce. Sarebbe stato proprio lui, babbo Mussolini, a scoperchiare il monumento, perché era giusto e santo che ogni martire venisse celebrato dal proprio eroico ispiratore. La statua era a dir poco sublime, un bronzo realizzato da un fascistissimo artista, il quale era stato capace di trasferire alla dura materia lo sguardo di abnegazione del giovane eroe, trasformando il bronzo in carne. Piero Brandi non vi* era raffigurato con le armi in mano, bensì seduto, nella stessa posa del Duca d'Urbino di Michelangelo, per simboleggiare la serena e vittoriosa visione fascista del mondo.

La notizia che all'inaugurazione sarebbe stato presente Mussolini lo riempiva di orgoglio e di speranza, e avrebbe onorato il paese di Fontenera. Il Duce gli avrebbe stretto la mano davanti a tutti, e questo sarebbe stato soltanto il primo, ma importantissimo passo verso il suo reintegro negli uffici più alti del potere. Nell'attesa di quei gloriosi momenti pregustava il proprio trionfo con l'immaginazione. Forse aveva bevuto un bicchiere di troppo, ma doveva festeggiare, doveva godersi quegli attimi. Con il sorriso sulle labbra pensava anche a quante donne avrebbe impalato, a Roma. Donne affascinate dal potere, come tutte le donne.

Finalmente, dopo due ore passate a camminare su e giù nel proprio ufficio, un funzionario del Comune venne ad annunciargli che Mussolini stava arrivando... Starnacci sentì un poderoso brivido fascista corrergli dalle natiche su su lungo la schiena, e si dispose a ricevere il suo Duce raddrizzando un osso dopo l'altro, gonfiando il petto, preparando uno sguardo fiero, uno sguardo degno del posto che gli competeva... a Roma, non in quell'accozzaglia di topaie e di pollai sperduta tra le montagne, in mezzo a quei bifolchi ignoranti e puzzolenti. Avrebbe lasciato a Fontenera quel magnifico monumento, e acclamato da tutti se ne sarebbe tornato nella capitale, spendendo anche una lacrima di commozione per quei contadinacci che aveva governato per due interminabili anni...

A un tratto la porta si spalancò, il Duce in persona fece il suo maestoso ingresso nell'ufficio del podestà, seguito dai suoi fedelissimi... e fu come se nella notte esplodesse la luce del sole. Starnacci ebbe quasi l'istinto di inginocchiarsi, come un cavaliere al cospetto del suo imperatore, ma si limitò a una genuflessione mentale e quasi simbolica, manifestatasi (era la parola che avrebbe usato Starnacci) con un veloce inchino del capo, che comunque gli procurò una fitta a metà *della colonna vertebrale. Guardava commosso il Duce, quell'uomo magnifico e potente che aveva in mano il suo futuro, che stringeva nel suo poderoso pugno il destino di un fedele podestà dimenticato tra le rughe delle colline garfagnanesi.*

*Mussolini aveva la solita aria frettolosa, da uomo eternamente impegnato quale era. Ma ugualmente si degnò di soffermarsi davanti a lui, a Starnacci, gli strinse la mano e con l'altra gli batté amichevolmente sulla spalla.*

*«Bravo Starocci! Quello che hai fatto rimarrà di esempio per le future generazioni! Me ne ricorderò! Bravo! Bravo! Bravo!» Ad ogni «bravo», il podestà aveva sentito una fiera contrazione sotto l'osso sacro e un prode flusso di sangue in mezzo alle gambe, quasi un'erezione. Era infinitamente orgoglioso di quelle parole, anche se il Duce aveva sbagliato il suo cognome... Ma in momenti come quelli era un dettaglio insignificante, una stupidaggine in confronto all'onore che aveva provato stringendo quella mano, la mano del Condottiero d'Italia, del Salvatore della nazione, dell'Uomo che stava conducendo il paese alla guida dei Destini Del Mondo... tutto maiuscolo.*

*Il Duce chiese di poter riposare un'oretta, dopo il lungo viaggio in automobile da Roma. Lo accompagnarono nella dimora più bella del paese, la villa di un marchese che con orgoglio l'aveva messa a disposizione del Capo Supremo d'Itaglia.*

*Il podestà, rimasto di nuovo solo nel proprio ufficio, sorrideva al destino, sorrideva al futuro, sorrideva alla sua imminente carica a Roma... Fu in quel momento che bussarono alla porta. Entrò il suo segretario, un ometto rachitico. Era pallido come un morto, ancora più ingobbito dal peso di qualche sventura.*

*«Eccellenza...»*

*«Diamine, che faccia! Che succede, Aringati?»*

*«Eccellenza, non so come far uscire dalla mia bocca quello che sto per dirvi.»*

«*Puoi dirmelo più tardi? Domani? Tra un mese, perdio?*»

«*Non so... Non so... Dio mio...*»

«*Allora forza! Sputa il rospo, Aringati! Così passiamo oltre! Non rovinarmi questo magnifico momento! Parla, disgraziato! Parla, perdio!*»

«*Ecco... Come faccio, come faccio...*»

«*Ti ordino di parlare!*»

«*Sì sì sì... Ecco, Eccellenza... Stavo passando davanti alla casa dei Brandi... Ho creduto far bene ad andarli a trovare, per avvertirli sugli ultimi dettagli dell'inaugurazione del monumento dedicato al loro... ehm... eroico figliolo... Ho visto che la porta era aperta, e guidato dal desiderio di stringere la mano ai genitori l'ho spinta, mi sono affacciato dentro... e mi sono trovato davanti...*» Aringati si fermò, con la bocca tremante.

«*Cosa? Chi? Dimmi! Parla!*» gridò Starnacci.

«*Mi sono... trovato... davanti... stava mangiando un panino con il prosciutto... in mezzo al corridoio...*»

«*Ma chi? Chi hai visto, porco di un mondo maiale!*»

«*Era Piero... in mutande... Eccellenza...*»

«*Piero chi?*» disse il podestà, senza più saliva.

«*Lui... Piero Brandi, l'eroico martire fascista a cui abbiamo... dedicato un monumento.*»

«*Che mi stai dicendo! Tu sei pazzo! Io ti uccido!*» Il podestà vedeva davanti a sé la rovina: non solo il posto a Roma se lo poteva sognare, ma si immaginava già spedito al confino per aver preso in giro addirittura il Duce in persona! Lo aveva scomodato, lo aveva fatto venire fino a quel troiaio di paese, per poi scoprire che quel martire era vivo, vivissimo! Il giovane eroe fascista, il Giovanni Berta di quel buco schifoso della Garfagnana, se ne stava in mutande a mangiare un panino con il prosciutto! Il ridicolo avrebbe lambito l'intero apparato fascista, e perfino... Sì, perfino il Duce! Le risate della gente, lo scherno, l'ignominia eterna! Non poteva

*crederci, non poteva essere possibile... cazzo, cazzo, CAZZO!*
*Dovette sbottonarsi il colletto della camicia nera.*

«*Dimmi che non è vero!*»

«*Mi spiace, Eccellenza...*»

«*Dimmi che stai scherzando, Aringati! E invece di stran-*
*golarti ti farò fucilare alla schiena!*»

«*Purtroppo, Eccellenza... ne sono sicuro...*» *disse il se-*
*gretario, con la voce che tremava. Starnacci roteava gli occhi,*
*ansimava, si muoveva come un orco nella stanza come se do-*
*vesse buttare giù le pareti.*

«*Lo faccio a pezzi... lo scuoio...*» *mormorava.*

«*Eccellenza...*»

«*Taci! Lasciami pensare!*»

«*Sì, Eccellenza...*»

«*Lo apro in due, gli strappo le budella...*» *borbottava il*
*podestà, stringendo i pugni e riaprendoli di scatto. Sembrava*
*quasi di sentir bollire i suoi pensieri... A un tratto si riscosse,*
*un vero fascista non soccombe di fronte alle avversità. Nel*
*bel periodo dello squadrismo ne aveva superate non poche,*
*di prove difficili. Sangue freddo... Doveva calmarsi... Avreb-*
*be trovato una soluzione anche questa volta.*

«*Andiamo dai Brandi!*» *disse afferrando il cappotto, e*
*sgretolando le parole tra i denti aggiunse:* «*Questa me la pa-*
*ga, perdio...*»

*Sbucarono nella strada. Starnacci camminava a grandi*
*passi, il segretario ansimante cercava di stargli dietro. Quan-*
*do arrivarono alla vecchia casa dei Brandi, poco fuori il pae-*
*se, trovarono le porte e le finestre sprangate. Starnacci tirò*
*dei gran calci alla porta, minacciando di dar fuoco alla bicoc-*
*ca, e alla fine la madre di Piero fu costretta ad aprire la porta,*
*terrorizzata. Il podestà entrò come una furia, travolgendo la*
*povera donna.*

«*Dov'è? Dov'è?*» *gridava, aprendo le porte a calci. A un*
*tratto Piero sbucò da una porticina, tutto tremante. Starnac-*

*ci gli diede un manrovescio che lo fece volare lungo disteso, davanti ai suoi genitori impietriti dalla paura.*

«*Che cazzo è successo? Parla! Tu eri morto! Morto!*»

«*Basta botte...*» *disse Piero, alzandosi con le braccia in avanti, chiedendogli di lasciarlo parlare. Disse che no, non era morto, come si poteva ben vedere. Quando insieme agli squadristi era arrivàto davanti alla Casa del Popolo di Borgo San Lorenzo, e i camerati erano saltati giù dal camion, era cominciata una sparatoria, aveva visto il sangue e se l'era data a gambe nei boschi... Aveva fatto un sacco di chilometri a piedi per tornare a casa. Si era nascosto, e avrebbe aspettato anche tutta la vita pur di non farsi trovare. Non era tagliato per quelle cose, la violenza lo terrorizzava, aveva orrore del sangue, odiava la guerra e le armi...*

«*Ecco tutto*» *concluse Piero.*

«*Allora come mai eri su quel camion, cazzo!*»

«*Non lo so, mi ero lasciato trascinare da un amico... Mi sembrava un gioco, mi piaceva l'idea di fare un po' di confusione, non sapevo che si sparava e si moriva...*»

«*Vigliacco! Sei un vigliacco!*» *Il podestà si passava le mani sulla faccia e sul capo, camminava lungo i muri come la classica bestia chiusa in gabbia. Pensò addirittura di ucciderlo e di seppellirlo con le proprie mani, e nonostante il rischio forse lo avrebbe fatto, se Aringati non gli avesse sussurrato una frase nell'orecchio. Il podestà si calmò, approvò con un gesto del capo, e il segretario se ne andò di corsa. Starnacci guardò il giovane, purtroppo vivente, martire fascista con aria schifata.*

«*Abbiamo la soluzione, vigliacco.*»

«*Ah...*»

«*Ti diamo dei soldi, tu fai la valigia e il mio segretario ti accompagna immediatamente a Genova, dove alloggerai fino a che non t'imbarcherai sul* Rex *per andare a New York.*»

« Che ci faccio a New York? » bisbigliò timidamente Piero.

« Se rifiuti ti ammazzo. Scegli tu. » E lo avrebbe fatto davvero, sicuro che lo avrebbe fatto, si poteva leggere nel suo sguardo quando tirò fuori la pistola.

« Va bene, parto... parto... » disse il ragazzo, disperato, capendo che non aveva scelta. Sotto lo sguardo commosso dei genitori mise quattro stracci in una valigia. Aspettarono in silenzio che tornasse Aringati con il denaro. Era una bella somma. Il podestà la consegnò al ragazzo, ma volle anche avvertirlo.

« Se fai scherzi, metto in galera i tuoi genitori, e magari li faccio fucilare come traditori... Siamo intesi? »

« Intesi. »

« Appena arrivi in America mandami una cartolina. »

« Sarà fatto. » Piero si calò un cappellaccio sugli occhi e sgattaiolò via insieme al segretario, per cominciare il suo lungo viaggio verso le lontane Americhe.

L'inaugurazione del monumento al giovane eroe di Fontenera fu un vero trionfo. I genitori erano piegati in due dal dolore, e tutti pensavano che fosse per via del ricordo del loro unico figlio morto eroicamente, una ferita che quel giorno tornava a sanguinare.

Il Duce fece un discorso brevissimo ma ugualmente eterno, ballonzolando sui talloni, e tutto il paese pianse, anche gli uomini. Il podestà recitò la propria parte da grande attore, sostenuto dall'ambizione di tornare a Roma. A un certo punto Mussolini lo tirò da una parte.

« Non mi dimenticherò di te, Sbarbacci » sussurrò, con un sorriso da Duce.

« La ringrazio infinitamente, Eccellenza... Però... io... mi chiamerei... Star... »

« Adesso devo andare » disse Mussolini, e si avviò verso l'automobile. Quando il Duce partì, fu accompagnato da un *lungo applauso. L'intero paese aveva assistito a un avvenimento meraviglioso, che faceva onore a tutti.*

*Passarono gli anni, ma Starnacci non fu richiamato a Roma, non andò nella capitale a impalare le donne che amavano il potere. Lo dimenticarono a Fontenera, dove s'incarognì fino all'inverosimile. Passò anche il fascismo, l'Italia divenne una Repubblica.*

*Piero Brandi aveva seguito le notizie sulla definitiva caduta del fascismo e sull'Italia liberata. Ma non tornò subito al suo natio borgo selvaggio. Nel frattempo era diventato ricco. Aveva cominciato come lavapiatti in un ristorante italiano, e a poco a poco, con mille sforzi, l'aiuto di « amici » e un po' di fortuna, era riuscito a mettere in piedi tre ristoranti assai apprezzati, frequentati anche da attori famosi.*

*S'imbarcò per l'Italia nel '52, pensando che fosse giunto il momento di tornare a Fontenera dai genitori, per portarli in America con lui. Arrivò di notte, in taxi. Non aveva più lo sguardo timido. Aveva l'aria sicura e fumava il sigaro. Passò dalla piazza principale, e vide con piacere che il « suo » monumento era stato divelto. I genitori per poco non svennero, vedendolo. Dopo gli abbracci e i pianti, si sedettero a tavola, e anche se era notte fonda si misero a mangiare. Dopo quasi diciotto anni Piero ritrovava i sapori della sua giovinezza, e masticando piangeva di commozione. Finita la cena, bevvero un liquorino fatto in casa. Chiacchiere, racconti, sospiri, lacrime... Finché a un certo punto Piero fece una domanda.*

*« Che fine ha fatto Starnacci? »*

*« Fucilato dai partigiani al passaggio degli Alleati. »*

*« È seppellito qua da noi? »*

*« Sì, al camposanto in cima alla collina. »*

*« Poveraccio... » disse Piero. Rimasero a chiacchierare fino a tardi, poi andarono a dormire, stanchi ma contenti.*

*La mattina dopo, Piero andò al cimitero. Quando trovò la tomba di Starnacci si levò il cappello, sorridendo.*

*« Sei stato un gran figlio di puttana, ma non posso fare a*

*meno di ringraziarti... Se non era per te, rimanevo il pezzen-*
*te che ero... Ma i debiti sono debiti... Ecco qua i soldi che mi*
*hai dato per fuggire in America» disse. Tirò fuori il portafo-*
*gli gonfio di banconote, ne prese alcune e le lasciò cadere sul-*
*la lapide. Se ne andò a passo lento, senza voltarsi.*

«C'è chi racconta che gli uscì addirittura una lacrima» disse
Rodrigo. Durante il racconto, i commensali della Confraternita avevano sorriso, riso e battuto le mani. Bordelli si era
alzato.

«Non tocca a te» lo redarguì suo cugino, tornando a sedersi a tavola.

«Lo so, volevo solo andare a prendere una cosa. Qualcuno dia da mangiare al camino, intanto» disse l'ex commissario. Salì le scale e andò in camera a rovistare nel bauletto dei
ricordi. Mesi prima, mentre faceva un po' di ordine (si fa per
dire), aveva trovato un documento fascista assai divertente, e
voleva leggerlo a tavola, a dimostrazione di quanto il regime
potesse essere disorganizzato, oltre che corrotto. Lo trovò
dove pensava di trovarlo. Tornò in cucina, dove gli altri stavano ancora ridendo per la storia dell'eroico martire fascista
Piero Brandi. Tra le fiamme era stato messo un altro ciocco, e
Blisk si era spostato un po' più lontano dal calore del fuoco.

«La storia di Rodrigo mi ha ricordato questa lettera, che
fu inviata nel '38 al Minculpop, quando il ministro, se non ricordo male, era Dino Alfieri. Non so come sia finita tra le mie
cose, ma è assai istruttiva... Vuoi leggerla tu, Ennio?»

«Con piacere» disse il Botta. Si alzò, prese la lettera, la
lesse velocemente, sorridendo, poi prese fiato e cominciò,
imitando la voce del *Giornale Luce.*

*Signor Ministro,*
    *il tipo di propaganda anticomunista a mezzo di fermabu-*
*ste, ha avuto, in massima, buon esito. Non così però il fran-*
*cobollo, del quale ritorno un esemplare, perché ha sortito*

*l'effetto diametralmente opposto. Esso è stato infatti scambiato per un mezzo di propaganda comunista e la polizia della Capitale si è data molto da fare per rintracciare i colpevoli della sua diffusione al pubblico.*
*Vogliate gradire, Signor Ministro, gli atti del mio profondo rispetto.*

«Bisogna guardare bene il francobollo» disse Ennio ridendo. Porse a Dante la lettera, che passando di mano in mano fece il giro del tavolo, suscitando sorrisi. In fondo al documento era appiccicato il francobollo. Si vedeva Lenin con il braccio destro alzato, e dietro di lui c'era una bandiera rossa dove si leggeva: *Compañeros trabajadores! Seguidme!* Si faceva fatica a capire che il popolo a cui si rivolgeva Lenin non era una folla acclamante, ma una distesa di teschi. E così era nato l'equivoco.

Bordelli recuperò la lettera, che custodiva gelosamente. In attesa di riportarla al suo posto nel bauletto dei ricordi, la mise al sicuro in un cassetto della credenza, e alzò gli occhi per guardare il simpatico e sorridente Geremia, che adesso aveva accanto il nipotino Arturo.

«Avete visto come hanno usato i vostri confratelli?» disse. Tornò a tavola nel momento in cui Di Nunzio sfilava dal portafogli una banconota da un dollaro. La mostrò alla Confraternita, poi lesse quello che era stato stampato sul retro, un po' di sbieco:

*Le promesse americane sono sempre state vane*
*Sono balle belle e buone sono bolle di sapone!*
*(come questa banconota)*

«Cosa non si sono inventati, per propaganda...» disse. Anche il dollaro falso fece il giro del tavolo, inseguito dai commenti divertiti. Alla fine ci fu un brindisi al Minculpop, ribattezzato da Ennio: Minestrone di Culi e Poppe. Poi fu la volta di Dante.

« Nella mia biblioteca ho un libro che è stato preso a schiaffi dai cambiamenti politici » disse.

« In che senso? » chiese Ennio.

« Si tratta di un libro di Manzoni, *Tragedie, Inni Sacri ed Odi*... Sulla copertina è stato incollato un foglietto stampato, che ho imparato a memoria: '*Avvertenza importante. Questo volume è stato bonificato in ottemperanza alle disposizioni razziali. Torino – Maggio 1939 – XVII G.B. Paravia & C*'. Mentre sulla quarta di copertina è stata incollata un'altra etichetta, assai più piccola: '*Conforme alle disposizioni sulla defascistizzazione dei libri di testo. Prezzo netto Lire 200*'. Una meraviglia » disse Dante ridendo, e un attimo dopo nella sua mano comparve un Toscano, che però non accese. Quando Rodrigo infilò la mano nel cappello per pescare un bigliettino, Bordelli si prese il mento tra le dita con aria pensierosa.

« Scusa, come mai te sei andato a pesca due volte? » chiese facendo gli occhi storti, ma Rodrigo non lo degnò di uno sguardo.

« Marchese Bottarini, tocca a voi... » disse. Ennio finse di darsi la cipria, guadagnò il palcoscenico della poltrona e si sedette comodo.

«Questa storia me l'ha raccontata una decina di anni fa il nonno di un mio amico d'infanzia, poco prima di andarsene all'altro mondo. Potrei raccontarvi la storia senza dirvi da chi l'ho sentita e in quale situazione, ma secondo me vale la pena di saperlo...»

«Siamo qua per ascoltarti» disse Diotivede, con solenne ironia.

«La storia è tua, puoi raccontarla come vuoi» aggiunse Dante, con il sigaro spento in bocca. Ennio sorrise, e dopo un bel respiro introduttivo si avventurò lungo il sentiero della narrazione.

«Il nonno del mio amico si chiamava Gualtiero. Non so come mai, ma si era affezionato a me quasi fossi uno dei suoi nipoti. Era nato contadino, nella campagna di Rimaggio, e aveva continuato a chinarsi sulla terra fino a quando un giorno si era sentito male. L'avevano portato a casa sopra un carro. Il medico, dopo averlo visitato, parlando in cucina con i familiari del vecchio aveva tracciato in aria una croce. Ne aveva per poco, disse, un mese al massimo. Gualtiero aveva più di ottant'anni. Era sopravvissuto alla Grande Guerra e alla Spagnola, aveva scavalcato la Seconda guerra senza combatterla, aveva seminato sul mondo sette figli, quattro maschi e tre femmine, e adesso stava per concludere la sua vita. Aveva vissuto di fatica ma anche di soddisfazioni. Non era stato un ribelle, però non aveva mai portato il cappello per non doverselo levare davanti al padrone. A forza di sacrifici era riuscito a comprare la casa dov'era nato, e anche una parte del podere che aveva annaffiato con il proprio sudore. Non aveva nemici, si era sempre comportato bene, e avrebbe lasciato un bel ricordo di sé, che non è poco.»

«Già...» commentò Bordelli in un sussurro. Il Botta lo guardò per un attimo, poi continuò.

«Una sera il vecchio mi mandò a chiamare. Voleva salutarmi, aveva detto. Ancora non sapevo che stesse così male, e andai di corsa. Anche io volevo salutarlo. Entrai nella grande casa di Tavarnelle, dove Gualtiero era nato. Sua moglie, dopo avermi abbracciato, mi accompagnò nella camera del vecchio e mi lasciò da solo, come lui le aveva chiesto. Nella penombra delle candele vidi quel pezzo d'uomo sdraiato nel letto, sotto qualche coperta, il capo da condottiero affondato nel cuscino. Mi fece un cenno, e quando mi avvicinai mi sorrise. Mi sussurrò di prendere una sedia e di accomodarmi accanto a lui. Feci come mi aveva chiesto. Il vecchio mi prese una mano. Mi aspettavo che la sua fosse gelida, invece era caldissima... *Sto per morire, ma non sono arrabbiato*, mi disse. Io protestai, come si fa in quei casi, ma lui mi zittì con un cenno e disse che voleva raccontarmi una storia. Tutta la vita aveva ascoltato e raccontato storie, e voleva morire così, mettendomi a parte di una storia che non aveva mai raccontato a nessuno. Gli chiesi perché avesse scelto proprio me, e invece di rispondermi chiuse gli occhi e partì con il racconto, mormorando frasi brevi ma decise, come se si soffermasse a scegliere bene le parole...»

*La guerra era finita da un paio d'anni. Non erano tempi facili. Poco da mangiare, miseria, se non stavi attento ti rubavano le mutande mentre camminavi. A Firenze c'erano ancora le macerie dei bombardamenti. In campagna si stava un po' meglio, c'era l'orto e c'erano le galline. Gualtiero aveva quasi settant'anni, ma era ancora forte come un orso. Ogni tanto veniva in città con la corriera, per vendere o comprare qualcosa.*

*Quella mattina aveva attraversato il ponte Bailey costrui-*

to dagli Alleati sopra le rovine del ponte Santa Trinita, ancora in fase di progetto per la ricostruzione. Stava portando un paio di vecchi stivali di pelle a risolare e ammorbidire. In un vicoletto di là dell'Arno c'era da sempre una piccola bottega di calzolaio, dove andava ogni tanto prima della guerra. Passata piazza Frescobaldi imboccò via dello Sprone, e dopo un centinaio di metri voltò a sinistra in via del Pavone. Ancora pochi passi e arrivò davanti alla porta a vetri della bottega del calzolaio. Aveva già la mano sulla maniglia per entrare... ma si bloccò, e proseguì lungo il vicolo. No, non poteva essere. Di certo si sbagliava, non poteva essere lui. L'uomo che aveva visto dentro la bottega, seduto sulla seggiolina con il grembiule di cuoio e gli occhiali, chino su una scarpaccia... No, non poteva essere lui... il Barone di Ripaltera! Gualtiero era stato uno dei suoi disgraziati e maltrattati contadini. Se lo ricordava bene, il Barone! Fiero e beffardo, prima sulla carrozza a due cavalli guidata dal cocchiere, e dopo sulla sua Lancia Astura con l'autista, una delle prime automobili che si vedevano a Firenze. Passava guardando il popolaccio con aria sprezzante, come se non essere nobili e ricchi fosse una colpa. Aveva aderito al fascismo fin dai suoi albori, e anche se non aveva mai avuto nessuna carica ufficiale, aveva sostenuto e finanziato lo squadrismo, aveva accolto nelle sue proprietà federali e gerarchi, e perfino il Duce.

Gualtiero tornò indietro, cercò di sbirciare dentro la bottega... Lo vide e tirò avanti di nuovo... Dio mio, era proprio lui! Il Barone dopo il 25 luglio si era eclissato, e durante la guerra si mormorava che non se la passasse troppo bene, per colpa degli investimenti andati in malora, del denaro che aveva perso di valore... In fin dei conti per via della sua poca lungimiranza. Il Barone di Ripaltera era andato dritto per la sua strada, pensando che ogni cosa dovesse restare com'era per l'eternità, senza fare i conti con le sorprese della Storia, come era accaduto a molti nobili e nobilastri, incapaci di concepire i cambiamenti. Per secoli erano ingrassati sul sudore e sulla miseria dei poveracci... perché mai quel bel mondo doveva cambiare?

Insomma, Gualtiero sapeva che il Barone non era più ricco e potente come prima, ma non immaginava che fosse arrivato a quel punto. Probabilmente per sopravvivere aveva ceduto le sue proprietà in cambio di un tozzo di pane, e con quel che gli era rimasto aveva rilevato quella botteguccia di calzolaio. Gualtiero scuoteva il capo, camminava su e giù per il vicolo, senza sapere cosa fare. Pensò che di certo il Barone non poteva riconoscerlo: un contadino che si era spaccato la schiena sui suoi poderi, per uno come lui non aveva nemmeno una faccia. Invece Gualtiero se lo ricordava bene! Soprattutto si ricordava bene quante maledizioni gli aveva mandato, quanto lo aveva odiato per l'aria di superiorità che aveva sempre avuto verso gli ultimi, e dopo ancora per quella sua spocchia fascista... E adesso? Eh già, adesso il Barone era seduto su una seggiolina in quella botteguccia, a risolare scarpe, a mettere le mani dove gli altri mettevano i piedi... e di certo la spocchia gli era passata. Dalla vetta della montagna era precipitato nel fossato dove si trascinava quello che lui chiamava il popolaccio.

A un certo punto Gualtiero ebbe di nuovo il dubbio che quel calzolaio fosse davvero il Barone. Era mai possibile che un uomo come lui potesse cadere tanto in basso? Nascere ciabattini andava bene, nessun problema, era un mestiere dignitoso, addirittura onorevole, contribuiva a far camminare le persone... Ma diventare ciabattino dopo essere stato padrone di ville e terreni, dopo aver guardato il mondo dall'alto in basso fin dalla nascita, era la cosa più penosa che si potesse immaginare.

Gualtiero doveva togliersi il dubbio una volta per tutte, doveva entrare in quella bottega, anche se gli tremavano le gambe. Non sapeva nemmeno se gli avrebbe fatto piacere scoprire che il calzolaio era davvero il Barone. Tornò indie-

*tro, e dopo un bel respiro spinse la porta. L'uomo era chino su uno stivale, e quando alzò gli occhi, Gualtiero non ebbe più alcun dubbio. Era invecchiato, scavato, il suo sguardo era triste come quello di un condannato a morte, ma era lui, era il Barone di Ripaltera.*

«*Prego, ditemi*» *mormorò il calzolaio, con un sorriso dolente.*

«*Avrei dei vecchi stivali da ammorbidire e risolare.*»

«*Fatemi vedere.*» *Usava ancora il voi.*

«*Ecco...*» *Gualtiero tirò fuori gli stivali dalla bisaccia. Il Barone calzolaio li guardò, se li rigirò in mano.*

«*Va bene, si può fare.*»

«*Ne è sicuro?*»

«*Diventeranno come nuovi*» *disse il calzolaio Barone. Gualtiero non riusciva quasi a muoversi, a respirare. Quella stessa voce che un tempo dava ordini sdegnosi ai contadini e ai servi e chiacchierava affabilmente con i nobili di Firenze, adesso parlava di scarpe vecchie. E quelle mani, che un tempo non avevano fatto nulla se non muoversi in aria per seguire una melodia a teatro o in qualche villa di amici guardando un quartetto d'archi, se non sfogliare le pagine di un romanzo o accarezzare belle donne, quelle mani immacolate che non avevano mai impugnato un attrezzo, adesso inchiodavano tacchi e incollavano suole.*

«*Grazie... Mi fido di lei...*» *riuscì a balbettare Gualtiero, e si avviò verso la porta.*

«*Il vostro nome, prego?*» *chiese il Barone, prima che quel cliente frettoloso uscisse dal negozio. Lui si voltò, esitante, poi si decise a parlare.*

«*Gualtiero... Gualtiero Zapponi*» *disse.*

«*Ecco, allora non mi sbagliavo... Sì sì, mi ricordo di voi*» *disse il Barone, sorridendo.*

«*Ne è sicuro?*»

«*Eravate uno dei miei contadini, giusto?*»

«*Non ricordo... Ma non credo...*» *disse Gualtiero. Uscì*

*di corsa dalla bottega e si avviò lungo il vicolo. Appena voltò l'angolo non riuscì più a trattenersi, e scoppiò in singhiozzi. Il mondo si era ribaltato. Gualtiero aveva scoperto una cosa che non avrebbe mai immaginato: stava meglio quando il Barone era lassù in alto, quando il Barone era un uomo da odiare, un simbolo di ingiustizia. Non avrebbe mai voluto vederlo ridotto in quello stato, non poteva sopportare di provare compassione per un uomo dal quale era stato maltrattato.*

«Gualtiero mi guardò sorridendo, con gli occhi umidi di pianto, e mi strinse forte la mano, che adesso era bagnata di sudore.

'Hai capito che faccende barlocche possono capitare ai poveri cristiani?' disse.

'È una bella storia' dissi io.

'Te l'ho raccontata per vedere... se sapevo ancora ragionare o se... se avevo dato di barta... Me ne voglio andare con la capoccia sana... con i ricordi a i' su' posto...' disse, combattendo contro l'affanno.

'Dai, c'è ancora tempo...'

'Non diciamo bischerate... Vai a chiamare... la Cesira... la voglio... salutare...'

'Vado...' Corsi a chiamare sua moglie, e tornai con lei accanto al letto di Gualtiero. Il vecchio allungò una mano per accarezzarle il viso.

'T'aspetto... ma non c'è fretta...' mormorò. Poi fece un lungo sospiro e chiuse bottega...» concluse Ennio. Nella penombra si vedevano luccicare i suoi occhi, anche se lui cercava di sorridere. Un bellissimo silenzio si diffuse tra le figure immobili dei commensali, sopra e sotto la tavola, lungo le travi del soffitto, e dilagò anche sul pavimento. In lontananza si sentì il verso di una civetta, che rese ancora più bello e profondo quel silenzio. Passò un po' di tempo, poi un bicchiere si sollevò dal tavolo.

« All'ultimo racconto di Gualtiero... » disse Dante.

« Anche a lui, a Gualtiero... » disse Rodolfo.

« E a Cesira... » mormorò Ennio.

« Al Barone di Ripaltera... » disse Diotivede.

« Al calzolaio di Ripaltera... » aggiunse Bordelli.

« Alle scalinate della vita... » disse Di Nunzio.

« Agli incontri inaspettati... » mormorò il colonnello Arcieri.

« Ai mondi che si ribaltano... » disse Piras, senza che nessuno lo sollecitasse.

« A quanto mi piace ascoltare queste storie... » disse Mugnai.

« Ai vostri brindisi... » concluse Rodrigo. Un altro sorso di vin santo, poi Ennio tornò a tavola e pescò un bigliettino dal cappello.

« Il destino ha scelto voi, principe Mugnai » disse. La guardia si morse un labbro, si alzò e andò a sedersi sulla poltrona dei cantastorie. Guardò i suoi compagni di tavola con aria impacciata.

« Non sono abituato a parlare in pubblico, mi sento un po' in imbarazzo » disse, per mettere le mani avanti. Bordelli sorrise.

« Otto verticale... *Se la fa addosso Mugnai quando parla in pubblico...* cinque lettere... »

« Ecco, adesso mi sento meglio » disse Mugnai, ironico.

«Be', ci provo... La storia di Ennio mi ha fatto venire in mente una sera di una decina d'anni fa, quando andai al capezzale di un vecchio zio di mio padre, che a quanto pareva stava morendo. Era vecchio davvero, aveva ottantatré anni, ma fino a poco prima era rimasto lucido come un pavimento tirato a cera. Camminava con il bastone, ma camminava. Leggeva, parlava, mangiava di gusto e litigava con la moglie, più giovane di lui di quasi dieci anni. Poi una mattina era caduto in terra e bonaugo, in un attimo si era rintontito, non capiva più nulla. Si doveva solo aspettare che smettesse di respirare. Ogni tanto arrivava un amico o un parente, entrava a vedere il moribondo, si faceva il Segno della Croce, qualche sospiro, poi salutava e se ne andava. Io andavo avanti e indietro, ogni tanto passavo dalla cucina a bere o a smangiucchiare qualcosa, fumavo una sigaretta, insomma le solite cose che si fanno in quelle situazioni.

«A un certo punto mi sedetti nella stanza dello zio, e in quella poca luce quasi mi addormentai. Dopo un po' vidi un'ombra sedersi all'altro angolo della stanza, e mi voltai a guardare. Era un tipo che non conoscevo, che non avevo mai visto, più o meno della mia età. Mi fece un cenno di saluto e accese una sigaretta. Stavamo zitti, ognuno per conto suo, a osservare il moribondo immobile sul letto. A un tratto quel tipo chinò il capo facendo dei versi strani, con le spalle che gli ballavano. Pensavo che fosse scoppiato a piangere, ma quando rialzò il capo vidi che invece stava ridendo. Mi guardò, poi rise di nuovo, cercando di non fare troppo rumore. Anche io lo guardavo, aspettando di capire che avesse da ridere. Lui buttò il mozzicone in terrà e lo pestò sotto la scarpa. Si alzò e mi venne vicino. Era vestito elegante, con la camicia bianca e il farfallino, e aveva un grande neo peloso sotto un occhio. 'Mi è venuta in mente una cosa buffa' sussurrò. Vedevo che aveva voglia di raccontarmela, e aspettavo. Lui andò a prendere la sedia, la portò accanto a me e si sedette.

'L'anno scorso il padre di mia moglie, sessant'anni appena compiuti, ha tirato il calzino per un colpo improvviso...' cominciò a dire, ridacchiando. Eravamo davanti a un uomo che stava morendo, quel tipo parlava di un morto e gli scappava da ridere. A quel punto ero davvero curioso. Lo guardavo e aspettavo. Lui continuò, sempre con il sorriso sulle labbra.

'Il prete che avrebbe celebrato la Messa nella sua chiesetta aveva accettato di ospitare la bara in una piccola stanza della canonica, perché la casa del defunto era al quinto piano e non c'era l'ascensore, e qualche vecchio parente avrebbe faticato a salire le scale. Parenti e amici gironzolavano intorno alla cassa da morto ancora aperta, guardavano il defunto, lo salutavano, gli facevano una carezza sulla fronte, che era più gelida del marmo. Sua moglie era distrutta dal dolore, aveva lo sguardo perso. Nonostante questo, si era seduta davanti a un tavolino con carta e penna, cercando di scrivere il necrologio da pubblicare sul giornale. Voleva trovare le parole giuste per dire quanto amava e stimava il marito, parole non banali, che non fossero le solite cose che dicevano tutti, così per parlare. Scriveva e cancellava, appallottolava il foglio e provava di nuovo. Nella stanza eravamo rimasti soltanto lei e io. Le chiesi se le serviva aiuto, ma lei scosse il capo, voleva trovare le parole da sola. La povera donna era forse al settimo tentativo, quando dalla porta entrò come un fantasma una ragazza, spandendo una folata di profumo. Era bionda, elegante, tacchi alti, pelliccia di visone, una ruga di dolore sulla fronte. Si avvicinò alla bara senza curarsi di nessuno, sotto lo sguardo sbalordito della moglie, che la osservava con la bocca semiaperta, confusa e quasi impaurita. La bionda fece una carezza al morto, si abbassò su di lui, lo baciò delicatamente sulla fronte e rabbrividì, si asciugò gli occhi con gesti teatrali poi sussurrò, ma non troppo piano... *Amore mio dolcissimo, mi mancherai...* e prima che la moglie del morto si fosse ripresa dallo sbigottimento, se n'era già andata. Se nell'aria non fosse rimasto quel profumo, c'era quasi da pensare davvero all'apparizione di un fantasma. La moglie si alzò, uscì dalla stanza sbattendo i tacchi, e tornò dopo qualche minuto, con gli occhi arrossati e accartocciati dal rancore. Si sedette di nuovo al tavolino, e borbottando come se stesse recitando una preghiera si mise a scrivere il necrologio, senza interrompersi nemmeno una volta. Finalmente aveva trovato le parole, e dal suo atteggiamento sembrava proprio che le uscissero dal cuore con naturalezza. Finì di scrivere e si alzò, lasciando il foglio sul tavolino. Mi fece un cenno di saluto e se ne andò, non solo dalla stanza, ma dalla canonica. Mi avvicinai per leggere il necrologio... *La famiglia annuncia la morte di Goffredo, marito degenere, padre fasullo, uomo pigro, falso, incapace, disonesto, volgare, truffatore, evasore fiscale, traditore, e qui mi fermo. Al funerale andateci voi, se volete, io non ci vado di certo...* Non riuscii a trattenermi, e scoppiai a ridere... E rido ogni volta che ci penso, non riesco a trattenermi' disse il tipo, e di nuovo si mise a sghignazzare. Per non farlo rimanere male feci un sorrisetto, come quando uno racconta una barzelletta che non sa di nulla. Volendo era una storiella anche divertente, ma davanti al letto di un moribondo non è che mi facesse morire dal ridere... Però ero curioso di sapere com'era andata a finire...»

'Ma poi il necrologio è stato pubblicato?' gli chiesi.

'Sì sì, pubblicato...'

'E la moglie, al funerale c'è andata?'

'No no, non c'è andata...' disse lui, e di nuovo giù a ridere. A un certo punto lo zio si agitò sul letto, e disse... *Chi è che ride? Sono morto o vivo? Dove m'hanno portato?* Corsi a chiamare gli altri, e quando tornammo nella stanza lo zio si era tirato su, aveva appoggiato la schiena alla spalliera del letto e ci guardava con aria smarrita... *Chi era che rideva? Sono all'inferno?*, chiedeva, ma nessuno sapeva cosa rispondere. A un tratto lo zio crollò da un lato e fine della storia. Morto stecchito. Ci occupammo di lui, lo sistemammo sul letto, qualcuno chiamò il medico per il certificato di morte. Dopo un po' cercai il tipo che mi aveva raccontato la storiella, ma non lo vedevo. Chiesi agli altri se sapevano chi era quell'uomo elegante con la camicia bianca, il farfallino e il neo peloso sotto l'occhio, ma nessuno lo aveva visto e nessuno ne sapeva nulla. Alla Messa mi guardavo intorno di continuo, sbirciavo tra le panche, ma non lo vidi. Stessa cosa al funerale, ma nulla. Mai più visto, e nessuno dei parenti e degli amici conosceva un tipo fatto così, con quel grosso neo in mezzo alla faccia. Mi domando ancora chi diavolo fosse, ma se lo vedessi per strada lo riconoscerei subito» concluse Mugnai, porgendo il bicchiere al Botta per farselo riempire. I secondi di silenzio furono pochi, e costellati di sorrisi.

«Magnifico» disse Dante.

«Propongo un brindisi a Goffredo...» disse Rodrigo.

«All'uomo misterioso...» disse Ennio.

«Alla bionda e al suo profumo...» disse Bordelli.

«Alla povera moglie ingannata...» disse Arcieri.

«Alle sorprese della vita...» disse Rodolfo.

«Ai necrologi divertenti...» disse Di Nunzio.

«A chi è incapace e pigro, come a volte mi sento...» disse Mugnai, tornando al tavolo.

«All'amore, se non era interessato...» disse Piras.

«Alla morte, quando è divertente...» concluse Diotivede.

«Geremia è più simpatico di tanti viventi...» commentò Bordelli, e a quel punto i bicchieri si sollevarono in direzione del teschio.

«Non mi aspettavo che il mio regalo diventasse il tuo più caro amico» disse Diotivede.

«Non finirò mai di ringraziarti» rispose Bordelli, e nonostante stesse sorridendo si capiva che in fondo diceva il vero.

«Adesso devi prendere confidenza con Arturo» aggiunse il medico.

«Non mi sembra un gran chiacchierone...»

«Ah, perché con Geremia fai conversazione?»

«Certamente...»

«Adesso sì che mi sento tranquillo» disse Diotivede. La seconda bottiglia di vin santo era finita, e venne aperta la terza. Dopo un democratico giro di rifornimenti, il cappello venne avvicinato a Mugnai, che pescò il nome successivo.

«Tocca a voi... Qual è il vostro titolo nobiliare?»

«O principe o nulla» disse Diotivede.

«Allora a voi, principe Diotivede.»

«Principe Peppino... Senti come suona bene» disse Bordelli.

«Rassegnati, plebeo. La nobiltà non si trova al mercato, è una condizione interiore» disse Diotivede, sorridendo di superiorità.

«Ah, si trova nell'intestino? Allora chissà quante volte l'hai trovata» disse Bordelli. Il medico finse di non sentire. Prese il suo calice e andò a sedersi sulla poltrona. Per un po' rimase in silenzio, a occhi chiusi, come se dovesse riordinare le idee. Poi riaprì gli occhi e cominciò a raccontare...

« Nel periodo della guerra di Liberazione lavoravo come chirurgo negli ospedali da campo americani, che durante l'avanzata venivano smobilitati e spostati verso nord. Non sto a raccontarvi cosa ho visto, quante ferite ho ricucito, quante braccia e gambe ho amputato. Occuparsi dei vivi è assai peggio che esaminare i cadaveri, forse sarà anche per questo che dopo la guerra ho scelto di avviarmi lungo il silenzioso e tranquillo sentiero della Medicina Legale. Con i morti non c'è bisogno di aver fretta, e soprattutto non si rischia di vederli morire.»

« E nemmeno di ucciderli » borbottò Bordelli.

« Osservazione acutissima, bravo commissario » disse il medico, con il suo sorrisetto da ragazzino stronzo.

« Non sono più commissario.»

« Lo sei nell'anima, e non è un complimento.»

« Non credo di avere un'anima.»

« Piangerò con calma domani... Dov'ero rimasto, prima dell'intervento del filosofo?» continuò Diotivede, guardando gli altri.

« Insolitamente, stavi parlando di morti e di cadaveri» disse l'ex commissario.

« Date da bere al povero pensionato, così mi lascia in pace» disse il medico, sorridendo.

« Non dico più nulla» assicurò Bordelli.

« Ci conto... Insomma, nell'agosto del '44, poco dopo la liberazione di Firenze, un gigantesco ospedale militare da quasi ottocento posti letto, piuttosto attrezzato, era stato allestito in tempi brevi alle porte della città, al Galluzzo, nella zona della Certosa, dove il personale medico americano e quello italiano lavoravano fianco a fianco. Per questione di praticità, gli americani si occupavano principalmente dei loro connazionali e degli altri anglofoni, noi italiani ci prendevamo cura degli italiani e di tutti gli altri, ad esempio i polacchi e i francesi. Alla fine del mese si aprirono le danze sulla Linea Gotica, e fu un vero macello. Arrivavano di continuo feriti di ogni genere, anche da zone molto lontane, e non pochi se ne andavano sulla barca di Caronte. A settembre curavamo centinaia di persone alla settimana, e ogni giorno facevamo decine di operazioni chirurgiche. Quando i feriti gravi erano troppi, venivano caricati su un aereo e trasportati agli ospedali di Napoli e di Roma.

«Se alzavo lo sguardo da una ferita o da un osso spezzato, mi trovavo davanti agli occhi una distesa di dannati già all'inferno, e le infermiere sembravano angeli che tentavano di strappare le anime dalle mani del demonio. Spesso tenevamo le radio accese a volume alto, per coprire l'inarrestabile coro di lamenti, che ogni tanto sogno ancora. Ho iniettato molte dosi di morfina, ho stordito i feriti con fiumi di alcol, ho chiuso centinaia di occhi a ragazzi di vent'anni. Noi medici, così come le infermiere e le crocerossine, facevamo turni estenuanti, ma ogni tanto dovevamo per forza riposarci, altrimenti rischiavamo di crollare e di fare degli errori che non potevamo permetterci. Avevamo delle casupole non troppo distanti dall'ospedale, dove potevamo rifugiarci almeno per qualche ora a riprendere un po' di forze. Mi sdraiavo, cercavo di dormire, ma i pensieri non si fermavano, e al massimo riuscivo a galleggiare in una specie di torpore. Pensavo ai fiumi di sangue, all'idiozia della guerra, all'inutilità di quella sofferenza, e mi saliva una gran rabbia, una rabbia impotente. Stavo quasi meglio in mezzo ai feriti che si lamentavano e m'impedivano di pensare.

«Durante quella continua emergenza arrivò all'ospedale un giovane soldato polacco che parlava abbastanza bene italiano, anche se con un forte accento e usando ogni tanto una parola inglese. Si chiamava Tadeusz. Aveva una brutta ferita a una gamba, ma non rischiava la cancrena e sarebbe guarito, anche se non in tempi brevi. Non sarebbe tornato a combattere, per lui la guerra era finita, questo glielo dissi. Però gli nascosi che quasi certamente avrebbe zoppicato per il resto della sua vita. Mentre lo medicavo scambiavamo qualche parola, e diventammo un po' amici. Era simpatico, faceva battute, raccontava barzellette, anche se a volte mi sembrava oppresso da un pensiero cupo. Non chiedevo mai ai soldati come e dove erano stati feriti, preferivo occuparmi del loro futuro, piuttosto che rievocare i brutti momenti. Ma Tadeusz volle raccontarmi nei dettagli com'era stato colpito, facendo pause teatrali, imitando con la voce i rumori delle raffiche di mitra. Una storia rocambolesca, un'imboscata, un conflitto a fuoco con i nazisti, il proiettile che si conficcava nella gamba e la fuga nella boscaglia, dove aveva perso la piastrina che aveva al collo. Tutto questo era successo sulle colline del Metauro, poco prima della battaglia di Montemaggiore. Era riuscito a trascinarsi fino all'accampamento americano, dove era svenuto, e dall'infermeria lo avevano spedito all'ospedale militare del Galluzzo. Mi aveva raccontato quella storia con il sorriso sulle labbra, contento di essersi salvato e di non dover tornare al fronte.

«Continuavano ad arrivare soldati ridotti male e moribondi che se ne andavano all'altro mondo. L'aria dell'ospedale sapeva di sangue e di disinfettante. La vita aveva perso il suo valore, la morte ci stava sempre accanto. Alcuni feriti raccontavano barzellette sconce alle crocerossine, che sorridevano comprensive. In quel lazzaretto andava bene tutto, pur di distrarsi.

«Tadeusz migliorava. Mentre gli cambiavo la medicazione ci mettevamo a scherzare, e a volte mi raccontava storielle di quando era bambino. Poi un giorno successe una cosa: imitando la voce di sua mamma che lo sgridava per non so quale marachella, lui disse... *Tu sei diavolo, Joachim...* Lo vidi arrossire e dilatare gli occhi, poi aggiunse in fretta... *Mamma quando arrabbiava called me Joachim... because... Al paese c'era a bad man... uomo cattivo, che faceva cose brutte... e mi chiamava like him...* Poi si affrettò a cambiare discorso, sforzandosi di ridere. Feci finta di nulla, ma nel mio orecchio era entrata una pulce bella grossa.

«Passavano i giorni. Una mattina venne annunciata per il giorno dopo una visita di alcuni ufficiali del Comando Alleato. Avrebbero parlato con i medici e controllato le condizioni dei feriti, per poi decidere chi poteva tornare al fronte e chi doveva essere rimpatriato. La notizia si diffuse velocemente nell'ospedale. Quando andai da Tadeusz per controllare la medicazione, mi afferrò per un braccio e mi tirò verso di lui. Sembrava terrorizzato. Voleva parlarmi all'orecchio.

'Devi aiutare me... devi salvare...' sussurrò.

'Sei tedesco, vero?' dissi piano piano. Lui annuì, guardandosi intorno. Mi fece capire che voleva parlarmi in un posto tranquillo.

'Lascia fare a me' mormorai, con uno sguardo complice. Lui mi guardava con aria supplichevole, cercando di capire se volessi denunciarlo. Mi allontanai e andai a parlare con un'infermiera. Le chiesi di portare il soldato 'polacco' in una delle piccole sale operatorie, dove potessi fare in tutta calma un controllo approfondito e probabilmente un veloce intervento chirurgico, perché la ferita alla gamba non mi faceva stare tranquillo. Osservai da lontano il trasbordo del ferito, fingendo di non farci attenzione. Raggiunsi il soldato in una stanzetta attrezzata, e dissi all'infermiera che poteva andare, non avevo bisogno di nessuno. Mi chiusi dentro a chiave, pronto ad ascoltare la vera storia del ragazzo. Tadeusz, o meglio Joachim, aveva il viso bagnato di sudore.

'Sono scappato...' mi disse. Era un giovane ufficiale della Wehrmacht, nato e cresciuto a Monaco in una famiglia di ricchi imprenditori. Aveva creduto al sogno di Hitler, alla rinascita della Germania, e si era ritrovato in mezzo alle macerie e ai morti della guerra.

'It's happened near Ancona...' continuò. Qualche giorno prima un suo caro amico, Hellmut, disgustato dalla guerra, aveva gettato la divisa alle ortiche e si era dato alla macchia. Nonostante fossero in prima linea, il generale aveva ordinato di dargli la caccia. Erano partiti in dieci. Lo avevano ritrovato, lo avevano picchiato e trascinato al campo. Proprio a lui, a Joachim, avevano dato l'ordine di comandare il plotone di esecuzione. Se non lo avesse fatto, sarebbe finito al muro anche lui. Non riuscì a raccontarmi com'era andata, ma il suo pianto dirotto e silenzioso fu più eloquente di qualunque parola. Aspettai che ritrovasse il respiro, e ascoltai il seguito. Mi raccontò che per onorare il suo compagno, anche lui aveva disertato. Se lo avessero catturato avrebbe pagato con la vita l'uccisione di Hellmut, se invece l'avesse scampata avrebbe onorato la scelta del suo amico. Per sua fortuna dopo la fuga era scoppiato un violento conflitto, e Joachim era riuscito a mettere un po' di distanza tra lui e gli eventuali inseguitori. Aveva passato giornate di terrore, comportandosi come un animale braccato, osservando i movimenti di ogni foglia, tendendo l'orecchio per cogliere ogni minimo rumore, mangiando frutta rubata nei campi. Non sapeva cosa fare, dove andare, e aveva sempre davanti agli occhi lo sguardo di Hellmut che aspettava i proiettili comandati da lui. Durante le sue peripezie trovò i cadaveri di alcuni soldati polacchi. Aveva preso da uno e dall'altro i vestiti non imbrattati di sangue, e aveva gettato i suoi in un burrone. Dopo qualche giorno, con l'aiuto del binocolo aveva individuato un accampamento americano. Adesso doveva solo aspettare il momento giusto. E quel momento era arrivato quando in lontananza aveva sentito il rumore di una pioggia di bombe di mortaio. Si era fatto coraggio, e si era sparato in una gamba. Si era trascinato all'accampamento americano e si era mescolato ai feriti. Fingeva di essere stordito, si lamentava senza dire nessuna parola, per paura di tradirsi. Dopo qualche giorno in infermeria, lo avevano spedito vicino a Firenze all'ospedale militare.

'Help me a nascondere... I hate... Io odio the war... Verdammter Krieg... Voglio tornare casa... mia moglie... mein baby...' Mi guardava, disperato. Odiavo la guerra quanto e più di lui... Cosa dovevo dirgli? Che era un vigliacco? Che doveva fare il proprio dovere? E qual era il suo dovere? Ammazzare e farsi ammazzare obbedendo alla volontà criminale di due dittatori?

'Torno subito' dissi. Trovai un pacchetto di sigarette e ne sbriciolai quattro o cinque nella mia tasca. Tornai da lui nella saletta operatoria, misi il tabacco in una garza e gli dissi che quella sera doveva metterselo sotto le ascelle.

'Why?' mi chiese.

'Ti verrà la febbre alta. Domani durante l'ispezione non dire una parola, devi fare finta di essere in delirio... Ci penserò io a parlare per te.'

'Danke... dankeschön...' Mi afferrò una mano e me la strinse fino a farmi male. Lo feci riportare nella grande sala, e ci salutammo.

« Il giorno dopo arrivarono gli ufficiali americani per l'ispezione. Joachim aveva la febbre a quaranta, e forse delirava davvero. Raccontai in poche parole agli ufficiali la storia del giovane soldato polacco, ovviamente quella falsa, e dissi che sicuramente non sarebbe potuto tornare al fronte, per via della brutta ferita alla gamba. Mi chiesero come si chiamava. Risposi che ricordavo solo il suo nome di battesimo, Tadeusz, perché il cognome era troppo complicato, e prima che me lo chiedessero aggiunsi che aveva perso la piastrina durante la fuga. Provarono a fargli qualche domanda, ma lui tremava, coperto di sudore, e sembrava non sentire nemmeno le loro voci.

« Quando gli ufficiali se ne furono andati mi avvicinai al letto di Joachim. Lui mi guardava, battendo i denti per la febbre. Sulla sua faccia colavano delle grosse lacrime. Abbozzai un sorriso, e gli feci ingoiare qualche compressa di aspirina. La febbre gli passò in poche ore. Non parlammo più di quello che era successo, ci capivamo con lo sguardo. Una notte, in un momento di concitazione, lo caricai su una macchina e lo portai da una coppia di amici che avevano una specie di castello nella campagna di Gambassi. Ci salutammo con una stretta di mano, che si trasformò in un abbraccio. Tornando verso il Galluzzo sapevo di aver commesso un crimine di guerra contro la patria, ma mi sentivo la coscienza tranquilla. Avevo fatto un piccolo gesto contro la guerra, che odiavo con tutto me stesso. Avevo fatto fuggire un ragazzo che non voleva morire e non voleva più uccidere.

«Nell'ottobre del '44 l'ospedale venne trasferito di là dall'Appennino, nella zona di Pietramala, vicino al Passo della Raticosa, più o meno a metà strada tra Firenze e Bologna. Ogni tanto pensavo al soldato tedesco, ma non avevo modo di avere sue notizie.

«Rimanemmo a Pietramala fino a marzo, e un mese dopo la guerra finì, anche se rimasero le malattie, la miseria e la fame. Nel dicembre del '45 tornai a Firenze, stremato, con gli occhi colmi di facce sofferenti e di morte. Dopo qualche settimana andai a Gambassi dai miei amici, per avere notizie di Joachim. Mi dissero che era rimasto nascosto da loro fino alla fine della guerra. In quei mesi si era dato da fare per ripagarli della loro ospitalità, lavorando nel campo, riparando quel che c'era da riparare. Alla fine di aprile li aveva ringraziati in lungo e in largo e se n'era andato a piedi verso nord. Aveva lasciato un fagotto per me, non più grande di una mela, avvolto in uno straccio e legato con uno spago. C'era anche un biglietto, scritto in inglese: 'To my friend Godseeyou'. Era un piccolo mezzobusto scolpito nel legno che rappresentava me medesimo. Non era il classico ritratto che cerca di riprodurre la realtà, ma una sorprendente interpretazione. Mi somigliava in modo impressionante, non perché i lineamenti fossero esattamente i miei. Era come se rivelasse la mia parte più nascosta, come se Joachim fosse riuscito a cogliere come ero e come non sapevo di essere, insomma potrei dire una scultura... impressionista. Di fronte a quella potente opera d'arte ebbi la definitiva conferma di aver fatto bene a salvare quel giovane soldato tedesco, e pensai con tristezza a quanti potenziali artisti erano morti nelle ultime due guerre, e anche in tutte le altre guerre del mondo in ogni tempo. Ecco qua, la mia storiella è finita» disse Diotivede, e lentamente bevve l'ultimo sorso di vin santo che aveva nel bicchiere. Dopo un racconto del genere, il silenzio era doveroso. Com'era bello e anche triste, in quel momento, con le immagini della guerra che ondeggiavano nella mente, sentire il vento che soffiava nella campagna, il verso di qualche uccello notturno, il rumore monotono e sempre diverso delle fiamme divoratrici.

Dopo qualche minuto, fu Ennio a parlare per primo.

«Lo ha mai più rivisto?» chiese, sperando in un sì. Ma il medico fece oscillare il capo a destra e a sinistra.

«No...» disse. A quel punto Arcieri alzò appena il suo bicchiere, per il rituale brindisi.

«Al soldato tedesco» mormorò.

«E a chi lo ha salvato, Dieu te voit...» disse Rodrigo.

«A Gott sieht dich» aggiunse Dante.

«A Dios te ve...» proseguì Rodolfo.

«Lo direi in svedese, se lo sapessi...» borbottò Mugnai. Il questore lo masticò in lancianese... *Dij t' ved'*... Piras in sardo... *Deus ti bidi*... e infine toccò a Bordelli.

«Al grande Lonnipotentetitienedocchio...» disse, scegliendo un grappolo di sinonimi.

«Troppo buoni, figliuoli... Vi ringrazio di cuore...» disse il medico, tracciando in aria un Segno della Croce per benedirli. Dopo un ultimo e solenne accenno al brindisi, i dieci calici furono portati alle labbra. Poi quelli vuoti furono riforniti.

«Vediamo a chi tocca adesso» disse Diotivede, pescando nel cappello con i bigliettini. Tirò su, e lesse il nome.

«Prego, siete voi il prescelto, messer Bordellon de' Bordelloni.»

«Com'è che gli altri sono conti principi baroni e marchesi, e io solo messere?»

«Soltanto Dio può saperlo, dopo glielo chiediamo» disse Rodrigo.

«Lo chiamo io, devo anche chiedergli come mai sei così simpatico» disse Bordelli, tirandogli addosso uno dei turaccioli abbandonati sul tavolo, che suo cugino prese al volo.

«Lo nacqui, non posso farci nulla.»

«Fu un grande giorno per il mondo.»

«Non essere invidioso, anche tu hai qualche minuscola qualità.»

«Ne ho anche una grande, un cugino meraviglioso.»

«Ci hai messo sessant'anni a capirlo, capoccione.»

«Sai una cosa? Sono contento che tu sia diventato così scemo, però mi manca un po' il Rodrigo che si inalberava per ogni stupidaggine, il mio cugino rigido che aveva un manico di scopa nel sedere, puntiglioso e acido, allergico all'ironia e allo scherzo... Quasi quasi non t'invito più a queste cene» disse Bordelli.

«Sai una cosa, Franchino? Ho sempre fatto finta di essere come non ero per farti divertire» disse Rodrigo, e gli lanciò il turacciolo, che aveva ancora in mano. Anche Bordelli lo prese al volo, e con un gesto indolente lo lanciò nel fuoco.

«Ti ringrazio, senza di te mi sarei sentito disorientato.»

«Amo essere magnanimo, soprattutto con le persone dall'intelletto fragile.»

«Ti voglio bene, cugino» disse Bordelli, sincero. Gli altri avevano seguito la scena con il sorriso sulle labbra. Diotivede sembrava addirittura un po' geloso, di solito era lui che si divertiva a fare a morsi con il suo amico sbirro: a volte sembravano quasi una coppia di coniugi di lunga data, uniti da schermaglie di cui non possono fare a meno.

Bordelli aveva concluso l'innocua battaglia con suo cugino. Si fece riempire il calice di vin santo e andò a sedersi in poltrona, la stessa sulla quale leggeva romanzi. Blisk sonnecchiava, ma aveva sempre un occhio mezzo aperto.

«Resto al tempo di guerra...» disse. Prima di cominciare sorseggiò il vin santo, in silenzio... Un'occhiata a Geremia, poi guardò i suoi amici seduti al tavolo, uno dopo l'altro, e nella sua mente passò un pensiero triste, tristissimo... Chissà chi sarebbe stato a morire per primo... Be', magari proprio lui stesso... o forse Diotivede, che era il più vecchio... o magari Pietrino, il più giovane, in un conflitto a fuoco... e dopo, i sopravvissuti avrebbero continuato a fare quelle cene, a mangiare e a bere, ad alzare i calici in memoria dello scomparso... Poi sarebbe toccato al secondo, al terzo, e così via... A un certo punto sorrise, spingendo da una parte quel pensiero... La serata doveva andare avanti, era pronto a raccontare la sua storia...

«La mattina del 9 settembre, poche ore dopo l'annuncio dell'Armistizio, la nostra flotta ricevette l'ordine di raggiungere Malta per consegnarsi agli Alleati. Quando ci si rese conto che il grande porto di Malta non sarebbe riuscito ad accogliere tutte le navi, alcune furono dirottate ad Alessandria d'Egitto, altre a Porto Said, altre ancora ai Laghi Amari, lungo il canale di Suez. Quella su cui ero imbarcato attraccò a Porto Said, dove rimase per un paio di mesi, in attesa che i volontari del ricostituito reggimento San Marco venissero sbarcati a Brindisi per l'addestramento. Quelle settimane, che per l'Italia segnarono l'inizio della tragica occupazione tedesca, paradossalmente le ricordo come un periodo piuttosto tranquillo, lontano dalla guerra, anche se ci sentivamo assai nervosi. Ricordo bene che scalpitavo, e non solo io, per andare a combattere contro quelli che non avevo mai considerato dei veri alleati, ma questa è un'altra faccenda. Vengo alla mia storia...
Me l'ha raccontata un ufficiale dell'Esercito Regio, Carmine, uno dei pochi sopravvissuti alla campagna d'Africa. Aveva combattuto al fianco dei tedeschi, aveva subito la sconfitta, era stato prigioniero degli Alleati, e dopo l'8 settembre era stato liberato. Insieme a lui c'era suo cugino Antonio, anche lui ufficiale, e i pochi soldati rimasti in vita dopo quella guerra sanguinosa. Mangiavamo insieme, ma non parlavamo mai della strana situazione in cui loro si trovavano. I tedeschi fino all'ultimo momento avevano cantato... *Mit uns im Kampf und im Siege verein! Marschieren Italiens Scharen...* Con noi, uniti nella battaglia così come nella vittoria, marcia una folla di italiani... Poi a un tratto le cose erano cambiate. Entro la fine

dell'anno quei reduci sarebbero venuti con noi in Italia, e avrebbero combattuto contro i tedeschi al fianco degli Alleati. In pochi mesi avevano dovuto cambiare fronte, non doveva essere una bella sensazione. Mentre per me, come vi dicevo, scendere a terra per cacciare i tedeschi dall'Italia era la cosa migliore che potessi fare, la prima cosa giusta di quello schifo di guerra. Ma andiamo avanti... Carmine era bravo a raccontare, e ne aveva una gran voglia...» disse Bordelli.

«*Siamo stati in Africa quasi tre anni, una vita d'inferno*» disse Carmine, *mentre tutta la tavolata lo guardava.*

«*Abbiamo combattuto fino all'ultimo respiro. Noi eravamo aggregati alla divisione corazzata 'Ariete'. Avevamo a disposizione il miglior carro armato italiano, l'Ansaldo M41, che chiamavamo 'bassotto'. Era senza torretta, molto basso e mobile, con un pezzo da 75 mm e proiettili perforanti capaci di arrestare anche gli Sherman americani e i Matilda inglesi. I Tommy dopo le prime battaglie si tenevano a distanza, se la facevano sotto, e ci attaccavano dall'alto con gli aerei. Il bassotto, certo, era il miglior mezzo corazzato italiano, ma in realtà non era neppure un carro armato, era un obice semovente. Dopo El Alamein non ne era rimasto nemmeno uno, erano stati distrutti dal primo all'ultimo. Gli artiglieri sopravvissuti combatterono come fanti, accanto a noi dell'Esercito e a tutti gli altri. Non volevamo arrenderci, ma non ci fu niente da fare. Ho visto atti di coraggio di un valore inimmaginabile. I ragazzi della Folgore affrontavano i carri inglesi con le bottiglie molotov, i Giovani Fascisti rifiutavano di arrendersi e preferivano morire... Molte volte ho pensato a Davide e Golia, ma Golia non voleva saperne di essere abbattuto. Abbiamo perso l'impero, poi ci siamo ritirati in Tunisia a combattere l'ultima battaglia. Gli inglesi ci attaccavano da est, gli americani da ovest. Dopo aver terminato le ultime cartucce, l'Afrikakorps e le truppe italiane sono state sconfitte. Noi ci arrendemmo agli americani, che odiavamo di meno. Il campo di prigionia era per l'appunto gestito dagli uomini dello zio Sam, che tutto sommato ci trattavano bene.*

*«Se giuravi sul tuo onore di non scappare, con il permesso del comandante del campo potevi andare in giro per la città, ovviamente disarmato. Mio cugino Antonio... Eccolo là che se la ride... Lui parla bene inglese, e riuscì a fare amicizia con gli ufficiali americani. In pratica era diventato il loro tuttofare, si offriva anche come interprete, e via dicendo. Io andavo spesso insieme a lui, per dargli una mano e per proteggerlo... vero Tonio? Ho qualche anno più di lui, e a pugilato lo mandavo sempre al tappeto...»*

*«Bugiardo.»*

*«Lo sai che non dico mai bugie» disse Carmine, toccandosi il naso.*

«Il clima era questo. Ci divertivamo a scherzare, anche se sentivamo che il peggio si stava avvicinando...» disse Bordelli, poi continuò a raccontare la storia di Carmine.

*«Dopo un po' di tempo noi e altri italiani ci mettemmo a fare, per conto degli americani, un po' di scambi con gli abitanti del luogo, e in tasca ci restava una sorta di commissione. Lo facevamo soprattutto per passare il tempo, per evitare la noia, e per vivere meno peggio. Scambiavamo cioccolata, whisky e sigarette, che gli americani avevano in abbondanza, con dei souvenir che loro si sarebbero portati negli USA. Scimitarre, tappeti, lampade di ottone, oggetti in pelle e tutto ciò che di folkloristico si poteva trovare in Tunisia. Gli italiani erano ben visti, e quindi eravamo in ottimi rapporti con tutti... anzi, quasi con tutti. C'era un commerciante beduino, tale El Fatari, che voleva rifilarci merci di bassa qualità e chiedeva in cambio il doppio di quello che di solito volevano gli altri, e così smettemmo di trattare con lui. El Fatari non era contento di questa esclusione, cercava di convincerci a non interrompere i nostri affari, ma voleva*

trattare a modo suo, cioè schifezze in cambio di valanghe di roba, e lo mandammo definitivamente a quel paese. Il beduino andò su tutte le furie, e arrivò addirittura a minacciarci: se non facevamo più affari con lui dovevamo guardarci le spalle, perché prima o poi...

«Noi eravamo disarmati, ci capitava di trovarci di notte in piccoli gruppetti, e lui aveva al suo seguito un sacco di servitori armati. Insomma non ci sentivamo tranquilli. Eravamo sopravvissuti a una guerra, eravamo stanchi, e non avevamo nessuna voglia di ritrovarci con la gola tagliata. E così pensammo bene di raccontare agli americani la minaccia del beduino. Loro non fecero discorsi, andarono da El Fatari e lo riempirono di mazzate. Da quel giorno El Fatari diventò docile, almeno in apparenza.

«Un bel giorno ero in giro con un collega italiano, anche lui un ufficiale, quando El Fatari ci venne incontro con un sorriso, si inchinò e ci invitò a pranzo. Personalmente avevo grossi dubbi sulle sue reali intenzioni, ma l'ufficiale che era con me aveva piena fiducia nella 'redenzione' del beduino, e così accettammo l'invito, tanto più che la sua casa non era troppo lontana dal campo americano. E poi avevamo una gran voglia di mangiare qualcosa di diverso, soprattutto di ben cucinato.

«Il pranzo fu veramente memorabile, con uno stupendo cous cous e litri di ottimo tè. Non ci servirono alcolici, ma bevande di vari colori e sapori, una più buona dell'altra. Dopo tre anni di stenti, eravamo sazi come maiali. Ringraziammo per la magnifica ospitalità, e ci alzammo a fatica per congedarci. Il sole picchiava con violenza sulla sabbia, faceva un caldo infernale, e il buon El Fatari ci offrì una borraccia di acqua fresca per dissetarci durante il ritorno al campo. Appena uscimmo dalla casa del beduino, ci ritrovammo sudati fradici. Il mio collega si attaccò alla borraccia e bevve lunghi sorsi, poi me la passò. Annusai, e mi sembrò che l'acqua avesse uno strano odore. È vero che per anni ci eravamo abituati a bere acqua putrida, conservata in taniche utilizzate per nafta e benzina, frutto dei miracoli dell'intendenza dell'esercito, però nel campo di prigionia americano ci davano acqua buona, per lo meno senza strani odori. Insomma avevo imparato a essere più schizzinoso, e preferii non bere l'acqua di El Fatari.

«La sera andammo a dormire, e durante la notte il mio collega ufficiale si sentì male. I medici americani non capivano cosa avesse, e non riuscirono a fare nulla. E così dopo una breve agonia il poveretto se ne andò all'altro mondo. Quell'ufficiale era assai amato da tutti noi, e fu un duro colpo. Fra le lacrime, io e gli altri commilitoni giurammo vendetta. Di certo il maledetto El Fatari non immaginava che io non avessi bevuto la sua acqua avvelenata, e magari pensava che nessuno potesse risalire a lui. Andammo a cercarlo, ma era scomparso. Scoprimmo troppo tardi che aveva delle spie al campo, e così era riuscito a sfuggire al nostro castigo. Era davvero triste non potergliela far pagare. Non ci rimaneva che dare l'ultimo saluto al nostro amico ucciso, e non è che potessimo mettere in piedi chissà quali imponenti onoranze funebri. Come forse sapete, in quei campi i prigionieri che morivano non venivano sotterrati. Li chiudevano in un sacco di juta, li imbarcavano su una nave, e quando i cadaveri arrivavano a essere una decina, e certamente prima che puzzassero troppo, la nave salpava e andava a scaricarli in mare aperto.

«Il giorno successivo alla constatazione di morte, il povero ufficiale fu messo in un sacco e trasportato sulla nave, in attesa di essere accompagnato nel suo ultimo viaggio. C'erano già diversi cadaveri, e la nave sarebbe partita il giorno dopo. Passammo la notte a parlare di lui, della sua simpatia, a ricordare aneddoti, ad asciugarci le lacrime ma anche a sorridere.

«Il giorno dopo, nel pomeriggio, prima che la nave lo portasse al largo per 'seppellirlo' in mare aperto, organizzammo il suo funerale in una chiesa francese, all'interno del campo di prigionia. La sua salma non poteva essere presente, era già imbarcata e non si poteva certo riportarla a terra.

«Il prete era un cappellano della divisione di fanteria 'La Spezia'. La chiesa era piena, tutti noi piangevamo per il nostro amico morto, benvoluto da tutti. Io me ne stavo in fondo, vicino all'uscita, e a un certo punto sento una mano posarsi sulla mia spalla. Mi volto appena, quel tanto che basta a scorgere un tipo con i capelli arruffati, che puzzava da vomitare. La luce che arrivava dalla porta mi batteva sugli occhi, e non riuscivo a vederlo bene. Poi il tipo mi sussurra all'orecchio.

'Ciao Carmine, non sai che mi è successo... Ma per chi è il funerale? Lo conosco?' mi chiese. A quel punto lo riconobbi e cacciai un urlo che fece sobbalzare l'intera chiesa, anche il prete. Lo guardavo, terrorizzato, senza ancora capire... Avevo davanti il fantasma del nostro amico ufficiale morto avvelenato, cioè Antonio, mio cugino... Ridi, ridi, coglione, ci hai fatto prendere un colpo, cazzo... Anche gli altri lo guardavano con gli occhi sgranati, sbalorditi quanto me.

'Mi volete spiegare che cazzo succede?' disse lui.

'Diccelo tu che ti è successo, per noi eri morto.'

'Ma questo allora sarebbe...'

'Il tuo funerale' gli dissi.

'Però, non è mica da tutti vedere il proprio funerale' disse lui, e quando scoppiò a ridere ci trascinò tutti in una risata generale. Poi ci raccontò com'erano andate le cose... 'Vuoi parlare tu, cugino?' disse Carmine, e a quel punto continuò Antonio.»

«Be', l'ultima cosa che ricordavo era un mal di pancia terribile... Poi mi ero risvegliato al buio. Facevo fatica a respirare, era così caldo che pensavo di essere all'inferno. Calore e buio, aria zero. Non capivo proprio dove fossi finito, ma non mi piaceva per niente. Mi sono messo a urlare come un pazzo, agitando braccia e gambe. Per fortuna un marinaio ame-

*ricano ha visto muovere uno dei sacchi dei cadaveri e ha tagliato il mio sudario con il pugnale. Non finivo più di ringraziarlo. Se non fossi morto asfissiato sarei morto affogato in mare. Gli americani mi hanno interrogato a lungo, e hanno capito che non si trattava di un tentativo di fuga ma di una morte apparente, e mi hanno riportato al campo di prigionia. La mia resurrezione era avvenuta la stessa mattina della Messa a me dedicata, e quando ho chiesto di voi qualcuno mi ha detto che eravate alla chiesa francese... E così sono arrivato giusto in tempo per il mio funerale» disse Antonio, sorridendo.* Poi riprese la parola Carmine.

«Il cappellano, quando si rese conto che Antonio era resuscitato come Lazzaro, batté le mani per chiedere attenzione.

'Ragazzi, sono felice che il vostro amico sia ancora con noi, in questa valle di lacrime, anche se prima o poi tutti dobbiamo morire. Diciamo che questa è stata la prova generale dello spettacolo... Insomma, io la Messa l'ho celebrata, il mio lavoro l'ho fatto, e vorrei la bottiglia di whisky che mi avete promesso.'

«Dopo aver visto gli sguardi stupiti e minacciosi dei presenti, si affrettò ad aggiungere: 'Ovviamente auguro a tutti voi che il vero spettacolo avvenga il più tardi possibile'.

«Andai a battergli una mano sulla spalla: 'Oggi ti devi accontentare del sangue di Cristo, prete' gli dissi, e di nuovo ridemmo tutti. Poi andammo a festeggiare Lazzaro con una bella bevuta.»

«Ogni tanto una storia divertente ci vuole» disse il Botta.

«Che ne dite di brindare tutti a Antonio Lazzaro?» propose Di Nunzio, che a quella tavola sembrava essersi ambientato assai bene. Anche gli altri alzarono il calice, poi l'ex commissario tuffò una mano nel cappello e tirò su un bigliettino. Pensò un attimo a come poteva rivolgersi al predestinato, e gli tornò in mente un soprannome che un paio di anni prima

era stato adottato per nascondere la vera identità del colonnello Arcieri, che all'epoca si rifugiava proprio in quella casa.
«Tocca a voi, generale Fucilieri» disse. Chi sapeva sorrise, mentre a Di Nunzio, a Mugnai e a Rodolfo dovettero
spiegare quella stupidaggine. Arcieri salì sul proscenio, e
con la mano fece un gesto per dire che era una storia di molti
anni prima...

« Avevo appena otto anni, la Grande Guerra doveva ancora scoppiare. Una domenica mattina di giugno, all'alba, mio padre mi svegliò, mi caricò ancora mezzo addormentato sul calesse, e dopo poco più di un'ora arrivammo a Sant'Andrea in Percussina. Voleva iniziarmi alla caccia cominciando dal rumore degli spari, in attesa di potermi passare il fucile. Era una bellissima giornata, e dopo aver lasciato il cavallo nella stalla di una locanda imboccammo un sentiero.

'Diventerai un bravo cacciatore, come tutti gli Arcieri' mi diceva da tempo, e sorrideva per il gioco di parole. Quella mattina era arrivato il momento di mettere in pratica la sua promessa. Arrivammo in un grande bosco, e mio padre cominciò a insegnarmi i primi rudimenti. Andava a caccia da sempre e solamente con un vecchio fucile a due canne di suo padre, un avancarica a luminello, con le parti metalliche incise a bulino, il manico istoriato con la figura di un lupo... 'Un fucile fabbricato a Liegi' mi diceva fissandomi negli occhi, 'dal grande Bernard.' Mi spiegò che andare a caccia con quel vecchio fucile era assai onesto, perché la partenza dei pallini era anticipata dal rumore del cane che si abbatteva sulla capsula, che a sua volta accendeva la polvere da sparo, mettendo in guardia la preda. Se si sparava a un uccellino che se ne stava sopra un ramo, si doveva cercare di prevedere la direzione della sua fuga provocata dal rumore del fucile e mirare, appunto, un po' più in là lungo quella traiettoria, ma non sempre ci si azzeccava. Mi fece vedere come si caricava il fucile, e seguii tutte le operazioni come può fare un bambino che osserva la mamma cucinare. Non avevo idea di cosa davvero significasse andare a caccia. Era davvero troppo presto per quel genere di iniziazione, ma mio padre si era convinto del contrario. Erano altri tempi, un'epoca in cui si cominciava presto a inculcare ai figli le proprie inclinazioni.

«Ci inoltrammo nel bosco, e ogni tanto mio padre mi faceva dei cenni per ordinarmi di non parlare, di camminare piano, di non fare rumore. A un tratto lo vidi imbracciare il fucile, mirare e poi sparare. Un boato che mi spaventò e mi stordì, un rumore che purtroppo in futuro divenne familiare a tutti noi, ma non per la caccia.

«Mio padre aveva sparato a uno stormo di uccellini, mi disse, e ne aveva colpiti almeno quattro. Si appese il fucile alla spalla e avanzammo nel bosco verso il punto dove li aveva visti cadere, alla ricerca dei morticini. Mi disse che se ne trovavamo uno ferito, dovevamo sbattergli il capino su una pietra per finirlo, e lo guardai allibito, senza dire nulla. Arrivammo sul posto. Mio padre ne trovò due, e si mise ad armeggiare per attaccarli agli strozzini. Io ero andato più avanti, da solo. A un tratto sentii un rumore in mezzo alle frasche, e corsi a vedere. Trovai un uccellino ferito, che girava in tondo con un'ala spezzata. Sentii una fitta alla pancia, lo vedevo soffrire. Era stato mio padre a colpirlo, ma la colpa era anche mia. Lo presi tra le mani, sentivo il cuoricino battere all'impazzata per la paura, mi guardava, apriva il becco ma non usciva alcun suono. Avrei dovuto finirlo, secondo gli insegnamenti di mio padre... Ma no, non avrei fatto una cosa del genere, non potevo. Continuai a tenerlo tra le mani, sperando che volasse via, ma quell'esserino tremava e mi guardava terrorizzato. A un tratto il battito del cuoricino si fermò, dal becco spalancato uscì uno spruzzetto di sangue e l'uccellino morì tra le mie dita, con il capino penzoloni, e mi trovai in mano quel cadaverino coperto di piume ancora calde. Mio padre era a una trentina di metri e si stava avvicinando, non si era accorto di nulla. Riuscii a non piangere, sapevo che il babbo non sarebbe stato contento. Mi misi in tasca l'uccellino e dissi che volevo tornare a casa, non stavo bene, forse avevo la febbre, sentivo le gambe fiacche. Di malavoglia mio padre si rassegnò al mio malessere, e tornammo a casa. Dopo un po' dissi che mi sentivo meglio, e di nascosto andai piangendo a seppellire l'uccellino sotto un albero. Da quel giorno il disgusto per la caccia non mi ha mai abbandonato. Nonostante le insistenze di mio padre non sono mai più andato con lui, e non ho mai sparato a un animale.» Arcieri aveva finito la sua storia, e rimasero tutti in silenzio, scambiandosi occhiate. Si sentivano soltanto i respiri, le folate di vento, e il solito rumore del fuoco che rosicchiava la legna. La bottiglia di vin santo si inclinò due o tre volte, qualche sorso finì in qualche gola. Passò almeno un minuto, poi Ennio parlò.

«È un po' come sentirsi male dopo il primo tiro di sigaretta e non diventare un fumatore» mormorò.

«O vomitare dopo il primo sorso di grappa» disse Dante. Anche Rodrigo volle dire la sua.

«C'è anche la possibilità negativa, leggere per la prima volta un libro sbagliato e detestare la letteratura» disse.

«Al povero uccellino...» disse Dante... e ognuno ripeté le stesse parole... *Al povero uccellino... uccellino... uccellino...* E sembrava ancora di vederlo, quell'esserino ferito che tremava nella mano di un bimbo.

Per ultimo era rimasto Piras.

«È una storia che ho sentito raccontare diverse volte in famiglia, quando a tavola si sedeva qualcuno che ancora non la conosceva. Risale all'epoca dell'Unità d'Italia, e riguarda gli antenati della famiglia di mia madre, dovrebbero essere i bisnonni dei miei bisnonni, se non mi sbaglio. A parte aneddoti di questo tipo, non sappiamo molto altro della nostra famiglia oltre i primi del secolo, come invece accade ai nobili, che a volte vanno indietro fino al Medioevo. Le uniche vicende familiari sopravvissute al passare del tempo sono quelle che hanno suscitato stupore, capaci di colpire la fantasia, e sono diventate degne di essere raccontate davanti al fuoco, come stasera...» Cominciò così il vice commissario Piras, mentre l'ex commissario Bordelli lo guardava un po' stupito, per via della quantità di parole che il sardo aveva scelto di aggiungere al proprio racconto. Piras gli lanciò un'occhiata e se ne accorse, e sulle sue labbra spuntò un impercettibile sorriso.

*All'epoca di Porta Pia, il vecchio Umbrosu, che in italiano sarebbe Ambrogio, aveva una sessantina d'anni, era forte come un montone, duro come un nuraghe e dritto come il tronco di una quercia. Era nato a Bonarcado, e doveva essere successo più o meno tra Austerlitz e Waterloo. Aveva visto i grandi disboscamenti che spazzarono via milioni di alberi sardi, aveva vissuto il periodo delle rivolte contro i Savoia, l'Unità d'Italia, l'esilio di Garibaldi a Caprera... Era cresciuto in una famiglia povera, ma la sua intelligenza e la sua te-*

*nacia lo avevano trasformato in un piccolo proprietario ter-riero. Era anche riuscito a imparare a leggere, a scrivere e a far di conto. Non commetteva mai soprusi o ingiustizie, era sempre pronto ad aiutare chi aveva bisogno, e tutti gli vole-vano bene. I suoi possedimenti si estendevano tra Bonarca-do, Santu Lussurgiu e Abbasanta, erano soprattutto boschi, terre da pascolo e oliveti, e qua e là sorgevano non poche ca-se di contadini. Aveva messo al mondo sette figli maschi e due femmine, e tra il primo e l'ultimo correvano appena do-dici anni. Era un padre giusto ma inflessibile. Quando a ta-vola si accendeva una discussione tra i figli, di qualunque ar-gomento si trattasse, se le voci si alzavano più del dovuto, se le parole prendevano una piega troppo amara o troppo vio-lenta, se la stizza diventava più forte dell'affetto, Umbrosu tirava fuori il suo coltello e lo piantava sul tavolo, creando un immediato silenzio.*

*«Immoi basta, apu arrosciu!» diceva, con voce calma. E a seconda della discussione poteva aggiungere... «Decido io», «Non voglio più sentirne parlare», «Faeimì su prexeri, sempri a cianciarrai...» I segni del coltello sul tavolo non erano pochi, ed erano anche profondi. Facevano parte della memoria della famiglia.*

*Le due figlie erano andate, ancora giovanette, in moglie a due bravi ragazzi di solida sostanza, in tutti i sensi. Al tempo di questa storia, il più grande dei maschi aveva trentacinque anni e il più giovane ventitré. Anche loro si erano sposati, e i nipoti non avevano tardato ad arrivare.*

*Una notte Umbrosu sognò di morire, e di vedere dall'al-dilà i suoi figli che si facevano aspramente guerra per l'ere-dità, arrivando addirittura a uccidersi tra loro. Rimase pro-fondamente turbato da quel brutto sogno, e pensando pensando escogitò un rimedio. Una domenica mattina, dopo la Messa, chiamò i sette figli nella propria casa, e li fece se-dere intorno al tavolo, dove in mezzo aveva piazzato un'an-fora di terracotta. Le donne erano state allontanate.*

«*Figli miei, sono nato povero, e so dare il giusto valore alle cose. E non ignoro quanto i sentimenti possano essere guastati da certe faccende. Voglio morire tranquillo, e nemmeno da morto potrei tollerare che voi vi facciate la guerra per l'eredità. Ho diviso le mie proprietà in sette parti ugualissime, ognuna con pascolo, oliveto, bosco, case e pozzi. Qua dentro ho messo sette pietre diverse, e ho deciso che ogni pietra figura una delle sette proprietà. Voi dovete infilare la mano nell'anfora, uno dopo l'altro, dal più vecchio al più giovane, e prendere una pietra. Così facendo l'eredità sarà ben divisa, ma la decisione toccherà al destino. Prima di fare questo, dovete dirmi se siete d'accordo. Dovete giurare che la sorte di stasera sarà per voi vangelo. Vi ascolto.*»

Nella stanza aleggiava una certa tensione, e nello sguardo dei figli si leggeva perplessità e sorpresa. Il padre guardò negli occhi uno per uno i suoi sette pipìus, come ancora li chiamava, e aspettò che ognuno giurasse di accettare la decisione del destino. Scavalcato che fu il giuramento, ogni figlio, dal più vecchio al più giovane, prese una pietra, e la tenne stretta in mano. Soltanto dopo Umbrosu tirò fuori una cartina dei suoi possedimenti, e la distese sul tavolo. Le sette parti erano state divise e tratteggiate con colori diversi, ciascuna legata a una pietra, e ogni figlio seppe qual era la sua. Il padre trascrisse su un grande foglio di carta i nomi dei figli e i possedimenti assegnati, e in fondo furono apposte sette firme. Umbrosu chiuse la faccenda con queste parole: «*Così si è detto, così si è fatto, e così sarà*». Piegò il testamento, e lo mise sotto la statuetta di terracotta della Madonna, che da sempre stava in cima alla credenza. Dopo di che disse ai figli che se ne potevano tornare a casa.

Qualche mese dopo Umbrosu disse che doveva andare a Atzara, nel nuorese, per una certa faccenda, e che sarebbe tornato dopo una settimana. Partì con il calesse, da solo, in una bella giornata di primavera. Dopo sette giorni non era ancora tornato. La famiglia era preoccupata. Dopo altri sette giorni arrivarono a Bonarcado due carabinieri, cercarono il figlio più grande di Umbrosu e gli dissero che suo padre era stato ucciso da un bandito, lungo la strada di ritorno da Atzara, ed era finito in un burrone insieme al suo cavallo e al calesse. La sua salma sarebbe arrivata dopo qualche giorno, perché per via di quella benedetta e nuova Italia si doveva aspettare non si sa quale documento.

La moglie e i figli si riunirono nella grande casa del padre, dove erano cresciuti, e mentre lo piangevano, i nipoti correvano di qua e di là. Ci vollero altri sette giorni per vedere arrivare la cassa da morto, ben chiusa, con l'ordine di non aprirla per nessun motivo. In effetti anche stando intorno alla cassa si sentiva l'olezzo del cadavere, che faceva una penosa impressione.

Venne celebrata la Santa Messa nell'antichissima chiesetta di Nostra Signora di Bonacatu, poi la cassa fu portata a spalla dai figli, a turno, fino al cimitero, dove fu calata nella terra e ricoperta. Sopra il tumulo venne piantata una croce di legno.

Ci fu il lungo pranzo con i parenti, poi la moglie di Umbrosu, i suoi figli, i cognati, le cognate e i nipoti rimasero da soli nella grande casa di famiglia. Mentre i bambini giocavano nel cortile dietro la costruzione, e le donne si davano da fare nelle occupazioni da femmine, i sette figli sfilarono il testamento da sotto i piedi della Madonna e lo stesero sul tavolo. Cominciarono dei mormorii...

I tuoi olivi sono più grandi dei miei... però i tuoi fanno più olio... il mio bosco in confronto al tuo è disgraziato... nel tuo pozzo c'è più acqua che nel mio... non è vero, è il contrario... la mia casa ha una stanza di meno... ma la tua è più solida...

Dopo le prime schermaglie le voci salirono di tono...

...tu sei sempre stato il preferito... ma se di botte ne ho prese più di tutti voi messi insieme... io non ci sto, è tutto sbagliato... il mio oliveto non vale la metà del tuo...

*Poi si passò agli urli...*

*Sesi una conca e cazzu... Calloni... Ma poitta no ti ndi an-dasa a cagai... Ma ita sesi maccu? La ca ti tzacu...*

*Dalle bocche furiose uscivano schizzi di saliva...*

*Su santu chi t'at fattu!... Pudesciu a bentu!... Tzacau sia-sta!... Stizia ti pighidi!... Maladittu siasta!... Scuartarau!*

*A un tratto la porta che dava verso le stalle si spalancò con un calcio, e i sette figli balzarono in piedi senza respiro... Davanti a loro c'era Umbrosu, con gli occhi di un demonio, che avanzava con una frusta in mano... Si accorsero presto che non era un fantasma, perché le staffilate sul collo e sulle mani bruciavano, tagliavano, tiravano fuori il sangue, e a nulla valevano i lamenti e le suppliche... Perdonate padre... Siamo dei cani... Basta... Basta... Fa male...*

*«Brutti porci... avete firmato... avete giurato... (non grida-va, parlava tra i denti, e colpiva forte) e adesso grugnite come maiali... Non siete degni di stare al mondo... Spergiuri... tra-ditori... peggio dei ratti con la lebbra...» Andò avanti un bel po' a frustare e a coprire d'insulti i suoi sette figli. Poi gettò via lo scudiscio, prese il testamento e aggiunse una frase...*

*'Quando non ci sarò più, se anche uno solo dei miei sette figli si azzarda a lagnarsi del testamento che ha firmato o mette zizzania, l'intera mia proprietà sarà donata al mona-stero delle Spose del Sacro Cuore Sanguinante di Nostro Signore Gesù Cristo in Croce... o come diavolo si chiama.'*

*Sotto ci scolpì la sua firma, piegò il foglio e se lo mise in tasca.*

*«Domani lo porto a Oristano dal notaio. Adesso andate-vene via, prima che la frusta mi salti di nuovo in mano» dis-se. I figli se ne andarono a occhi bassi, doloranti e sangui-nanti, portandosi dietro le mogli e i bambini.*

*Si venne poi a sapere che per imbastire il suo piano, Um-brosu si era messo d'accordo con sua moglie, con i carabinie-ri, con il prete e con il becchino, e nella cassa avevano but-tato gli scarti di una macelleria.*

*Quando una ventina di anni dopo, Umbrosu se ne andò serenamente all'altro mondo, sdraiato nel suo letto, circondato dall'affetto della sua grande famiglia, i sette figli accettarono senza fiatare il destino delle sette pietre. E ai loro figli insegnarono a non giurare mai il falso, a mantenere la parola data, a comportarsi correttamente.*

«Ecco la storia...» disse Piras, e si voltò a guardare il fuoco. Anche questa volta il silenzio si propagò nella cucina invadendo ogni angolo, e la sua presenza rimase abbastanza a lungo, anche perché era stato ascoltato l'ultimo racconto, e come al solito nessuno aveva voglia di andare via. In una dimensione mitologica sarebbero rimasti eternamente davanti al camino perennemente acceso a raccontare per sempre vecchie storie di famiglia, ricordi d'infanzia, aneddoti di guerra... Ma nel mondo terreno ogni cosa ha una fine, e non si poteva fare altro che prenderne atto.

Per concludere ci voleva soltanto un altro brindisi individuale, e fu Ennio a sollevare per primo il suo bicchiere.

«Alla miracolosa frusta di Umbrosu» mormorò, sorridendo.

«Al numero sette...» disse Rodrigo.

«A Nostra Signora di Bonacatu...» disse Piras, e il suo accento sardo venne fuori carico di orgoglio.

«Alle offese in sardo, che sono bellissime» disse Dante.

«Alla Sardegna depredata dai Savoia» mormorò Di Nunzio, con un sorriso amaro.

«A Porta Pia...» disse Arcieri, sapendo di andare fuori tema.

«A Waterloo...» disse Rodolfo, prendendo nuove strade.

«Che vorrebbe dire?» chiese Mugnai.

«Dodici orizzontale... *La definitiva sconfitta di Napoleone...* Otto lettere...» disse l'ex commissario, facendo sorridere tutti. Mugnai contò sulle dita.

«V-A-T-E-R-L-Ò... Sono sette...»

«In fondo ci sono due O, e la prima è una W» gli spiegò Bordelli.

«Lo terrò a mente, grazie.»

«Chissà cosa sarebbe successo se Bonaparte avesse vinto quella battaglia» pensò a voce alta Diotivede.

«Probabilmente nulla, poco dopo avrebbe perso comunque» commentò Dante.

«Chi è che manca?» chiese Rodrigo.

«I racconti sono finiti, purtroppo» disse Ennio.

«Parlavo del brindisi... Non è che diventi doddo come mio cugino?»

«Lo so lo so, era solo una triste costatazione» precisò il Botta, che fin da bambino amava ascoltare i racconti degli altri.

«Di sicuro manco io... Posso brindare alla *Settimana Enigmistica*?» propose Mugnai.

«Certo che si può» lo rassicurò Bordelli.

«Ai due cuochi, a questa cucina, alla legna che ci ha accompagnato» disse Diotivede.

«Agli afflati poetici dei frugabudella» disse Bordelli, concludendo la lista dei brindisi, e le ultime lacrime di vin santo finirono nelle gole dei dieci commensali. Nessuno si preoccupò di guardare che ora fosse.

«Ite missa est...» disse Dante, benedicendo i presenti.

«La cena è finita, andate in pace...» chiosò Rodrigo.

«Che la digestione sia pacifica» disse Diotivede.

«E silenziosa...» aggiunse Ennio, ridacchiando. I commensali si alzarono lentamente, uno dopo l'altro, con quella sottile malinconia che accompagna la fine di una serata piacevole.

«Ci rivedremo presto, ragazzi» disse Bordelli.

«Grazie... anche per averci chiamati *ragazzi*» disse Di Nunzio.

«Ormai siamo in dieci» continuò l'ex commissario, mentre gli adepti della Confraternita si infilavano le giacche o i giubbotti. Attraversarono la cucina, percorsero il corridoio e uscirono nell'aia, sotto un cielo di vetro su cui era stata dipinta una luna quasi tonda. Di là dalla stradina si sentiva il rumore di qualche animale che si allontanava. Strette di mano, brevi saluti, sorrisi... Mentre Bordelli stava salutando Di Nunzio, si avvicinò Ennio, con la chiara intenzione di non farsi sentire dagli altri.

«Mi scusi, maestro elementare... Che grado ha in questura?» sussurrò, con un sorrisetto complice. Anche Di Nunzio sorrise, ma non rispose. Una dopo l'altra le auto si arrampicarono su per la stradina sterrata, insieme alla moto di Dante. Dopo un minuto la colonna di fumo si diradò, e il rumore dei motori divenne un brontolio sempre più lontano. La domanda del Botta era rimasta in sospeso.

«Si sbaglia...» disse Di Nunzio.

«Non sbaglio mai in queste cose, lo chieda al commissario.»

«Sono andato in pensione da questore vicario» precisò Bordelli. Il questore squadrò il Botta.

«Ho fatto la leva nei Carabinieri, forse ha percepito qualcosa per quello.»

«Può essere, però non mi ha risposto. Che grado ha in questura?» insisté il Botta. Il commissario scambiò un'occhiata con Di Nunzio, che alzò le spalle per dire che a quel punto si poteva dire la verità. Fu Bordelli a rispondere.

«È solo il questore» disse. Il Botta dilatò gli occhi.

«Addirittura... Comunque non lo dirò a nessuno.»

«Nulla di grave, preferivo stare a tavola con voi da semplice invitato, senza un marchio che potesse creare distanza.»

«Molto sottile» commentò il Botta.

«Avrei fatto la stessa cosa se fossi stato un ex detenuto.»

«Adesso ho capito ancora meglio.»

«Per annusare gli sbirri bisogna essere esperti» commentò Di Nunzio, allusivo.

« La lepre deve essere capace di annusare il cane » dichiarò Ennio, orgoglioso.

« Sei dunque un fuorilegge... »

« Ex ladro, ex truffatore, ex falsario » dichiarò Ennio, facendo il saluto militare.

« Ecco spiegato il tuo fiuto... »

« Adesso è un onesto cittadino » disse Bordelli, senza voler entrare in particolari. Il questore lo guardò, divertito.

« Un ex commissario, un ex ladro, un ex medico legale, un ex agente dei Servizi... »

« A poco a poco diventeranno ex anche tutti gli altri, Piras per ultimo » disse l'ex commissario. Le tre ultime strette di mano dichiararono la fine della serata. Le ultime due auto salirono su per il sentiero sterrato, e poco dopo nella campagna dilagò il consueto silenzio... con i suoi fruscii, i versi degli uccelli, l'abbaiare lontano di qualche povero cane alla catena, che sentiva passare un animale selvatico libero.

Bordelli rimase qualche minuto a guardare il cielo scuro bucherellato di stelle, le punte nere dei cipressi, le chiome degli olivi che frusciavano nel vento, lasciandosi avvolgere da una piacevole malinconia che gli faceva scorrere davanti agli occhi le ombre dei suoi cari morti, da sua madre e suo padre ai suoi compagni di guerra, dagli amici che aveva perso per strada ai parenti vicini e lontani che avevano popolato la sua infanzia... Adesso gli sembrava di vederli camminare nei campi, a capo chino, diretti verso una destinazione ignota... Finché in mezzo a quella moltitudine di fantasmi apparve una figura bianca che avanzava verso di lui.

« Blisk, ma non eri in casa a dormire? »

Si svegliò verso le nove fresco e riposato, come sempre dopo le cene della Confraternita. Un bel caffè, poi si mise a sistemare la cucina. In quella grande stanza c'era sempre stato un buon odore di legna bruciata. Dopo aver lavato una catasta di piatti e spazzato il pavimento, trovò un posto alla cassetta di cottura dentro la madia e portò la valigia in camera, pensando che doveva davvero fare presto un viaggio. Parigi di sicuro, ma anche Spagna, Portogallo, Inghilterra... per la Germania non era ancora pronto.

Era una bellissima giornata. S'infilò un giubbotto leggero per andare a fare due passi nei dintorni. Da solo, visto che Blisk non era in casa. Doveva dirglielo... *Questa casa non è una cuccia.* Aveva appena aperto la porta per uscire, quando squillò il telefono. Tornò indietro in fretta, sperando che fosse Piras con la lista dei nomi delle operaie di Pontassieve.

«Sì, pronto?»

«Dottor Bordelli?» No, non era Piras.

«Sì, chi parla?»

«Sono Salvecchi...»

«Ah, buongiorno.»

«La disturbo?»

«No no, mi dica...»

«Be', aveva ragione lei.»

«A proposito di cosa?»

«Ho letto le poesie di sua madre, sono bellissime.»

«Ah, mi fa piacere» disse Bordelli, con una vampata di calore sulla faccia.

«Limpide, potenti...»

«Sono davvero contento.» Adesso, pensò il commissario, mi dirà gentilmente che non le pubblicherà.

«Insomma, vorrei pubblicarle.»

«Mi dà una bellissima notizia.» Si era sbagliato.

«Comunque posso dirle che aveva ragione anche sull'altra cosa.»

«Quale?»

«Quando è venuto a trovarmi ho pensato proprio quello che ha detto lei... *Ecco un altro povero illuso, convinto che sua madre sia Leopardi.*»

«Grazie della sincerità.»

«Deve scusarmi, ma mi arrivano centinaia di raccolte di poesie ogni anno, una più brutta dell'altra. Come se scrivere poesie fosse un gioco da ragazzi, come se bastasse buttare giù qualche frasetta piacevole, un pensierino magari intelligente, un raccontino che va spesso a capo... e così si arriva a quelle polpette senza sapore e senza ritmo, senza quella forza interna che trasforma un insieme di parole e di sillabe in una musica magica, capace di accendere nuove luci nella coscienza e nell'anima... come invece accade leggendo i versi di sua madre.»

«Mia mamma non crederebbe alle proprie orecchie.»

«Come chi è convinto che la letteratura sia fatta di tante belle frasi messe una accanto all'altra, tante sentenze da poter attaccare al muro... Senza capire che invece è un flusso di parole capaci di rivelarci a noi stessi, un fiume composto di mille variabili inscindibili combinate in modo misterioso e magico... Niente trucchi, niente regole, niente belle frasi... La letteratura scaturisce come l'acqua da una sorgente direttamente dalla capacità innata di certe persone di trasformare il loro mondo interiore in qualcosa di universale... Oddio, deve scusarmi, se comincio a parlare di queste cose non riesco a fermarmi... Quando qualche amico scrittore viene a cena da noi e ci mettiamo a parlare di libri e di scrittura, mia moglie scappa, eppure è una grande lettrice...»

« Be', a tavola gli sbirri parlano sempre di morti ammazzati » disse Bordelli, sorridendo.

« Immagino... Ma non voglio tediarla oltre, veniamo al sodo. Faccio preparare presto il contratto, poi la richiamo. »

« Bene, aspetto sue notizie. »

« Le auguro una buona giornata. »

« Anche a lei, arrivederci. » Riattaccò e uscì nell'aia a guardare il cielo, a fare dei bei respiri. Era così che doveva sentirsi un giovane scrittore esordiente alla notizia del suo primo contratto.

« Hai visto mamma? Non sono poi così matto » sussurrò, guardando le nuvole. Stava ancora sorridendo da solo, quando squillò di nuovo il telefono. Forse questa volta era davvero Piras? Rientrò in casa e rispose.

« Sì, pronto? Pronto? C'è qualcuno? » Sì, doveva esserci qualcuno, gli sembrava di avvertire un lievissimo respiro, poi sentì riagganciare. Un ladro, pensò. A volte facevano così, chiamavano per vedere se in casa c'era qualcuno. Ma per una casa di campagna isolata, non era più comodo spiare di lontano per vedere quando le persone uscivano? Alzò le spalle. Cosa avrebbero potuto rubare? Una cucina nuova? Un vecchio televisore? Lenzuola e asciugamani? La cosa più brutta era che un estraneo si mettesse a rovistare tra le sue cose, buttasse all'aria i suoi ricordi, senza alcun rispetto per oggetti di nessun valore che per lui avevano invece una grande importanza, come le fotografie di famiglia, la sua lettera del 9 settembre '43, il Gesù Bambino di gesso che apparteneva a sua mamma quando era piccola, e tutto il resto... Per quegli oggetti amati doveva trovare un nascondiglio sicuro. Magari alla prima occasione avrebbe chiesto un suggerimento a Ennio. Per il momento raccolse quelle cose in due scatole di cartone del vino, e andò a metterle nella stalla in cima a un armadio mezzo rotto e ricoperto di ragnatele. Uscì di casa un po' più tranquillo, ma quella faccenda gli aveva fatto venire in mente che una sera poteva far vedere a Eleonora qualche vecchia fotografia di famiglia.

Invece di andare verso il bosco dietro casa, salì su per la stradina che andava in paese, e prima di arrivare alla strada asfaltata imboccò un viottolo che passava in mezzo a vigne e oliveti. Sotto il sole di primavera che intiepidiva l'aria meno che in città, cercò di fare delle ipotesi sul caso del '47. Una possibilità era ovviamente la vendetta partigiana: i genitori di Gregorio, informatori dell'OVRA, avevano fatto arrestare e magari uccidere il figlio di qualcuno, e dovevano essere ripagati con la stessa moneta. Gregorio era stato attirato in trappola con chissà quale scusa, o forse con la complicità di una donna... Ma perché non ucciderlo con un colpo di pistola o con una coltellata ben assestata? Oppure era stata davvero una ragazza oltraggiata e abbandonata ad attirarlo in quel luogo sperduto, magari senza nemmeno l'idea di ucciderlo, solo per minacciarlo... Forse una ragazza incinta... Un litigio, una nuova offesa, l'umiliazione... e infine le coltellate a casaccio, ma capaci di scrivere l'ultimo capitolo della vita di Gregorio Guerrini.

Tornando verso casa incontrò Mazzinghi che faceva una corsetta di allenamento. Quattro giorni prima aveva vinto a Bologna contro l'inglese Harry Scott.

«Ciao Sandro...»

«Ehi Franco, che ci fai da queste parti?» disse Mazzinghi, fermandosi ma continuando a saltellare.

«Abito qua vicino da diversi anni.»

«Sempre in questura?»

«Certo...» mentì il commissario, per fingere di essere ancora in azione come il pugile.

«Perché non torni ad allenarti alla mia palestra?»

«Eh, non sono mica un ragazzino come te.»

«Un po' di boxe fa tornare giovani» disse Mazzinghi, tirando due pugni all'aria.

«Ci penserò... Il prossimo incontro?»

«Due luglio, contro Richardson, americano. Abbastanza bravo, ma lo mando al tappeto.»

«Dopo quante riprese?»

«Tre, al massimo cinque» disse il pugile, con la sua faccia da bambino un po' discolo e un po' sognatore.

«Mi ricorderò le tue parole» disse Bordelli.

«So quel che dico.»

«E la musica? Scriverai altre canzoni?»

«Se mi vengono sì, sennò no» disse Mazzinghi, sorridendo. Tirava dei gran cazzotti, ma aveva anche un'anima poetica.

«Dai, ti lascio andare... Altrimenti ti raffreddi.»

«Ciao Franco, stammi bene.»

«Ciao campione» disse Bordelli dandogli una pacca sulla spalla, e ognuno continuò per la propria strada.

Il commissario arrivò a casa verso l'una e mezzo, affamato. Un piatto di pasta, una mela, un caffè... con sottofondo di pensieri su quella vecchia faccenda del '47. Aveva esplorato in lungo e in largo ogni possibilità, ben sapendo che poteva essere andata in un modo difficile da immaginare. Si dovevano trovare quelle operaie, bisognava parlare con loro, tirare fuori dai loro ricordi una verità o magari anche una bugia, ma capace di accendere una scintilla nel buio. Non vedeva l'ora che Piras lo chiamasse per dirgli che aveva trovato quei nomi.

Dopo pranzo fece il giro delle stanze spostando mobili per provare nuove combinazioni, e forse era solo un modo per continuare a perlustrare la foresta delle ipotesi.

Alle cinque, stanco morto, accese il fuoco e si sedette in poltrona a leggere.

Quando alle otto si svegliò, aveva il libro di Alba sulle ginocchia e un dito tra le pagine. Sessantuno pagine alla fine del romanzo... *Così mi sentivo libera di immaginare la notte che mi attendeva...* Dopo averlo finito, aveva già in mente cosa avrebbe letto... Si sentiva fortunato, ma in realtà doveva ringraziare il giovane commesso della Seeber, Franco, che ormai da anni lo guidava nella folta foresta della letteratura, consigliandogli romanzi capaci di fargli vivere altre vite.

Ma quella sera la vita reale gli regalò una sorpresa inaspettata: una 500 bianca entrò nella sua aia con l'orgoglio di una Porsche, la portiera si aprì e apparve la donna più bella del mondo... tenendo in mano una borsa della spesa. Eleonora aveva deciso di cenare a casa del suo fidanzato, e si mise a cucinare con un grembiulino che le donava, o forse era lui che amava qualunque cosa lei avesse addosso... e anche ogni cosa lei si togliesse.

« Sto facendo le prove per il matrimonio » disse Eleonora.

« Ah, ti sposi? »

« Scemo... »

« Allora vuoi farmi vedere che sai cucinare? »

« Sempre meglio delle scatolette, no? »

« Non hai paura che tuo marito diventi un grassone in ciabatte? »

« Posso sempre tornare da mia madre. »

« Comunque non basta saper cucinare. »

« Ah no? »

« Una brava mogliettina deve saper stirare, cucire, rifare i letti, curare l'orto, spaccare la legna, potare gli olivi, riparare il tetto... »

« Potresti sposare un uomo. »

« La prima volta preferirei una donna. »

« Senti un po', quand'è che mi racconterai cosa facevi prima della guerra? »

« Ci vuole la serata giusta. »

« Non sai quanto sono curiosa... »

« Per adesso posso dirti che mi facevo chiamare il Corvo. »

« Ti si addice, devo dire. »

« Ti pareva... »

« Bene, aspetterò che il corvo abbia voglia di gracchiare. »

« Quando ci ripenso, mi sembra un'altra vita. »

«Non insisto, il giorno che ti farà piacere avrai le mie orecchie.»

«Me le mangerò...»

«Andresti a prendermi un po' di rosmarino?» disse lei, cambiando discorso.

«Quanto?»

«Tre rametti.»

Dopo aver risvegliato il fuoco si sedettero a tavola. Eleonora aveva messo in piedi una cenetta davvero buona, e il rosso dei Balzini faceva la sua parte. Intanto si raccontavano aneddoti di vita vissuta, divertendosi e commuovendosi. Bordelli pensava di tenere da parte la guerra, per non appesantire la serata, ma lei gli faceva domande anche su quel periodo, e dal suo sguardo si capiva che ascoltare quelle storie la emozionava. Dopo il pomeriggio da Ricca', sentiva il desiderio di saperne di più sulla vita del suo Franco durante quel tragico periodo, che lei aveva vissuto da piccolissima e che non ricordava quasi per niente. Ma le piaceva anche ascoltare le storie buffe di quando lui era bambino.

«Guardandoti, riesco a vedere com'eri da piccolo» disse.

«Dopo cena ti andrebbe di vedere insieme delle vecchie fotografie di famiglia?»

«Siìì, che bello.»

«Ho anche un vin santo che più santo non si può.»

«Adoro il vin santo.»

«È l'ultima bottiglia al mondo di nonno Leandro, poi non ce n'è più.»

«Onorata...»

«Tirare su quel tappo ha più valore di una promessa d'amore.»

«Vuoi farmi piangere?» disse lei, sorridendo.

«Adoro le tue lacrime.» Finirono di cenare. Bordelli stappò l'ultima bottiglia di nonno Leandro, e Eleonora dimostrò di esserne all'altezza.

«Nonno Leandro, non ti dimenticherò mai» sussurrò.

Era un vin santo insuperabile, mitologico, un ricordo da tramandare ai posteri... adatto a una serata di fotografie di famiglia.

Si sedettero insieme nella stessa poltrona e aprirono la scatola della memoria. Quasi subito Franco si trovò in mano una fotografia marroncina di sua mamma a quindici anni, graziosa e sorridente, e mentre la osservava gli passò davanti agli occhi l'immagine di sua madre distesa dentro la cassa da morto. Tra quelle due immagini era passata una vita intera, gli anni, i giorni, le ore, i minuti di una vita intera...

Non disse nulla a Eleonora, le sorrise e continuò a sfogliare le fotografie... Lui da bambino, i suoi genitori, i nonni, le zie di suo padre, i bisnonni, altri parenti di epoche lontane... Commentavano i volti, i vestiti, le pettinature, i cappelli, gli arredamenti, le carrozze...

La mattina presto faceva ancora piuttosto freddo. Dopo un ultimo e lungo bacio davanti alla portiera aperta, Eleonora fece una carezza a Blisk, salì in macchina e affrontò il pietrisco della ripida stradina, seguita dallo sguardo sorridente di Bordelli, che quella mattina si era alzato insieme a lei. La 500 non era ancora arrivata in cima alla salita, quando si sentì squillare il telefono. Otto e venti.

«Chi può essere?» mormorò il commissario, entrando in casa.

«Dottore, l'ho svegliata?» Era Piras.

«No no, hai quei nomi?»

«Non ancora, la chiamo per un'altra cosa...»

«Che è successo?»

«Un omicidio e un ragazzino sfuggito a un maniaco sessuale, cosa preferisce?»

«Devo per forza sceglierne una?» disse Bordelli, assalito da vecchie emozioni.

«Il questore me le ha affidate tutte e due. L'aggressione al ragazzino è stata denunciata oggi, ma risale a quindici giorni fa, direi che può aspettare.»

«Puoi chiamarli e dire che andremo nel pomeriggio?»

«D'accordo.»

«Passiamo all'altra faccenda... Chi è stato ucciso e dove?»

«Un prete, a Mercatale» disse il sardo.

«È dietro il crinale che vedo da casa mia... Il sostituto procuratore?»

«Avvertito, non so se verrà.»

«I ragazzi della Scientifica?»

«Avvertiti.»

«E la nostra amica Patrizia?»

«L'ho trovata in laboratorio, viene presto.» Patrizia era la bellissima tagliacadaveri che da un paio d'anni aveva preso il posto di Diotivede.

«Bene... Possiamo vederci al bivio per Luiano» disse Bordelli. In quel momento non era più un ex.

«Sto guardando la pianta della zona.»

«Dopo la Certosa del Galluzzo oltrepassi Tavarnuzze e prendi verso Greve, ti aspetto lungo la strada, mi faccio vedere... Quando parti?»

«Pochi minuti.»

«Che hai detto al dottor Di Nunzio, stamattina?» chiese Bordelli, sapendo che in caso di omicidio di solito si viaggiava in due.

«Che preferisco lavorare da solo.»

«L'ha bevuta?»

«No, ma mi ha lasciato fare» disse il sardo.

«Allora si fida.»

«Spero di sì.»

«A tra poco» disse Bordelli. Era bastata quella telefonata per farlo sentire come quando era ancora in servizio. Un po' come aver appeso la «pensione» al chiodo, una sorta di ex ex commissario, pensò. Si lavò in fretta, caricò la Moka e si mise a organizzare una zuppa veloce per Blisk, che seguiva le operazioni seduto di fronte alle due cucine. Lanciò un'occhiata a Geremia, che lo fissava con un sorriso severo, ma anche ironico.

«Non è vero, lo sai bene» disse Bordelli.

«Non ho detto nulla.»

«Però lo pensi...»

«Questo è affar mio» disse il teschio.

«Comunque non è vero, non sono per niente contento che abbiano ammazzato quel prete.»

«Excusatio non petita...»

«Finiscila... Purtroppo queste cose succedono, e io vorrei solo scoprire chi è stato... Ti sembra così strano?»

«Appena l'hai saputo, nei tuoi occhi si è accesa una scintilla.»

«Se te lo sei scordato, per un quarto di secolo è stato quello il mio lavoro.»

«Un lavoro o un'ossessione?»

«Non ti rispondo nemmeno...» disse il commissario. Mandò giù il caffè e servì la zuppa a Blisk.

«Buona giornata, non so quando torno» disse, e uscì in fretta. Guidando a passo d'uomo si buttò giù per la stradina che portava a Ferrone. Era ancora più malridotta di quella che scendeva a casa sua, ma era comunque una scorciatoia. Dopo meno di dieci minuti era al bivio di Luiano. Si mise bene in vista e scese. Ma sì, era ancora in servizio, era come se fosse ancora in servizio.

Piras arrivò dopo un quarto d'ora, lasciò la sua 600 in uno slargo e partirono insieme con il Maggiolino. Visto che ormai da tempo il sardo non portava più la divisa, sembravano due normali cittadini, magari padre e figlio, o zio e nipote.

«Ti ricordi quando fumavo?»

«Un incubo» disse il sardo.

«Mi dispiace... Dimmi un po' del ragazzino...»

«Ho parlato con sua madre al telefono. Lei lo ha saputo ieri. Da diversi giorni il ragazzino era strano, non andava più a giocare con gli amici. Ieri sera lei gli ha chiesto se stava bene, e il figlio ha detto che due settimane fa è stato aggredito da un uomo nei giardinetti vicino a casa sua, a Campo di Marte, ma è riuscito a fuggire. La signora ne ha discusso con il marito, e hanno deciso di fare una denuncia. Per adesso non so altro.»

«Dopo ci andiamo... E dell'omicidio cosa sai?»

«Poco... Si tratta del parroco, arrivato da tre anni circa. Piuttosto giovane, a quanto ho capito. Sembra sia stato accoltellato. Lo ha trovato stamattina un contadino in mezzo al campo, e ha chiamato gente. La panettiera ha il figlio in Pubblica Sicurezza, a Pistoia. Gli ha telefonato e lui le ha detto di chiamare noi invece dei carabinieri.»

«Però due chiacchiere con il maresciallo le dobbiamo fare, siamo in un paesino.»

«Ci avevo già pensato.»

«I carabinieri sanno sempre un sacco di cose» disse Bordelli.

«Ho detto di non toccare nulla, di tenere lontane le persone.»

«I giornalisti?»

«Sono riuscito a evitarli, e non mi hanno seguito.»

«Bene... Quanto dovrò aspettare per le operaie di Pontassieve?»

«Non saprei, quel mio amico non mi ha ancora chiamato.»

«Aspetterò con pazienza... Siamo quasi arrivati. Ti hanno detto dove andare?»

«Ho qualche indicazione, ma non ci sarà bisogno di cercare, ormai lo sapranno tutti, anche i carabinieri.»

«Ci puoi scommettere...»

Quando arrivarono nella piazzetta davanti alla chiesa, trovarono un bel po' di gente e molta agitazione. Mostrarono i tesserini per farsi riconoscere. Il meccanico, un tipo sui quaranta, si offrì di accompagnarli nel luogo dove era stato trovato il cadavere, e montò in macchina con loro. Imboccarono un paio di viuzze, poi uno sterrato che attraversava un oliveto, in tutto poche centinaia di metri. Più avanti, in mezzo a un campo, c'era un gruppetto di una quarantina di persone, e anche due divise da carabiniere. Prima che il Maggiolino si fermasse, Piras si voltò verso il meccanico.

«Per arrivare qui, quella che abbiamo fatto è l'unica strada?»

«In macchina sì, a piedi si taglia per i campi.»

«La strada continua o è chiusa?»

«Finisce a quella casa laggiù» disse il meccanico, indicando un casolare a trecento metri.

«Chi ci abita?»

«Una maestra.»

«Con la famiglia?»

«No, da sola, è vedova e non ha figli.»

«Giovane?» chiese Bordelli.

«Giovane e belloccia.»

«Il prete conosceva bene Mercatale?»

«Si fa presto, son quattro case, e don Giulio era un bel girellone» disse il meccanico, allusivo. Piras e Bordelli si scambiarono un'occhiata, senza dire nulla.

«Grazie...»

«Di nulla.» Bordelli fermò la macchina lungo la stradina e scesero tutti e tre. I curiosi che erano venuti a vedere lo spettacolo bofonchiavano e chiacchieravano, e il meccanico si unì a loro, con l'aria fiera di chi si è reso utile. Il commissario e Piras si presentarono ai carabinieri mostrando i tesserini.

«Qualche idea su chi può essere stato?» chiese Bordelli.

«No, commissario...» I chili che aveva in più il maresciallo mancavano all'appuntato.

«Dopo parliamo un attimo.» Bordelli si comportava proprio come quando era in servizio, e si sentiva un po' come se fingesse di essere un altro. Un'occhiata a Piras e scavalcarono la gente. Avanzarono in mezzo all'erba alta per andare a vedere il morto, stando ben attenti a dove mettevano i piedi. Il cadavere era accanto a un grosso olivo, in una posa scomposta, come un burattino lanciato da lontano. Diverse coltellate, a quanto sembrava. I vestiti inzuppati di sangue, la faccia rivolta verso il cielo, gli occhi aperti, le mani sul pube e anche lì molto sangue. Il collarino bianco era mezzo sfilato, una scarpa era scappata via e sul calzino ronzavano le mosche. Dal corpo partiva una strisciata di sangue lunga almeno due metri. Bordelli si avvicinò al sardo e gli sussurrò all'orecchio.

«Femorale?»

341

«Sembrerebbe» disse Piras.

«Cosa stai guardando?»

«Quel pietrone.» Era una pietra bella grossa, a qualche metro dal cadavere.

«Cos'ha di speciale?»

«Dev'essere stata raccolta dove c'è quell'avvallamento, la forma corrisponde.»

«Potrebbe essere.»

«Aspettiamo di essere soli e controlliamo meglio.»

«Va bene...» Il commissario tornò indietro, si avvicinò al gruppo di persone e si rivolse a tutti.

«Chi di voi ha trovato il corpo?»

«Sono io» disse un vecchio contadino con il cappello in mano, facendo un passo avanti. Il commissario lo invitò ad avvicinarsi, e si allontanò con lui di qualche passo per chiedergli com'era andata.

«Stamani mi son levato presto come a i' solito e son venuto a fare un po' d'erba per i coniglioli...» Aveva visto un fagotto in lontananza, pensava a una bestia morta, poi si era avvicinato e aveva riconosciuto don Giulio. Gli era preso un colpo, e subito era andato in paese per dirlo a tutti.

«Ha visto altro?»

«Nulla...»

«Quando ha riconosciuto don Giulio, cos'ha pensato?»

«Umme lo faccia dire...»

«Se sa qualcosa la prego di dirmela, invece» insisté Bordelli, abbassando la voce. Il vecchio fece un sospiro, si voltò a guardare gli altri, poi si sporse in avanti.

«Femmine» bisbigliò.

«Don Giulio aveva un'amante?»

«Giran le voci, ma un so nulla di preciso.»

«Sa dirmi chi è questa donna?»

«None... Lei m'ha chiesto icché m'è venuto immente e io gnen'ho detto, ma un so nulla di preciso, un posso dire nulla, unn'ho visto nulla... Che m'ha 'nteso?»

«Sì sì, ho capito. Grazie, può andare.»

«Ariedello...» Il contadino tornò a imbrancarsi nel gruppo, e Bordelli richiamò di nuovo l'attenzione di tutti.

«Qualcuno di voi ha visto qualcosa? O comunque è a conoscenza di fatti importanti per l'indagine?» chiese a voce alta. C'era chi scuoteva il capo, chi alzava le spalle, chi arricciava le labbra, chi si guardava intorno per vedere cosa facevano gli altri, ma nessuno disse nulla.

«Bene, adesso vi prego di lasciarci lavorare in pace.» Con un sussurro disse al maresciallo di mandare via tutti e di tornare indietro.

«Sì, commissario» disse il maresciallo. Insieme all'appuntato cominciarono a spingere via le persone, chiamandole per nome... Dai, Cesira... Su, Tonino... Antilia, fammi il favore... Enzo, anche te... Lentamente il chiacchiericcio cominciò ad allontanarsi.

«I morti hanno sempre un gran successo» disse Bordelli.

«Fanno sentire vivi» commentò il sardo. Si avvicinarono insieme alla pietra che era stata spostata, per osservarla meglio.

«Hai ragione, Piras. Ha una parte sporca di terra, come se con il tempo fosse affondata un po' nel terreno, e quella buca ha la stessa forma.»

«Vediamo una cosa.» Piras percorse a grandi passi la distanza che separava la pietra dalla buca.

«Più o meno quattro metri?» disse il commissario.

«A me viene in mente solo una cosa.»

«È stata scagliata?»

«Proviamo» disse il sardo. Si allontanarono di una ventina di metri, per non «disturbare» la zona del delitto. Piras sollevò una pietra della stessa grandezza, lasciando nel terreno una buca del tutto uguale all'altra. Poi la scagliò con forza e la fece rotolare fino a quattro o cinque metri.

«Hai ottenuto lo stesso record» commentò Bordelli.

«Resta da capire se a lanciarla è stato l'assassino o il prete.»

« Riflettiamo, immaginiamo la scena... Don Giulio scaglia la pietra contro il suo aggressore... No, è una mossa troppo lenta, si deve chinare, raccogliere la pietra, piuttosto pesante, e scagliarla contro chi lo sta minacciando con un coltello, che avrebbe tutto il tempo per colpirlo... Non sta in piedi... »

« Se invece a scagliarla fosse stato l'assassino... Don Giulio, dopo aver scansato la pietra, capisce con chiarezza le intenzioni dell'aggressore, e scappa... L'assassino lo raggiunge e lo accoltella... In questo caso la pietra non sarebbe a pochi metri dal cadavere. Nemmeno questa versione sta in piedi... A meno che... »

« A meno che don Giulio non avesse nessuna paura del suo assassino » lo interruppe Bordelli.

« Esatto... »

« Una donna? »

« Perché no... » disse Piras.

« Gelosia? »

« Come mille altre volte. »

« In questo caso, a scagliare il pietrone potrebbe essere stata una donna molto forte, oppure è stato don Giulio, ma non per difendersi dal pericolo di essere ucciso. »

« Forse per esasperazione... »

« Senza avere paura della donna che aveva davanti, senza immaginare che lei avesse un coltello e che avrebbe potuto usarlo » disse il commissario, mentre tornavano verso il cadavere.

« Questa in piedi ci sta » confermò il sardo.

« Anche su un piede solo. » Erano arrivati da pochi minuti e stavano già facendo congetture. Il sardo si morse un labbro.

« Basta non innamorarsi di un'ipotesi fino al punto di non vedere le altre... Come dice sempre lei. »

« Ah, dico così? »

« Almeno una trentina di volte lo ha detto. »

« In effetti è sempre stata la mia più grande preoccupazione » disse Bordelli. Con gli elementi a disposizione cercava sempre di ricostruire la dinamica dei delitti, ma senza mai affezionarsi a un'ipotesi fino al punto di ritrovarsi prigioniero di un pregiudizio, anzi continuando più di prima a tenere gli occhi aperti, pronto ad accogliere nuovi elementi e a buttare alle ortiche le sue precedenti congetture.

«Qui c'è del sangue» disse Piras, indicando le foglioline di una pianta selvatica. Sopra c'erano delle piccole gocce, a distanza di qualche metro dalle pozze di sangue che circondavano il cadavere, a metà strada tra la pietra e il punto in cui era stata raccolta.

«Pensi che potrebbe non essere di don Giulio?»

«Non si sa mai.»

«Lo faremo analizzare» disse Bordelli. Per essere sicuro di ritrovare il sangue prese uno stecco e lo piantò a mezzo metro di distanza. Piras continuò a ispezionare con attenzione il terreno intorno al cadavere, filo d'erba dopo filo d'erba. Il commissario si avvicinò di nuovo al morto.

«Era piuttosto bello» disse. In effetti, anche imbruttito dalla morte, don Giulio aveva un'aria da poeta tenebroso. Sui trentacinque anni, capelli neri e corti, con un taglio moderno, occhi scuri, mani curate, sbarbato, in abiti borghesi ma con il collarino. Un pensiero era inevitabile... Come aveva detto Terracina riguardo a Gregorio, quelle coltellate a destra e a manca facevano pensare a una persona che non sa bene quel che sta facendo, non a qualcuno che sa come uccidere... Proprio come una donna innamorata e respinta.

Il suo sesto senso gli diceva che non sarebbe stato difficile risolvere quel caso. Guardò l'orologio, un quarto alle dieci. Patrizia poteva apparire da un momento all'altro, e anche i ragazzi della Scientifica. Il sardo era a qualche metro dal cadavere, più o meno nei pressi della pietra. A un tratto si piegò sulle ginocchia, tirò fuori il fazzoletto e raccolse qualcosa.

«Guardi qua» disse, alzandosi. Bordelli si avvicinò, e per capire cosa fosse il piccolo oggetto dovette mettersi gli occhiali, che ormai si portava sempre dietro. Era un cuoricino d'argento leggermente annerito, poco più grande di una lenticchia.

«Un ciondolo...»

«Non dev'essere caduto da molto, non era affondato nella terra» disse il sardo.

«Hai la vista di un falco.»

«L'occhiello è intatto, probabilmente si è spezzata la catenina.»

«Proviamo a cercarla?»

«Sì, anche se magari è stata ritrovata.»

«O potrebbe essere rimasta dentro i vestiti» disse Bordelli, ricordandosi di una sua antica fidanzata che aveva perso una catenina e l'aveva ritrovata spogliandosi.

«Difficile pensare che non abbia a che fare con l'omicidio» disse Piras.

«Be', di certo non l'ha persa un vecchio contadino potando gli olivi.»

«Se troviamo chi l'ha persa troviamo l'assassino, o quasi certamente l'assassina.»

«Magari qualcuno in paese sa di chi è quel cuoricino» disse il commissario.

«Può anche darsi, ma un ciondolino del genere di solito si vede poco, lo conoscono solo gli amici a cui vuoi farlo vedere.»

«Anche questo è vero, ma tentar non nuoce.»

«Non sarà difficile risolvere questa faccenda» disse Piras, sicuro di sé.

«L'ho pensato anche io... Proviamo a cercare la catenina?»

«Proviamo.» Si misero a ispezionare il terreno, uno di qua e uno di là, ma non trovarono nulla. Videro i carabinieri in fondo alla strada sterrata che stavano tornando indietro, a passo lento. Dietro di loro apparve una Mini Cooper rossa che avanzava alzando una nuvola di polvere. I carabinieri cercarono di fermarla, ma l'auto li scavalcò senza rallentare.

«Patrizia?» si chiese Bordelli a voce alta.

«Credo di sì» disse il sardo. La Mini si fermò e scese proprio lei, Patrizia, che tutto sembrava tranne un medico legale.

«Adesso mi diranno che non posso stare qui» disse, guardando i carabinieri che stavano arrivando a passo svelto.

«Anche io le direi la stessa cosa, se non la conoscessi.»

«I pregiudizi sono duri a morire, ma sto cercando di ucciderli» disse lei, avviandosi verso il cadavere. I carabinieri arrivarono con il fiatone, e Bordelli alzò una mano.

«Tutto a posto, è il medico legale» disse.

«Cosa? Quella bella figliola?» chiese il maresciallo a bassa voce, scambiando un'occhiata stupita con l'appuntato.

«So che non sembra...»

«In questo mondo non mi ci raccapezzo più» disse il carabiniere.

«Mentre la dottoressa fa il suo lavoro, posso rivolgerle qualche domanda?»

«A disposizione, commissario... Mi dica.»

« Quest'olio pizzica la lingua » disse Piras.

« È così che dev'essere » disse il commissario.

« Sì sì, mi piace. » All'una meno un quarto erano seduti in una locanda di San Casciano, con un quartino di rosso sul tavolo, in attesa dell'antipasto. Avevano scartato l'idea di rimanere a mangiare un boccone a Mercatale, non sarebbe stato il caso, con tutto il paese in subbuglio per l'omicidio di don Giulio. Dovevano parlare, decidere il da farsi, e il commissario non aveva più il suo ufficio in questura, dunque avevano scelto quella soluzione.

I tavoli si stavano riempiendo di artigiani e bottegai. Il proprietario dell'osteria sapeva già del delitto, e a tutti quelli che entravano raccontava del prete di Mercatale morto ammazzato. Sembrava contento di poter diffondere la notizia, e se qualcuno la conosceva già ci rimaneva quasi male. Loro due avevano fatto finta di non saperne nulla, per evitare di essere assillati dalle domande, ma avevano aguzzato le orecchie, cogliendo le solite allusioni...

*I' prete l'è sempre servito a scardare i' letto, o dimmi di no... Altro che don Giulio, quello si chiamava don Scaldino... Gli garbava più la passera della colomba di Pasqua...*

« Buono anche il prosciutto » disse il sardo.

« Tagliato a mano » disse Bordelli.

« Questa da noi non c'è... »

« Dici la finocchiona? »

« Sì... »

« Nei secoli passati il finocchio lo usavano per camuffare il saporaccio della carne poco fresca. »

348

«Non lo sapevo.»

«Si dice infinocchiare per questo.»

«Interessante...» disse Piras. Anche il pane era buono, si sentiva in bocca il sapore del grano, il profumo della farina. Patrizia Della Torre, il medico legale, aveva dato una prima occhiata al cadavere. La morte era avvenuta quasi certamente per dissanguamento, circa sette ore prima, dunque tra le due e le quattro di quella notte. Almeno sette ferite, poco profonde, sparse sul torace e sull'addome, causate da un'arma da taglio appuntita ma corta. Il colpo letale era stato quello all'arteria femorale. Pochi secondi e fine dei giochi.

«Queste fave sono davvero buone» disse Piras.

«Sono da mangiare insieme al pecorino... Comunque da noi si chiamano baccelli, le fave sono un'altra cosa» disse il commissario.

«Sì sì, lo so. Voi fiorentini avete sempre in mente quelle faccende, vivete di doppi sensi sessuali e di battute che capite solo voi.»

«Non mi mettere nel mucchio, Piras. Mi hai mai sentito fare battute del genere?»

«Non parlavo di lei» disse il sardo. Avevano tutti e due una gran fame, e in quella osteria si mangiava bene. Anche il vino della casa si faceva bere con piacere.

Quando Patrizia si era messa a toccare e ad annusare il cadavere, proprio come il suo maestro Diotivede, il commissario aveva fatto qualche domanda al maresciallo... Don Giulio? Era stato mandato a Mercatale circa tre anni prima, quando il vecchissimo don Alfonso aveva comunicato all'arcivescovo Florit di non essere più in grado di celebrare la Santa Messa. Si era capito subito che la musica era cambiata, aveva detto il maresciallo, mentre l'appuntato se ne stava lì accanto ad ascoltare e annuire. Don Alfonso era un prete contadino, lavorava nei campi, partecipava alla vendemmia, raccoglieva le olive, beveva volentieri, era un po' gobbino, e quando aveva smesso di celebrare aveva ottantasette anni suonati. Don Giulio era giovane, affascinante, colto, aveva una bella voce, quando ti guardava negli occhi capivi che era un uomo speciale, le sue omelie erano interessanti e divertenti, facevano riflettere e sorridere, per spiegare un passo dei Vangeli era capace di raccontare una barzelletta. Già dopo qualche settimana le sue Messe erano affollate come uno spettacolo di varietà. Venivano anche dai paesi vicini, molte donne, ma anche molti uomini. Per potersi confessare con lui si doveva fare la coda. Frequentava sindaci, farmacisti, avvocati, ingegneri, dottori, veniva invitato a cena nelle loro tenute di campagna. Amava la buona tavola e il buon vino, ma nel cuore della notte correva al capezzale di un vecchio moribondo per dargli l'estrema unzione. Suonava il pianoforte nelle ville e nei castelli del Chianti, ma era pronto a bere un bicchiere alla Casa del Popolo con i contadini comunisti. A domeniche alterne diceva Messa anche nelle minuscole chiese di Luiano e di San Martino ai Cofferi, per quelle poche persone che vivevano là intorno, una trentina in tutto. Sapeva parlare inglese e francese, si intendeva di musica e di arte... Le chiacchiere riguardo alla sua « sensibilità » verso le donne? Che dire? I bisbigli non mancavano, e nemmeno il chiacchiericcio, ma si sa che certe faccende rotolando qua e là fanno palla di neve. Lui, il maresciallo, la mano sul fuoco non ce la metteva, né in un senso né in un altro. Accanto a lui l'appuntato annuiva. Non sapevano se davvero don Giulio avesse una o più amanti, e non potevano indicare il nome di una donna o di un'altra senza rischiare di cadere nella illazione e dunque nella calunnia... Anche se i mormorii indicavano sempre le più belle di Mercatale, sposate o nubili o vedove che fossero. Di certo don Giulio alle femmine piaceva, e non poco. Si capiva bene da come lo guardavano, dalle Messe affollate, dalla fila per il confessionale. Era anche vero che le donne davanti ai preti si sentivano più libere e disinvolte che di fronte a un uomo qualunque, come se il maschio fosse tenuto a bada dalla tonaca, come se i preti in fondo fossero innocui... Eh no, non gli veniva in mente nessun possibile colpevole... Il ciondolino d'argento? No, non lo conosceva, non sapeva di chi fosse.

« Anche il pecorino è buonissimo » disse il commissario.

« Il nostro è più saporito » disse Piras.

« In Italia ogni villaggio ha il suo pecorino. »

« Da noi c'è anche quello con i vermi. »

« Vuoi che non lo sappia? Ho fatto la guerra insieme a tuo padre, parlava più di pecorino che di donne » disse Bordelli, sorridendo.

Nel frattempo erano arrivati anche i ragazzi della Scientifica. Avevano fatto molte fotografie al cadavere, prese da ogni lato. Avevano prelevato dei campioni di sangue, sia quello di don Giulio, sia le gocce sulle foglioline segnalate da Piras, e li avevano consegnati a Patrizia. Poi anche loro avevano esaminato il terreno là intorno, ma in un campo ricoperto di erbacce non era facile trovare dei capelli, la cenere di una sigaretta o altre piccole tracce come sul pavimento di una casa o sul sedile di un'automobile.

« Se in un'osteria si mangia bene, si capisce da una semplice pasta al pomodoro » disse il commissario.

« È vero, molto buona » confermò Piras. Con un filo d'olio crudo e una nevicata di parmigiano era davvero un piacere mangiare quelle penne lisce, condite con un pomodoro leggero, ben amalgamato, insaporito da odori equilibrati, cipolla, sedano, carota...

« Nell'orto Ennio mi ha piantato anche i pomodori. »

« A casa mia i pomodori li prendo dalla pianta e li mangio senza metterci nulla. »

« A me piace l'odore delle foglie » disse il commissario, che quando la pianta era abbastanza grande stropicciava una foglia con le dita e poi se le annusava. Veniva fuori un odore buonissimo.

Patrizia se n'era andata per prima, dicendo come al solito che aspettava di avere il cadavere in laboratorio per poter fare esami più approfonditi e scrivere un referto dettagliato sulle pugnalate. Poco dopo anche i carabinieri se n'erano andati, dichiarandosi a disposizione per ogni eventuale altra domanda. I ragazzi della Scientifica avevano aspettato l'ambulanza e avevano aiutato i barellieri a caricare il corpo di don Giulio, poi se n'erano andati tutti insieme.

« Non hai bevuto una sola goccia di vino » disse il commissario.

« In servizio preferisco di no. »

« Non ti vede nessuno. »

« Mi vedo io » disse il sardo.

« Hai ragione, sono io che sono troppo italiano. » Nemmeno per uno sbirro come lui era facile liberarsi di quello stupido piacere tutto italiano di contravvenire alle regole.

Rimasti soli nell'oliveto, Piras e il commissario erano andati a piedi fino alla casa della maestra, dove finiva la strada sterrata. Davanti al casolare avevano visto una 500 carta da zucchero parcheggiata sotto una tettoia. A qualche metro dalla casa, fissato al palo di una pagoda coperta di edera, c'era un campanaccio. Lo avevano fatto suonare, avevano aspettato a lungo.

« Qualcuno ci sta spiando » aveva detto il sardo.

« Ho visto, non guardare. » Dietro una tendina al primo piano si vedeva un'ombra.

« Che si fa? »

« Insistiamo » aveva bisbigliato il commissario. Avevano tirato ancora il campanaccio, e poi ancora, e finalmente la finestra al primo piano si era aperta. Si era affacciata una donna sui trent'anni, con i capelli in disordine e gli occhi pesti. Le avevano chiesto se sapeva della morte di don Giulio, lei era scoppiata a piangere e aveva richiuso la finestra. Ci avevano messo una decina di minuti a farsi aprire. Si chiamava Dora Menicacci. Quando era allegra doveva essere piuttosto carina, ma in quel momento era distrutta, non faceva che piangere.

Avevano capito che di fronte a due uomini si sentiva a disagio, e Bordelli aveva chiesto al sardo di uscire. La maestra era disperata, doveva aver pianto per diverse ore. Con dolcezza il commissario era riuscito a tirarle fuori una frase dopo l'altra, a spizzichi e bocconi. Erano anche rimasti un po' abbracciati sul divano, e per la maestra era stato un sollievo togliersi il bavaglio della clandestinità. La sua era una storia triste, da romanzo strappalacrime...

Aveva perso il marito nello stesso incidente in cui lei era rimasta leggermente ferita. Anche i suoi genitori erano al cimitero. Era figlia unica. Da diversi anni lavorava a Cerbaia, e i bambini della scuola elementare erano stati ed erano la sua salvezza... Si era innamorata di don Giulio andando alle sue Messe, ascoltando le sue omelie... Si era attaccata all'uomo che fremeva sotto la tonaca, con lui aveva ritrovato la gioia dell'amore. All'inizio era stata trafitta dai sensi di colpa, perché era molto religiosa, ma don Giulio le aveva spiegato che solo i monaci e i frati dovevano osservare il voto di castità, mentre per i sacerdoti la faccenda era diversa: avevano il divieto di sposarsi, ma se s'innamoravano potevano unirsi a una donna senza commettere alcun peccato, bastava che il loro amore fosse puro, proprio come quello che lo legava a lei...

Bordelli non era troppo convinto che don Giulio le avesse detto il vero, e siccome di quelle faccende ne sapeva poco, si riservava di verificare. Ma per il momento non le disse nulla, non gli sembrava il caso.

Prima di andare avanti, la maestra aveva chiesto al commissario di giurare che non avrebbe rivelato a nessuno quello che gli stava raccontando, e lui le aveva dato la sua parola... La maestra si era soffiata il naso e aveva continuato... Il loro amore era scoccato da poco più di tre mesi. Don Giulio le diceva che era meglio non far sapere a nessuno della loro relazione, perché le persone di campagna non erano abituate a certe cose, le donne erano bigotte e gli uomini maligni. Si vedevano regolarmente, anche se di nascosto, almeno tre volte alla settimana. Don Giulio arrivava la sera tardi e se ne andava a notte fonda. La sera precedente erano stati insieme fino alle due e mezzo, anche a parlare, a dirsi cose bellissime.

Lui negli ultimi tempi le aveva confidato di essere piuttosto preoccupato, per via di una ragazzina di Luiano che si era innamorata di lui e lo tormentava... No, Dora non aveva idea di chi fosse questa ragazzina. Quanti anni aveva? No, non lo sapeva, e non sapeva nemmeno come si chiamasse. Don Giulio le aveva soltanto detto che era minorenne, e a volte le aveva raccontato qualcosa... Ad esempio la ragazzina fingeva di volersi confessare, e attraverso la grata gli bisbigliava che lo desiderava, lo provocava raccontandogli quello che faceva con i ragazzi, gli chiedeva di vedersi di notte in qualche capanno di cacciatori... Lui cercava di farle capire che era solo un'infatuazione da adolescente, le suggeriva di lasciare che il tempo facesse scivolare via quei sentimenti passeggeri, le diceva che per lei era più giusto innamorarsi dei ragazzi della sua età, ma la ragazzina piangeva, si disperava, faceva le bizze, e minacciava di andare dai carabinieri a dire che lui l'aveva violentata. Don Giulio era davvero preoccupato, e stringendo forte la sua amante le chiedeva di non raccontare a nessuno di quella faccenda. Gli era capitato altre volte di vivere situazioni del genere, e alla fine con un po' di pazienza le cose si erano risolte...

Quando alle due e mezzo se n'era andato, Dora era rimasta come sempre a guardarlo mentre si allontanava tra gli olivi, sentendo ancora sulla pelle le sue belle mani appassionate, i suoi baci... *Mi scusi, mi è sfuggito...* La luna era quasi piena, anche molto luminosa per via del cielo limpido, e lei era riuscita a scorgerlo fino a una certa distanza, poi lo aveva perso. Stava per rientrare in casa, quando le era sembrato di sentire un grido. Era rimasta un po' in ascolto, ma non aveva sentito più nulla, e aveva pensato al verso di un uccello notturno, anche se le era rimasta addosso una sensazione sgradevole. Era salita in casa, si era affacciata alla finestra, e le era sembrato di vedere un'ombra correre sulla strada sterrata, in direzione del paese... No, non avrebbe saputo dire se era un uomo o una donna. Sentendosi inquieta, si era coperta bene ed era uscita. Era arrivata nel punto in cui aveva visto l'ombra, si era guardata intorno e aveva notato qualcosa di scuro ai piedi di un grosso olivo. Si era avvicinata, e quando aveva capito che era don Giulio aveva avuto un capogiro ed era caduta in ginocchio... Tirando un po' su la gonna aveva fatto vedere al commissario i lividi sulle ginocchia, ma non c'erano graffi, il sangue trovato da Piras non poteva essere il suo...

Dora si era rialzata e aveva fatto una corsa fino a casa... Era sconvolta, incredula, il mondo le era franato addosso, non riusciva a respirare... Tremava, non riusciva nemmeno a piangere, si buttava acqua fredda sulla faccia... Poi un pensiero: e se don Giulio era ancora vivo? Forse poteva essere salvato? Era corsa di nuovo nell'oliveto, ma il corpo era nella stessa identica posizione, e tutto quel sangue... No, non poteva essere vivo... Ma voleva esserne sicura... Si era fatta coraggio, si era avvicinata, si era chinata su di lui stando attenta a non mettere i piedi sul sangue... Era morto, era morto, non poteva esserci alcun dubbio... Doveva chiamare i carabinieri? E se le avessero chiesto cosa ci faceva in mezzo al campo alle tre di notte? Se avessero capito che lei e don Giulio... No, non voleva che tutti sapessero, per lui ma anche per se stessa... Viveva in un paese, la gente non avrebbe capito, sarebbe stata additata per la strada, l'avrebbero licenziata dalla scuola... Avrebbe dovuto andarsene, l'avrebbero trattata come una donnaccia... Invece lei lo amava, non era una puttana che andava a letto con il prete per corromperlo e per il piacere della carne... Lo amava davvero, sarebbe stata disposta a sopportare quell'amore clandestino per tutta la vita... Alla fine aveva deciso di non chiamare nessuno, presto avrebbero trovato il corpo, era solo questione di ore... Aveva passato la notte abbracciata al cuscino, a piangere, a ricordare, ad annusare l'odore di don Giulio tra le lenzuola... Il cuoricino d'argento? No no, non era suo, non lo aveva mai visto...

« Vuoi qualcos'altro? » chiese Bordelli.

« No, sono a posto. »

« Se prendo le patate arrosto mi aiuti? »

« Va bene, ma ne mangio solo due » disse Piras. Il commissario alzò una mano per farsi vedere dall'oste.

« Per favore, potrei avere un piatto di patate arrosto e un altro quartino di rosso? »

« Arrivo subito » disse l'oste, e s'infilò in cucina. A quell'ora i tavoli erano tutti pieni, e continuamente entrava gente a chiedere quanto c'era da aspettare.

Prima di lasciare la maestra al suo dolore, Bordelli le aveva detto qualche frase di consolazione, ma la vedeva già con il viso dentro il cuscino a spremere le ultime lacrime. Povera ragazza. Si poteva solo sperare che ritrovasse presto un uomo da amare, magari alla luce del sole.

Piras lo aveva aspettato seduto sui mattoni di un antico muretto a secco... Chissà quante contadine si erano sedute là sopra, a chiacchierare con altre donne spiumando una gallina o sgranando i fagioli.

Si erano avviati lungo la strada sterrata, e Bordelli aveva raccontato al sardo la storia appena sentita, compresa la storiella di don Giulio sulla possibilità per i preti di fare sesso senza commettere peccato.

« Non l'ho mai sentito dire » aveva detto il sardo.

« Nemmeno io, ma preferisco chiedere conferma. » Il commissario aveva aggiunto che la maestra le era sembrata sincera. Magari aveva omesso qualcosa, e in fondo era comprensibile... ma era quasi sicuro che non avesse mentito.

Erano saliti sul Maggiolino, e mentre andavano verso San Casciano a cercare un posto per mangiare avevano parlato, ragionato, valutato diverse possibilità, per capire quale fosse la cosa migliore da fare. Alla fine si erano trovati d'accordo su tutto, più o meno come sempre.

« Senti che patate... E guarda che farle così buone non è facile » disse Bordelli.

« Davvero buone » confermò il sardo.

« Questa locanda è da consigliare agli amici. »

« Mia madre le patate le sa fare in tutti i modi. »

« E a me le patate piacciono in tutti i modi. »

Non sarebbero andati subito a Luiano a cercare la ragazzina, sia per non mettere in subbuglio un'intera famiglia, magari inutilmente, sia per non allarmare l'eventuale assassino o assassina. Così a intuito, il commissario non considerava don Giulio sincero e limpido come la sua amante vedova... E se la minorenne aveva una relazione con lui? Forse i genitori avevano scoperto la tresca e a uccidere il prete era stato il padre, o la madre, o magari tutti e due? E se a ucciderlo fosse stata invece la ragazzina? Piras si era morso un labbro e aveva fatto un gesto come per dire che al momento era una delle ipotesi più probabili, mentre Bordelli...

« Dio mio, non voglio nemmeno pensarci » disse, passandosi una mano sulla faccia. Il sardo continuò il suo ragionamento.

« I racconti di don Giulio sulla ragazzina innamorata di lui che lo tormenta... un po' mi puzzano... Sembra un modo per mettere le mani avanti, per seminare notizie che all'occorrenza potevano tornargli utili. »

« È vero, ci ho pensato anch'io. »

Si erano divisi i compiti. Piras avrebbe cercato a Mercatale e nei paesi vicini i negozi che vendevano piccoli gioielli d'argento, nella speranza di trovare chi aveva venduto il cuoricino, e magari di sapere chi lo avesse comprato. Inoltre, avrebbe cercato di scoprire il prima possibile in quali famiglie di Luiano ci fossero delle minorenni. Ma in un primo momento avrebbero provato a parlare direttamente con le ragazze, senza coinvolgere i familiari.

Bordelli si sarebbe informato sulla differenza tra i monaci e i preti riguardo al voto di castità, per capire se don Giulio avesse preso in giro la povera maestrina. Appuntamento telefonico quella sera dopo cena.

Si dovevano occupare anche dell'altro fattaccio, quello del ragazzino aggredito nei giardinetti di Campo di Marte. Il commissario chiese a Piras il favore di lasciargli mano libera su quella faccenda. È vero, si era sempre occupato di omicidi, ma quando si trattava di violenza su adolescenti e bambini faceva volentieri un'eccezione... Gli tornava in mente Giacomo Pellissari, il ragazzino stuprato e ucciso poco prima dell'Alluvione. Per evitare delitti del genere avrebbe fatto qualsiasi cosa.

« Magari puoi dire al questore che le indagini sono state avviate, e se catturo il maniaco puoi prenderti tutto il merito. »

« Così non mi piace » disse il sardo.

« Non c'è altro modo, Piras. Il questore ha già fatto molto per me, se salta fuori che continuo a indagare da pensionato chissà che succede. »

« Capisco... »

« Che venga a saperlo il dottor Di Nunzio non mi preoccupa, ma non voglio procurargli delle grane. »

« E se i genitori del ragazzino chiamano in questura e chiedono di lei? »

« Dobbiamo evitarlo. Dirò che devono chiedere solo e soltanto di Pietrino Piras, che è a capo dell'indagine. »

« Va bene, ma non mi piace lo stesso. Se lei arresta il maniaco, al questore glielo diciamo in un orecchio. »

« Come vuoi... Allora mi lasci l'indagine? »

« Lo prenda come un regalo di compleanno. »

« Dio te ne renderà merito, Pietrino » disse il commissario, davvero contento. Avrebbe fatto lo sbirro, e in più avrebbe provato il brivido del proibito, come un bambino che ruba le susine... però a sessant'anni. Cosa si poteva volere di più?

Piras scrisse sopra un foglietto il cognome, il telefono e l'indirizzo della famiglia del ragazzino, e lo mise nel portaoggetti. Erano arrivati al bivio di Luiano, dove si erano incontrati diverse ore prima. Il sardo scese dal Maggiolino, montò sulla sua 600 e ripartì verso Mercatale, per occuparsi della faccenda del cuoricino d'argento. Il commissario invece prese la strada per Firenze. Doveva fare due cose, tutte e due importanti.

« Buonasera, posso disturbarla? » chiese Bordelli a un vecchio frate che stava vagando nella penombra deserta della basilica di San Miniato.

« Prego... »

« Potrei vedere padre Lenti, per favore? »

« Ho il piacere di parlare con...? »

« Commissario Bordelli, questura di Firenze » disse il commissario, mostrando il tesserino che il frate ignorò senza battere ciglio.

« Vado a cercarlo, ma deve avere un po' di pazienza. »

« Grazie, non ho fretta » mentì Bordelli. Il frate scomparve dietro una porticina, e quando l'eco del chiavistello che si chiudeva terminò il suo lento viaggio fino alla capriata, il silenzio riconquistò ogni angolo della chiesa. Era bellissimo stare da soli in mezzo a quella meraviglia...

Qualunque prete o frate poteva spiegargli come funzionava il voto di castità, ma lui preferiva chiederlo a padre Lenti. Lo aveva già visto in un paio di occasioni. La prima volta alla fine degli anni Cinquanta, quando dopo una faccenda complicata lui si era trovato in mano una valigia piena di dollari, e andò a portarla in quella chiesa come offerta per i bisognosi. Era rimasto colpito dai suoi occhi di ossidiana incandescente, dalla sua voce leggermente rauca che vibrava di tragedia e di ironia. La seconda volta lo aveva incontrato tre o quattro anni prima, per sottoporre a quel frate un quesito di carattere etico e teologico.

Scese nella cripta millenaria e si mise a passeggiare tra le colonne e i grandi pilastri, si fermò davanti all'altare che si diceva contenesse le ossa di San Miniato, e si ricordò che molti anni prima qualcuno gli aveva raccontato la storia di quel santo... Si diceva che fosse un re armeno, o forse un soldato, che si trovò a passare da Firenze a metà del III secolo, ai tempi della persecuzione cristiana dell'imperatore Decio. Si rifiutò di adorare gli dei pagani, cosa gravissima per i romani, e così venne torturato e infine decapitato... Ma lui si mise il proprio capo sotto il braccio e andò a morire nella foresta di Elisbots, sull'antica collina dove poi venne edificata la chiesa a lui consacrata. Una magnifica storia, che sarebbe stato bello sentir raccontare nei dettagli davanti a un caminetto acceso...

Salì i gradini per tornare nella basilica, e andò a sedersi su una panca, accanto al bellissimo zodiaco di marmo che ornava il pavimento. Lasciava vagare lo sguardo lungo le colonne, sui capitelli, sugli affreschi, sulle decorazioni geometriche, sul mosaico dell'abside... Per lui era la chiesa più bella del mondo. La sua magnifica facciata, che trasformava la geometria in poesia, era bella da qualsiasi distanza, anche guardandola dai Lungarni. E anche all'interno aveva qualcosa di profondamente magico. Ma lui aveva un altro legame con quella chiesa, in fondo alla sua scalinata aveva fissato il suo primo appuntamento con Eleonora, e poi molti altri...

Gli sembrò di sentire un rumore, spiò nella penombra ma non apparve nessuno. Guardò l'orologio, e si stupì di scoprire che invece di pochi minuti, come credeva, era già passata più di mezz'ora. Il tempo era volato. Forse si erano scordati di lui? Era meglio se tornava un altro giorno? Decise di aspettare ancora dieci minuti, poi magari sarebbe tornato il giorno dopo. Continuò a camminare lentamente nella chiesa, salendo e scendendo scale, ammirando ogni particolare, e a un tratto si trovò davanti padre Lenti, sbucato da chissà dove.

« Buonasera, commissario. »

« Buonasera, padre » disse Bordelli.

« Voleva vedermi? Ho poco tempo, deve scusarmi. »

« Solo una domanda. »

« Prego. »

« Ecco... Vorrei sapere se è vero che soltanto i frati devono osservare il voto di castità, mentre i preti cattolici hanno il divieto di sposarsi ma possono avere rapporti sessuali senza commettere peccato. »

« Chi le ha detto questa stupidaggine? » disse padre Lenti, sorridendo.

« Immaginavo che non fosse vero, ma avevo bisogno di esserne sicuro. »

« Brevemente... Per quanto riguarda i cattolici, la legge ecclesiastica sul voto di castità riguarda senza distinzione i frati, i monaci e i preti, così come l'obbligo del celibato. Mentre protestanti, anglicani, luterani e ortodossi possono sposarsi. Ma anche tra i cattolici ci sono delle eccezioni. Ad esempio, tra i copti cattolici, i preti, che dipendono dai vescovi, secondo il diritto orientale si possono sposare, anche se in alcune diocesi i vescovi possono non concedere la dispensa. Mentre i monaci copti e gli alti dignitari ecclesiastici devono rispettare il celibato. »

« È stato molto chiaro » disse il commissario.

« Vuole sapere altro? »

« No, grazie. E mi scusi se l'ho disturbata. »

« Nessun disturbo... Non l'hanno ancora mandata in pensione? »

« Manca poco » disse Bordelli, e sentì che stava arrossendo.

*Via Sirtori 54/B, Nocentini.* Il commissario si mise in tasca il foglietto di Piras e si avviò sul marciapiede. Aveva parcheggiato in via Cento Stelle, e prima di voltare in via Sirtori lanciò un'occhiata a una scialba scuola prefabbricata che non aveva mai visto, piazzata in mezzo a un prato ingiallito. Come facevano quei poveri ragazzi ad aver voglia di studiare in un posto così triste? Porca miseria, eravamo a Firenze, la città di Brunelleschi e dell'Alberti, un limite allo squallore si doveva pur mettere. Sarebbe stato meglio un edificio orribile, piuttosto che così insignificante. Voltò in via Sirtori immaginando di diventare un giustiziere al servizio della bellezza, un eroe incappucciato che andava in giro di notte a far saltare in aria le costruzioni come quella...

Si fermò davanti al numero 54/B, un palazzo degli anni Trenta, grandi finestre rettangolari, qualche balconcino in muratura, dodici campanelli. Nocentini era uno dei due campanelli nella seconda fila dal basso, dunque era al primo piano. Suonò, e dopo pochi secondi sentì scattare il portone. Entrò nel palazzo, e appena imboccò le scale si aprì una porta al primo piano. Dalla tromba delle scale si affacciò una giovane donna con i capelli scuri e lo sguardo preoccupato.

«Chi è?»

«Pubblica Sicurezza» disse Bordelli, a voce non troppo alta.

«Ah, buonasera.» La donna lo aspettò sul pianerottolo, era piccolina, graziosa, l'aria remissiva, doveva essersi vestita bene per l'occasione. Sbucò anche il marito, grassoccio e stempiato, faccia simpatica. Gli strinsero la mano. Il commissario « per correttezza » mostrò il tesserino, che non aveva più alcun valore... ma lo sapeva solo lui.

« Prego, si accomodi. » A giudicare dallo scorcio del lungo corridoio, la casa doveva essere piuttosto grande. Entrarono in un salotto spazioso. Vetrinette piene di bicchieri e tazze, quadretti non disprezzabili, un tavolino con le fotografie di famiglia incorniciate, un divano moderno di fronte a due poltrone vecchie che fingevano di essere antiche...

« Gradisce un caffè? »

« Volentieri, grazie » disse il commissario, accomodandosi sul divano. La donna uscì dal salotto, e il marito si sedette di fonte a Bordelli... Odore di stoffa invecchiata, di cera per mobili, di detersivo per i pavimenti... Un nostalgico lampadario a goccia, qualche scaffale pieno di libri, soprammobili di ogni tipo, una Madonnina di Lourdes in plastica trasparente con dentro l'acqua miracolosa e una corona azzurra per tappo.

« Insomma... Abbiamo telefonato in questura perché nostro figlio è stato aggredito » cominciò il signor Nocentini.

« Avete fatto bene. »

« È successo circa due settimane fa, ma ce l'ha detto solo ieri sera. »

« Vi ha raccontato come sono andate le cose? »

« Ci ha detto di questo maniaco che ha cercato di trascinarlo dentro un casottino per gli attrezzi, ma è arrivato qualcuno e l'uomo è scappato. »

« Quanti anni ha vostro figlio? »

« Quasi tredici. »

« Come si chiama? »

« Carlo... »

« Va per caso nella scuola qui accanto? »

« Sì, la Dino Compagni, fa la terza media... Perché? »

« Nulla d'importante, ma è bene sapere tutto » disse Bordelli, che invece stava pensando: in quella scuola triste, povero ragazzino.

« Comunque è successo ai giardinetti di Campo di Marte. »

« Sì sì, certo... Carlo è in casa? »

« È in camera sua » disse il padre.

« Posso parlarci? »

« Non so, lei pensa che sia utile? »

« Direi di sì. Basta che per lui non sia un problema. »

« Vado a sentire... » Nocentini uscì dal salotto. Il commissario sentì bisbigliare i due genitori, poi dei passi lungo il corridoio. Apparve la signora con un vassoio, tazzina e zucchero.

« Ha fatto prestissimo » disse Bordelli.

« L'ho riscaldato, spero sia buono... Abbiamo la napoletana. »

« Andrà benissimo » disse Bordelli. La signora appoggiò il caffè davanti all'ospite.

« Zucchero? »

« Amaro, grazie. »

« Mio marito è andato da Carlo... » disse la donna, sedendosi.

« Gli ho chiesto io se... »

« Sì sì... » Nello sguardo della donna si mescolavano preoccupazione e imbarazzo, e anche incredulità.

« È solo per... » cominciò Bordelli.

« Va bene, va bene... »

« Sarebbe importante sapere... »

« Certo, capisco... »

« Solo qualche domanda... »

« È ancora così bambino... »

« Non si preoccupi... »

« No no, è solo che... »

« Sarò delicato... »

« Eccoli... » disse la donna, alzandosi. Nel corridoio si sentivano i passi dell'uomo e di suo figlio. Entrarono in salotto, e Bordelli si alzò per andare incontro al ragazzino.

« Piacere di conoscerti » disse, porgendogli la mano.

« Ciao » disse Carlo, stringendo con la sua piccola mano quella dello sconosciuto. Era magro, dimostrava meno della sua età. Capelli castani un po' arruffati, il viso dolce quasi da bambina, l'aria timida, gli occhi belli e tristi. A conti fatti un bel bambino.

« Allora? Come stai? » gli chiese il commissario.

« Bene... » Teneva il viso basso, e lanciava occhiate.

« Vuoi sederti? » disse Bordelli, accomodandosi di nuovo sul divano, ma Carlo restò dov'era. Sua madre si avvicinò per fargli una carezza, ma lui scostò il capo.

« Vuoi un bicchiere di latte, tesoro? »

« No... » Teneva le braccia penzoloni lungo i fianchi. Il commissario aspettò di incrociare il suo sguardo.

« Hai voglia di raccontarmi com'è andata? » chiese, abbozzando un sorriso. Il ragazzino annuì, ma si voltò a guardare prima suo padre, poi sua madre.

« Preferisci parlarmi da solo? » disse Bordelli. Il ragazzino annuì di nuovo, questa volta senza guardare nessuno. I genitori erano un po' sorpresi, ma dopo un'occhiata del commissario uscirono dal salotto, e a malincuore chiusero la porta.

« Siediti comodo » disse Bordelli. Il ragazzino rimase immobile per qualche secondo, poi andò a sedersi su una poltrona. Ancora non parlava, ma non sembrava fosse soltanto per via dell'aggressione. Doveva essere piuttosto introverso... proprio come lui, Bordelli, quando era bambino.

« Se mi aiuti a catturare quell'uomo, non potrà più fare del male a nessuno. »

« Sì... »

« Vorrei che tu mi dicessi con calma quello che è successo, anche i particolari che ti sembrano poco importanti. »

« Sì... » Poi però rimase in silenzio.

« Che dici? Ce la fai a raccontarmi tutto prima di Natale? » Il ragazzino si morse un labbro, ma gli sfuggì un piccolo sorriso. Un bel respiro e finalmente si decise a cominciare, una frase dopo l'altra, a volte facendo lunghe pause...

«Dopo aver fatto i compiti sono andato ai Campini Verdi, qua dietro... ci vado spesso... ci sono i miei compagni di scuola e altri ragazzi... si fanno un po' di cose... si gioca a bocce, a rubabandiera, a nascondino, coi bocchi di vetro... quella volta ci siamo messi a giocare a pallone... c'erano anche i ragazzi più grandi... io non sono bravo a pallone... mi piace di più la morra cinese... però giocavo lo stesso... poi ho fatto una cosa sbagliata, non ho capito cosa... uno di quelli grandi s'è messo a urlare... *fanculo, sei una schiappa, sei una frana*... ha gridato che era meglio se al mio posto entrava un altro... così sono andato via... ero un po' arrabbiato... mi sono messo a camminare là intorno... mica lo conoscevo tutto, quel giardino...»

*Carlo si era messo a camminare nel giardino, che a lui sembrava grandissimo. Non è che lo conoscesse troppo bene, era da poco che usciva da solo per andare a giocare ai Campini Verdi, come i ragazzini chiamavano quel posto. C'erano alberi, panchine, vialetti, cespugli, grandi prati, lunghe siepi, campetti per giocare a pallone... Insomma era pieno di cose. Lui girellava qua e là, guardandosi intorno, addentrandosi nel verde e allontanandosi sempre di più dal viale. Un po' dappertutto incontrava qualcuno che camminava, che portava a spasso il cane, o vedeva sulle panchine più nascoste ragazzi e ragazze che si baciavano. A un certo punto si era quasi perso, ma quella cosa un po' gli piaceva. In uno spiazzo aveva visto un uomo, più giovane di suo padre, che guardava in terra, come se cercasse qualcosa. Stava per passare oltre, ma l'uomo gli aveva sorriso e gli aveva fatto cenno di avvicinarsi. Carlo era curioso di capire cosa volesse, e gli era andato incontro. L'uomo era preoccupato.*

*«Ho perso le chiavi di casa, saresti così gentile da aiutarmi a ritrovarle?»*

*«Va bene.»*

«*Facciamo così, io vado di là, tu prendi per di qua, e ci troviamo a quel casottino laggiù, lo vedi?*»

«*Sì...*»

«*Guarda bene, eh? Sono tre chiavi, una ha la gommina rossa.*»

«*Capito.*»

«*Andiamo?*» *Sembrava una cosa normale. Erano partiti insieme prendendo due strade diverse. Carlo guardava in terra per cercare il mazzo di chiavi, una con la gommina rossa. Quando era arrivato nei pressi del casottino, aveva visto quel tipo che camminava verso di lui a passo svelto, con una faccia strana, sembrava agitato... Carlo non aveva fatto in tempo a dire che non aveva trovato le chiavi... Quell'uomo lo aveva afferrato, gli aveva tappato la bocca con una mano puzzolente, aveva cercato di trascinarlo dentro il casottino... Lui aveva scalciato, aveva puntato i piedi, gli aveva morso la mano... Ma l'uomo aveva continuato a tenerlo, a tappargli la bocca, a tirarlo... Stava quasi per riuscire a portarlo dentro il casottino, quando si era sentito il grido di un ragazzo...*

«*Ehi laggiù! Oooh! Cosa fai?*» *Allora l'uomo aveva lasciato la presa ed era scappato a gambe levate. Carlo era fuggito nella direzione opposta, era passato a capo basso tra il ragazzo che aveva gridato e una ragazza, senza nemmeno vederli in faccia, ignorando i loro richiami, e aveva continuato a correre, a correre, era passato attraverso le siepi, era inciampato, era caduto e si era rialzato, di lontano aveva visto il viale, lo aveva raggiunto, lo aveva attraversato correndo, inseguito dai clacson, e non si era fermato fino a quando non era arrivato al portone di casa, lo aveva aperto, si era precipitato dentro, aveva salito di corsa le scale, era entrato in casa, dove a quell'ora non c'era nessuno, si era chiuso in camera, si era seduto sul letto, per una decina di minuti aveva tremato, poi lentamente si era calmato, ma se ripensava a quei momenti... Cosa sarebbe successo se quell'uomo fosse riuscito a spingerlo dentro il casottino? Aveva avuto paura di essere picchiato, ammazzato... Non era più tornato ai Campini Verdi, per paura di ritrovarsi davanti quel matto...*

«Prima o poi ci ritorno, ma non ora» disse il ragazzino, che dopo i primi momenti di timidezza aveva sciolto le briglie. Era stato anche bravo a raccontare.

«Sapresti riconoscere quell'uomo?» gli chiese il commissario.

«Sì...»

«Ne sei sicuro?»

«Sì...»

«Se domani dopo pranzo mando qui un signore che disegna bene, lo aiuteresti a disegnare la faccia di quel tipo?»

«Va bene» disse Carlo.

«Dimmi un po', ce la faresti a venire con me ai giardini?»

«Quando?»

«Adesso. Vorrei vedere dov'è questo casottino.»

«Da soli o con la mamma?»

«Tu cosa preferisci?»

«Da soli.»

«Bene, ma dobbiamo sentire i tuoi genitori» disse il commissario.

«Glielo dico io.» Il ragazzino uscì dal salotto per andare a parlare con i genitori, e Bordelli lo sentì dire che doveva andare ai giardini con «quel signore che c'è di là, per fargli vedere dov'era successa quella cosa». I genitori erano un po' stupiti, ma anche contenti, perché era da diversi giorni che Carlo non andava più ai giardini. Il ragazzino s'infilò un giubbotto e uscì con il commissario. Si avviarono lungo il marciapiede.

«Come vai a scuola?»

«Così così.»

«Non ti piace?»

«Insomma...»

« Qual è la materia che ti piace di più? »

« Geometria. La professoressa è simpatica. »

« E quella che ti piace di meno? »

« Italiano... Quella di italiano mi sta sul culo, è pallosa. »

« Ah... »

« Però leggere mi piace. »

« E cos'è che ti piace leggere? »

« Edgar Allan Poe... Nell'antologia c'è un racconto bellissimo, si chiama *Ligeia*... Ho comprato il libro intero... *Il gatto nero*... *Il cuore rivelatore*... Mi fa paura ma mi piace un sacco... Altro che quella rottura dei *Promessi sposi* e di Fogazzaro... Che palle... »

« Capisco, alla tua età non è facile apprezzare certi libri. Anche a me è successa la stessa cosa. »

« Vedi che ho ragione? » In fondo alla strada attraversarono viale Manfredo Fanti, per arrivare sul largo marciapiede che costeggiava i giardini, e voltarono a destra.

« Eh sì, ma poi da grande Manzoni e Fogazzaro mi sono piaciuti un sacco. Sono dei grandissimi scrittori. »

« Però sono pallosi. » Carlo s'infilò nei giardinetti, seguito dal commissario.

« Se davvero ti piace la letteratura, quando sarai cresciuto non dimenticarti di provare a leggerli, avrai una sorpresa. » Intorno a loro, ragazzini che giocavano, mamme con le carrozzine, pensionati con il cane, coppiette che amoreggiavano. Carlo alzò una mano per salutare un paio di ragazzini, che poi continuarono a giocare.

« Senti, se faccio una cosa mi giuri che non lo dici ai miei? »

« Di che parli? » chiese Bordelli, un po' preoccupato. Il ragazzino tirò fuori le sigarette e un accendino.

« Ne vuoi una? »

« Ho smesso... Dai, mettila via. »

« Tanto se non la fumo ora la fumo dopo. » Il ragazzino accese la sigaretta, e soffiò il fumo con aria da cow-boy.

«Passan le capre...» disse il commissario.

«Che vuol dire?»

«...e i cacherelli fumano.»

«Non ho mica capito...»

«Niente, niente.»

«È per di qua.» La vegetazione era leggermente più incolta.

«Ai grandi fumare fa male, a quelli della tua età fa malissimo» continuò Bordelli.

«Tanto poi smetto.»

«Più vai avanti, più è difficile smettere, te lo assicuro» insisté il commissario. Gli faceva tristezza vedere un ragazzino con la sigaretta in bocca. Carlo a un tratto si fermò e indicò un casottino in muratura consumato dal tempo, a una trentina di metri.

«È quello là» disse.

«Da che parte è fuggito il matto?»

«Mi sembra da quella parte, ma non sono sicuro... Sono scappato anch'io.»

«Facciamo un altro giro, se tu dovessi vederlo dimmelo sottovoce.»

«Va bene.» Continuarono a camminare e a chiacchierare in mezzo a quella povera vegetazione cittadina che stentava a prendere vigore. Carlo finì la sigaretta, la buttò sulla ghiaia e la pestò con il tacco.

«E per non far sentire ai tuoi il puzzo di fumo come fai?»

«Con la ciringomma alla menta. Ne vuoi mezza?»

«Grazie» disse Bordelli.

«I Brooklyn sono i più buoni.» Spezzò in due un chewing-gum, e tutti e due si misero a masticare quella roba americana. Carlo era un ragazzino sveglio. Come tutti i timidi, quando prendeva confidenza diventava disinvolto e chiacchierino. Gli piacevano i film. Andava spesso al cinema con gli amici, a volte anche da solo. Non troppo distanti da casa sua c'erano tre cinema, lo Stadio, l'Aurora e il Fiorella, e un po' più lontano c'era L'ideale. Quando un film gli piaceva molto, rimaneva seduto e lo riguardava fino in fondo.

« Ad esempio quale? » chiese Bordelli.

« Parecchi... *Il clan dei siciliani*... e poi *Easy Rider*... *Dove osano le aquile*... *Il dottor Stranamore*... e anche *Giulio Cesare* con Marlon Brando. »

« Mica male... E ovviamente al cinema fumi come un turco. »

« I turchi fumano molto? »

« Non saprei... »

Alle otto e mezzo servì la cena al principino Blisk, e dopo aver messo sul fuoco l'acqua per la pasta telefonò a Piras, per sapere com'era andato il pomeriggio di ricerche e per raccontargli di padre Lenti e del ragazzino. Il sardo gli disse subito che aveva i risultati di Medicina Legale. La dottoressa Patrizia aveva confermato l'ora e la causa del decesso. Il sangue trovato sulle foglie non apparteneva a don Giulio. Nient'altro di interessante. Poi Piras passò a quello che aveva fatto nel pomeriggio. Una veloce ricognizione a Mercatale, San Casciano, Impruneta e Greve per chiedere ai pochi negozianti di oro e argento se conoscevano il cuoricino. Nessuno aveva venduto quel ninnolo, nessuno lo aveva mai visto. Avevano anche detto che ciondolini del genere si potevano trovare un po' dappertutto, era argento scadente, di poco pregio, roba da adolescenti.

Piras era anche stato dai carabinieri di San Casciano, per chiedere il favore di poter avere la lista dei nomi e le relative date di nascita dei componenti di tutte le famiglie che vivevano a Luiano. Non aveva chiesto solo le informazioni sulle minorenni, per non rivelare cosa stesse cercando di preciso. Il sardo sapeva bene che ovunque i carabinieri raccoglievano informazioni sui cittadini della zona di loro competenza, e sapeva quanto erano gelosi di quelle notizie. Aveva dovuto sfoderare gentilezza e retorica. Aveva evidenziato, anche se non ce n'era bisogno, che in fondo erano informazioni facilmente reperibili, ovviamente con un certo impegno e dispendio di tempo, ma aveva fatto notare che ogni giorno perduto allontanava le probabilità di trovare l'assassino. Inoltre, aveva promesso al maresciallo di San Casciano che se la Pubblica Sicurezza avesse risolto il caso di don Giulio, il contributo dei carabinieri avrebbe avuto un grande risalto. Infine, se le due forze dell'ordine, troppo spesso prigioniere di una inutile quanto controproducente rivalità, si fossero unite in una sana collaborazione – che ci si augurava diventasse con il passare del tempo sempre più stretta e andasse a riguardare l'intero territorio nazionale – avrebbero incontrato il plauso del governo e l'ammirazione del popolo italiano...

«Piras, hai detto queste parole?» disse Bordelli, sbalordito.

«Certo.»

«Be', e il risultato?»

«Ho i nomi delle ragazze e i dati dei documenti, dunque anche il colore dei capelli.»

«A quarant'anni ti faranno ministro dell'Interno.»

«Rifiuterei...» disse il sardo, serio.

«Insomma, quante minorenni a Luiano?» chiese il commissario.

«Soltanto due. Camilla Parenti, quattordici anni, capelli neri, famiglia di medie condizioni, nonni contadini, genitori impiegati, e Daria Maltoni, sedici anni, bionda, famiglia abbiente, padre avvocato, madre casalinga. Vanno a scuola a Firenze. Camilla all'Istituto Magistrale Pascoli, in viale Don Minzoni, Daria al Liceo degli Scolopi in via Cavour.»

«Pensiamo bene a come fare, Pietrino...»

Dopo un quarto d'ora di riflessioni e di congetture, decisero di trovarsi la mattina dopo alle sette e mezzo, o anche prima, al solito posto, al bivio di Luiano. Le due ragazze, per andare a Firenze, quasi certamente scendevano fino alla Chiantigiana del Ferrone, accompagnate dai genitori o in motorino, e andavano a Tavarnuzze, dove potevano prendere un bus o proseguire con il motorino.

Avrebbero seguito le ragazze, Bordelli la quattordicenne, Piras quella di sedici, ma avrebbero evitato di fermarle durante il tragitto. Se davvero una delle due aveva avuto una relazione con don Giulio, e addirittura aveva ucciso il prete, la sua reazione era imprevedibile, magari anche pericolosa. Dovevano aspettare che fossero arrivate a scuola, parlare con il preside, ovviamente con la dovuta discrezione, e convocarle in una stanza dell'istituto.

« Il cuoricino chi lo tiene? » chiese Bordelli.

« Lo prenda lei... »

« D'accordo... Ah senti, riguardo al maniaco dovresti cercare quella guardia che disegna bene... Come si chiama? »

« Caligaris? »

« Sì, lui... Digli di andare dai Nocentini domani subito dopo pranzo, il ragazzino lo aiuterà a disegnare la faccia di quel tipo. »

« Bene. »

« Può lasciare il disegno a casa loro, passerò a prenderlo a metà pomeriggio. »

« Cerco subito Caligaris. »

« Ciao Pietrino, a domattina. » Si sentiva stanco. Preparò qualcosa per cena e andò a mangiare davanti al televisore, mentre Blisk dormiva sul tappeto. Guardò una commedia di Dino Risi piuttosto divertente, poi girò sul secondo canale e si addormentò durante un bellissimo concerto di pianoforte. Si svegliò di fronte ai bruscolini, senza accorgersi della desolante sigla di fine trasmissioni. Si trascinò in bagno e poi a letto. Non aveva la forza di leggere, ma era contento che il romanzo di Alba durasse più a lungo. Regolò la sveglia alle sette meno un quarto e spense la luce... Nel dormiveglia si mise a pensare a quante persone singolari o anche strambe avesse incontrato lungo la sua carriera di commissario, interrogando i sospettati, parlando con i testimoni, discorrendo con i parenti delle vittime...

Una volta era entrato in una casa dove mancavano le porte, anche quella del bagno, e non c'erano nemmeno i cardini.

L'uomo si accorse che lui si guardava intorno un po' stupito, e disse... *Sì, lo so, devo far imbiancare le pareti...*

Un'altra volta era andato a parlare con un avvocato, nel suo studio. Aveva sopracciglia così folte che ci si poteva nascondere dentro un calabrone. Quando si strinsero la mano, disse... *Piacere, Guido Straziati. Lo so, lo so, è un cognome impegnativo, quasi quanto il suo, quasi quanto il suo...* e scoppiò a ridere come uno scemo senza più riuscire a fermarsi...

Gli tornò in mente una signora, una bella donna, che una volta gli disse... *Ho sposato un uomo vecchio e ricchissimo, ho due amanti spiantati ma giovani e belli che mi fanno stare bene, insomma tutto procede per il meglio...*

Poi c'era quel poveraccio solo al mondo che faceva di tutto per farsi arrestare, così poteva mettere qualcosa sotto i denti e avere un po' di compagnia. Ma era gentile, gentilissimo, allora si avvicinava a un vigile urbano e diceva... *Mi scusi la volgarità, ma devo farlo... Lei è un bastardo, deve andare a fare in culo, brutto figlio di buona donna...*

Una volta invece aveva vissuto una situazione pericolosa... Un ragazzo che stavano inseguendo dopo una rapina fallita era salito in cima a un palazzo e si era puntato una pistola alla tempia... Gli ci era voluta tutta la giornata per convincerlo a scendere, ma alla fine ce l'aveva fatta... Poi era andato a cena e si era ubriacato.

Una vecchia signora, sposata da quasi cinquant'anni, gli aveva detto... *Vede, commissario, capita di perdonare a un marito delle piccole cose, anche molte, e perfino di dimenticare, ma quelle minuscole dosi di veleno non vengono smaltite, non scompaiono, no no no, quelle goccioline di amarezza vanno ad accumularsi in una sorta di sacca, e se un giorno, invece di una piccola cosa da perdonare, accade qualcosa di grave, ecco che quel veleno ti entra nel sangue tutto insieme, esplode la rabbia, e si arriva alla resa dei conti... è per questo che l'ho ammazzato, capisce?*

Un'altra volta aveva conosciuto uno scienziato che studiava le stelle, gli interessavano solo quelle, non vedeva altro... Sua moglie, donna bellissima e intelligente, aveva un sacco di amanti... Lui lo sapeva, ma non gliene importava nulla... Avevano tre figli meravigliosi, somigliantissimi a lui, e si amavano molto, a lui questo bastava... Le stelle erano assai più importanti di quelle stupidaggini...

Un impiegato del Comune, un uomo sempre un po' affannato, con lo sguardo malinconico, gli aveva confidato... *Mi manca molto mia madre, mi è sempre mancata, e quando ce l'ho davanti, quando ci parlo, mi manca assai di più di quando sono lontano da lei...*

Una volta era andato al grandissimo cimitero di Trespiano per osservare le persone che stavano per seppellire un loro parente, trovato ammazzato nella cantina della sua villa. Di lontano era apparsa l'auto con la bara, e le donne avevano cominciato a piangere, a singhiozzare, ad asciugarsi gli occhi con il fazzoletto, ma l'auto era passata oltre, diretta verso un altro gruppo di persone in attesa... *non è lui, non è lui...* aveva detto qualcuno, e le donne si erano ricomposte. Poi ecco arrivare un'altra auto funebre, ma per non sbagliare di nuovo le donne avevano aspettato... Quando l'auto si era fermata accanto a loro, avevano tirato fuori i fazzoletti ed erano scoppiate a piangere per il morto giusto, e a qualcuno era sfuggito un sorriso...

Poco prima di affondare nel sonno gli era tornata in mente una frase. Una signora di novantasette anni che viveva tra Firenze e Londra, quando lui le chiese dove avrebbe passato le feste di Natale, gli rispose... *Caro giovinotto, alla mia età fare progetti è come ballare sopra la capocchia di uno spillo.*

« Ha i capelli neri, dev'essere Camilla, la quattordicenne. Daria è bionda » disse Piras, guardando nel binocolo. Le sette e venti. Il sardo e Bordelli erano seduti nel Maggiolino, parcheggiato in uno slargo a una cinquantina di metri dal bivio di Luiano. Una 850 era appena sbucata da quella strada e stava svoltando sulla Chiantigiana in direzione di Firenze.

« Chi guida la macchina? »

« Suo padre, immagino. »

« Lei tocca a me, tu aspetta l'altra » disse il commissario.

« Bene. »

« Appuntamento appena possibile alla guardiola di Mugnai, chi arriva prima aspetta. »

« Possiamo fare le parole crociate » disse Piras, e scese in fretta dal Maggiolino per salire sulla sua auto. Bordelli partì e si mise a seguire la 850, tenendosi a distanza. Aveva ragione Piras? Era stata davvero una delle due ragazzine a uccidere don Giulio? Il racconto della maestra, le bugie del prete, le chiacchiere di paese, il cuoricino d'argento... Tutto faceva pensare che fosse andata proprio così.

La 850 superò le Terme di Firenze, si lasciò alle spalle il cimitero americano dei Falciani e si fermò nella piazza di Tavarnuzze. La portiera si aprì, scese una ragazzina alta e magra, con i capelli neri, e andò alla fermata del bus, dove c'erano già altri ragazzi e ragazze ad aspettare. Bordelli si affrettò a parcheggiare e raggiunse la fermata. Continuavano ad arrivare studenti, accompagnati dai genitori, a piedi, in bicicletta. Qualcuno chiamò Camilla per nome. Era proprio lei. Molto carina, occhi scuri, l'aria tormentata, le labbra spesso tra i denti. Dimostrava almeno tre anni più della sua età, e anche il suo sguardo in certi momenti aveva qualcosa di adulto, poi ecco che veniva a galla la bambina. Il commissario provava a immaginarla con un coltello in mano... A momenti non ci trovava nulla di strano, un attimo dopo gli sembrava impossibile. Ma si doveva stare bene attenti, durante un'indagine era fin troppo facile farsi influenzare dalle ipotesi e dalle suggestioni, accanto alla fantasia che permetteva di liberare la mente, ci voleva la zavorra degli elementi concreti. A un tratto si ricordò di non essere più in servizio. Non poteva mica andare a caccia di assassini, e adesso invece stava addirittura pedinando una ragazzina, una minorenne...

Quando poco dopo arrivò l'autobus, fu preso d'assalto dai ragazzi. Bordelli fece in modo di salire poco dopo Camilla, e riuscì a trovare un minuscolo spazio vitale non distante da lei, ma nemmeno troppo vicino. Non voleva farsi notare, nel caso avesse dovuto seguirla su un altro bus. Comunque Camilla non si guardava troppo intorno, sembrava immersa in un lago di pensieri.

Quel bus pieno di adolescenti in piena tempesta ormonale era una specie di camera a gas, oltre a sconquassare le orecchie con un frastuono da pizzeria il sabato sera. Bordelli sbirciava Camilla, cercava di decifrare il suo sguardo e vedeva paura, sofferenza, ansia. Poteva anche essere per via di un fidanzatino che l'aveva lasciata, o per un litigio con l'amica del cuore...

Il bus sferragliava... Bottai, Galluzzo, Due Strade... Il carrozzone raccattava ancora studenti e altra gente, e a scendere erano in pochi... Porta Romana, via dei Serragli, viale Petrarca... Ormai alle fermate c'era chi rinunciava a salire... Borgo San Frediano, ponte alla Carraia... Qualche studente era sceso, si respirava un po' meglio... Borgo Ognissanti, e finalmente la stazione...

Camilla scese in mezzo al fiume di capocce, i ragazzi sciamarono in tutte le direzioni come pulcini inseguiti, portandosi dietro il chiasso. Il commissario non perdeva d'occhio la ragazzina, la vide attraversare la piazza e andare ad aspettare un altro bus. Si avvicinò fingendo di leggere un foglietto che aveva preso dalla tasca, e si fermò dietro di lei. Salì sullo stesso bus, e dopo qualche fermata scese insieme a Camilla e altre ragazzine in piazza San Gallo, cioè in piazza della Libertà. Lasciò che il gruppetto si allontanasse lungo viale Don Minzoni, attraversò la strada e le seguì di lontano camminando sul marciapiede opposto. Sapeva che la scuola di Camilla era in fondo al viale, subito prima del cavalcavia delle Cure. Conosceva bene l'edificio dell'Istituto Pascoli, per quasi quarant'anni aveva vissuto poco distante, dall'altra parte della ferrovia, voleva solo essere sicuro che lei entrasse nella scuola, e aguzzava la vista per non perderla.

Ecco, era entrata. Rimase per qualche minuto a guardare il portone del Pascoli, per controllare che Camilla non uscisse. Sentì in lontananza suonare la campanella, e per un attimo tornò sui banchi di scuola, con un brivido non troppo piacevole.

Voleva aspettare ancora un po' prima di entrare. Pensò di concedersi un bel caffè dal Maggini, che era proprio là vicino, e già che c'era prese anche una pasta alla crema. Non era un appassionato di dolci, ma quella mattina un po' di dolcezza ci voleva, prima di affrontare una situazione che poteva essere molto amara. Andò a sedersi a un tavolino. Chissà se Piras era riuscito a individuare l'altra ragazzina, Daria, e se era già entrato agli Scolopi per parlare con il preside. Casualmente, le due scuole non erano distanti tra loro ed erano anche vicine alla questura. Quella pasta alla crema era davvero buona, e ne prese un'altra. Voleva accumulare dolcezza. Si sentiva in ansia, non avrebbe mai voluto scoprire che proprio quella ragazzina, Camilla...

«Quanto pago?» Uscì dalla pasticceria, e poco dopo varcò il portone dell'Istituto Pascoli. Tirò fuori il tesserino, e con un sorriso rassicurante chiese alla bidella di poter vedere il preside.

«Il preside stamattina non c'è, posso accompagnarla dalla vice preside.»

«Va bene, grazie» disse il commissario. Seguì la bidella su per una scala e lungo un corridoio. La donna camminava un po' sbilenca, e i suoi passi producevano un suono buffo. Senza voltarsi a guardare Bordelli fece un gesto ampio con le mani.

«Parecchio tempo addietro in questo fabbricato c'erano le Officine Galileo» disse. Dal tono si capiva che era una delle sue frasi preferite, parole che per qualche motivo le davano importanza.

«Ah, non lo sapevo» mentì il commissario, per farla contenta.

«Aspetti qua...» Bussò a una porta, senza aspettare s'infilò nella stanza e richiuse. Bordelli la sentì parlottare. Poco dopo riapparve.

«Vada pure» disse, e se ne andò a passo svelto lungo il corridoio.

«Posso?»

«Prego, si accomodi» disse la vice preside, gentile. Era una donna di quasi sessant'anni, dall'aria gioviale. Si strinsero la mano.

«Piacere, Franco Bordelli, questore vicario» disse il commissario, sedendosi di fronte alla scrivania.

«Elsa Bonafini...» Aveva un accento del Nord.

«Lei non è fiorentina, mi sembra di capire.»

«Sono veneta. Vivo a Firenze da tanti anni, ho sposato un fiorentino... Anzi due, mio marito e Dante, che amo più di me stessa. Sono quasi quarant'anni che insegno, e la Commedia ormai la conosco a memoria.»

«Accipicchia...»

«Mi capita di pensare in endecasillabi... A volte sogno Dante che viene a trovarmi, passeggiamo insieme sul Lungarno, e lui mi racconta aneddoti della sua vita che nessuno può conoscere...» Parlava volentieri, aveva un'anima solare, era aperta, entrava subito in confidenza... Non era decisamente fiorentina, e non aveva assorbito nulla della diffidenza tipica dei fiorentini, così come non aveva perso l'accento veneto. Gli raccontò che il suo amore per Dante le aveva dato anche dei problemi.

«Ho sempre provato un tale piacere a leggere e a spiegare la Commedia ai ragazzi, che prima della guerra, quando ero ancora giovane, andavo volontariamente alla GIL a fare lezioni su Dante per le ragazze, senza percepire alcun compenso. Se mi chiedevano come mai lo facessi, rispondevo... *Vuolsi così colà dove si puote ciò che si vuole...* Ma dopo la guerra questa mia attività venne vista come una completa adesione al fascismo, come uno slancio di fede nei confronti di Mussolini, e così fui epurata. Un colpo durissimo, per una come me che ama l'insegnamento quanto i suoi tre figli, e non potevo certo rassegnarmi... Sfruttai una conoscenza a Roma, un vice ministro amico di famiglia... Lui sapeva bene quanto la mia passione per il fascismo non avesse nessun fondamento, e dopo qualche mese riuscii a recuperare la mia cattedra.»

«Le tenacia è stata premiata.» Bordelli provava una simpatia istintiva per quella veneta sincera e aperta.

«Ah ben, deve perdonarmi, l'ho tenuta qui ad ascoltare le mie chiacchiere e non le ho nemmeno chiesto come mai voleva parlarmi.»

«Sì, ecco... è una questione assai delicata.»

«Mi dica.»

«Dovrei parlare con una studentessa di questo istituto, ma in privato.»

«Oddio, è successo qualcosa?»

«Deve scusarmi, non posso rivelarle il motivo, nulla di grave, ma come le dicevo è una faccenda molto delicata.»

«Non si potrebbe, come può immaginare...»

«Sì, certo... So che la ragazza è minorenne, ma è davvero

di capitale importanza che io parli con lei a quattr'occhi, senza la presenza di nessun altro.»

«Come si chiama?» chiese la vice preside, sempre più preoccupata.

«Camilla Parenti.»

«Ah, Camilla, è nella prima D... Una ragazzina ombrosa... Sembra più grande, ma è una bambina... La sua è un'età difficile, un'età che fa soffrire, che disorienta... Molte altre giovanissime in questa scuola sono in balìa di questa forza oscura... L'adolescenza le fustiga... Di qua, di là, di giù, di sù le mena, nulla speranza le conforta mai...»

«Sono d'accordo» disse Bordelli. La vice preside rimase assorta, i gomiti appoggiati sul tavolo, le mani intrecciate, lo sguardo che si spostava tra un oggetto e l'altro della scrivania, e ogni tanto sul commissario. Poi drizzò la schiena.

«Mi dica, non posso proprio essere presente al colloquio?»

«No, mi dispiace... Come le dicevo...»

«Va bene, va bene... Mi fiderò di lei, sento che posso farlo.»

«La ringrazio.»

«Le lascio il mio ufficio, se lei è d'accordo» disse la vice preside, alzandosi.

«Potrebbe essere una cosa piuttosto lunga» la avvertì Bordelli, e anche lui si alzò.

«Posso aspettare.»

«Gentilissima.»

«Resti qui, vado a chiamare Camilla.»

«Un'ultima cosa, la prego di non anticipare alla ragazza che sono della questura» aggiunse il commissario. La vice preside annuì.

«Quando ha finito scenda a piano terra e chieda in segreteria in che aula può trovarmi» disse l'amante dell'Alighieri, e dopo un sorriso assai preoccupato uscì dal suo ufficio chiudendosi dietro la porta. Il commissario si mise a camminare su e giù, a contare i minuti, impaziente e al tempo stesso angosciato. Non poche volte si era trovato in situazioni in cui le vittime erano bambini o adolescenti... In questo caso, invece... Ma no, non era stata Camilla, non voleva nemmeno pensarlo... Eppure, comunque fosse andata, il suo istinto gli diceva che stava per scoprire qualcosa di enormemente spiacevole.

Si fermò di fronte alla finestra a guardare il viale, le macchine che passavano, le persone che camminavano sul marciapiede... Nessuno poteva immaginare che al primo piano dell'Istituto Pascoli uno sbirro in pensione, che si spacciava per questore vicario, stava per parlare con una ragazzina di quattordici anni sospettata di omicidio, che forse aveva avuto una relazione con un prete che se ne andava in giro a gallare le parrocchiane... Voleva trovare il modo giusto di parlare con Camilla, doveva essere delicato, cercare di... Sentì bussare e sussultò.

«Sì, avanti...» La porta si aprì e apparve Camilla, i capelli in disordine, l'aria spaventata.

«Mi ha detto la vice preside di venire qua.» Aveva la voce leggermente rauca, come Monica Vitti, e una sciarpa di seta intorno al collo.

«Mal di gola?»

«Sì...»

«Prego, vieni avanti. Siediti» disse Bordelli, gentile, indicandole la sedia. La ragazzina non aveva nessuna voglia di sedersi, ma lo fece lo stesso, senza appoggiare la schiena. Aveva un grosso cerotto sulla tempia, all'attaccatura dei capelli.

«Lei chi è?» chiese, fissandolo con sospetto. Bordelli sorrise, e rimase in piedi.

«Aspetta, una cosa per volta. Prima di tutto voglio che tu sappia che puoi fidarti di me.»

«Che vorrebbe dire?» Era allarmata, e forse ne aveva tutti i motivi. Porca miseria, pensò Bordelli, guardando la ragazzina... A quell'età essere così belle e dimostrare diciassette anni era un pericolo. Attirava i maschi ma non aveva strumenti per difendersi.

« Vorrei solo farti qualche domanda, e mi piacerebbe che tu fossi sincera. »

« Ma che succede? Chi è lei? » disse Camilla, scattando in piedi. Aveva un tono aggressivo, ma sembrava sul punto di piangere. Il commissario, con aria tranquilla e le mani in tasca, andò a mettersi tra lei e la porta, per essere pronto a fermarla se avesse voluto fuggire.

« Non devi agitarti... Siediti... »

« Non sono agitata » disse lei, tremando. Era bella come un'attrice, ma non era una brava attrice, e purtroppo si vedeva lontano un miglio che sapeva benissimo di cosa si stava parlando.

« Sono qui per aiutarti... » Voleva fare in modo che si sentisse a suo agio, che capisse di avere davanti un amico, non un inquisitore. Doveva trovare le parole giuste, ma chissà se ci sarebbe riuscito.

« Aiutarmi? » Era impallidita.

« Nulla di quello che dirai uscirà da questa stanza, te lo prometto. »

« Io... non mi sento... bene... » Si lasciò andare sulla sedia con gli occhi mezzi chiusi, ondeggiò sul busto, poi svenne, ma Bordelli fece in tempo a sorreggerla prima che cadesse in terra. La prese in braccio, la adagiò sul pavimento, e tenendola per le caviglie le sollevò le gambe, per farle tornare un po' di sangue in alto. Sperava che non entrasse qualcuno proprio in quel momento. Non avrebbe saputo cosa dire. Aspettava con pazienza che la ragazzina si riprendesse. Aveva sperato fino all'ultimo che lei non c'entrasse nulla... Povera piccola assassina, pensava.

Quando Camilla aprì gli occhi, si guardò intorno smarrita. Si coprì il viso con le mani, come una bambina che ha visto un mostro e in quel modo pensa di cancellarlo. Il commissario le lasciò le gambe e rimase accoccolato di fronte a lei.

« Vuoi un bicchier d'acqua? » le chiese. Lei scosse il capo, e si tirò su. Si alzò in piedi barcollando, e aiutata da Bordelli si lasciò andare sulla sedia.

« Sto male » bisbigliò, disperata.

« Devi farti coraggio... Guardami... Io sono dalla tua parte... Devi fidarti di me... Qualunque cosa tu abbia fatto, io ti aiuterò... »

« Perché? »

« Anche io mi fido di te » disse Bordelli, riuscendo a sorridere. La ragazzina voltava lentamente il capo e lanciava occhiate in ogni angolo della stanza.

« Che devo fare? » sussurrò, come se parlasse a un fantasma che vedeva solo lei.

« Ce la fai a parlare con me? »

« Che devo fare? »

« Preferisci andare a casa? Vuoi che ti faccia venire a prendere da tua mad...? »

« No! »

« Aspettiamo qualche minuto e poi parliamo un po'? »

« Sì... »

« Bene » disse Bordelli. Andò davanti alla finestra e si mise a guardare fuori, senza perdere d'occhio Camilla. Passarono due minuti... tre... cinque... Poi la ragazzina si mosse sulla sedia.

« Cosa vuole sapere? » disse, leggermente più calma. Il commissario si avvicinò a lei, tirò fuori il cuoricino d'argento e lo appoggiò sul bordo della scrivania.

« Questo è tuo, vero? » disse. La ragazzina sbiancò e si mise a singhiozzare con il viso tra le mani, uggiolando piano piano, in modo straziante. Farfugliava qualcosa, ma non si capiva nulla. Era penoso vederla soffrire, ma era un bene che tirasse fuori le lacrime, che sputasse fuori un po' di veleno. Bordelli aspettava in silenzio, quasi trattenendo il respiro, sperando che Camilla riuscisse a raccontargli ogni cosa, a strappare via il filo spinato che il destino le aveva attorcigliato attorno al cuore. La lasciò piangere per tutto il tempo che voleva, senza fiatare. Quando lei rialzò il capo, il suo sguardo disperato aveva qualcosa di feroce.

«Non volevo... Io lo amavo... ma era cattivo... mi ha fatto male... figlio di puttana...» disse, asciugandosi il naso con le dita.

«Ti va di raccontare?» Le passò un fazzoletto pulito.

«Grazie... Possiamo uscire di qua?» disse, alzandosi e guardandosi in giro.

«Dalla scuola, dici?»

«Sì...» Sembrava un animale chiuso in gabbia.

«Mi dispiace, non è possibile.»

«Ho bisogno di respirare.» A volte aveva atteggiamenti che la facevano sembrare più grande della sua età, ma si vedeva che era ancora piccola.

«Senza contare che dovremmo inventare qualcosa a cui nessuno crederebbe. Meglio parlare qui, abbiamo tutto il tempo» disse Bordelli, con il tono più dolce che riuscì a trovare.

«Lei è un poliziotto, vero?»

«Sì, ma voglio aiutarti...» Prese una sedia e si accomodò davanti a lei, fiaccato dallo sconforto.

«Non volevo...» disse Camilla, piantandogli addosso due occhi da animale inseguito.

Qualche mese prima Camilla si era innamorata di un ragazzo di San Casciano. Lo vedeva quasi ogni mattina sull'autobus che prendevano per andare e tornare da scuola. Era più grande di lei, aveva già diciotto anni, moro con gli occhi verdi, bellissimo, per lei era più bello di Alain Delon. Quando lo vedeva, il cuore le batteva così forte che non riusciva quasi a respirare. Dai e dai era riuscita a conoscerlo, e un pomeriggio avevano fissato di vedersi. Lei non stava nella pelle. Ovviamente non disse nulla ai genitori. Suo padre lavorava a Firenze, sua madre a Greve, e rincasavano all'ora di cena senza nemmeno tornare a pranzo. Lei aveva campo libero. La loro casa era un po' isolata. Uscì di nascosto e andò all'appuntamento passando per i campi, per non farsi vedere dai vicini.

La famiglia del ragazzo era piuttosto ricca, e lui venne a prenderla con una delle auto di suo padre. La portò in una stradina in mezzo al bosco, e in quella automobile successero un bel po' di cose. Lei era al settimo cielo, anche se sapeva di aver fatto peccato. Dopo quella volta ci furono altri pomeriggi, altri peccati, sempre di nascosto ai genitori. Fino a che addirittura non successe «quella cosa lì»... Lei all'inizio non voleva, sapeva bene che fare certe cose prima del matrimonio era peccato, ma il ragazzo aveva insistito, le aveva detto parole d'amore, l'aveva anche forzata, e alla fine lei aveva lasciato che accadesse... Sentiva parecchio male, usciva sangue, ma voleva dimostrargli di essere grande e non lo aveva fermato. Non era durato molto. Oltre al male non aveva sentito nulla, però era felice di aver fatto contento il ragazzo che amava.

Camilla raccontava a voce bassa, fermandosi ogni tanto per piangere, per asciugarsi gli occhi, guardando ora il pavimento ora il poliziotto che aveva davanti, e ogni parola sembrava davvero una goccia di veleno che se ne andava...

*Quella sera, quando s'infilò sotto le coperte, al buio, si sentì schiacciare dai sensi di colpa. Si sentiva sporca, una ragazzaccia che sarebbe finita dritta all'inferno. La domenica a Messa le sembrava che tutti sapessero cosa aveva fatto e la guardassero con disprezzo. Ma aveva continuato a uscire con il suo ragazzo e a fare quelle cose. Non poteva resistere, lui era così bello... Le diceva cose stupende, l'amava, la faceva sentire la ragazza più desiderata del mondo. E quando la accarezzava era così piacevole, non solo nell'idea.*

*Ancora un paio di volte arrivarono fino in fondo, e il senso di colpa diventò sempre più grande. Ma no, si diceva, non devo sentirmi sporca... Lui è il mio fidanzato, magari tra qualche anno ci sposeremo, i peccati che ho commesso verranno annullati, non andrò all'inferno. Era una continua lotta tra il piacere di fare certe cose con lui e la colpa del peccato.*

*Ma poi era successa la tragedia. Senza troppi complimenti il ragazzo l'aveva lasciata e si era messo con un'altra, una di diciassette anni, ricca e smorfiosa. Lei era piombata nella disperazione, faceva fatica a mangiare, a dormire, e i peccati commessi erano diventati un peso insopportabile. E così aveva deciso di confessarsi. Una domenica dopo la Santa Messa, nella chiesina di San Martino ai Cofferi, disse a don Giulio che voleva confessarsi, ma senza farlo sapere a nessuno. Lui le propose di tornare nel pomeriggio, ma lei non poteva, la domenica c'erano i suoi genitori. Chiese al prete se poteva andare lei da lui, a Mercatale, lunedì pomeriggio, quando era sola e libera di muoversi. Don Giulio le disse che andava bene.*

Bordelli fingeva di essere tranquillo, ma dentro si sentiva sgretolare. A parte la tragedia, sapeva che stava per essere scoperchiata una storia laida, una faccenda disgustosa e deprimente provocata da torbide pulsioni sessuali, una di quelle vicende che fanno vergognare di appartenere alla razza umana...

*Lunedì pomeriggio lei uscì per andare a piedi fino alla chiesa di Mercatale. Lo aveva sempre fatto, fin da bambina, con sua mamma. Tagliando dai campi non era lontano, poco più di un chilometro, ci si metteva meno di venti minuti. Don Giulio la stava aspettando, e chiuse la porta della chiesa... Così non ci disturba nessuno, disse. Poi s'infilò nel confessionale. Lei s'inginocchiò, prese fiato, e con il viso rosso di vergogna cominciò a dire che aveva commesso dei peccati con un ragazzo. Don Giulio le chiese che genere di peccati, e lei disse che aveva fatto quelle cose lì, quelle cose che non si dovevano fare. Allora don Giulio le chiese di entrare nei particolari, di descrivere le carezze e tutto il resto, dicendo che a Dio non bisognava nascondere nulla. Lei era imbarazzata, ma era Dio a volerlo, e così si mise a raccontare, e più raccontava, più don Giulio le faceva domande. Quando finì la sua confessione, don Giulio le parlò con voce molto severa: Dio era molto arrabbiato con lei, questi erano peccati mortali, se non si pentiva sarebbe finita a bruciare nelle fiamme dell'inferno... Però Dio era misericordioso, le dava la possibilità di salvarsi, ma per essere perdonata doveva fare le stesse cose con lui, dentro il confessionale, nel luogo sacro dove si lavano i peccati...*

*Lei aveva obbedito, era entrata nel confessionale, aveva fatto con don Giulio quelle cose e anche di più, e più a lungo, mentre lui bisbigliava frasi in latino, la benediva, la faceva inginocchiare davanti a lui e le accarezzava i capelli, le diceva che le sue labbra erano un frutto del demonio, ma era così brava a chiedere perdono... Don Giulio l'aveva poi toc-*

*cata sotto ed era riuscito a farle sentire del piacere, dicendole*
*che anche quel piacere faceva parte dell'offerta a Dio per ot-*
*tenere il Suo perdono...*

*Dopo le aveva fatto una carezza sul viso, le aveva detto che*
*il segreto del confessionale era sacro, che rivelare quello che*
*accadeva in quei momenti era un peccato ancora più grave di*
*ciò che lei aveva fatto con quel ragazzo. Aveva aggiunto che*
*prima di ottenere il perdono completo e definitivo dovevano*
*fare quelle cose ancora molte volte, ma nessuno doveva sa-*
*perlo, nel modo più assoluto. Nessuno. Mai. E lei era tornata*
*ancora, quasi tutti i giorni, non sempre a Mercatale, anche a*
*Luiano e a San Martino, trovando ogni volta il modo di sgat-*
*taiolare in chiesa senza farsi vedere da nessuno...*

Bordelli cercava di restare impassibile, ma dentro si sentiva
rivoltare... Di quello che facevano le persone a letto non gli
importava nulla, nemmeno se erano preti o cardinali, ma ingannare una minorenne non andava bene, non andava bene
per niente.

*E dopo un po' di tempo si era innamorata di don Giulio,*
*più ancora che del ragazzo di San Casciano. Glielo aveva*
*detto... Lo amava, pensava sempre a lui, non faceva che so-*
*gnarlo, per lui avrebbe fatto qualunque cosa. Ma a quel*
*punto lui aveva cambiato atteggiamento, l'aveva guardata*
*come se avesse davanti un mostro, le aveva detto con durez-*
*za che Dio l'aveva perdonata, che non dovevano vedersi più*
*nel confessionale. Lei era di nuovo piombata nella dispera-*
*zione. Sua madre le chiedeva cosa stesse succedendo, e lei*
*mentiva, inventava litigi con le amiche, brutte figure davan-*
*ti a tutta la classe. Ma lei insisteva... Sei innamorata di un*
*ragazzo, vero? Attenta, non commettere peccato! Non fare*
*cose di cui poi ti pentirai amaramente! E Camilla mentiva,*
*mentiva... No no, nessun ragazzo, nessun ragazzo, te lo giu-*
*ro, te lo giuro...*

Ogni pomeriggio andava a Mercatale a cercare don Giulio, coperta da uno scialle fin sopra il capo, per non farsi riconoscere, ma lui non le apriva, non si faceva trovare. La domenica a Luiano o a San Martino, durante la Messa, lei si metteva in fondo alla chiesina, dietro a tutti gli altri, e faceva dei gesti a don Giulio, ma lui restava impassibile. Era una sofferenza insopportabile. Non poteva restare tutta sola con quel macigno sul petto, e un giorno non ce l'aveva più fatta. Anche se aveva paura di sentirsi dare della pazza o della cretina, si era confidata con un'amica. Con sua grande meraviglia, la sua amica disse che don Giulio aveva fatto la stessa cosa con lei, qualche mese prima. Anche lei c'era cascata, ma poi aveva capito... Quel prete era un porco che ingannava le ragazze stupide come loro. Non aveva raccontato nulla a nessuno, non solo per vergogna, ma anche perché era sicura che avrebbero creduto a don Giulio e non a lei. A San Casciano la consideravano già una ragazza poco seria, per via di certe cose che erano saltate fuori a proposito di ragazzi, figuriamoci se avesse parlato male di un prete...

Camilla si era sentita ancora più disperata, era terribile scoprire di essere stata ingannata dall'uomo che amava... Come faceva ad accettarlo? Se lo aveva fatto con lei e con la sua amica, magari lo aveva fatto con tante altre ragazze. Aveva voglia di vomitare... però lo amava ancora, come aveva visto in certi film alla televisione... Un uomo cattivo e la donna che lo amava lo stesso... perché l'amore era troppo grande, passava sopra a tutto... Doveva parlare con don Giulio, doveva guardarlo negli occhi e dirgli che sapeva ogni cosa. Aveva cercato in ogni modo di rivederlo, ma non ci era riuscita. Prima, durante e dopo la Messa non era possibile, sarebbe successo un casino, rischiava di farsi scoprire, e a rimetterci sarebbe stata lei, solo lei. Non voleva nemmeno farsi notare a Mercatale, troppi occhi a guardare, troppe lingue a chiacchierare. E così aveva pensato di andare a cercare don Giulio la sera tardi. I suoi genitori avevano il sonno duro, non si sarebbero accorti di nulla. Alle undici e mezzo si era avventurata nei campi portandosi dietro una torcia elettrica, che però non aveva nemmeno acceso, per via della luna bella grande. Se fosse uscita a quell'ora solo per fare due passi avrebbe avuto una paura del diavolo, ma era spinta dal desiderio irresistibile di parlare con don Giulio e si sentiva una leonessa. Era arrivata a Mercatale senza sapere come sarebbe riuscita a farsi aprire, ma mentre si avvicinava alla chiesa aveva visto don Giulio che usciva da una porticina, e si era nascosta. Dove cavolo andava a quell'ora di notte? Lo aveva seguito in mezzo ai campi, attenta a non farsi scoprire, e lo aveva visto entrare in una casa. Era corsa a spiare dalla finestra, e aveva visto don Giulio che baciava quella donna, Dora la vedova... Era impazzita di gelosia, si era sentita umiliata, calpestata... Era andata a casa piangendo, senza sapere cosa fare, non riusciva a stare ferma, si sentiva sprofondare, tutto era nero e orribile... Si era innamorata di quel prete, aveva fatto tutto quello che lui le aveva chiesto, e lui l'aveva sputata come una gomma da masticare. Non poteva sopportarlo. Invece di cercare di calmarsi, pensava le cose più brutte, lui a letto con quella donna, loro due che ridevano di lei, di quella ragazzina scema che si era innamorata di un uomo che aveva più del doppio dei suoi anni... A un tratto l'angoscia si era trasformata in rabbia, in odio infinito... Non poteva finire così, quel figlio di puttana non poteva cavarsela in quel modo, come se lei fosse stata una cacca di cane da raschiare via dalla scarpa. Era andata in cucina, aveva afferrato un coltello piccolo e affilato, era uscita di nuovo, aveva attraversato ancora una volta i campi e il bosco sotto la luna... Immaginava di piantargli il coltello nel petto, ma sapeva bene che non l'avrebbe fatto... Voleva solo dirgli quanto era stronzo, quanto lei stava male, magari minacciarlo, fargli un po' di paura... Era arrivata alla casa dove don Giulio era entrato, e si era messa ad aspettare... aspettare... aspettare... Finalmente dopo molte ore lo aveva visto uscire, lo aveva seguito fino a qualche centinaio di metri dalla casa e lo aveva affrontato... Piangendo gli aveva detto con bisbigli disperati che aveva scoperto che razza di prete era, che lui faceva così con tutte le ragazze, e adesso andava a letto con quella schifosa di vedova... Lui le diceva che era pazza, che era andato a confortare quella signora che aveva perso suo marito...

«Non ci casco... sei un porco... quello che hai fatto con me lo fai con tutte...»

«L'ho fatto per il tuo perdono...»

«Smettila, smettila... Mi hai presa per il culo...» Ma lo guardava negli occhi e nonostante tutto sentiva di amarlo ancora. Accidenti all'amore, come si poteva fare a strapparselo di dosso?

«Adesso basta, devi lasciarmi in pace!» Lui stava perdendo la pazienza, sussurrava tra i denti con una durezza che a lei faceva male, addirittura non lo riconosceva. Era stato così dolce con lei... e adesso... e adesso...

«Eri così dolce con me... Adesso sei il diavolo...»

«Finiscila! Vattene a letto!»

«Non mi butti via così, come un osso di pollo...»

«Mi hai stufato, cazzo!»

«Baciami... baciami...» Lei si era attaccata ai suoi vestiti, e lui l'aveva respinta con fastidio.

«Siete tutte così a quest'età... Gatte in calore, sempre pronte ad allargare le gambe!»

«Io ti amavo...» Avrebbe voluto morire, sentiva nel petto una sofferenza inimmaginabile.

«Puttanelle che cercano solo quello! E allora prendetelo!»

«Ma come fai a dire Messa? Come fai?»

«Basta! Mi hai rotto i coglioni...» Era furibondo, aveva gli occhi di fuori.

«Ti prego, dimmi che non è vero...»

«Ma cosa? Cosa?»

« *Dio ti deve punire... Ti deve punire...* »

« *Dio non ascolta le stupidaggini di una ragazzina! Vattene!* »

« *Dammi un bacio, solo uno...* » *Si era di nuovo attaccata ai suoi vestiti, e lui l'aveva spinta via con violenza.*

« *Se non mi lasci in pace...* »

« *Cosa fai? Cosa?* »

« *Ti faccio vedere io! Te ne faccio pentire, puttana!* »

« *Non dire così... non dire così... mi fai male...* » *Piangeva, era straziata.*

« *Non ti voglio tra i piedi, lo vuoi capire?* »

« *Eppure mi volevi... mi volevi...* »

« *Non capisci che mi fai schifo? Eh? Mi fai schifo! Schifo!* » *aveva detto lui. A quelle parole lei non ci aveva più visto, all'improvviso ecco di nuovo la rabbia a divorarla.*

« *Nel confessionale non ti facevo schifo, eh!* » *Perché non se n'era andata? Perché non era tornata a casa? Invece no, aveva tirato fuori il coltello e si era messa ad agitarlo in aria. Lui aveva fatto una risata rabbiosa.*

« *Che vorresti fare, piccola idiota?* »

« *Non finisce così... Sto troppo male... troppo male... sei un mostro...* » *Aveva fatto da lontano il gesto di piantarglielo nella pancia, poi aveva cominciato a piangere e aveva rimesso il coltello nella tasca del giubbotto.*

« *Sai solo piagnucolare! Sei ridicola!* » *aveva detto lui, con cattiveria.*

« *Ti denuncio... Lo dico a tutti che schifoso sei... Domattina vado dai carabinieri...* »

« *Accidenti a quando ti ho incontrata...* » *aveva detto don Giulio tra i denti. Mentre lei si asciugava gli occhi con le dita, lui aveva raccolto da terra un pietrone e glielo aveva lanciato addosso, mirando al capo... Lei aveva fatto appena in tempo a spostarsi di lato, era stata colpita di striscio sulla tempia, le era uscito il sangue, ma soprattutto era annientata dal dolore... l'uomo di cui si era innamorata aveva cercato di ucciderla... Ma lui non aveva ancora finito... Era infuriato, sembrava impazzito... L'aveva afferrata per il collo e stringeva, stringeva... la insultava, le diceva cose orribili... lei non riusciva più a respirare, si sentiva svenire, a quel punto aveva cercato il coltello e aveva sferrato un colpo, poi un altro, e un altro, a casaccio, ma lui continuava a stringere... Lei allora aveva mirato in basso, proprio lì, a quel coso che lui le aveva messo dappertutto per farle ottenere il perdono di Dio... Il prete finalmente aveva allentato la presa, e spruzzando sangue dalla coscia era indietreggiato fino a sbattere contro un olivo, poi era caduto in terra, rantolando... Lei era rimasta a guardarlo, incredula, mentre l'aria ricominciava a entrarle nella gola... e dopo poco don Giulio era morto... Lei si era incamminata verso casa sentendo dentro una strana calma... Non sarebbe mai stata capace di fargli del male, ma si era difesa... Lo aveva fatto per sopravvivere... Ancora pochi secondi e sarebbe morta lei, strangolata... Aveva colpito a casaccio, e lo aveva ammazzato... Era tornata a casa, si era spogliata, aveva sciacquato il coltello e lo aveva rimesso nel cassetto, poi aveva nascosto i vestiti sporchi di sangue in una stanza della cantina dove non andava mai nessuno, si era lavata e si era infilata a letto... La mattina dopo sarebbe andata a scuola con un cerotto sulla tempia e una sciarpa di seta intorno al collo.*

Camilla aveva finito il suo racconto, e si coprì il viso con le mani, questa volta senza piangere. Bordelli aspettò in silenzio, e quando lei abbassò le braccia cercò di sorridere.

« Posso vedere? » disse, toccandosi il colletto della camicia. Camilla si allentò la sciarpa per scoprire il collo. Aveva dei segni rosso scuro, già quasi viola. Alzò anche il cerotto, per fargli vedere il graffio profondo provocato dalla pietra.

« E adesso? » chiese, con un filo di voce.

« Sistemeremo tutto » disse Bordelli.

« Andrò in galera? »

« È stata legittima difesa, possiamo provarlo. »

« Cosa vuol dire? »

« Hai reagito contro chi voleva ucciderti, non è un reato. »

« Ma verrà fuori tutta la storia? » Nei suoi occhi lampeggiava la paura... I genitori, i compagni di scuola, il paese dov'era nata.

« Senti, non parlare con nessuno, non dire nulla a nessuno. Avete il telefono a casa? »

« Sì... »

« Hai detto che di pomeriggio i tuoi genitori sono fuori. »

« Sì... »

« Bene, lasciami il numero, ti chiamo uno di questi giorni. Nel pomeriggio sei a casa da sola? »

« Sì... 20701... » sussurrò lei. Bordelli si alzò, simulando la massima serenità.

« Torna in classe, e cerca di stare tranquilla. »

« Ci provo » disse lei, alzandosi.

« Per quanto puoi, fatti vedere allegra. »

« Sì... »

« E mi raccomando, non dire nulla a nessuno, nemmeno alla tua più cara amica. »

« Va bene. »

« Ci sentiamo presto. »

« Sì... »

« Sistemeremo ogni cosa » disse di nuovo il commissario. Camilla arrivò alla soglia, si fermò e si voltò.

« Grazie... » disse, e si chiuse dietro la porta. Era attraente, non si poteva dire il contrario. Un bel viso, gli occhi brillanti e pieni di vita, le labbra come una rosa, il corpo di una giovane donna portato in giro da una ragazzina. Per i maschi senza scrupoli una preda allettante, e anche piuttosto facile.

Bordelli tornò davanti alla finestra, per gettare uno sguardo verso il cielo. Doveva prendere in fretta una decisione. Era ancora un po' stordito dal racconto di Camilla. Gli sembrava di aver passato una giornata in quella stanza, e invece erano solo le dieci e un quarto. Bene, era arrivato il momento di andarsene. Voleva salutare e ringraziare la veneta che parlava in endecasillabi. Rimise a posto le sedie e uscì dall'ufficio. Scese a piano terra, cercò la segreteria e chiese dove poteva trovare la vice preside.

« Seconda B, la quarta porta sulla sinistra. »

« Grazie... » Andò ad origliare alla porta della seconda B, e sentì la voce di Elsa Bonafini, il suo accento veneto...

« *Come falso veder bestia quand'ombra...* Chi mi sa dire cosa significa? Suvvia, ragazze... » diceva, incitando le alunne a sforzarsi. Bordelli preparò un sorriso, bussò e spinse appena la porta per affacciarsi. La vice preside gli andò incontro.

« Dunque? Tutto a posto? » chiese, sussurrando.

« Tutto a posto, il disguido è stato chiarito... Grazie della pazienza e della gentilezza. » E intanto pensava: *Una sua studentessa ha appena confessato di aver ucciso a coltellate un prete con cui aveva fatto sesso...*

« Ah ben, che posso dirle? Tante buone cose » disse la vice preside.

« Anche a lei, buona lezione. »

« A quest'ora stanno già pensando alla ricreazione » disse lei, sorridendo. Dopo un ultimo saluto Bordelli se ne andò senza fretta. Prima di uscire dal portone della scuola sentì suonare la campanella, e un attimo dopo dilagò in aria un pigolio di voci femminili.

S'incamminò sul marciapiede diretto in questura. Doveva ancora capire quello che doveva fare, ma di una cosa era sicuro. Fin da bambino aveva avuto la presunzione di capire, o meglio di sentire, quasi come si avverte un odore, se qualcuno mentiva o diceva la verità, o anche se in una sacrosanta verità c'era qualche goccia di imbroglio. Non si era mai sbagliato, ne aveva le prove. Era una specie di sesto senso, gli sembrava quasi di vedere dentro la mente del « bugiardo ». Solo una volta, diversi anni prima, riguardo a una cosa di poca importanza, quando aveva rivelato a una ragazza la sua sensazione su ciò che gli sembrava si nascondesse dietro alle sue parole, si era sentito dire che non era vero per niente, che aveva preso un bel granchio, e così aveva dovuto ammettere a se stesso di essersi sbagliato. Be', una nuvola non fa autunno, pensò. Se non che, qualche anno dopo, la stessa ragazza gli aveva confessato che su quella faccenda aveva mentito, ammettendo che la sua sensazione di allora era giusta. E così anche l'unica eccezione era stata spostata nello scaffale della regola.

E adesso sentiva nel profondo che Camilla non aveva mentito su niente, non aveva recitato la commedia nemmeno per un secondo, non aveva esagerato nulla, non aveva attenuato nulla. Solo la pura verità, così come l'aveva vissuta, raccontando con sincerità ogni sentimento che l'aveva trapassata e calpestata.

«Ciao, come stai? »

« Dottore, che piacere... » disse Mugnai, scattando in piedi.

« Passavo di qua. »

« Ha fatto benissimo a fermarsi... Grazie ancora per la magnifica serata, me la ricorderò finché campo. »

« Dovrai farci l'abitudine » disse il commissario, appoggiandosi di schiena al vetro della guardiola.

«Be', se m'invita non avrà bisogno di insistere. »

« Serve aiuto per i cruciverba? »

« Quello sempre. »

« Ora che sono in pensione, magari me la compro anche io la *Settimana*. » Simulava leggerezza, ma aveva un ippopotamo nella pancia. Mugnai picchiettò con la penna sul piano del tavolino.

« Questa è difficilissima, senta qua... Quattro verticale... *Orfeo voltandosi la uccise per la seconda volta...* Otto lett... »

« Euridice. »

« Chi? »

« Scrivi... E-U-R-I-D-I-C-E... »

« Sì, ci sta. »

« Ne hai altre? » Ogni tanto sbirciava l'ingresso per vedere se arrivava Piras. Aveva una gran voglia di parlare con lui.

« Dodici verticale... *Ha scritto* La signora con il cagnolino... »

« Čechov. »

« Eh no, sono undici lettere. »

« Allora ci vuole anche il nome... Anton Čechov. »

« Vediamo... Anton... Eh no, manca una lettera... »

« Čechov si scrive con la H. »

« Ah, e dove la metto? »

« Tra la seconda C e la O. »

« Ah, capito... Sì, ora va bene. Eh dottore, dev'essere bello sapere tutto. »

« Non puoi immaginare... » In quel momento vide apparire Piras, che si affacciò nella guardiola con lo sguardo da vendicatore sardo. Bordelli fece qualche battuta, poi salutò Mugnai e se ne andò con Piras verso via San Gallo. Fino a pochi giorni prima sarebbero saliti al secondo piano, si sarebbero seduti nell'ufficio di Bordelli e si sarebbero messi a parlare di fronte all'affresco dell'Annunciazione. Adesso l'ufficio del commissario poteva essere un bar, una strada o un marciapiede.

« Che ti prende, Pietrino? Hai una faccia... »

« Racconti prima lei. Com'è andata? »

« Avevi visto giusto, il prete è stato ucciso da Camilla » disse Bordelli a bruciapelo.

« Se l'è meritato » si lasciò sfuggire il sardo, senza alcuna meraviglia. Come se già lo sapesse.

« Ho bisogno di un altro caffè, poi ti racconto » disse il commissario.

« Lo prendo anch'io. » Entrarono in un bar, bevvero velocemente un caffè in silenzio, lanciandosi occhiate, poi proseguirono verso piazza San Gallo.

« Era andata a confessare i 'peccati' commessi con un ragazzo che poi l'aveva lasciata, e don Giulio... » Gli raccontò in breve la storia della ragazzina, e il sardo ascoltò fino in fondo senza fiatare. Si erano seduti su una panchina, in mezzo alla piazza. Adesso toccava a Piras.

« Ho chiesto al padre rettore degli Scolopi di poter parlare in privato con Daria Maltoni, che è addirittura l'unica femmina della scuola... » Dopo mille domande era riuscito a ottenere di incontrare la ragazza nel cortile dell'istituto, sotto lo sguardo vigile dello stesso rettore, che per tutto il tempo era rimasto a osservarli da dietro una vetrata.

«Per farla breve, quando aveva tredici anni e mezzo la Maltòni ha vissuto la stessa cosa di Camilla. È andata a confessare i 'peccati' commessi con un ragazzo più grande di lei, e quel prete...» Daria ogni tanto si era sforzata di sorridere, per non far capire al padre rettore di cosa stessero parlando. Aveva aggiunto che tra ragazzine si raccontavano le cose brutte e le cose belle, e prima o dopo queste faccende venivano a galla. Insomma altre sue amiche avevano subito la stessa sorte, ma a volte era toccato anche a dei ragazzini.

«Era proprio un'abitudine, per don Giulio, usare il confessionale come alcova e barattare l'inferno con il sesso» commentò il sardo. Ma una volta era andato oltre, aveva detto Daria. Una tredicenne di San Casciano, che si era rifiutata di fare con lui quello che aveva fatto con un ragazzo, era stata quasi violentata, e don Giulio aveva comunque soddisfatto le proprie voglie. E non era tutto. Prima di approdare a Mercatale, don Giulio era stato parroco in una piccola chiesa del Mugello. L'estate precedente, in Versilia, Daria aveva conosciuto in discoteca la cugina di una sua amica, che viveva in quella zona, e parlando era venuto fuori che anche lei, quando aveva tredici anni, aveva vissuto la stessa cosa. Purtroppo, ma forse era meglio dire ovviamente, le ragazzine che cadevano nella trappola, quando poi si rendevano conto di essere state raggirate con la paura dell'inferno, non osavano denunciarlo, sapendo che se fosse scoppiata la bomba, le prime vittime sarebbero state proprio loro. E così quel prete l'aveva sempre fatta franca.

«Non questa volta» disse Bordelli.

«Finalmente qualcuno lo ha fermato» aggiunse il sardo.

«La verità per il momento la sappiamo soltanto noi. Adesso dobbiamo decidere cosa fare e come farlo.»

«Sì...»

«Anche se Camilla venisse assolta per legittima difesa, la sua vita diventerebbe un inferno.»

«Indubbiamente...»

«So bene che esiste il codice penale, Piras. Ma a volte la giustizia, quella vera, dobbiamo cercarla da un'altra parte» disse Bordelli. Arrivò una vecchietta, con passo incerto, e fu subito circondata da un esercito di piccioni. Infilò una mano nella tasca del cappotto, e sorridendo sparse in terra briciole di pane secco. I piccioni si montavano addosso, si beccavano, si spingevano. Il sardo guardava la scena, e aveva un sorriso amaro sulle labbra.

«Non possiamo dare quella ragazzina in pasto agli avvocati, ai tribunali, ai giornali» disse.

«È proprio quello che volevo dire.»

«Dobbiamo fare in modo che questo omicidio venga archiviato.»

«Esatto» disse Bordelli.

«E dopo di noi, nessuno deve più occuparsene.»

«Avrei una mezza idea.»

«Forse l'altra mezza ce l'ho io...» disse il sardo.

«Mettiamole insieme.»

«Secondo te pioverà?» chiese Bordelli, guardando il cielo grigio.

«Non credo» disse Piras. Erano seduti su una panchina dei giardini di viale Manfredo Fanti, e fingevano di chiacchierare del più e del meno. In realtà si guardavano intorno, e ogni tanto facevano un giretto nella parte più interna per vedere se per un colpo di fortuna riconoscevano il maniaco che aveva aggredito il piccolo Carlo. Un'ora prima erano passati dai Nocentini a prendere il disegno che aveva fatto la guardia genovese seguendo le indicazioni del ragazzino.

«Quanto gli somiglia?» aveva chiesto Bordelli a Carlo.

«È uguale» aveva detto lui. Si capiva bene che Caligaris aveva una mano speciale, il ritratto del maniaco era di una precisione quasi fotografica... Faccia quadrata, occhi vicini, naso fine un po' arcuato, labbra sottili, orecchie leggermente a sventola, capelli cortissimi. Se Piras e Bordelli lo avessero incrociato, in quei giardini o anche altrove, lo avrebbero riconosciuto all'istante. Invece il maniaco non poteva sapere che la Pubblica Sicurezza conosceva già la sua faccia, e questo era un bel vantaggio. Ci voleva solo un po' di fortuna, appunto.

«Per l'altra faccenda nessun ripensamento? Siamo d'accordo?» disse ancora una volta il commissario.

«Camilla ha già pagato abbastanza» mormorò Piras.

A pranzo, mangiando un panino dal vinaio di via degli Alfani, avevano parlato a lungo su cosa era meglio fare riguardo a Camilla. Avevano messo a punto i dettagli, valutato le incognite, considerato ogni aspetto giudiziario e morale. Alla fine avevano preso la loro decisione, non facile e perfino pericolosa, con grande convinzione, senza bisogno di giurare che quel segreto se lo sarebbero portato nella tomba. Solo un'altra persona sarebbe stata informata, ma dopo, a cose fatte. Il commissario aveva faticato non poco per convincere Piras a tenersi da parte in quella circostanza, a lasciare che fosse lui il braccio armato del loro piano, spiegandogli che non aveva senso mettere a repentaglio la sua promettente carriera. Alla fine glielo aveva imposto, e il sardo aveva ceduto.

« Facciamo un altro giro nei giardini? »

« Dottore, guardi quella ragazza... » disse Piras, accennando alla loro destra. Una morettina un po' in carne, vestita semplicemente, camminava in fretta, accigliata, muovendo le labbra e voltandosi spesso all'indietro. Prima che passasse oltre, il commissario si alzò e le andò incontro.

« Signorina, mi scusi » disse.

« Tutti oggi... » borbottò lei impaurita, accelerando il passo. Bordelli la raggiunse.

« Non sono un pappagallo... Pubblica Sicurezza » sussurrò.

« E a me chi me lo dice? » disse lei, continuando a camminare in fretta. Aveva l'accento ciociaro, come Manfredi. Il commissario tirò fuori il tesserino e glielo mostrò di soppiatto, per non farsi notare troppo. Lei sembrò un po' sollevata, e poi in giro c'era un sacco di gente.

« Continui a camminare... Ho notato che era arrabbiata e si voltava di continuo. »

« Oddio, che schifo! Non mi ci faccia pensare » mormorò la ragazza, con un brivido.

« Che è successo? »

« Stavo passando in mezzo al giardino, come faccio sempre... Ho sentito dei rumori, come se qualcuno strusciasse i piedi sulla ghiaia, mi sono voltata... C'era un tipo piccolino, si è aperto l'impermeabile e... » Non andò avanti, ma non ce n'era bisogno.

« Ho capito. »

« Mammina che schifo... »

« Quel tipo l'ha seguita? L'ha molestata? »

« Oddio no... Ho affrettato il passo e quando mi sono voltata non l'ho più visto. »

« Se le mostro un disegno, saprebbe dirmi se è lui? »

« Non so, forse sì » disse lei, ancora agitata.

« Se non le dispiace vorrei allontanarmi ancora un po' dal giardino. »

« Va bene. » Aspettarono di aver girato l'angolo di via Pastrengo, e Bordelli le mostrò il disegno di Caligaris. La ragazza scosse il capo.

« No, non è lui » disse, convinta.

« Lo ha mai visto? » chiese Bordelli, mettendo in tasca il ritratto.

« Mi pare di no, ma non mi guardo mai troppo in giro, poi sennò... »

« E quello di oggi, lo aveva mai visto? »

« No... »

« Sa dirmi di preciso dov'era? »

« In mezzo al giardino, nel posto più lontano dalla strada. »

« Ci passa spesso? »

« Una volta alla settimana. Il venerdì lavoro fino alle quattro vicino alla ferrovia, in via Toti, poi alle quattro e mezzo ho tre ore in via Bassi, e per fare prima taglio dal giardino. »

« Me lo può descrivere? »

« È piccolo, magro... la faccia allungata, il mento a punta... capelli neri... Non saprei cos'altro dire. »

« Può bastare, grazie. »

« Aveva gli occhiali scuri » aggiunse lei, disgustata.

« Comunque stia tranquilla, le persone che fanno quelle cose sono innocue. »

« Sarà anche vero, ma da lì non ci passo più... Oddio devo correre, sono in ritardo. »

« Vado a vedere se lo trovo » disse Bordelli, e dopo un cenno di saluto tornò ai giardini. Il sardo era seduto nello stesso posto, e guardava dei ragazzetti urlanti e sudati che giocavano a pallone tra le panchine.

« Allora? » chiese.

« Un esibizionista... » disse il commissario, sedendosi accanto a lui.

« Non fanno male a una mosca » disse il sardo.

« Gliel'ho detto. »

« Però potrebbe esserci utile. »

« Ci ho pensato anch'io, ma prima dobbiamo beccarlo. »

« Dove lo ha visto la ragazza? »

« Laggiù nel mezzo del giardino. Capelli neri, faccia lunga, piccolo e magro, con gli occhiali scuri. »

« Se c'è ancora non sarà difficile trovarlo... Faccio il giro dall'altra parte, tra qualche minuto si muova anche lei. »

« Bene » disse il commissario, guardando l'orologio. Quattro e ventidue. Piras si alzò e s'incamminò sul largo marciapiede che costeggiava i giardini. Dopo un po' Bordelli lo vide scomparire. Aspettò ancora due minuti, poi con calma si alzò anche lui, si stirò, e si diresse verso il centro del giardino. A un certo punto vide di lontano un tipo che corrispondeva all'esibizionista, occhiali neri e un impermeabile che gli arrivava quasi alle ginocchia. Con passo tranquillo andò in quella direzione. Dalla parte opposta apparve Piras, che avanzava con la stessa calma. Il tipo con gli occhiali neri cominciò a spostarsi con aria indifferente verso una zona piena di cespugli, ma Bordelli era già abbastanza vicino.

« Mi scusi... » disse a voce alta.

« Sì? » disse lui, fermandosi. Il commissario si avvicinò, e Piras non era distante.

« Ha mica da accendere, per favore? » disse Bordelli, frugandosi in tasca fingendo di cercare le sigarette.

« Mi dispiace, non fumo » disse l'altro, gentile. Era giovanissimo.

« Ah, fai bene a non fumare... Però ti piace aprire l'impermeabile, giusto? »

« Che? » fece il ragazzo, spalancando la bocca e indietreggiando. Scattò all'indietro ma si scontrò con il sardo, che lo afferrò per un polso e piegandoglielo lo fece inginocchiare. Bordelli gli tolse gli occhiali neri, scoperchiando due grandi occhi buoni e spauriti.

« Pubblica Sicurezza » disse.

« Non ho fatto nulla... » Stava quasi per mettersi a piangere. Il commissario gli infilò gli occhiali in una tasca dell'impermeabile.

« Certo... » disse. Piras intanto si guardava intorno, sperando che il maniaco non apparisse proprio in quel momento e vedendo la scena si dileguasse.

« Cosa volete? Ahia, sento male... » disse il ragazzo. Il sardo lo teneva ancora in ginocchio, con il polso piegato dietro la schiena. Bordelli gli fece un cenno per dire di allentare la presa, ma senza lasciarlo.

« Vogliamo chiacchierare un po' con te » disse.

« Perché? » Era sempre più impaurito, soprattutto per la calma dei due poliziotti.

« Una cosa per volta... Hai un documento? »

« Sì, nella tasca interna. » Piras gli passò una mano sull'impermeabile per individuare il portafogli, lo prese e lo consegnò a Bordelli.

« Vediamo un po'... » disse il commissario, frugando nel portafogli.

« Mi dispiace, non lo faccio più » farfugliò il ragazzo, con la voce tremante. Il commissario aveva trovato la carta d'identità, e lesse a voce alta...

« *Piero Leonardi, nato a Firenze il 22 luglio 1945, residente in viuzzo dei Bruni, 31/B...* Questa la tengo io » disse, mettendosela in tasca.

« Mi posso alzare? »

« Lascialo, Piras... Se scappa non vorrei essere in lui » disse Bordelli, e il sardo gli liberò il polso. Leonardi fece un lamento e si alzò massaggiandosi il polso.

«Non lo faccio più, giuro» disse, impaurito.

«Ci conto davvero» disse Bordelli, dandogli un affettuoso schiaffetto sulla guancia.

«Posso andare?»

«Piras, secondo te è lui il maniaco che stiamo cercando?»

«Che?» gridò quasi il ragazzo.

«Potrebbe essere» disse il sardo.

«Ma che dite? Quale maniaco?» Ansimava.

«Ascoltami bene, Piero Leonardi nato a Firenze il 22 luglio 1945... Ti chiederò un favore...»

«Quale favore?» Aveva una gran paura. A Bordelli dispiaceva spaventarlo, ma doveva farlo, per essere sicuro che collaborasse.

«Ogni cosa a suo tempo.»

«Mi scusi» disse il ragazzo.

«Adesso ascoltami bene...»

«Sì...»

«Dicevo, ti chiederò di farmi un favore...»

«Sì.»

«Se accetti ti lascio libero e ti offro anche un caffè, se non accetti, prima ti porto in cima a Monte Morello, però non adesso, stanotte... Ti faccio spogliare nudo e ti lascio lassù... Se sopravvivi, vengo a prenderti a casa, ti porto dritto alle Murate e faccio spargere tra i detenuti la voce che hai violentato una ragazzina di dodici anni... Adesso sta a te decidere.»

«Mi chieda quello che vuole...» si affrettò a dire Leonardi. Il commissario sapeva di comportarsi da stronzo, ma voleva mettere le mani su quel maniaco, voleva evitare ad ogni costo che altri ragazzini venissero aggrediti e violentati, e per riuscirci era disposto a inventarsi delle minacce che ovviamente non avrebbe mai messo in pratica. Il sardo capiva e lasciava fare.

«Intanto dimmi se conosci questo simpatico signore» disse, mostrando a Leonardi il ritratto del maniaco. Il ragazzo osservò bene il disegno, poi annuì.

« Non lo conosco, però mi pare di averlo visto. »

« In questi giardini? »

« Può essere... Come mai lo cercate? »

« Vieni con noi al bar, ti offriamo da bere » disse il commissario, sorridendo. Adesso voleva che Leonardi si calmasse, che tra loro si creasse un rapporto di fiducia. Si avviarono tutti e tre verso il viale. Ogni tanto il commissario scambiava un'occhiata d'intesa con Piras. Sapevano tutti e due cosa volevano ottenere... Quel ragazzo dai gusti sessuali poco ortodossi doveva diventare la loro sentinella ai Campini Verdi. Sicuramente dava meno nell'occhio uno come lui di due sbirri.

Entrarono al bar Maratona e scelsero un tavolino.

« Cosa prendi, Piero? »

« Una spuma bionda... »

« Pietrino? »

« Acqua non gassata, grazie » disse il sardo.

« Per favore, una spuma bionda, un'acqua naturale e un caffè » disse il commissario.

« Arrivo subito » disse il cameriere. Adesso erano tre persone sedute in un bar a bere qualcosa, anche se il ragazzo aveva ancora l'aria di Pinocchio tra i gendarmi. Bordelli voleva trovare le parole giuste. Che Leonardi si aprisse l'impermeabile davanti alle ragazze gli importava fino a un certo punto. Doveva essere certo che diventasse un complice convinto, che non barasse, che non fingesse di collaborare senza invece fare nulla.

« Dimmi Piero... Cosa fai nella vita, a parte aprirti l'impermeabile? » disse, sorridendo. Il ragazzo arrossì.

« Ora non è che io... così, ogni tanto... mica sempre... »

« Dai, lascia perdere... Cosa fai nella vita? Studi? Lavori? »

« Tutt'e due... Lavoro alle Poste... però studio Architettura... cioè sono un po' fuori corso... poi adesso c'è tutto quel casino... mica mi piacciono a me gli esami di gruppo... »

« Il pomeriggio sei libero? »

« Sì, alle Poste lavoro fino alle due. »

«Sai chi è quel tipo che ti ho fatto vedere?»

«No...»

«Un maniaco sessuale che violenta i ragazzini» disse Bordelli, a bruciapelo.

«Io con quelle cose non c'entro nulla, eh!» disse Leonardi, alzando le mani.

«Lo sappiamo, non ti preoccupare.»

«Nulla di nulla, parola di Lucignolo.»

«È così che ti chiamano?»

«Sì...» disse Leonardi, fiero di quel soprannome.

«Adesso ascolta quello che ti dico, Lucignolo... Anche due settimane fa è stato aggredito un ragazzino, è riuscito a scappare, ma se l'è vista brutta.»

«Ci credo, ci credo...»

«Ti va di darci una mano?»

«Io? In che modo?»

«Vieni più spesso che puoi in questi giardini, guardati in giro... Ti lasciamo il disegno, se vedi quel tipo corri a telefonarci, ovviamente senza farti notare... Tutto chiaro?»

«Va bene...» disse Leonardi, un po' titubante.

«Ti ricordi cosa succede se non ci fai questo favore?»

«Sì sì, lo faccio, lo faccio...»

«Bravo, scriviti questi numeri di telefono» disse Bordelli. Era in pensione, ma continuava a essere uno sbirro.

Era andato a letto poco prima di mezzanotte, stanco morto, dopo aver cenato a casa davanti al televisore e aver visto l'ultimo telegiornale. Sotto le coperte, con la luce spenta, sentiva un gran movimento di pensieri dentro la capoccia... Le operaie di Pontassieve, la ragazzina che aveva ucciso il prete, il maniaco dei Campini Verdi, l'esibizionista arruolato come spia, le poesie di sua madre, l'etichetta per l'olio che voleva imbottigliare... Tutto si mescolava e turbinava nella sua mente affaticata... Se pensava a quanto aveva temuto la pensione per paura di affogare in lunghe giornate vuote e noiose, gli veniva da sorridere...

Con quel guazzabuglio di pensieri che s'intrecciavano come serpenti non riusciva a prendere sonno, allora ne approfittò per cercare di mettere un po' di ordine... Operaie: aspettare nomi e indirizzi da Piras. Camilla: riflettere bene sulla faccenda e prepararsi con calma, e lunedì 27 sarebbe scattato il piano per proteggere la ragazzina. Maniaco sessuale: si augurava che Leonardi avesse preso sul serio la missione, con la sua collaborazione e un po' di fortuna potevano sperare davvero di beccarlo. Le poesie: aspettare il contratto e poi... Ma sì, poteva chiedere a Caligaris di fargli un disegno per la copertina, così come una bella etichetta per il suo olio... Però non riusciva ancora a sprofondare nel sonno... Gli capitava la stessa cosa da bambino, quando si portava a letto emozioni troppo forti vissute durante la giornata... Oh, dolce sonno per le anime spossate, come acqua per gli assetati, cibo per gli affamati... Vieni, coprimi con il tuo manto che ogni cosa oscura, avvolgimi nella tua dolce e beatificante illusoria morte, porta via con te la mia coscienza, conservala nel tuo scrigno di cui nessuno conosce il nascondiglio e restituiscimela ritemprata domattina, quando i miei occhi si apriranno...

Niente, non c'era verso di addormentarsi. Allora decise di provare in un altro modo: raccontandosi una storia. Scelse quella che aveva raccontato Arcieri alla cena... Suo padre che lo portava nel bosco per farlo diventare un bravo cacciatore... Cominciò dall'inizio, ripercorrendo ogni particolare, e finalmente si addormentò, ancora prima che il povero uccellino gli morisse nella mano...

La mattina dopo si svegliò fresco come una rosa, pronto alla pugna. Si affacciò alla finestra del bagno, le nuvole del giorno prima se n'erano andate, il cielo era pulito. Scese in cucina e vide con piacere che Blisk una volta tanto era a casa, stava dormendo.

Squillò il telefono, era Eleonora. Gli disse che andava al mare con una sua amica e sarebbe tornata a fine pomeriggio. Lui era contento che lei si divertisse, che continuasse a vivere le proprie amicizie, che si sentisse libera di fare quello che voleva e quando le pareva, senza rinunciare a nulla per « colpa » della loro storia d'amore.

« Se non torno troppo stanca e ti invito a cena fuori? » disse lei.

« Valuterò sul momento. »

« A dopo, amore mio. »

« Andate piano... » Aveva davanti una lunga giornata. Ancora prima di preparare il caffè mise sul giradischi il regalo di Rosa, quegli scatenati dei Rolling Stones, e si sentì più giovane. La sua anima aveva bisogno di Schubert, di Bach, di Mendelssohn... musica che lo accompagnava dentro se stesso, ma a volte aveva bisogno della musica leggera, per commuoversi con le faccende quotidiane o divertirsi, e anche di altre musiche per altre occasioni... E adesso aveva scoperto che in certi momenti sentiva il bisogno di questa nuova musica irriverente, che svegliava dentro di lui il coraggio di vivere la propria libertà a costo di andare contro ai mulini a vento... In un giorno simile era proprio quello che ci voleva.

Si sarebbe tenuto lontano da Firenze e dalle commemorazioni del 25 aprile, che ignoravano i morti delle truppe regolari italiane. Ma soprattutto, come aveva già deciso, voleva ripassare mentalmente tutte le motivazioni che lo avevano spinto, insieme a Piras, a decidere di violare la legge per non distruggere la vita di una piccola assassina. Voleva ripetere, come prima di un esame, le tappe da percorrere per mettere in pratica quel piano, le persone con cui parlare, le parole da dire... Doveva essere una soluzione definitiva, che non lasciasse spazio a imprevisti, nemmeno futuri. Una grossa pietra da posare per sempre sopra quella faccenda. Un altro segreto da conservare nella coscienza. E per affrontare una giornata del genere, l'energia dei Rolling Stones era assai utile, lo faceva sentire nel giusto, capace di sfondare qualsiasi muro: l'uomo era più importante delle regole che si era dato, e doveva essere pronto a scardinare qualsiasi recinto per raggiungere un livello morale più alto. Mandò giù il caffè con il sangue che correva a ritmo di musica.

« Vieni con me, Blisk? » Lasciò i capelloni inglesi sul piatto, alzò il volume del giradischi e uscì a piedi, per continuare a sentire la musica anche mentre si allontanava su per la salita sterrata, affiancato dal cane. Si era portato dietro solo una bottiglia d'acqua. Voleva esplorare altri campi e altri boschi nei dintorni di casa, per conoscere meglio la zona dove era andato a vivere. Gli era rimasta addosso quella musica, che sentiva ancora nelle gambe. Sotto un bel sole attraversò un oliveto che non conosceva, disseminato anche di viti contorte, poi entrò in un campo abbandonato, passò in mezzo a una vigna incolta, a un altro oliveto con alberi secolari ben curati, mentre Blisk come al solito faceva lunghi giri esplorativi, spesso con il naso incollato in terra...

Ogni tanto Bordelli avvistava di lontano un vecchio contadino o una vecchia, chini sulla terra a occuparsi di qualche ortaggio... A un certo punto, da un casottino a trenta metri da lui vide sbucare una bella ragazza vestita di stracci colorati, che scappò via senza voltarsi, e subito dopo dalla stessa porticina uscì un vecchio che ancora si stava sistemando la cintura dei calzoni... Il contadino lo vide, alzò una mano per salutare e se ne andò dalla parte opposta... Bordelli non poteva credere che quella bella ragazza... Sentì un rumore e si voltò, dietro di lui c'era una vecchia contadina sdentata, che sorrideva in modo amaro.

« Mi scusi, poco fa ho visto una bella ragazza mora correre nel campo...» disse Bordelli, con il tono di una domanda.

« Quella l'è Giorgenza, la un pòle stare senza...» borbottò la vecchia, con disprezzo. Prima che Bordelli potesse dire altro, la contadina gli voltò le spalle e se ne andò sulle zolle dure con un passo da giovanetta. Il commissario continuò per la sua strada... Adesso aveva capito chi era la coniglia... *chi la vòle se la piglia*, aveva detto il treccone. Ma com'era possibile che... Dio che tristezza...

Continuò a camminare nella campagna lavorata o incolta per almeno un'ora, poi s'inoltrò in un bosco che vedeva sempre in lontananza ma dove non era mai stato... Cominciò a ripassare nella mente la faccenda della ragazzina... Ne aveva parlato a lungo con Piras, anche lui era d'accordo. La teoria era stata chiarita, adesso si doveva soltanto metterla in pratica... Lunedì sarebbe andato a parlare con... Dopo avrebbe fatto un salto da... Doveva fare in modo che... Le parole giuste, l'atteggiamento da tenere... Non doveva lasciare nulla al caso, si dovevano fare le cose per bene, una volta per tutte... Camilla doveva continuare a vivere senza incubi... Forse crescendo la sua coscienza le avrebbe dato un po' di filo da torcere, ma doveva tenere bene a mente che aveva ucciso per non essere uccisa... anche la morale cristiana le dava l'assoluzione... Ci avrebbe parlato lui, ma non troppo a lungo... molte parole potevano fare l'effetto contrario... sarebbe bastata una telefonata, a cose fatte... ciao Camilla, non pensare più a quella brutta faccenda... non raccontare a nessuno quello che è successo, mai a nessuno... cerca di dimenticare... non hai fatto niente di male... adesso devi pensare soltanto alla tua vita, devi andare avanti con...

A un tratto sentì un rumore alle sue spalle e si voltò... La riconobbe all'istante... Giorgenza, la coniglia, stava correndo nella sua direzione con addosso i suoi stracci strappati e colorati. Si bloccò a pochi passi da lui con il fiatone, lo sguardo allegro e demente. Aveva ai piedi degli scarponcini da uomo, logori e sporchi. Si sdraiò in terra faccia al cielo, tirò su i suoi stracci e allargò le gambe. Sotto non aveva niente, e Bordelli si trovò davanti quel giovane fiore da cogliere... La vampata che sentì correre dai piedi fino alla nuca non era provocata da quella spudorata nudità... Era soltanto il richiamo della foresta, l'attrazione istintiva per quella preda selvaggia... per quella femmina che invitava a dimenticare di essere umani per lanciarsi in un accoppiamento animale e naturale, senza niente in mezzo, senza coscienza, senza morale... Se avesse avuto vent'anni avrebbe probabilmente vissuto attimi di confusione, anche se nemmeno allora avrebbe accolto quell'invito... Adesso che ne aveva sessanta, nonostante il movimento incontrollabile e scombinato del sangue, provò soprattutto pena per quella povera malata di mente in balìa delle voglie di chiunque... Era davvero triste che i maschi fossero capaci di approfittare di quella poveretta. La ragazza continuava a guardarlo con un sorriso ebete sulle labbra, aspettando che accadesse quello che di solito accadeva. Bordelli le offrì una mano, lei d'istinto gli porse la sua... Lui la tirò su delicatamente e la rimise in piedi, gli stracci colorati le ricaddero intorno alle gambe.

«Ciao, ti chiami Giorgenza?» le chiese. Lei lo guardava senza parlare, la bocca mezza aperta, un filo di bava che le colava fuori dalle labbra. A un tratto si voltò e scappò via, continuando la sua corsa nel bosco verso nuove e tristi avventure, e dopo qualche secondo Bordelli vide i suoi stracci scomparire in mezzo alla vegetazione. Anche lui continuò a camminare... Una povera ragazza bella e demente... Qualche filastrocca e via, non serviva altro... Che tristezza... Se la mente di quella bella ragazza fosse stata sana, sarebbe stata lei a dominare gli uomini, a tenerli sotto i suoi piedi. Avrebbe potuto fare l'attrice, magari la modella, o più semplicemente avrebbe potuto mettere su famiglia... Invece era andata così, e nessuno poteva fare niente per quella poveretta... Rinchiuderla in manicomio? Toglierle la libertà di correre nei boschi e nei campi? Uccidere la ninfa per creare una prigioniera? Per quanto la condizione di Giorgenza fosse penosa, era meglio lasciarle vivere la sua vita...

Quello stesso pomeriggio, a casa, finì di leggere le ultime pagine del romanzo di Alba, che lo scossero non poco, per via di una sorpresa inimmaginabile. Rimase una mezz'ora con il libro sulle ginocchia, gli occhi chiusi, a pensare. Non avrebbe mai dimenticato quella storia, quei personaggi, o meglio quelle persone... Avrebbero fatto parte per sempre dei suoi ricordi, al pari dei suoi compagni di guerra, dei suoi genitori, dei suoi amici, delle sue fidanzate, dei personaggi di altri grandi romanzi che ormai si erano insediati nella sua memoria... Non c'era alcuna differenza tra le persone in carne e ossa e quelle incontrate nelle pagine dei libri, erano fatte della stessa essenza, i personaggi dei romanzi erano reali conoscenze con le quali aveva avuto un'autentica relazione, e i sentimenti che aveva vissuto leggendo le loro storie erano veri, lo avevano attraversato, lo avevano cambiato...

Quando riaprì gli occhi si accorse che il fuoco languiva. Sistemò un bel ciocco sugli alari, mise sul giradischi l'incompiuta di Schubert, dette un bacio alla copertina del romanzo di Alba de Céspedes, lo ripose nella libreria e prese un altro romanzo... Giuseppe Dessì, *Il disertore*. Si sedette di nuovo in poltrona, ma in quel momento si ricordò del numero di *Epoca* che gli aveva regalato Dante. Andò a prendere la rivista e cercò la rubrica di Alba de Céspedes, che si chiamava come il libro che aveva appena finito, *Dalla parte di lei.* Tre lettere di uomini, che le ponevano domande sulle donne e sull'amore, e le sue risposte erano belle come i suoi romanzi. Una donna nata per scrivere, intrisa di scrittura, che si affidava alla parola per seguir virtute e canoscenza. Aveva sempre più voglia di stringerle la mano, ma chissà se quel sogno si sarebbe mai avverato.

Fece un bel respiro speranzoso, e cominciò a leggere *Il disertore...* Una pagina, due, cinque, dieci, venti, trenta... Dio mio, viva i grandi scrittori. Quella storia impregnata di sofferenza si svolgeva in un piccolo e immaginario paese del Campidano all'inizio del Novecento, tra la Grande Guerra e gli echi del Biennio Rosso che infuriava nel «continente», quando lui, Bordelli, era appena un bambino. I personaggi erano persone semplici, un prete di campagna, la contadina che gli puliva la casa, un medico condotto, un nobile decaduto, qualche fascistucolo, qualche socialista di paese... ma i sommovimenti dell'animo umano, i sentimenti messi in scena, erano universali, riguardavano tutti, in ogni luogo e in ogni tempo...

Quella sera Eleonora lo invitò a cena fuori, in un ristorantino nei vicoli dietro Santa Croce, dove lei andava ogni tanto con le sue amiche. Però non avrebbe dormito da lui, la mattina dopo aveva fissato presto con sua madre per aiutarla a preparare il pranzo. Venivano dei vecchi amici di famiglia da Bologna e da Modena.

« Comunque se vuoi possiamo fare una cosina veloce a casa mia » disse, stringendogli una mano. Bordelli sorrise. Lei poteva dire qualunque cosa, anche la più scema, la più volgare, la più sconveniente, e restava limpida come acqua fresca.

« Sono nelle tue mani » disse. E intendeva in senso assoluto.

Arrivò il cameriere e ordinarono. Bordelli fingeva di non essere pensieroso, si dava da fare per conversare tranquillamente, ma aveva in mente Camilla, cercava di immedesimarsi in una ragazzina che aveva vissuto una storia come quella, pensava al peso che avrebbe dovuto portare sulle spalle per tutta la vita. Avrebbe fatto ogni sforzo per proteggerla, per limitare i danni di quella tragedia...

« Quando eri in servizio eri meno rimuginone » disse Eleonora, sorridendo.

« Scusa... Comunque non è vero, mi hai visto spesso così. E c'è anche un altro comunque: non ho ancora smesso di fare lo sbirro. »

« Me lo avevi detto, vuoi risolvere quell'antico caso di omicidio. »

« Sì, ma non solo. Il mio vecchio braccio destro, che in

realtà è giovanissimo, è diventato vice commissario, e mi coinvolge in certe indagini. »

« Volevi dire che *tu* gli hai chiesto di coinvolgerti. »

« Lo ammetto » disse Bordelli, versando ancora il vino nei bicchieri.

« Non si può mica fare... »

« Cosa? »

« Me lo hai detto tu, sei in pensione, non puoi occuparti di omicidi. »

« Certo che non posso. »

« Sei un fuorilegge. »

« Esatto. »

« Buoni questi spaghetti, e le tue tagliatelle? »

« Buonissime... »

« Insomma, non riesci proprio a smettere di dare la caccia agli assassini e a goderti la pensione? »

« Me la sto godendo, in effetti... Sono un cane sciolto, non ho alcun dovere, nessun incarico, insomma non ho più nessuna autorità, però lo so soltanto io... Mi sento un po' come un bambino che fa le marachelle di nascosto. »

« E se ti scoprono? »

« Ci penserò al momento. Comunque ho ancora il mio tesserino, anche se non potrei averlo. »

« Di bene in meglio » disse Eleonora, guardandolo con tenerezza.

« Mi è sempre piaciuto il mio lavoro... Cercare chi ha ucciso qualcuno, trovarlo, capire come mai lo ha fatto, valutare se moralmente si merita di finire in galera, e alla fine decidere magari di lasciarlo andare. »

« Cioè, vuoi dirmi che tu a volte... »

« Sì, hai capito bene. Ma se ti dicessi perché... sono sicuro che al posto mio avresti fatto la stessa cosa. »

« Dai, racconta... »

« Questo non posso farlo. »

« Perché? »

« Non posso correre rischi. Metti che io ti racconti qualcosa, anche senza fare nomi, in modo vago... Una parola che sfugge, un'intuizione, una suggestione, un collegamento, e magari qualcuno potrebbe capire quello che è successo. Sono faccende che devono restare sepolte sotto una montagna di silenzio, me le porto nella tomba. »

« Va bene, capito » disse lei, affascinata da quell'uomo che andava dritto per la propria strada.

« È buono anche il pane. »

« Prima o poi mi racconterai di quando eri il Corvo? »

« Non so, ci vuole la serata giusta... Un temporale violento, lampi e tuoni, pioggia a dirotto, il vento che fischia nel camino, e noi abbracciati sotto le coperte... »

« Oddio, mi hai fatto venire voglia di un bel temporale. »

Domenica mattina, quando aprì gli occhi, una sottile riga di luce attraversava la camera, animata da un fitto pulviscolo in movimento, e rimase per un po' a guardare quella piccola magia che lo riportava a quando era molto piccolo. In estate, dopo pranzo, i suoi genitori se lo tiravano dietro nel lettone per un riposino obbligatorio, che lui odiava. Mentre il babbo russava e la mamma dormiva con la bocca mezza aperta, lui non chiudeva occhio e scalpitava per andare a giocare. Ma ogni tanto accadeva che dalla vecchia persiana entrasse un luminosissimo tubo di luce pieno di luccicante pulviscolo in movimento, e lui s'incantava a guardare quello spettacolo, seguendo una particella più grande fino a che non usciva dal raggio, e intanto pensava che respirando gli entravano in gola tutti quei frammenti invisibili... Era sorprendente come certi ricordi restassero nella memoria senza mai perdere nitidezza, senza sbiadirsi come succedeva a volte alle vecchie fotografie.

Ripensò alla sera prima, a Eleonora, alla dolce cosina veloce che avevano fatto a casa sua. Lei abitava in un piccolo appartamento, molto molto carino, dove lui non aveva mai dormito. Ma il letto era comodissimo. Si erano salutati con un lungo bacio, come due adolescenti.

Si alzò per affrontare la giornata. Aveva tutta la domenica davanti. Mise la Moka sul fuoco. Non vedeva l'ora di telefonare a Camilla per tranquillizzarla, ma non poteva farlo fino a quando non aveva sistemato la faccenda in modo definitivo. La mattina dopo si sarebbe dato da fare.

Mandò giù il caffè e piazzò sul giradischi la prima sinfonia di Beethoven, che una settimana prima aveva sentito da

Dante, e cominciò a dare una sistemata alla casa. Ormai si divertiva anche a fare la massaia, e l'odore di pulito gli piaceva. Mentre dava lo straccio squillò il telefono. Era Ennio.

« Commissario, deve venire a casa mia. »

« Che succede? »

« Un problema sulla configurazione del suo castello. »

« Di che si tratta? »

« Non per telefono, deve venire qua. Se non chiariamo la faccenda non si può andare avanti. »

« Va bene, ti chiamo uno di questi giorni. »

« Non ha capito, deve venire stamattina. »

« Perché tanta fretta? » Il commissario aveva immaginato di stare tutto il giorno a leggere in poltrona davanti al fuoco, e uscire gli faceva un po' fatica.

« Commissario, venga qua » insisté il Botta.

« Mi fai preoccupare... È così urgente? »

« Urgentissimo. »

« Addirittura... »

« Mi dice che cacchio avrà da fare un pensionato la domenica mattina? »

« Eh, non immagini, una valanga di cose. »

« Allora ci metta anche questa... A che ora arriva? »

« Perché non mi invitate a pranzo? »

« Un piatto di pasta e via? »

« Non chiedo di meglio. »

« Però sono da solo, Anita è al mare con delle sue amiche. »

« Si divertono più che con i fidanzati. »

« Lo so bene... Ci vediamo verso mezzogiorno? »

« D'accordo, a dopo. » Bordelli non riusciva proprio a immaginare quale fosse questo grande problema. Continuò a occuparsi della casa fino alle undici e mezzo, provando una soddisfazione inaspettata. Pulire e sistemare gli sembrava un po' come mettere ordine e fare chiarezza nella propria vita.

A mezzogiorno, sbarbato e pulito, uscì di casa. C'era un

sole bellissimo, e pensò che voleva tornare presto al mare con Eleonora. La immaginava camminare sulla spiaggia a piedi nudi, con i capelli nel vento... Ringraziava Dio per aver creato una donna così solo per lui, apposta per lui. E in futuro, cosa sarebbe successo? Prima che i suoi pensieri lo trascinassero nei sentieri della tristezza accese la radio, e ascoltò qualche canzonetta...

Arrivò in via del Campuccio, curioso di scoprire cosa si dovesse decidere di così urgente. Aprì il portone, salì al secondo piano e bussò alla porta di Ennio.

«Eccomi...» sentì gridare da dentro. Il Botta aprì, con la faccia seria di chi ha un problema da risolvere.

«Allora, che devi farmi vedere?» chiese Bordelli.

«Venga, andiamo di sopra.»

«Che sarà mai questo grande dilemma?»

«Adesso lo vede...»

«Va bene, andiamo» disse il commissario. Quando salirono al terzo piano e aprirono la porta, Bordelli rimase di stucco. Gli sembrava di aver sbagliato appartamento.

«Ma...»

«Può entrare, è casa sua» disse Ennio, che adesso sorrideva. Varcarono la soglia e fecero il giro delle stanze... Vecchi mobiletti restaurati, pareti imbiancate con colori tenui e riposanti, tendine alle finestre, un bel letto di legno massello, una libreria, una vetrinetta, un tavolo per mangiare, qualche tavolino per «belluria», sedie tutte diverse ma piacevoli, una cucina essenziale e simpatica, un bagno dove si entrava volentieri...

«Come avete fatto, in due settimane?»

«Che ci vuole?» disse il Botta, facendo il modesto.

«Magnifico, grazie infinite. Cominciavo a essere un po' preoccupato, non avrei saputo come fare.»

«Ci siamo anche divertiti, Anita riesce a trasformare tutto in un gioco.»

« Mi avete fatto un regalo bellissimo, verrò a dormirci più che volentieri. »

« Basta che dormendo con la sua fidanzata non faccia troppo rumore » disse Ennio, allusivo. Il commissario fece il giro della casa ancora un paio di volte, incredulo. Quelle tre stanze sgangherate erano state trasformate in un nido caldo e accogliente.

« Adesso però devi dirmi quanto ti devo. »

« Per me si può fare pari, e lei sa bene come mai. »

« Non se ne parla nemmeno, dimmi quanto hai speso o ti arresto. »

« Uffa... Se proprio insiste facciamo cinquantamila lire, ma sono per Anita. »

« Bene » disse Bordelli, tirando fuori il libretto degli assegni. Scrisse, firmò, e passò l'assegno a Ennio.

« Perché centomila? »

« Secondo me hai speso di più, ma accetto il regalo. »

« Mi arrendo... » disse il Botta, mettendo l'assegno in tasca.

« Non fare il furbo, eh? Controllerò che venga incassato. »

« Ommamma... »

« Non immagini quanto sia contento. »

« Adesso si mangia? » disse Ennio.

« Ho una fame... »

« Pranziamo qua? Che ne dice? »

« Sarebbe bello, però manca tutto. »

« Vado giù a prendere quello che serve » disse il Botta, e partì per la sua missione. Il commissario fece per l'ennesima volta il giro dell'appartamentino, soddisfatto fino alle lacrime. Chissà quanto sarebbe piaciuto a Eleonora. Di certo lei avrebbe capito che non poteva essere opera sua. Non era facile trovare un uomo capace di creare una simile armonia, tantomeno uno sbirro. Avrebbe fatto una copia delle chiavi per lei, da mettere nello stesso mazzo della casa di Impruneta. Dare le chiavi di casa a una donna aveva un alto valore simbolico, pensò sorridendo.

Il Botta tornò con una borsa piena, e si mise subito a cucinare. Bordelli apparecchiò sul tavolo di cucina. Dopo un quarto d'ora gli spaghetti alla carbonara vennero depositati solennemente nelle scodelle. Il commissario era contento come un bambino... Stava consumando il primo pranzo nella sua nuova dimora di San Frediano. A un certo punto Ennio sembrò ricordarsi qualcosa.

«Ah, ho chiesto... Qui ci abitava una vecchietta, vedova dai tempi della Grande Guerra. Aveva perso i suoi due figli nella Seconda, uno repubblichino e l'altro partigiano.»

«Accidenti che destino.»

«Nel Natale del '43 i due fratelli si trovarono a pranzo in questa casa, su invito della madre. Nessuno dei due sapeva che ci sarebbe stato l'altro, e si guardarono digrignando i denti. Si sedettero a tavola, e la madre disse una preghiera per ringraziare Dio di aver fatto incontrare i suoi 'bambini'. Cominciarono a mangiare senza dire una parola, con le pistole appoggiate sul tavolo accanto al piatto. La mamma aveva comprato un ottimo vino, ce la mise tutta per farne bere parecchio ai due figli, e prima che se ne andassero riuscì a farli abbracciare. Li benedì con l'acqua santa, e ognuno se ne andò per la propria strada. La madre non li vide mai più... non da vivi. Il partigiano morì colpito da un cecchino, nei giorni della liberazione di Firenze. Più o meno nello stesso periodo, il fascista fu catturato in Romagna dai partigiani e fucilato, con l'accusa di aver ucciso dei civili indifesi.»

«Povera donna...»

«Dopo la guerra, con mille peripezie, la madre è riuscita a recuperare la salma del repubblichino, e l'ha fatta seppellire nello stesso sepolcro del fratello partigiano, in un piccolo cimitero di campagna. Almeno da morti è riuscita a farli stare insieme. Se n'è andata all'altro mondo con le foto dei figli sul cuore, e gliele hanno lasciate nella bara. L'hanno seppellita accanto a loro... Questo è tutto quello che ho saputo.»

« Quando è morta? » chiese il commissario, colpito da quella storia.

« Tre anni prima che lei comprasse questa casa. »

« Povera donna. Spero che una notte mi appaia. »

« Le mamme sono portentose... » commentò Ennio. Continuarono a raccontare vecchie storie di guerra, seguendo il filo dei ricordi e bevendo vino. La guerra era assai lontana e al tempo stesso così vicina. A volte sembrava strano averla vissuta, altre volte era come esserci ancora nel mezzo...

Mentre parlavano, il commissario si mise a pensare a che bella persona era il Botta. Un amico leale, sempre disposto ad affiancarlo nelle imprese proibite e pericolose, rischiando grosso, fidandosi della nobiltà dello scopo. Nella sua coscienza Ennio custodiva segreti che sarebbero bastati a spedire in galera il suo amico commissario per il resto della vita. Oltre a questo era un cuoco eccezionale... Insomma si meritava fino in fondo la vita tranquilla che stava vivendo, senza alcun problema economico, con accanto una donna meravigliosa e innamorata come Anita. Nessuno poteva permettersi di chiamarlo « delinquente ». Sì, aveva rubato, aveva truffato, aveva venduto grappa fatta in casa e sigarette di contrabbando... Ma i veri delinquenti erano altri, a volte signori distinti in giacca e cravatta che dietro il sorriso e la faccia ben rasata nascondevano un'anima losca e una coscienza marcia. A differenza di Ennio, che aveva un'anima pulita e gentile. Bordelli era orgoglioso di averlo come amico. Per anni erano stati ufficialmente su sponde diverse del fiume, e adesso erano tutti e due in pensione...

« Commissario, mi sente? »

« Che? »

« Ha capito cosa le ho detto? »

« Scusa, mi sono distratto... » disse Bordelli.

« Me n'ero accorto... Le dicevo, cosa ne pensa di andare a vedere un bel film, oggi pomeriggio? »

« Perché no... »

427

« Ce ne sono due che mi piacerebbe vedere... *Butch Cassidy*, un western con Newman e Redford, e *Uomini contro*, un film di Rosi sulla Grande Guerra, da un romanzo di Emilio Lussu... Lascio scegliere a lei. »

« Che avrà mai da fare la domenica pomeriggio un ladruncolo in pensione? » disse il commissario.

« A parte che non sono mai stato un ladruncolo, ma un pericoloso criminale... Che vorrebbe dire con codeste paroluncole? »

« Voglio dire che possiamo anche vederli tutti e due. »

« Ganzo, ha ragione, allora si fa così... *Butch Cassidy* è al Modernissimo. »

« Via Cavour, giusto? »

« Esatto. L'altro mi pare che sia al Supercinema. »

« Dietro piazza della Signoria... » disse Bordelli.

« Sì, in via dei Cimatori. »

« Ci andiamo a piedi? »

« Certo... »

Guidando nella notte sull'Imprunetana di Bagnolo aveva ancora davanti agli occhi le immagini dei due bellissimi film visti nel pomeriggio, che lo avevano trasportato in due mondi completamente diversi. L'assurdità e la stupida atrocità della guerra, e l'avventura rocambolesca di due simpatici fuorilegge amici per la pelle. Il vento scuoteva le chiome degli olivi immersi nel chiarore lunare... Gobba a levante, luna calante...

Dopo il cinema era tornato a casa di Ennio, con l'idea di bere un bicchiere di vino. Anita aveva chiamato per dire che cenava al mare con le amiche e tornava dopo mezzanotte. E così il Botta aveva invitato il commissario a rimanere a mangiare. Dopo cena avevano continuato a chiacchierare fino a tardi davanti a una bottiglia di vino, saltando da un argomento all'altro, da una storia all'altra, e il commissario ebbe la conferma di quanto Ennio fosse intelligente e sensibile.

Quando parcheggiò nell'aia era quasi mezzanotte, e appena mise piede in casa sentì che stava squillando il telefono. Gli sembrava di essere la persona più cercata al mondo. Chi poteva essere a quell'ora? Corse a rispondere, sperando che fosse Eleonora... *Ciao amore, sto venendo a dormire da te...* Alzò il ricevitore.

« Sì? »

« Dottore, finalmente... »

« Che è successo, Piras? »

« Alle cinque e mezzo ha chiamato Leonardi, ha visto il maniaco... »

« Ne è sicuro? »

« Sicurissimo, ha detto che è uguale al disegno. »

« E cosa ha fatto? »

« È riuscito a seguirlo con la sua motoretta. »

« Non ci credo... »

« L'ha visto entrare in una casa aprendo con le chiavi. »

« Dove? »

« Via Pisana, nella zona di Ponte a Greve. »

« Hai l'indirizzo preciso? »

« Certo, ho anche il nome di chi ci abita. »

« Chi è? »

« Gando Palustri, nato a Montecatini, trentadue anni. »

« Andiamo a fargli una visitina... Dove ci troviamo? »

« Piazza Ferrucci? »

« Bene, tra venti minuti » disse Bordelli, e mise giù. Andò in bagno a sciacquarsi il viso con l'acqua fredda. Prese la pistola, uscì di nuovo e scese verso Firenze guidando piuttosto veloce. Piras era stato davvero gentile, sapeva quanto lui tenesse a quella faccenda e aveva aspettato di trovarlo per poterlo coinvolgere. Sperava di beccarlo in casa, quel galantuomo che aggrediva i ragazzini.

Arrivò in piazza Ferrucci, dove Piras lo stava già aspettando. Montarono tutti e due sul Maggiolino e partirono. Il sardo dava le indicazioni stradali, Bordelli guidava in silenzio. Nessuna parola inutile. Arrivarono nella zona di Ponte a Greve. In quel tratto via Pisana era poco illuminata, e si vedevano quasi soltanto case basse a due piani, una attaccata all'altra. Individuarono il portone dov'era entrato il maniaco e parcheggiarono più avanti. Scesero, e si avvicinarono a piedi. Si fermarono davanti al portone. Un solo campanello, non c'era da sbagliare. Piras fece un cenno al commissario. Poco più in là c'era un arco, ci passarono sotto e si trovarono in un grande terreno erboso che si apriva alle spalle delle case. Sempre a gesti, il sardo disse a Bordelli di tornare sulla strada e di suonare il campanello, lui sarebbe rimasto sul retro. Il commissario annuì. Tornò in via Pisana, suonò il campanello e nella notte si sentì un tristissimo plin plon. Suonò ancora, più volte di fila... plin plon plin plon plin plon... Sentì aprire una finestra al primo piano, e si affacciò l'uomo del disegno, era lui, non potevano esserci dubbi. Guardò il seccatore con sospetto e fastidio, senza parlare, e Bordelli fece un viso costernato.

« Mi scusi l'ora, è lei il signor Palustri? »

« Te chi sei? » disse lui, seccato.

« Devo darle una brutta notizia. »

« Che è successo? »

« Può venire alla porta? »

« Che è successo? »

« Una disgrazia... »

« Ma cosa? »

« Venga giù, non voglio urlare in mezzo alla strada » disse Bordelli. L'uomo richiuse la finestra. Dopo un lungo minuto si sentì un po' di trambusto dietro la casa, e il commissario corse a vedere. L'uomo era steso in terra bocconi, e Piras con la pistola in mano lo stava ammanettando. Bordelli lo prese per i capelli e gli alzò il capo.

« Gando Palustri, sai perché sei in arresto vero? »

« Non ho fatto nulla. »

« A parte l'aggressione e il tentato stupro di un ragazzino. »

« Non ho fatto nulla. »

« Volevi scappare perché hai rubato la marmellata? »

« Non ho fatto nulla. »

« Se non hai fatto nulla ti chiederemo scusa, ti riaccompagneremo qua e ti rimboccherò personalmente le coperte. » Lo trascinarono in casa, lo chiusero a chiave nel bagno e perquisirono l'abitazione, che puzzava di chiuso e di fumo. Trovarono due macchine fotografiche, un gran numero di fotografie di ragazzini in costume sulla spiaggia, altre di ragazzini nudi, avute chissà come... sottili cinghie di cuoio, maschere antigas e indumenti della Seconda guerra, coltelli a serramanico, una cartellina piena di ritagli di giornale con le immagini di Napoleone, Vittorio Emanuele II, Stalin, Lenin, Hitler,

Mussolini, Fidel Castro, Che Guevara... mescolate insieme seguendo chissà quale passione e quale logica, un minestrone difficile da decifrare.

«Portiamolo via» disse il commissario. Lo tirarono fuori dal bagno e uscirono dal portone sulla strada. Nell'edificio di fronte, affacciata alla finestra del primo piano c'era una vecchietta dall'aria buona, il viso rugoso e smunto.

«Signor Gando, quando viene a ripararmi la persiana?» disse, senza capire la situazione. Il maniaco non si voltò nemmeno a guardarla, camminava a capo basso. Al suo posto rispose il commissario.

«Abbia pazienza, se tutto va bene verrà tra una quindicina d'anni.»

«Oh, grazie infinite... Tanto gentile, tanto carino... Signor Gando lei è un tesoro...» La vecchietta richiuse la finestra, forse non sapeva nemmeno che ore erano.

Arrivarono al Maggiolino e spinsero Palustri sul sedile posteriore, dicendogli di stare sdraiato. Bordelli si mise alla guida e partì. Il sardo non perdeva d'occhio il maniaco, e teneva la pistola in mano appoggiata sulla coscia. Nessuno parlava, ma nell'aria si spandeva una grande tristezza. Mentre attraversavano il ponte Santa Trinita diretti in questura, Palustri cominciò a piangere, prima piano piano, tipo cagnolino abbandonato, poi sempre più forte, con singhiozzi strappacuore. Il commissario scambiò un'occhiata con Piras. Sentire quel pianto era una pena. Se fosse stato un contrabbandiere, o un ladruncolo, e per chissà quale motivo lo avessero arrestato, Bordelli avrebbe fermato la macchina e lo avrebbe lasciato andare. Ma si trattava di un maniaco capace di aggredire e di stuprare, di rovinare la vita a dei ragazzini... Non poteva restare a piede libero. Il suo dramma personale poteva anche strizzare lo stomaco, ma lui era un pericolo per gli altri, doveva essere allontanato dalla società, non c'erano altre soluzioni. Arrivarono in questura e portarono Palustri nell'ufficio di Piras. Lo misero a sedere su una sedia.

« Allora, cosa ci racconti? » disse Bordelli. L'uomo non diceva niente, teneva gli occhi bassi. Dopo un po' ricominciò a piangere. La sua faccia contratta e rigata di lacrime era ripugnante, ma ugualmente commovente. Era meglio smettere di tormentarlo. Ormai non poteva più nuocere a nessuno.

« Andiamo, ti riaccompagno alla macchina » sussurrò Bordelli al sardo. Affidarono il maniaco a due guardie, con l'ordine di rinchiuderlo in una cella e di guardarlo a vista, e ripartirono sul Maggiolino verso piazza Ferrucci.

« Abbiamo avuto una gran fortuna » disse Bordelli.

« Ogni tanto non guasta » commentò il sardo.

« Visto e preso. »

« Mi fa pena. Deve aver subito la stessa cosa da ragazzino. »

« Anche a me fa pena, però non possiamo lasciarlo libero. »

« Certo che no, ma sono situazioni che attorcigliano le budella. »

« Siamo costretti a scegliere il male minore. »

« Eh già... »

« Torni subito in questura? » chiese Bordelli.

« Sì, pensavo di trasferirlo alle Murate. »

« Bene. Domattina vai alla *Nazione* con le foto segnaletiche di Palustri. Chiedi del direttore Mattei, portagli i miei saluti e chiedigli il favore di pubblicare la foto sull'edizione della sera, con sotto una didascalia del genere... *Quest'uomo è stato arrestato con l'accusa di tentato stupro nei confronti di un adolescente, chi avesse subito aggressioni da parte sua è pregato di telefonare alla questura di Firenze e di chiedere del futuro questore Pietrino Piras...* Che ne pensi? »

« Non ero già prefetto? » disse il sardo, senza scomporsi.

La mattina alle otto e mezzo si sedette al grande tavolo di cucina, e bevve un caffè in completo silenzio. Dopo aver fatto un bel bagno ed essersi vestito per l'occasione, montò sul Maggiolino con la sensazione di entrare nell'Apollo 14 per affrontare una missione pericolosa che lo avrebbe portato chissà dove. Atterrò sulla Luna, cioè a Firenze. Lasciò il Maggiolino nel cortile della questura e andò a trovare Piras nel suo ufficietto.

«La foto di Palustri verrà pubblicata?» chiese, sedendosi di fronte a lui.

«Certo, nell'edizione del pomeriggio.»

«Bene, vediamo cosa succede. Novità sulle operaie di Pontassieve?»

«Non ancora, purtroppo» disse il sardo.

«Aspetterò con pazienza...» Poi parlarono di nuovo della faccenda più urgente, cioè di Camilla. Ripassarono il loro piano. Tutto a posto, nessun ripensamento, erano d'accordo su ogni aspetto della questione. Adesso si doveva soltanto passare all'azione, senza perdere altro tempo. Bordelli si alzò con un sospiro.

«*À la guerre comme à la guerre...* Ciao Pietrino.»

«In bocca al lupo, dottore.»

«Viva il lupo...» Il commissario passò davanti alla guardiola di Mugnai, lo salutò con un cenno, come aveva fatto per molti anni, e se ne andò a piedi lungo via Cavour. Poco dopo girò dietro il Battistero, attraversò la strada e suonò il campanello della Curia vescovile, con la sensazione che oltre quelle mura si nascondesse un mondo a parte. Ci era stato un'altra volta, poco dopo l'Alluvione, durante un'indagine per un delitto terribile, e di quella occasione conservava un ricordo assai spiacevole. Dopo qualche minuto si aprì uno sportellino e apparve un occhio, probabilmente lo stesso dell'altra volta.

«Desidera?»

«Questura di Firenze, vorrei parlare con l'arcivescovo Florit.»

«Mi spiace, l'arcivescovo è a Roma per tutta la settimana. Ha urgenza?»

«Si tratta dell'omicidio del parroco di Mercatale.»

«Capisco... Posso farla parlare con padre Guglielmo, uno stretto collaboratore dell'arcivescovo.»

«Va bene, grazie» disse Bordelli. La porta si aprì e apparve un ometto basso, con lo sguardo compunto. Sì, era sempre lui, se lo ricordava.

«Mi segua, prego.» L'ometto camminava un po' sbilenco. Salirono su per una larga scala di pietra, percorsero un corridoio poco illuminato con il soffitto a cassettone, passarono davanti a dipinti e sculture, poi ancora scale, un paio di porte, un altro corridoio, muovendosi in un'atmosfera ovattata distante dal mondo reale, che non faceva venire in mente Gesù Cristo sul Golgota. A conti fatti, da qualunque ideale o religione provenissero, potere e ricchezza producevano sempre gli stessi effetti. Arrivarono di fronte a una grande porta intarsiata con la maniglia di ferro battuto, che Bordelli riconobbe. L'ometto la spinse con un gesto millenario, e fece un passo indietro.

«Attenda qui, prego. Vado a chiamare padre Guglielmo.»

«Grazie» disse il commissario, entrando nella stanza. La porta si richiuse alle sue spalle, quasi senza rumore. Se la ricordava bene quella saletta d'aspetto che odorava di cera per i pavimenti e di ricchezza. In una nicchia, una Madonna in legno policromo teneva in braccio il Bambin Gesù, che da adulto se ne stava appeso alla croce sulla parete di fronte. La luce del giorno filtrava appena da una finestrella, ma era una luce lontana, lontanissima. Si mise a passeggiare su e giù, impaziente. Pensava a Camilla, a come sarebbe stata devastata la sua vita se quella faccenda fosse finita in tribunale. Doveva fare in modo che quell'omicidio venisse insabbiato, dimenticato.

Finalmente si aprì la porta della saletta e apparve l'ometto sbilenco, che invitò Bordelli a seguirlo. Ancora scale, ancora un lungo corridoio... la novella dello stento. L'aria sapeva di incenso e di fiori da funerale. L'ometto si fermò davanti a una porta, bussò appena e la aprì senza aspettare.

« Prego... » mormorò. Bordelli varcò la soglia di una stanza non troppo grande. Seduto dietro una scrivania quasi vuota, un prelato piuttosto in carne lo stava aspettando, con un leggero sorriso da futuro Beato sulle labbra. L'arredamento era sobrio, eppure sembrava di essere circondati dal lusso.

« Piacere d'incontrarla, sono padre Guglielmo. »

« Commissario Bordelli, questura. »

« Prego, si accomodi. »

« Grazie... »

« Basilio mi ha accennato che voleva parlarmi di don Giulio, che Dio l'abbia in gloria » disse il prelato, con un gesto pio e un'occhiata verso il Padre Celeste.

« Non so se Dio lo avrà in gloria » disse il commissario, con un sorriso mesto del tutto finto.

« Prego? » Sulla fronte del prelato apparve una grossa ruga.

« Vede, siamo appena all'inizio delle indagini, ma abbiamo già scoperto sul conto di don Giulio alcune faccende assai poco piacevoli. » Bordelli finse di essere molto ma molto addolorato. Voleva far credere al prelato che la propria intenzione era proteggere l'immagine di don Giulio e della Chiesa tutta.

« Di che si tratta? » chiese padre Guglielmo, senza più sorridere. Il commissario avvertì con chiarezza che il prelato aveva già capito l'argomento.

« Ad esempio... Dopo la confessione, prestazioni sessuali come penitenza, invece di preghiere. »

« Dio mio, cosa dice? » Era un pessimo attore, ma andava bene così. L'importante era ottenere il risultato che voleva.

« Mi rincresce dirlo, ma don Giulio, per concedere il perdono divino e salvare le anime dalle fiamme dell'inferno, chiedeva alle adolescenti di fare con lui quello che avevano fatto con i loro innamorati, direttamente nel confessionale. »

« Dio Santo! È sicuro di quello che sta dicendo? »

« Sicurissimo. »

« Ci sono le prove? »

« Abbiamo le dichiarazioni di molte ragazzine, interrogate separatamente. Per trasformarle in prove non ci vuole molto » disse Bordelli, esagerando un po'.

« Cautela, cautela... »

« In che senso? »

« Siamo sicuri che non siano calunnie? »

« Mi spiace dirlo, mi creda... Ma siamo sicurissimi. »

« Santo cielo... »

« E non è finita qui, purtroppo. »

« Ossantoiddio... Cos'altro deve dirmi? »

« Vorrei non fosse vero... Don Giulio ha praticamente violentato due tredicenni che non erano cadute nella sua trappola, e aveva diverse amanti adulte... vedove e anche donne sposate » disse Bordelli a voce bassa, simulando un'aria costernata. Padre Guglielmo scattò in piedi, nonostante la sua mole.

« Ma è inaudito... Oltre a lei, chi è a conoscenza di questi fatti? Ammesso che siano veri, ovviamente. » Si mise a camminare su e giù, stringendo in mano il crocifisso che gli pendeva dal collo. Era davvero preoccupato, non tanto per le ragazzine, quanto per un possibile e rovinoso scandalo. Proprio quello che voleva il commissario. Non gli era mai piaciuto fingere e mentire, e non lo avrebbe mai fatto per interesse personale, ma c'era di mezzo qualcosa di importante, che non riguardava lui, e recitare la commedia era la cosa più giusta da fare.

« Scusi, ma davvero non sapevate nulla del comportamento di don Giulio? »

« Be', non so... Ogni tanto un sussurro, una voce... Niente di serio, comunque. »

« E non avete pensato di fare una sorta di inchiesta? »

« Non ci sembrò necessario, ma ordinammo a don Giulio di presentarsi qui in Curia, per rispondere ad alcune precise domande. »

« E lui? »

« Giurò sulla Sacra Bibbia di non aver commesso atti impuri. »

« Credo proprio che non abbia detto la verità » disse Bordelli, con un'aria afflitta.

« Ad ogni modo, per allontanarlo da certe tentazioni, lo abbiamo rimosso dalla sua parrocchia e lo abbiamo inviato altrove. »

« Ma don Giulio ha continuato a fare le stesse cose, come abbiamo appurato. »

« Le ripeto, non c'era nulla di sicuro, soltanto voci. E come lei sa bene, le dicerie sono sempre in agguato. »

« Ha ragione, ma mi rincresce ribadire che non è questo il caso. Sono venuto semplicemente a dirle come stanno le cose, prima che la faccenda precipiti. »

« Spero che queste notizie non... » Padre Guglielmo non finì la frase. Stava emergendo la sua parte meno beata. Bordelli recitò un bel sospiro preoccupato.

« Se tiriamo fuori un sasso dallo stagno, non possiamo pretendere che sia asciutto. Voglio dire... Se mandiamo avanti le indagini, nulla potrà impedire che le particolari abitudini di don Giulio vengano a galla, con tutte le conseguenze del caso... I giornali, la televisione... »

«Non lo dica, non lo voglio nemmeno immaginare.»

«Sa come sono i giornalisti, pur di fare scalpore...»

«No... no... no... no...»

«Sono capaci di qualsiasi cosa... Andranno a intervistare le ragazze, indagheranno su altri preti, troveranno altri scandali, solleveranno un tale polverone che si potrà vedere dalle finestre del Vaticano.»

«Dio mio, commissario...» Padre Guglielmo si asciugava la fronte con il fazzoletto.

«Non le ho ancora detto una cosa importante.»

«Santo cielo...»

«Quando è stato ucciso, don Giulio stava tornando da un incontro notturno con una delle sue innumerevoli amanti.»

«Sangiuseppemmaria...»

«Il marito della donna era in viaggio per lavoro, e lei si prostituisce» inventò Bordelli, per rigirare il coltello nella piaga.

«Che brutte cose, che brutte cose...» disse padre Guglielmo abbattuto, rimettendosi a sedere. Nei suoi occhi si coglieva paura e sconfitta. Bordelli lo guardò con aria complice. Era il momento giusto.

«Senta, padre... riflettendo... Per evitare che questa triste faccenda diventi di dominio pubblico, c'è soltanto un modo.»

«Quale?» Sembrava seduto sulla brace.

«Be', non è facile, ma si dovrebbe fermare l'indagine, e lasciar perdere la ricerca dell'assassino» disse Bordelli, e per il prelato fu come se in una stanza piena di fumo si fosse aperta una finestrella.

«Lei dice?»

«Teoricamente sarebbe addirittura ragionevole, tanto non scopriremo mai chi è stato. Dagli indizi che abbiamo possiamo stabilire quasi con certezza che l'omicidio è stato commesso da un drogato, un balordo incontrato per caso di notte in mezzo alla campagna. Manca il movente, l'arma del delitto non è stata trovata, arrivare a una soluzione è praticamente impossibile, lo dico per esperienza. Mandare avanti le indagini e continuare a rovistare nella vita di don Giulio non porterà a nessun risultato, servirebbe solo a togliere il coperchio di una pentola piena di brutte cose... e del tutto inutilmente, per quanto mi riguarda » concluse Bordelli, che stava facendo tutto questo per proteggere Camilla.

« Giusto... Comunque sia, l'assassino non sfuggirà al Giudizio Universale » borbottò il prelato, che prima di tutto voleva difendere la reputazione della Chiesa. Arrivando da strade diverse, e per motivi diversi, quei due uomini così diversi erano uniti da un comune interesse.

« Insomma, bisognerebbe che il fascicolo di don Giulio finisse subito in un cassetto » continuò il commissario, come se pensasse a voce alta.

« Oh se davvero si potesse... » Negli occhi del prelato si era accesa una luce.

« Non è per niente facile. »

« La prego di non interpretare male il mio pensiero... La Giustizia innanzitutto, sempre e comunque... Però in questo caso... Immagini cosa potrebbe accadere, proprio adesso... Il Papa è ancora amareggiato per il lancio dei sassi a Cagliari, ci mancherebbe anche questa. »

« Sono d'accordo con lei, padre... Certe cose è bene tenerle nascoste, tanto più che don Giulio non potrà più fare del male a nessuno. »

« Esatto, esatto... E mi dica... Lei... potrebbe occuparsene? »

« Vedrò cosa posso fare, ma non le assicuro di riuscirci. »

« Dio gliene renderà merito. »

« Però avrei bisogno della sua collaborazione. »

« Cosa dovrei fare? » chiese padre Guglielmo, allarmato.

« Nulla di complicato. Dalla Curia non deve arrivare nessun rumore, nessuna parola, tantomeno una sollecitazione allo svolgimento delle indagini, né sulla stampa, né direttamente in questura o ai carabinieri. »

«Non c'è bisogno di dirlo, dopo ciò che ho saputo.»

«Noi ovviamente non ci siamo mai visti.»

«Mai... Certo...» Sembrava un patto fra criminali, invece era solo un modo per salvare capra e cavoli... La reputazione di un prete maniaco sessuale, non più in grado di nuocere, e la vita della ragazzina che per legittima difesa lo aveva ammazzato. Bordelli era piuttosto soddisfatto, la faccenda stava prendendo la piega desiderata. Ancora qualche minuto e sarebbe finalmente uscito da quel palazzo e dal castello di bugie, però subito dopo doveva fare un'altra cosa altrettanto importante. Sorrise, era pronto per l'ultimo dettaglio...

«Se tutto va come deve, per completare l'opera potrei cercare di diffondere la notizia che don Giulio era uscito a notte fonda per via di un moribondo che aveva bisogno dell'estrema unzione, magari in un altro Comune del Chianti.»

«Buona cosa.»

«Quel prete coscienzioso aveva un appuntamento con la persona che doveva andarlo a prendere in auto, e per fare prima era passato dai campi... Cosa ne pensa?»

«Ah sì, un'ottima verità... Sì sì sì.»

«Buongiorno Bordelli, che piacere vederla» disse il questore, alzandosi.

«Buongiorno, dottore... Passavo di qua e mi sono detto...»

«Ha fatto benissimo, come sta?»

«Non c'è male, e lei?»

«Reduce dalle commemorazioni di sabato... Si accomodi.»

«Grazie...» Andarono a sedersi sui divanetti, e Di Nunzio si baciò la punta delle dita.

«La cena dell'altra sera è stata magnifica, non solo la tavola, anche la compagnia... E ascoltare quei racconti è stato bellissimo.»

«Se le fa piacere può considerarsi un ospite fisso.»

«Mi fa piacerissimo, caro Bordelli.»

«Allora scrivo il suo nome nel libro nero.»

«Non chiedo di meglio...»

«Dottore, in realtà sono venuto anche per raccontarle una storia» disse Bordelli, cambiando tono.

«Prego, l'ascolto» disse il questore, serio, intuendo una certa gravità nello sguardo del commissario.

«Le chiedo soltanto di lasciarmi arrivare fino in fondo, prima di commentare.»

«Va bene.»

«Le racconto questo perché ho una grande stima di lei, mi fido del suo senso morale, e so che può capirmi.»

«Sono tutto orecchi.»

«Dunque... Ho indagato insieme a Piras sull'omicidio del prete di Mercatale, don Giulio. So bene che non potevo farlo,

442

ma non ho resistito. Andiamo avanti... Soprattutto per la grande capacità di Piras di decifrare anche i minimi particolari, abbiamo già scoperto chi è stato. Si tratta di legittima difesa, senza ombra di dubbio. Ma trascinare questo caso in tribunale significa distruggere la vita di un'innocente. Anche una piena assoluzione diventerebbe una condanna. Adesso le racconto tutta la storia per filo e per segno, così capirà cosa voglio dire. Don Giulio era un maniaco sessuale, ingannava le ragazzine che andavano a confessare i loro peccati di carne...» Si mise a raccontare con pazienza, senza tralasciare alcun dettaglio, mentre nello sguardo del questore si coglieva un crescente disgusto. Dopo essere arrivato in fondo, lo aggiornò sugli ultimi sviluppi.

«Stamattina sono andato a parlare con padre Guglielmo, un alto prelato della Curia, per dirgli cosa abbiamo scoperto sul comportamento di don Giulio. Mi ha fatto intuire che qualcosa sapevano, anche se non immaginavano faccende così gravi. C'erano state delle voci quando don Giulio era parroco di un'altra chiesa, nel Mugello. E qual è stata l'unica cosa che hanno pensato di fare? Spostarlo in un'altra parrocchia. Quell'uomo spregevole, indegno di indossare la tonaca, ha circuito con la paura dell'inferno ragazzine e ragazzini, contando sul fatto che una denuncia da parte loro sarebbe diventata un martello contro le vittime, come si può facilmente intuire. Eccoci al gran finale... Ovviamente a padre Guglielmo non ho detto che abbiamo scoperto chi è stato a uccidere don Giulio. Gli ho solo fatto capire che per difendere l'immagine della Chiesa bisognava interrompere le indagini, e gettare questa deliziosa vicenda in fondo al mare con una pietra al collo. Ho aggiunto che trovare l'assassino è comunque impossibile. Dagli indizi si può dedurre con ragionevole certezza che è stato un balordo ad assalire il prete in piena notte, mentre attraversava un campo per andare da un povero moribondo a dargli l'estrema unzione. Senza un movente, senza l'arma del delitto, risalire al colpevole è un'utopia, così ho detto. Fermando le indagini, nessuno avrebbe saputo nulla delle nefandezze di don Giulio, e lo scandalo sarebbe stato evitato. Padre Guglielmo mi ha fatto intendere che era del tutto d'accordo. La Curia non fiaterà, non muoverà un dito per sollecitare le indagini, e aspetterà che il tempo faccia il proprio dovere. Se ho fatto questo, come lei può immaginare, non è certo per non infangare la reputazione di quel prete, ma per proteggere una povera vittima che ha ucciso per legittima difesa. Trascinare quella ragazzina in tribunale sarebbe come metterla in un tritacarne. Ecco qua, non ho altro da aggiungere» disse Bordelli, accavallando le gambe. Il questore fece un lunghissimo sospiro, probabilmente il più lungo della sua vita. Aveva rispettato la richiesta del commissario, aveva ascoltato la sua storia senza dire una sola parola, accarezzandosi la barba. Rimasero in silenzio, scambiandosi occhiate, mentre gli stantuffi del pensiero si muovevano avanti e indietro a grande velocità. Di Nunzio si alzò, andò alla finestra e si mise a guardare fuori. Bordelli aspettava con pazienza un responso non facile. Il rumore delle macchine che passavano per la strada, le voci della gente, i clacson in lontananza, appartenevano a un mondo distante.

Il commissario sapeva di aver fatto, in combutta con Piras, una mossa del tutto illegale, fuori da ogni regola, teoricamente inaccettabile, ma il caso in questione lo aveva convinto a percorrere quella strada, per lui la più giusta. E se era così convinto delle proprie azioni, se le riteneva moralmente corrette, doveva andare a riferire a Di Nunzio, e così aveva fatto.

Se il questore accettava di assecondarlo in questa avventura, anche lui sarebbe stato trascinato fuori dal binario della Legge per il nobile scopo di salvare un'adolescente, e tutto sarebbe andato nel migliore dei modi. Se invece non accettava... Be', ci avrebbe pensato al momento, adesso preferiva non considerare nemmeno quella sciagurata possibilità, che forse avrebbe addirittura scalfito la sua amicizia con Di Nunzio. Appoggiò il capo allo schienale della poltrona e chiuse gli occhi... Come in una galleria di dipinti, rivedeva il cadavere di don Giulio, la striscia di sangue sulle zolle, l'imbarazzo del maresciallo, le lacrime della maestrina, la vice preside veneta che citava la Commedia, la disperazione di Camilla, lo sguardo di Piras, l'angoscia e il sollievo di padre Guglielmo... e infine Di Nunzio che lo guardava in silenzio accarezzandosi la barba. Poi ricominciava dall'inizio, e quasi si addormentò...

Sentì una voce, e con una leggera scossa aprì gli occhi. Il questore era seduto davanti a lui, e lo fissava con un'espressione indecifrabile. Bordelli si tirò un po' su.

«Come dice?»

«Lei è assolutamente certo di quello che mi ha detto?» chiese Di Nunzio.

«Potrei mettere sul fuoco tutte e due le mani» disse Bordelli. Il questore annuì, accennando appena un sorriso adatto alla circostanza.

«Va bene, procediamo lungo questa strada.»

«Grazie, contavo sulla sua comprensione.»

«Dica al vice commissario Piras che aspetto il prima possibile una relazione completa... Quella falsa.»

«Certo.»

«A informare *La Nazione* si occuperà lo stesso Piras.»

«Lo farà senz'altro.»

«Dopo di che, non parleremo mai più di questa faccenda.»

«Quale faccenda?» disse il commissario, recitando la parte dello smemorato.

Dopo aver messo al corrente Piras, e aver visto il sardo stringere un pugno per la soddisfazione, il commissario aveva passato un po' di tempo nella guardiola di Mugnai a risolvere parole crociate, giusto per cercare di sgombrare la mente da qualche scomodo residuo.

All'ora di pranzo era uscito a piedi, con l'animo più leggero ma anche più pesante, rimuginando su come fosse complesso e complicato il mondo, su quanto la razza umana fosse ancora capace di sorprenderlo. Le gambe lo avevano portato dritto nella cucina della trattoria di Cesare.

«Oggi non sono a dieta, Totò» disse, sedendosi sul suo sgabello.

«Ora vi aggiusto io, commissario» disse il cuoco, fregandosi le mani.

«Però non esagerare...» Quella mattina gli sembrava di aver perso cinque chili, e sentiva di potersi concedere qualche peccato di gola.


Uscì dalla trattoria piuttosto tardi, quando i camerieri stavamo già preparando i tavoli per la sera, e tornò in questura. Chiese a Mugnai di lasciarlo da solo nella guardiola.

«Devo fare una telefonata importante.»

«Agli ordini, dottore. Faccia con comodo, mi metto qua fuori.»

«Grazie...» Il commissario alzò il telefono e fece un numero di cinque cifre... 20701.

«Pronto?» disse una vocina femminile.

446

« Camilla? »

« Sì... »

« Ciao, sono il commissario della questura, ci siamo visti a scuola. »

« Buonasera. »

« Come ti senti? »

« Male... »

« Capisco, ma devi farti coraggio. »

« Sì... »

« Ascoltami bene... Il problema più grave è risolto, la pratica è stata archiviata. Nessuno verrà mai a cercarti. Come leggerai sul giornale di domani, ufficialmente don Giulio è stato aggredito da un balordo che è riuscito a far perdere le sue tracce... D'accordo? »

« Sì... »

« Non devi raccontare a nessuno questa storia, né ora né mai. A nessuno, nemmeno alla tua più cara amica, nemmeno al tuo futuro marito... A nessuno, mai. »

« Sì, va bene... »

« Non è stata colpa tua. Ti sei difesa, non potevi fare altro. Don Giulio era una brutta persona, ha molestato molte altre ragazzine, alcune le ha violentate... Stava per ucciderti, voleva ucciderti, e tu hai dovuto difenderti. Anche in tribunale verresti assolta, ma finiresti sui giornali, ho pensato che fosse meglio evitarlo. »

« Sì... Grazie... » Le tremava un po' la voce.

« Sei innocente, ricordatelo. »

« Sì... »

« Di qualunque cosa tu abbia bisogno, chiama la questura e lascia un messaggio per me, Franco Bordelli. »

« Sì... Va bene... » Aveva cominciato a piangere.

« Devi farti forza, sei una ragazza coraggiosa. Vedrai che con il tempo starai meglio. »

« Sì... »

« Ciao Camilla, mi raccomando, guarda avanti... »

«Sì... arrivederci... grazie... grazie...»

«Ciao» disse Bordelli, e mentre lei singhiozzava riattaccò. Rimase per qualche secondo a fissare la parete di vetro della guardiola, con il cuore stretto dall'angoscia. Poi si riscosse e uscì fuori.

«Grazie Mugnai, ho finito.»

«Si figuri, dottore... Ma che è successo? Ha una faccia...»

«Nulla, nulla. Ci vediamo presto» disse Bordelli, allontanandosi. Montò sull'Apollo 14 e volò via. Si sentiva spossato. Il tormento di quella ragazzina gli faceva male. A quattordici anni Camilla aveva già vissuto una storia difficile da sopportare anche per un adulto. Una parte della sua adolescenza era andata perduta, ma forse proprio la sua giovinezza l'avrebbe aiutata a superare quel momento tragico e ad andare avanti. Povera Camilla. Il possibile per aiutarla era stato fatto, adesso toccava a lei, doveva farcela da sola... Povera Camilla...

Senza nemmeno vedere la strada, che conosceva a memoria, aveva guidato verso casa, con il Maggiolino che sbandava per via del vento forte, e quasi senza rendersene conto aveva parcheggiato accanto al Pozzo dell'Impruneta. A poco a poco la nebbia dei pensieri si diradò e i suoi occhi si alzarono sugli archi della basilica, sul rosone, sull'orologio, sul campanile... Adesso si ricordava, doveva fare un po' di spesa. Scese dal Maggiolino e si avviò verso l'alimentari della Marinella. Davanti alla chiesa incrociò il maresciallo dei carabinieri, che conosceva solo di vista.

«Maresciallo, permetta che mi presenti, questore vicario Franco Bordelli» disse, tendendogli la mano.

«Piacere, maresciallo Pepicelli. È da qualche anno che lei vive a Impruneta, se non sbaglio.»

«Sì, dal '67... Ha un minuto per me?»

«Certo... Mettiamoci un po' al riparo, questo vento è tremendo.» Entrarono sotto il grande loggiato della basilica e si misero in un angolo.

« Immagino che conosca quella bellissima ragazza squilibrata che va in giro nella campagna » disse il commissario.

« Certo, Giorgenza... »

« Chi è di preciso? Da dove viene? »

« È la figlia di una contadina di Chiocchio rimasta vedova da giovane. Non si sa chi sia il padre, c'è chi dice che sia un nobile della zona, ma chissà... »

« Povera ragazza, saprà anche che se ne approfittano tutti. »

« Sì, lo so, giovani e vecchi... Ci sono delle filastrocche... »

« Le conosco, sì. »

« Però vedo che il paese non la scaccia. Quando c'è la vendemmia, o magari la raccolta delle olive, la chiamano e sta insieme agli altri. Sono gli uomini che la trattano in quel modo, ma non mi pare che sia infelice, in fondo non capisce quello che fa. »

« Certo... »

« Che provvedimenti potrei prendere? Per ottenere cosa? Magari la vengono a prelevare, la imbottiscono di medicine e la chiudono in una stanza... Starebbe meglio di adesso? »

« È quello che ho pensato anch'io, si rischia di fare peggio. »

« Ci sono cose ben più gravi... Circolano voci di padri che ogni sera si portano la figlia nel letto, senza che le mogli dicano nulla... Fratelli che violentano le sorelle, e via dicendo... Non abbiamo nessuna denuncia, nessuna prova... È triste, ma non possiamo fare niente » disse il maresciallo, allargando le braccia.

« Capisco, davvero triste... Be', chissà, magari prima o poi... »

« Ho smesso di sperare. E comunque non sono certo tutti così, ci mancherebbe. »

« Certo... La ringrazio, maresciallo. »

« Arrivederci, dottore. »

« Arrivederci. » Bordelli proseguì sul marciapiede, pensando alle cose che aveva saputo dal maresciallo... Nelle campagne potevano accadere cose mostruose, quelle case isolate erano chiuse, serrate tra quattro mura, impenetrabili. La famiglia a volte poteva essere un luogo di sofferenza e di sopruso... Ancora cose brutte, che lo avvilivano.

Entrò nel negozio di alimentari per fare la spesa. Vedere la faccia sorridente della Marinella e sentire le battute che scambiava con le donne in coda gli fece bene, gli regalò un po' di leggerezza.

Quando arrivò a casa, nella cassetta della posta trovò una lettera, ma senza occhiali non vedeva bene cosa fosse. Se la mise in tasca e aprì la porta. Entrò in cucina e trovò Blisk che lo guardava con aria polemica.

«Hai ragione, scusa. Adesso si mangia.» Si mise a cucinare per l'orso bianco, e nel frattempo accese anche il fuoco. Vedere il camino spento gli faceva tristezza, soprattutto quella sera. Squillò il telefono, e sperò che non fossero notizie funeste. Era Lisa Kufstein. Era molto molto dispiaciuta, ma purtroppo era costretta a rimandare l'invito a cena a un altro periodo. Lasciava subito la casa di Poneta, doveva andare in Svizzera prima del previsto, sua madre non stava bene, aveva bisogno di lei. Ma appena risolta la faccenda (e sperava che fosse presto), lo avrebbe chiamato, sarebbe venuta a trovarlo con la famiglia, e avrebbero cenato tutti insieme in un bel ristorante.

«Ti abbraccio forte...»

«Dai un bacio a tua madre e ai bambini» disse Bordelli. Ancora una notizia spiacevole... Che cavolo di giornata, porca miseria. Alzò di nuovo il telefono e chiamò Rosa, per vedere se era tornata.

«Pronto?»

«Ciao Rosa, come stai?»

«Oh, ciao! Ho parlato a lungo con Titta, mi ha fatto bene.» Anche dalla voce si sentiva che stava meglio.

«Cosa ti ha detto?»

«Adesso vuoi sapere troppo, curiosone. Ma nell'aldilà si trova abbastanza bene.»

«Sono contento... Uno di questi giorni vengo a trovarti.»

«Invece di fare il vampiro, perché una volta non vieni con la luce del giorno e mi porti a fare una passeggiata in centro?»

«Volentieri...»

«Ora devo lasciarti, ho un'amica a cena... non puttana...»

«Un miracolo.»

«Sta per arrivare e devo finire di cucinare.»

«Buona cena. Ti mando un bacio.»

«Speriamo che arrivi, con questo vento.»

«Io ci provo...»

«Guarda un po' se arrivano i miei» disse Rosa, e dopo una raffica di bacini mise giù. Finalmente una bella notizia, Rosa stava meglio. Aveva anche invitato un'amica a cena, e aver voglia di cucinare era un buon segno.

«Pronto...» disse, servendo la zuppa a Blisk. Lui andò a sedersi davanti al camino a leggere... *Il disertore* era un romanzo potente, una scrittura scolpita nella roccia, ma anche delicata... Mentre si trovava immerso in un momento commovente, squillò il telefono... Erano quasi le sette.

«Sì, pronto?»

«Dottore, la foto di Gando Palustri ha dato i suoi frutti» disse Piras.

«Ah, dimmi.»

«In queste poche ore sono arrivate sette telefonate...» Per il momento, gli episodi di aggressione commessi da Palustri erano distribuiti lungo tre anni. Cinque adolescenti erano stati violentati, due erano riusciti a sfuggire al maniaco, come Carlo Nocentini. Le aggressioni erano avvenute ai giardini di Campo di Marte, alle Cascine e anche nel giardino di Boboli. Tre denunce erano arrivate dagli stessi ragazzi, che adesso erano più grandi, due da genitori che avevano saputo quello che era accaduto soltanto dopo che il figlio aveva visto la foto sul giornale, due da genitori che sapevano dell'accaduto ma all'epoca dei fatti non avevano sporto denuncia, per non causare ulteriori traumi al figlio. E probabilmente nei giorni successivi sarebbero arrivate altre denunce. Con quelle testimonianze, Gando Palustri non aveva nessuna possibilità di cavarsela. C'era solo da sperare che venisse curato, e che dopo aver scontato la pena non ricominciasse a fare le stesse cose.

« Grazie del resoconto, Piras. »

« Buona serata, dottore. »

« Anche a te... Se la vedi, salutami Sonia. »

« Certo che la vedo. » Riattaccarono. Insomma, ce l'avevano fatta. Anche da pensionato era riuscito a combinare qualcosa, pensò. E nel fiume di amarezza in cui si era trovato a nuotare in quei giorni, cadde anche qualche goccia di soddisfazione.

Si sedette di nuovo, ma non riuscì a continuare a leggere. Dio che giornata. Chiuse gli occhi, e a un certo punto quasi si addormentò. Venne svegliato da Blisk che mugolava nel sonno, sognando chissà cosa. Si stirò e si voltò verso il teschio.

« Ci credo che te la ridi, ormai non te ne importa più nulla delle faccende del mondo... Il Bene e il Male, la coscienza, la Morale... Che te ne importa? »

« Sogni d'oro, ex commissario » sussurrò Geremia, con il tono di chi vuole chiudere la conversazione. Arturo non parlava mai, aveva scelto la strada del saggio silenzio.

« Stasera mi sento un po' a terra... » confessò Bordelli.

« Be', intanto potresti leggere la lettera che hai dimenticato in tasca. »

« Già, la lettera... Magari è una bolletta della SIP. » Andò a frugare nella tasca della giacca, e si trovò in mano una piccola lettera azzurra. Il suo indirizzo sulla busta era scritto con una calligrafia leggermente spigolosa. Si sedette in poltrona, davanti al fuoco che aveva ancora un po' di fiamma.

Aprì la busta, e per un attimo gli mancò il fiato... Non ci poteva credere...

*Gentile Franco,*
*    la ringrazio per la sua lettera disseminata di apprezzamenti lusinghieri e incoraggianti, ma immeritati. Questa mia le arriverà prima di quanto lei poteva immaginarsi, per una fortunata coincidenza: sono passata da Milano, mi sono fermata a salutare il mio editore, e la sua lettera era lì ad aspettarmi. Riguardo alla sua richiesta di poterci incontrare, accetto volentieri, ma devo avvertirla che da due anni vivo stabilmente a Parigi. Se pensa comunque di venire a trovarmi, in fondo alla pagina le scrivo il numero di telefono, il mio indirizzo e la fermata della metro più vicina. Nel caso, il momento migliore per venire a bussare alla mia porta è tra le diciotto e le diciannove. Se invece non ci vedremo, potrà comunque scrivermi quando vuole, mi farà piacere. In questo momento sotto di me ci sono le Alpi. Sto volando verso Parigi, dove un nuovo romanzo mi sta aspettando. Domattina imbucherò queste righe. Buone letture.*
*                                                                Alba*

Non poteva crederci. Rilesse la lettera più volte, immaginando la penna della De Céspedes che correva sul foglio per scrivere a lui, proprio a lui... Poi le sue mani che infilavano la lettera nella busta, la chiudevano, e di nuovo la penna che scriveva l'indirizzo. A tracciare quei segni sulla carta era stata la stessa mano che aveva scritto quei bellissimi romanzi... La donna che con le sue storie lo aveva portato lontano a esplorare se stesso, che lo aveva fatto viaggiare dentro l'animo di personaggi ormai entrati nella sua memoria come i suoi amici d'infanzia... gli aveva scritto, aveva speso un po' del suo tempo per rispondere a un lettore. Ecco, adesso quella giornata difficile e amara aveva preso un altro sapore.
   « Hai visto, mamma? Mi ha risposto. »

«Non ne ho mai dubitato, Franchino.»

«Hai visto, Geremia? Ha risposto a un ex sbirro in pensione.»

«Le anime nobili hanno spesso pietà dei derelitti.»

«Vaffanculo, teschio.»

«Prego, vada avanti lei...»

«Hai visto, Blisk? Alba mi ha risposto...» S'infilò un giubbotto e uscì davanti a casa, a guardare la luna. Non sapeva come mai, ma sentiva il bisogno di guardare la luna... la sempiterna luna. Anche Blisk uscì sull'aia, e si mise a girellare là intorno. Una grande macchia bianca che si muoveva nella notte, annusando l'aria e il terreno.

«Blisk, devo andare a Parigi.» Sì, doveva andare a Parigi, questo era sicuro, ma quando? Non voleva far passare troppo tempo, ma non voleva nemmeno interrompere le sue indagini. Preferiva andare a trovare Alba con l'animo leggero e la mente libera. Adesso aveva un motivo in più per risolvere in fretta il caso del '47... Subito dopo sarebbe partito per Parigi.

In ordine sparso ringrazio...


Enneli Haukilahti, per due storie raccontate alla cena di Bordelli
Esther Brooks, per alcuni aneddoti di vita vissuta
Franco Antamoro de Céspedes, per la gentile concessione all'utilizzo di
    alcuni brani di sua madre Alba, tratti dal romanzo *Dalla parte di lei*
    (Mondadori, 1949)
Armando Nanei, che mi ha presentato... Achille Di Nunzio
Rolando Paterniti, per una storia della sua famiglia che mi ha regalato
Gaetano Lenti, per la consulenza ecclesiastica
Marco Manetti, per certe storie che mi ha raccontato
Andrea Dazzi, per aver ispirato un personaggio senza nemmeno saperlo
Carlo Pizzoni, per una storia di guerra di suo nonno
Roberto Ciappi, per una storia della sua famiglia
Filippo Legnaioli, per il vin santo di suo nonno Leandro
Nico Bellopede, per una storia divertente che mi ha raccontato diversi
    anni fa
Enrico Febbo, per un racconto abruzzese e per due bottiglie di Monte-
    pulciano d'Abruzzo
Giorgio Conte, che su YouTube ha scovato le parole giuste per descri-
    vere quello che provavo da bambino quando ascoltavo la sigla di
    chiusura dei programmi televisivi della RAI
Luca Scarlini... c'è chi dice che lui sa tutto, ma non è così, in verità in
    verità vi dico: sono le cose a voler essere sapute da lui


Il colonnello Bruno Arcieri, che ormai da molto tempo compare nei romanzi del commissario Bordelli, è un personaggio creato da Leonardo
Gori, protagonista di una serie di romanzi – cominciata con *Nero di maggio* (2000) – in corso di pubblicazione presso la casa editrice TEA


L'azienda *I Balzini* esiste davvero, e il vino biologico che sgorga dai
loro vigneti è magnifico, parola di Franco Bordelli – www.ibalzini.it

Fotocomposizione Editype S.r.l.
Agrate Brianza (MB)

Finito di stampare
nel mese di luglio 2022
per conto della Ugo Guanda S.r.l.
da Elcograf S.p.A.
Stabilimento di Cles (TN)
Printed in Italy